A canção
do assassino

M.G. Vassanji

A canção do assassino

Tradução de
Cássia Zanon

EDITORA RECORD
RIO DE JANEIRO • SÃO PAULO
2012

CIP-BRASIL. CATALOGAÇÃO NA FONTE
SINDICATO NACIONAL DOS EDITORES DE LIVROS, RJ

Vassanji, M. G., 1950-
V465c   A canção do assassino / M.G. Vassanji; tradução de Cássia
Zanon. – Rio de Janeiro: Record, 2012.

Tradução de: The assassin's song
ISBN 978-85-01-08751-5

1. Sufis - Ficção. 2. Índia - Ficção. 3. Romance canadense.
I. Zanon, Cássia, 1974-. II. Título.

11-5131   CDD: 819.13
                                            CDU: 821.111(71)-3

Título original em inglês:
The assassin's song

Copyright © Moyez Vassanji 2008
Publicado mediante acordo com Canongate Books Ltd, 14 High Street,
Edinburgh EH1 1TE

Texto revisado segundo o novo Acordo Ortográfico da Língua Portuguesa.

Todos os direitos reservados. Proibida a reprodução, no todo ou em parte,
através de quaisquer meios. Os direitos morais do autor foram assegurados.

Editoração eletrônica: Abreu's System

Direitos exclusivos de publicação em língua portuguesa somente para o Brasil
adquiridos pela
EDITORA RECORD LTDA.
Rua Argentina, 171 – Rio de Janeiro, RJ – 20921-380 – Tel.: 2585-2000,
que se reserva a propriedade literária desta tradução.

Impresso no Brasil

ISBN 978-85-01-08751-5

Seja um leitor preferencial Record.
Cadastre-se e receba informações sobre nossos
lançamentos e nossas promoções.

Atendimento e venda direta ao leitor:
mdireto@record.com.br ou (21) 2585-2002.

EDITORA AFILIADA

E canção *não* é desejo; assim ensinaste.
Tampouco é cortejo, sequer é recompensa de cortejo,
Canção é ser.

RILKE

1

Postmaster Flat, Shimla. 14 de abril de 2002.
Depois da calamidade, um começo.
Uma noite, meu pai me levou para uma caminhada. Era um prazer raro, pois ele era um homem reticente, uma presença grandiosa e divina em nosso vilarejo e que quase nunca se aventurava fora de seus domínios. Mas era meu aniversário. Assim, meu coração estava quase explodindo com sua presença alta e imponente ao meu lado. Caminhamos pela estrada para fora da cidade e quando chegamos suficientemente longe, até onde estava silencioso e escuro, Bapu-ji parou e ficou olhando momentaneamente para nossa estrada cinzenta e esburacada indistinta noite adentro. Então, virou-se bem devagar para retornar. Olhou para o céu. Fiz o mesmo.

— Olhe, Karsan — disse Bapu-ji. Apontou para os brilhantes planetas acima, a mancha que era a estrela do norte, com as constelações tenuamente conectadas por seus fios invisíveis. — Quando eu era jovem — disse ele —, eu só desejava estudar as estrelas... Mas isso foi há muito tempo, e num mundo diferente...

"Mas o que há acima das estrelas? — perguntou, depois da pausa, com a voz levantando uma leve nuance acima da minha cabeça. — Essa foi a questão importante que eu tive de aprender. O que há além do céu? O que você vê quando remove esse cobertor escuro manchado acima de nossas cabeças? Nada? Mas o que é nada?"

Eu estava fazendo 11 anos naquele dia. E meu pai revelava para mim a condição essencial da existência humana.

Olhei embasbacado com meus olhos de criança para a escuridão acima da minha cabeça, imaginei-a como um cobertor escuro pintado de estrelinhas, imaginei com um calafrio o que poderia haver além se de repente puxassem aquelas cortinas para o lado. Solidão, grande e assustadora o suficiente para deixar qualquer um com vontade de chorar sozinho no escuro.

Começamos lentamente o caminho de volta para casa.

— Não há um nada — continuou Bapu-ji, como que para suavizar os meus medos, sua voz trêmula cortando feito serra as camadas de escuridão diante de nós — quando nos damos conta de que tudo está no Um...

Meu pai era o saheb — o senhor e proprietário — de Pirbaag, o santuário do viajante, em nosso vilarejo de Haripir, assim como o pai dele, antes, assim como todos os nossos ancestrais de muitos séculos. As pessoas iam até ele em busca de orientação, punham as vidas em suas mãos e se curvavam diante dele com reverência.

Enquanto caminhávamos de volta juntos em direção às poucas luzes modestas de Haripir, pai e primogênito, uma espécie de temor, um peso no coração tomou conta de mim. Esse peso nunca me deixava, nem mesmo quando eu estava longe, num mundo inventado por mim mesmo. Mas, na época, embora eu suspeitasse disso havia muito tempo, tendo recebido pistas de tal, eu sabia que era o *gaadi-varas*, sucessor e próximo avatar de Pirbaag, depois de meu pai.

Costumava desejar que a minha distinção simplesmente desaparecesse, que eu acordasse numa manhã e ela não estivesse lá. Eu não queria ser Deus, Seu depositário ou Seu avatar — as distinções costumavam se confundir no reino da mística que era a minha herança. Crescendo no vilarejo, tudo o que eu queria era ser simples. Minha ambição, como a de quaisquer outros meninos, era jogar críquete e quebrar o recorde mundial de rebatedor pelo meu país. Mas eu havia sido escolhido.

Quando voltamos, em vez de tomarmos o caminho direto do portão da rua até a casa, que ficava bem em frente, do outro lado de um gramado vazio, meu pai me levou pela porta separada à esquerda do complexo murado que era o santuário. Assim era Pirbaag: tranquilo e frio como o infinito. O ar da noite espalhou um brilho fraco, e um perfume ainda mais fraco de rosa; ao nosso redor, os túmulos destacados dos santos e sufis, místicos muçulmanos, do passado, e nossos ancestrais, e outros merecedores de respeito e orações. Eram grandes e pequenos, esses túmulos, antigos e recentes, alguns bem-cuidados e repletos de flores e tecidos coloridos, outros estavam abandonados entre os espinhos, negligenciados e anônimos. Esse terreno sagrado era nossa responsabilidade. Cuidávamos dele para pessoas de quaisquer credos e de qualquer lugar virem e serem abençoadas e confortadas.

Contemplando tudo ali, na direção mais distante do complexo, ficava o grande mausoléu de um místico do século XIII, um sufi chamado Nur Fazal. Ele era conhecido por nós de forma carinhosa como Pir Bawa — *pir*, uma santidade muçulmana — e pelo mundo ao nosso redor como Mussafar Shah, o viajante. Um dia, séculos atrás, ele chegou de viagem à nossa terra, Gujarat, como um meteoro do além, e se estabeleceu aqui. Ele se tornou nosso guia e guru e nos mostrou o caminho da liberação dos laços da existência temporal. Pouco se sabia e poucos realmente se preocupavam com sua identidade histórica: de onde exatamente vinha, quem era, qual o nome de seu povo. Sua língua-mãe era persa, talvez, mas ele nos passava ensinamentos na forma de canções que compunha em nossa própria língua: gujarati.

Algumas vezes, era chamado de Jardineiro, porque adorava jardins e cuidava de suas flores como se fossem mudas. Tinha ainda outro nome curioso, Kaatil, ou Matador, que impressionava a nós, crianças, imensamente. Mas sua procedência era menos emocionante: ele tinha um olhar penetrante, dizia-se, cortante como uma flecha, e um intelecto afiado como a lâmina de um florete, o que o permitiu ganhar muitos debates nas grandes cortes dos reis.

Eu viria a acreditar que meu avô tinha uma ideia de sua identidade, e que meu Bapu-ji também, e que no devido tempo, quando eu pegasse o manto, também aprenderia o segredo do sufi.

Mas agora o santuário se encontra em ruínas, uma vítima da violência que tanto assolou nosso estado recentemente, uma orgia de assassinato e destruição do tipo que eufemisticamente chamamos de "motins". Apenas os ratos visitam os sufis agora, fuçando entre as ruínas. Meu pai está morto, assim como minha mãe. E meu irmão, de forma militante, se autointitula um muçulmano e é procurado para responder a respeito de um crime terrível. Talvez tal fim fosse uma sina — Kali Yuga, a Era da Escuridão, estava sobre nós, como Bapu-ji sempre advertiu, citando nossos santos e as escrituras: uma época em que o ouro se tornou ferro maleável, o governador traiu sua confiança, a justiça jogou de lado a venda de seus olhos e o filho desafiou o pai. Apesar de Bapu-ji não esperar essa atitude de seu primeiro filho, o preferido.

Essa ideia vai sempre permanecer comigo: minha traição foi parte da profecia ou eu poderia ter evitado a calamidade que nos sucedeu? Minha mente lógica — nossa primeira perda, de acordo com Bapu-ji — há muito se recusara a colocar o destino em tais profecias. Acredito simplesmente que meu pecado, meu abandono e minha oposição à minha herança, foi um sinal dos tempos. Chame os tempos de Kali Yuga, se quiser — e poderemos nos esquivar da questão se de fato houve uma Idade de Ouro em que tudo foi bom e em que o cavalo sacrificado permanecia em pé muito depois de ser ritualmente esquartejado e ingerido. Qualquer que fosse o caso, esperava-se que eu sobrepusesse aos tempos de escuridão e fosse o novo salvador.

Esse papel, que um dia rejeitei, devo agora assumir. Eu, o último lorde do santuário de Pirbaag, devo juntar os pedaços de meu espólio e contar a história dele — desafiar os destruidores, aqueles que com seu ódio não somente nos apagariam da terra de nossos antepassados, mas também tentariam sobrescrevê-la, fazendo tinta de nossas cinzas.

A história começa com a chegada em Gujarat do sufi Nur Fazal. Ele era nossa origem, a palavra e a canção, nossa mãe e nosso pai e amante. Desculpe-me se devo cantar para você. O passado sempre me foi contado acompanhado por uma canção. Agora, quando a memória vacila e as fotografias da mente desbotam e rasgam, e tudo parece perdido, é a canção que prevalece.

2

De terras ocidentais para a gloriosa Patan
Ele veio, com rosto em forma de lua e olhos de flecha.

Ao lago de mil deuses ele veio
Pranam! Cantaram os deuses, 33 crores deles,

Saraswati, Vishnu, Brahma o mandou entrar
Shiva Nataraja trouxe água para ele beber.

O próprio deus lavou os pés desse Viajante
Como poderiam os amados feiticeiros de Patan competir?

Você é o homem honesto, disse o rei; sua sabedoria, vasta,
Seja nosso convidado, mostre-nos a verdade.

c. . . 1260.
A chegada do sufi; o torneio de magias.
Costumava-se dizer de Patan Anularra, no reino Gujarat da Índia medieval, que não havia uma cidade, em mil milhas, de comparável esplendor, nenhum soberano naquela vasta região que não fosse súdito de seu rei. A riqueza de seus diversos mercados vinha de todos os cantos do mundo através dos grandes portos de Cambay e Broach, e de toda

parte do Hindustão continental. Possuía os principais linguistas, matemáticos, filósofos e poetas. Milhares de alunos iam estudar aos pés de seus professores. Quando o grande sábio e sacerdote Hemachandra completou sua gramática do sânscrito, ela também era uma história da terra. Foi lançada numa grande procissão pelas avenidas da cidade, com as páginas levadas nas costas de elefantes e acompanhadas por todos os estudiosos. Grandes debates intelectuais foram realizados no palácio, mas com consequências terríveis para os perdedores, que frequentemente tinham de procurar por uma nova cidade e um novo patrono. Recentemente, no entanto, um ar desconfortável passou a pairar sobre a capital, galgado em rumores de maldição e catástrofe que vinham do norte com frequência crescente.

A essa um dia gloriosa mas agora nervosa cidade chegou com a alvorada um misterioso visitante. Era um homem de uma visão tão impressionante que, nas estradas pelas quais passara recentemente, homens desviavam o olhar quando cruzavam o seu caminho, e depois se viravam para olhar fixa e longamente para suas costas enquanto ele se apressava para o sul. Era de estatura mediana e extremamente bonito. Tinha um rosto magro com um cavanhaque pequeno e pontudo e os olhos eram verdes. Usava o manto e o turbante de um sufi. Forneceu o nome de Nur Fazal, sem domicílio fixo. Entrou pelo portão norte da cidade com uma caravana de mercadores, e foi devidamente percebido por sua roupa e sua língua como um mendigo muçulmano viajante e sábio originário do Afeganistão ou da Pérsia, e possivelmente um espião do poderoso sultanato de Delhi. Uma vez dentro da cidade, ele se hospedou numa pequena estalagem perto do mercado dos artesãos frequentado pelos comerciantes inferiores e viajantes estrangeiros. Logo depois, numa tarde, na companhia de um seguidor local, ele rumou para a cidadela do rajá, Vishal Dev. O horário da audiência diária do rajá com o público era de manhã, mas, de alguma forma, o sufi, despercebido no portão — tais eram seus poderes —, conseguiu entrar.

Ficou parado com leve espanto ao lado de um lago artificial azul-claro, encerrado por margens de pedras vermelhas pintadas com desenhos em cor-de-rosa e azul. No meio, havia um pavilhão decorado em que mulheres da realeza, vestindo roupas coloridas, com os longos cabelos negros, jogavam e relaxavam, com o tinido de suas belas vozes ecoando na água como cantos de passarinhos. Ao redor da água, esculturas de 1 metro de altura que, o sufi confirmou ao se aproximar de uma delas e então de outra, retratavam o deus Shiva. Ele estava de pé na margem do *sahasralinga talav*, tanque de mil santuários de Shiva, cuja fama havia se espalhado até o norte até Samarkand e Ghazna, cujos sultões e generais sempre ficavam de olho em oportunidades para atacar o Hindustão e pilhar sua lendária riqueza. O místico ficou parado olhando fixamente para o ícone mais próximo, maravilhado. A perna de Shiva estava dobrada e levantada, num movimento de dança, com duas mãos equilibradas no ar. Seu sorriso era perverso e imediatamente contagiante. Ali estava um deus que gostava de brincar. Haviam dito ao sufi durante sua longa viagem, e frequentemente com um olhar horrorizado no rosto do informante, que o povo do Hindutão adorava não apenas ídolos de homens e mulheres, mas também imagens de animais e, como se isso não fosse bastante estranho, os órgãos reprodutores humanos também. ("E que Deus traga destruição aos infiéis!") Alguns sacrificavam humanos e comiam a carne da cabeça; outros resmungavam sílabas sem sentido como rugidos de touro, depois de se banharem com areia. Mas Nur Fazal, ele próprio, era um exilado por suas crenças e não costumava julgar os outros muito facilmente. Há significados em significados, foi o que sempre aprendera. A verdade está envolta por mil véus.

Lembrou-se de um lar no noroeste agora sendo esmagado sob os cascos dos cavalos mongóis e banhados no sangue de seu povo e de seus entes queridos. Lembrou-se de seu mestre espiritual que havia deixado lá, e quem sugerira que ele começasse essa longa jornada.

Foi demovido de suas lembranças com sons que se aproximavam — passos e exclamações humanas acompanhados por uma visão que lhe fizeram sorrir.

Um jovem sábio, um sacerdote num reluzente *dhoti* branco, um tufo de cabelos preso num coque em sua cabeça de resto raspada, caminhava na direção dele com todo o senso exagerado de gravidade que parece relacionado à baixa estatura. Tinha o peito nu, e ao redor de um ombro atravessava um fio branco cerimonial. Do lado oposto, notou o estranho, aproximaram-se dois sacerdotes mais velhos e carecas com os corpos enrolados em tecido branco; teve início uma corrida para ver quem alcançaria o intruso primeiro. Foi o jovem do coque quem conseguiu, ao exclamar:

— O que está fazendo aqui, seu *Mleccha*, muçulmano impuro? E ousa lançar seu olhar sobre o deus Shiva... para fora!

O sufi havia se virado e estava sorrindo para o sábio, tendo o acompanhante que o seguia traduzido o xingamento.

— E seu senhor não pode sequer falar por ele mesmo? — provocou o sufi.

Com isso, os dois homens de branco, que haviam parado e estavam olhando fixamente para o que ocorria, soltaram risadas contidas. O homem do coque ficou com o rosto vermelho.

— Shiva não fala com gente como você, impuro! — exclamou, com raiva. Pronunciou tais palavras como se tivesse mordido a língua.

O sufi não lançou mais do que um olhar casual sobre a estátua vermelha. Para espanto do jovem sábio, com uma enorme pancada, o Dançarino Cósmico levantou seu já alto pé de pedra, inclinou-se para a frente e pulou para o chão. Em passos de dança, com o jeito de andar de um macaco, Shiva correu para o lago e voltou trazendo uma jarra d'água.

— *Jadoo, jadoo!* — os homens de branco gritaram, preocupados, tendo perdido o senso de humor.

O jovem sábio ficou boquiaberto no chão, onde ele próprio havia tropeçado. O sufi aceitou a jarra do deus Shiva e lavou seus pés. Enquanto isso, o deus retornou ao seu lugar.

— Pronto, até lavei meus pés agora — disse o sufi ao jovem sacerdote.

Todos os que estavam ao redor notaram que o lago azul havia esvaziado. Peixes se debatiam na lama, e as princesas e suas damas de companhia gritavam freneticamente enquanto corriam de um lado para outro na margem, com as coloridas roupas molhadas desesperadamente coladas a seus corpos voluptuosos.

A essa altura mais algumas pessoas haviam aparecido, e então surgiram alguns soldados de armadura, protegendo uma eminência, a cuja vista imponente todos os homens se curvaram, e os jovens monges entre eles se agacharam, mas ficaram assistindo à distância. Era um homem grande e musculoso, escuro como madeira negra polida. Ao contrário dos sacerdotes e dos monges, a eminência estava vestida elaboradamente com calças curtas e casaco bordado, a faixa na cintura brilhando de ouro e pedras preciosas. Tinha os braços musculosos cruzados, enfeitados de amuletos e anéis, e as pernas abertas. Era o ministro-chefe, Rajpal — o sufi ouviu seu nome sussurrado —, e olhou para o estranho severamente, apontando para ele, e, então, acenando com a cabeça para os soldados. O visitante foi escoltado à presença do rei.

Aproximaram-se de um grande corredor aberto dos lados, com o telhado sustentado por pilares dourados e no topo do qual faixas de várias cores tremulavam ao vento. Passaram um grupo de cavalaria em belos cavalos árabes, elefantes levando seus cornacas e uma companhia de soldados de armaduras levando espadas e lanças. A porta de entrada era entalhada. No interior, sentadas no chão, estavam, talvez, duas dúzias de pessoas. E diretamente diante dele, à distância, proeminente como o sol, sentado num trono de ouro e cercado por sacerdotes e oficiais, estava o rei de Gujarat, inclinando-se para a frente curiosamente. O sufi fez uma reverência. Ainda não haviam tocado nele.

Parecia que uma discussão de alguma importância havia sido interrompida por causa dele. O ministro-chefe fez um gesto, e ele deu um passo à frente junto a um agente azul, na companhia de sua escolta.

Sua Majestade Vishal Dev, pretenso Rei dos Reis e Siddhraj Segundo, então falou.

— Você realizou uma façanha que muito impressionou nossos sacerdotes — disse Vishal Dev ao sufi, com um sorriso divertido e afável. — Você parece ter muitos talentos. Diga-nos o seu nome.

— A façanha realizou a si mesma, Grande Rei — disse o sufi, por intermédio de seu intérprete. — Meu nome é Nur, e na minha língua, quer dizer "luz".

— Então me diga, ó, Luz, o que o traz a Gujarat? Sei que homens da sua fé no norte adorariam quebrar as estátuas dos nossos deuses e nos forçar a adorar seu único Deus, que não mostra seu rosto, mas faz muitas ameaças. Você veio, então, espionar, em nome da sua sultana Raziya de Delhi... ou ela está morta agora?

— Não, Grande Rei, não passo de um estudioso e um homem de Deus. Meu nome significa luz, Majestade — respondeu o sufi astuciosamente —, mas o senhor é verdadeiramente o próprio sol nesses domínios. Seu reino é conhecido muito além do Hindustão como um abrigo de tolerância, onde diferenças de crenças não sofrem perseguição. Há apenas uma Verdade, uma Alma Universal, da qual somos todos manifestações e cujo mistério pode ser abordado de diversas formas. Este é o meu credo, e quando sou chamado a aconselhar ou confortar, é o meu ensinamento.

— Você fala docemente, como todos os seus compatriotas do Ocidente... mas lá de onde você vem também se forja o aço duro, como meu povo veio a aprender para seu próprio medo e horror — disse o rei. — Em Patan, sempre recebemos bem poetas e filósofos e encorajamos conferências e debates. Talvez durante a sua estada você nos agracie com a sua presença à tarde para discussões de natureza culta.

Uma onda de murmúrios agitados tomou rapidamente conta do hall com a proposta do rei, pois era praxe na corte que testes muito rígidos fossem feitos no conhecimento dos sagrados Vedas e da poética da língua sagrada antes que um estudioso pudesse participar de debates e discussões.

Vishal Dev inclinou-se de lado para ouvir seu sacerdote-chefe, Nagada, um homem magro e alto com um sorriso obsequioso, mas olhos frios, que havia se aproximado para falar com ele.

Depois de ouvir o sacerdote, o rajá bateu palmas uma vez e então sorriu para o sufi.

— Meu guru Nagada sugere que você talvez queira comparar suas coisas impressionantes com a magia dos nossos médicos locais. Que ótima oportunidade para troca de conhecimento! Talvez você possa, então, nos falar sobre sua visão a respeito de como a mente humana pode afetar a matéria inanimada.

— Sou seu criado, meu Senhor.

A assembleia se retirou. O rei estava mais uma vez sentado em seu trono, com um acompanhante segurando seu *chhatra* real sobre ele. Dos dois lados dele, mais uma vez estavam de pé sacerdotes e ministros. A nobreza comum estava sentada no chão, como antes.

Havia uma agitação de conversas entusiasmadas e risadas educadas entre eles, como se uma competição de ginástica ou de luta estivesse para ocorrer. Foi oferecido ao rei e a seus conselheiros uma bebida de sorbet verde gelado, e depois aos demais. O rei pôs uma folha de bétel na boca vermelha para mascar. Ao sufi também foi oferecida a bebida doce, mas num copo grosseiro de cerâmica, que ele sabia que seria destruído depois de tocar os lábios de um impuro, como ele era considerado naquele país. Recusou a folha de bétel, considerando a prática — que manchava a boca e os lábios de vermelho — repulsiva, muito embora sua boca sem mancha fosse considerada sinal de pessoa vulgar e estrangeira.

Deram-se, então, as seguintes três demonstrações.

Os sábios haviam se reunido em pequenos grupos de acordo com o status e as denominações. O chefe dentre eles, Nagada, estava sozinho, assim como o ministro Rajpal. Nagada acenou com a cabeça aos sábios e recebeu um dos brâmanes, um dos membros da tradicional casta clerical, quando os sacerdotes vestindo *dhoti* foram chamados e deram um passo à frente. Cruzando os braços, lançou um olhar imperioso à distância, onde crianças estavam soltando pipas na companhia de criados. Todos os olhos seguiram aquele olhar, na direção dos retalhos coloridos que voavam alegremente no ar. De repente, uma pipa vermelha se separou das demais, voando arrogantemente na forma de um falcão, subiu muito alto e descreveu dois círculos. Com o grito de uma criança, seguido por outros gritos semelhantes de lástima, o falcão voou até cada uma das outras pipas e, com seu bico afiado, despedaçou-as completamente. Afinal, passou a voar cada vez mais alto. A reunião de nobres saudou: "Sadhu! Sadhu!" — mas então imediatamente silenciou, porque o pássaro começou a perder suas penas, como se estivesse derretendo, até que finalmente caiu como uma pedra no chão.

O visitante não dissera uma palavra. Mal havia se movido de onde estava, diante do trono. Tinha o rosto sereno, como se sequer tivesse visto o espetáculo. Mas estava convencido de que de "alguma forma" havia vencido.

Todos os olhares recaíram sobre Nagada, quando ele deu um brevíssimo aceno de cabeça na direção de um grupo vestido de branco. Eram os monges jain, o que o sufi agora já sabia. Os jains e os brâmanes estavam sempre brigando e competindo pelas atenções do rei. Os jains eram conhecidos especialmente pela extrema aversão que têm quanto a matar quaisquer formas de vida.

Um sacerdote gordo se apresentou, avidamente empurrado para a frente por jovens apoiadores que não conseguiam conter a própria animação.

O sacerdote, que se chamava Dharmasinha, era muito conhecido pelas humilhações que havia imposto a adversários incautos em reuniões exatamente como aquela. Muitos visitantes haviam sido expulsos da cidade envergonhados por seus embustes. Hoje, Dharmasinha trazia consigo um cajado. Lançando um olhar de raiva e desdém ao visitante, com um rosnar poderoso e um empurrão jogou o cajado para cima. Todos se viraram para seguir o cajado. Bem acima do grupo, ele ficou suspenso, à espera de um comando.

— Destrua o impuro! — rugiu Dharmasinha, apontando um dedo ao sufi. — Açoite-o! Expulse-o! — O longo pedaço de madeira ficou parado no ar, ávido por obedecer à ordem de seu mestre. A multidão prendeu a respiração. O rei deu um amplo sorriso. Então, o cajado desceu. Moveu-se oscilando na direção do sufi e parou. Então, virou-se numa das pontas, aproximou-se do espantado Dharmasinha, e começou a bater em suas costas, afastando-o. Os espectadores riram. Até mesmo os jovens monges. Até mesmo o rei.

Mas não Nagada. Ele se aproximou do jovem sacerdote que primeiro havia saudado o sufi do lado de fora. O sacerdote fez com que saísse e, depois de algum tempo, durante o qual mais sorbet foi servido, retornou seguido por uma mulher estranha, de olhar enlouquecido. Ela também vestia branco, mas sua roupa estava suja. Tinha os cabelos desgrenhados, os olhos vermelhos e o rosto flácido e imundo era raivoso e desafiador. Seu nome, sussurrado por toda a assembleia, era Panuti. E havia duas cobras de estimação ao redor de seu pescoço.

Panuti deu um passo à frente e olhou com desdém ao redor. Então, com um rápido movimento, ela pegou pelo pescoço um de seus animais de estimação, de 1,20 metro de comprimento, e pôs a cabeça dele na boca. Empurrou o resto do animal para dentro, gradualmente engolindo-o, até que finalmente a cauda havia desaparecido dentro de seu corpo. Sua garganta se esticou, seus olhos se arregalaram, seu corpo se inclinou para trás. Finalmente, ela ficou imóvel. A cobra parecia ter chegado à barriga, já que a mulher fez um movimento com a garganta e o abdômen que indicavam isso. Então, a cobra preta apareceu detrás dela, debaixo da saia, e se afastou. Houve gritos de espanto, altos e desinibidos. Havia sorrisos por todos os cantos, ainda que aguçados por um tremor de náusea. Os olhos de Panuti brilhavam de prazer, e seus olhos procuraram pelos do sufi. Era um empate.

Então, e este foi seu erro, ela pegou a segunda cobra pelo pescoço e também a engoliu. A cobra desapareceu em sua boca e chegou à sua barriga. Ela se endireitou, ficou parada, e esperou. A cobra não saiu. Ela acariciou e esfregou a barriga, mas a cobra não saía. A mulher começou a se contorcer e se curvar, sem qualquer efeito. Ela se agachou e estremeceu, com raiva e pânico, bateu na própria barriga. Finalmente, desesperada, começou a choramingar, então olhou para o estranho e chorou.

— Não tenha medo — o sufi lhe disse gentilmente. — A cobra apenas se perdeu momentaneamente... lá vem ela para seguir seu companheiro.

E ela veio.

Quando o sufi Nur Fazal caminhou tranquilamente de volta para a cidade, o lago estava mais uma vez cheio, com os peixes nadando alegremente. As damas de companhia reais estavam de volta ao pavilhão e as pipas novamente voavam. Num gramado, jovens monges brincavam alegremente com uma bola e bastões curvos na parte mais baixa, tendo se organizado em dois times. O sol estava baixo no céu, e em algum lugar um sacerdote estava cantando *shlokas* em sânscrito, com as sílabas da língua estranha erguendo-se claramente, lançando significados ao ar, lembrando o viajante de sua distante terra natal onde os cantos eram tão claros como esses, porém em árabe. Quão diferentes e ainda assim quão completamente semelhantes Deus havia feito os seres humanos. Quando Nagada, com suas orelhas enfeitadas e seus lábios vermelhos, examinava sua própria alma, não encontrava a mesma verdade que ele, Nur, encontrava quando examinava a si mesmo em busca do mistério de sua existência?

E, pensou, o mundo estava com tumultos por todos os lugares. Quanto tempo levaria para aqueles tumultos chegarem até ali, para aquele mundo dos gujaratis de rostos grandes e redondos ser afogado em sangue... porque era disso que ele havia fugido: mares e mares de sangue.

3

Falsa é a mulher no seu lar, Senhor
Ela lhe dirá adeus e retornará
Mantenha sua inteligência durante a jornada, Senhor
Sabedoria dita por Nur Fazal Pir

c. . . 1260.
A vida intelectual. E uma interrogação nas almas das
mulheres.

Meses se passaram. Ao visitante foi dado abrigo num bangalô de hóspedes num subúrbio verde do lado de fora dos portões do palácio, uma área na qual viviam muitas famílias nobres. O Viajante — como passou a ser conhecido, mesmo entre seus seguidores — era chamado ao palácio frequentemente para se juntar aos grupos de estudiosos que se reuniam para emprestar prestígio e dignidade à presença real. Uma disputa de gramática de Hemachandra podia ocorrer; um matemático podia recitar um novo número primo e prová-lo; havia debates sobre assuntos a respeito dos quais filósofos de todas as partes arrancavam os cabelos. Um comentário sobre o Artha Shastra podia ter vez; o grande *mahakavi* Somesvara podia recitar uma elegia ao rei, ou ao ministro-chefe Rajpal, que era seu patrono. E de vez em quando, com muito alarde, ocorria um grande debate, depois do qual o vencedor era acompanhado por todas as melhores partes da cidade.

O rei estava muito impressionado com o sufi, que não alardeava suas habilidades, mas levava seu conhecimento dentro de si mesmo, expondo-o apenas se solicitado ou se considerasse necessário em benefício da plateia.

Sua fama se espalhou, e estudiosos de outras cidades também chegavam para ouvi-lo e satisfazer a curiosidade. Ele possuía um raro conhecimento das terras dos muçulmanos. Inicialmente, fora tomado como uma simples criança, um estrangeiro ignorante, pois não era que todo o conhecimento começava e terminava com os quatro Vedas? Os segredos do Atman, o verdadeiro eu interior ou alma de uma pessoa ou ser, não estavam todos explicados nos Upanishads? Todos os remédios não estavam descritos pelos sábios na Ayurveda? As leis do comportamento não haviam sido escritas por Manu? Não era Rama a personificação do homem perfeito, e sua noiva, Sita, a da mulher perfeita? O mundo não estava completamente descrito nos Puranas? Não haviam os sábios da terra desvendado os segredos da enumeração com a invenção do sagrado zero, a imagem do grande Om, o nada que era tudo? Mas então, quando os termos e modos do estranho começaram a ser compreendidos, quando se percebeu que seu conhecimento coincidia com o deles, ou os suplantava em algumas questões, ou ficava para trás em outras, ele passou a receber um respeito ressentido; apenas o bastante, percebeu, para que seu conhecimento fosse tomado e incorporado ao deles. Surpreendeu-o que aqueles rígidos cumpridores de ordens e fanáticos de lugar, função e classificação pudessem também mergulhar tão profundamente nos mistérios do universo e desenvolver uma estética tão maravilhosa, ainda que estranha aos seus olhos e ouvidos. E divertia-o que eles se mantivessem tão felizes em sua ignorância do imenso mundo que ficava a oeste — das glórias de Córdoba e Cairo, de Bagdá e Bukhara; dos trabalhos de Avicenna e Galen, Omar Khayyam e Al-Tusi, Aristóteles e Platão.

Às vezes, à noite, o rei pedia ao sufi que o acompanhasse numa caminhada pelos terrenos do palácio. O rei, magro e alto de estatura, vestindo casualmente um *dhoti* e um xale colorido ao redor dos ombros, primeiro avançava à frente do lento sufi, então fazia uma pausa e esperava impacientemente. Com o tempo, porém, aprendeu a se conter. Era um homem inquieto, porém profundamente inteligente, que parecia estar sempre esperando por um presságio ou um acontecimento naqueles tempos incertos. O sufi caminhava lentamente, como dissemos, e olhava fixamente para o chão diante dele, até que uma pergunta sugestiva ou a observação agitada do rei o fazia levantar o olhar com um sorriso e uma resposta refletida.

Os dois olhavam para o céu noturno, observavam as posições dos planetas e discutiam o que eles pressagiavam. Por quanto tempo reinaria, queria saber desesperadamente o rajá. Sua dinastia duraria mais 100 anos? Ele necessitava, acima de tudo, de consolação espiritual, mas disse:

— Sou como uma nau no oceano, golpeada pelas forças de diferentes filosofias. Os sacerdotes jain debatem os sábios brâmanes, cada um desejando que eu escolha seu caminho e deixe os outros de lado. Entre os jains, alguns defendem a nudez, outros, não. Alguns dizem que é pecado matar um piolho que fez dos cabelos do seu peito um lar, e do seu sangue, alimento. E nas cidades, sem dar atenção aos sábios, o povo segue a vida com seus próprios costumes e idolatria aos deuses e deusas.

O sufi não respondeu, e os dois seguiram caminhando juntos em silêncio, passaram pelo lago, que estava em paz naquele horário, com as crianças e damas de ouro tendo ido embora havia muito, e o deus dançante olhando para a frente num silêncio sombrio. Alguns pontos de luz amarelada cintilavam como estrelas caídas na superfície da água. Eram velas que haviam sido acesas ali como pedidos dos devotos. Uma lua crescente brilhava no céu, afiada como uma lâmina, com o ar quente exalando dama-da-noite e jasmim, embora o meticuloso e estrangeiro homem sagrado tivesse de lembrar a si mesmo que o sopro de estrume de vaca não passava de um sinal da proximidade da natureza, da unidade de toda vida. Em algum lugar, uma ovelha baliu, como que para ecoar o pensamento. Enquanto caminhavam, eram seguidos pelos guarda-costas do rei e pelo carregador da liteira real. O ministro-chefe os acompanhava a uma distância maior, para não ficar evidente, mas também para não perder seu patrono de vista. Com ele, caminhava um grupo de sábios. Não era a primeira vez que seu incansável monarca se ligava a um viajante asceta. Ainda se contavam histórias sobre como, 100 anos antes, o grande Hemachandra e seu monarca Kumarapala haviam ambos sido enfeitiçados por um mágico muçulmano não diferente desse.

— E o deus dos muçulmanos — prosseguiu o rei uma noite, talvez provocado pela visão da lua — é o mais estranho e o mais vaidoso de todos. Ele é misterioso, mas ainda assim ordena que todos se ajoelhem. Com uma palavra, exige obediência.

— Meu Senhor — disse o místico —, o general turco em Delhi ou Ghor balbucia "Deus é grande" e segura uma espada na mão. Mas esse não é um homem do deus muçulmano. É meramente um lutador e um usurpador. Dele, até mesmo o simples fiel muçulmano tem pavor.

O rei sorriu.

— E qual é o seu caminho para o conhecimento, sufi? Que caminho você me sugere?

— Todas as estradas levam ao mesmo destino — aconselhou o sufi. — Só que algumas podem ser mais longas do que outras. Mantenha-se próximo à margem, rajá, siga o caminho que aprendeu no colo da sua mãe e aos pés de seus professores.

Nur Fazal, o sufi, como todos aqueles que buscam verdade interior da existência, tinha um guia espiritual, seu amado mestre, a quem ele havia deixado para trás em sua terra natal. Todos os dias, antes do nascer do sol, ele ia ao local de oração da casa e lá, sentado no chão, meditava o nome do professor. Depois, ele voltava a esse ambiente, durante o dia e, de frente para o oeste, ajoelhava-se e se prostrava naquela postura humilde de oração a Deus que o ligava ao seu povo. Às vezes, no jardim da casa, do outro lado da parede, um grupo de moças se reunia para brincar nos balanços pendurados nas árvores. Cantando, rindo, conversando, elas balançavam para a frente e para trás, com os pés delicados e os tornozelos visíveis para o sufi ajoelhado quando ele erguia o olhar e observava pela janela antes de se levantar. Ele sorria, permitindo que o olhar se mantivesse por um instante ou dois sobre a visão de tamanha alegria inocente. Ficara sabendo que a casa e as damas de companhia pertenciam a um famoso cortesão chamado Priyanti. A brincadeira das moças consistia em fazerem umas às outras pronunciarem os nomes de seus maridos — o que uma mulher nunca devia fazer — usando inteligentes truques verbais. Os maridos, supunha ele, eram imaginários. Às vezes, ele as ouvia correndo de um lado para outro, do lado de fora, parecendo bravas. Estavam simplesmente fingindo bater em seus amantes com galhos.

Uma tarde, quando ergueu a cabeça ao final da oração, ouviu um som atrás dele. Virou-se para encontrar o olhar de um sujeito baixo, amplo e robusto, evidentemente alguma espécie de guarda.

— Minha senhora, aqui ao lado, deseja consultá-lo — disse o homem.

Cautelosamente, Nur Fazal se levantou e o seguiu. Atravessou o portão da casa ao lado e o jardim, onde as moças ainda estavam, e foi levado para o interior de uma casa até uma opulenta sala de recepção. Lá, viu sentada num tapete, recostada numa almofada, uma mulher linda e sensual. Tinha os cabelos longos e ondulados, o rosto oval, os olhos amendoados. Suas roupas brilhantes e de cores vivas se prendiam às suas curvas, mostrando um amplo ventre, e o véu branco transparente sobre sua cabeça não estava ali para esconder-lhe o rosto.

— Sua senhoria cuida das almas das mulheres? — perguntou com um sorriso, e então acrescentou: — Bem-vindo, e sente-se.

Sentou-se diante dela absolutamente sem ação, enquanto alguém lhe trazia uma almofada.

Ele compreendeu por alto o que ela disse, mas uma moça que falava sua língua se aproximou e se sentou atrás dele. Sentindo-se nostálgico, ficou tentado a perguntar de onde ela vinha, mas isso seria indelicado, então, desistiu.

— O que a aflige? — perguntou ele quando a questão dela lhe foi repetida.

— Uma mulher pode se unir ao Brahman, à Alma Universal que abrange tudo? — perguntou ela.

Serviram-lhe um copo de leite doce e colorido, e a jovem tradutora aproximou-se para tocar levemente seus pulsos e sua testa com uma essência aromática.

Certamente, disse o sufi, em resposta à pergunta da senhora. Uma mulher podia se unir com o Absoluto, para o qual havia muitos nomes. Na Arábia, houve uma mulher chamada Rabbia que alcançou o mais alto status espiritual.

Ela olhou para ele um pouco desconfiada, contorcendo os dedos dos pés nus para ele. Eram encantadoramente brincalhões. Ele ainda não havia visto uma mulher tão bela e poderosa. E ela havia apenas começado sua estratégia. Os dois conversaram sobre banalidades.

— As mulheres do seu país são bonitas? — indagou ela.

— São, assim como as mulheres aqui em Gujarat.

— Você não nos acha escuras? — perguntou a dama parda.

— Escuras, mas bonitas... — E sensuais o bastante para tentar os santos, pensou.

Estariam seus sentidos anestesiados? Seria Nur quem estava falando? Ah, meu mestre, ele clamou por dentro.

— Diga-me, sufi — falou a mulher —, por que, nas histórias que são contadas, as mulheres são a causa da tentação e queda dos grandes homens de Deus?

— Mas para se unir a Deus um homem precisa se tornar mulher em sua alma.

Ele recitou um poema para ela. A esta altura, a jovem tradutora havia saído, e o abanador afastou-se silenciosamente.

— Para ser um com Deus é preciso estar em uníssono com sua criação — respondeu ela. — É o que dizem nossos grandes gurus.

— É também o que dizem os grandes sufis.

— Mesmo amar a uma mulher é amar a Deus?

Ele concordou.

— Alguns sufis inclusive disseram isso.

— O amor é tanto arte quanto meditação, não concorda, sufi? Ele acaba como eu, numa perfeita alegria. O que mais é Deus?

E assim ela o seduziu.

Naquela noite, ele deitou no mais doce dos abraços naquela morada celestial. Todos os seus sentidos foram provocados e saciados. Quando acordou, uma quente luz do sol filtrada pelas cortinas diáfanas e o som de cantorias entraram arbitrariamente no quarto para aumentar sua felicidade.

A hora da prece havia passado. A auspiciosa lua cheia havia desaparecido sem chamar atenção. O chamado de seu mestre, pois, sem dúvida, deve ter havido um, não foi ouvido.

— Volte esta noite — disse baixinho a Sra. Priyanti quando ele partiu.

E ele respondeu:

— Voltarei!

Quando chegou à sua casa, uma janela parecia ter se aberto num canto de sua mente para romper sua compostura. Mas o pensamento que espreitava por ela não era divertido. Ele desejava vê-la de novo. Mesmo quando soube por seus ansiosos criados que na noite anterior havia ocorrido uma perturbação no mercado do cobre, onde seus seguidores viviam e onde ele havia se hospedado quando chegou à capital, só conseguia pensar nela. Passou o dia inteiro sonhando com ela, e esperando.

Finalmente, chegou a hora de visitá-la.

Quando chegou ao portão da casa, foi admitido com relutância. As jovens mulheres não exibiram qualquer familiaridade, e mesmo a menina que havia falado com ele em sua própria língua não o reconheceu. Quando pediu para ver a senhora da casa, a mulher de meia-idade encolhida que o recebeu na porta era tão diferente da sua huri da noite anterior quanto um porco de um antílope.

Ele passou a noite numa agonia de remorso. Havia se perdido naquela terra estranha. Como o mais fraco dos mortais, havia sucumbido à mais simples das tentações. Seu elo com o amado mestre fora quebrado. Em suas meditações, não conseguia mais vê-lo ou ouvi-lo. Foi como se um muro tivesse surgido entre eles. Um muro que ele não conseguia transpor. Tudo o que podia fazer era bater a cabeça contra ele e chorar.

No dia seguinte, foi ao mercado do cobre e descobriu que grande parte do local havia sido destruído pelo fogo. Ocorrera um distúrbio, iniciado aparentemente durante uma briga por conta de uma rinha de galo, jogos de dados ou de alguém prendendo um sino nas costas de outra pessoa de brincadeira, sendo esses os passatempos do povo mais humilde. Mas a briga havia começado publicamente. Alguns de seus seguidores foram mortos, inclusive seu fiel intérprete e primeiríssimo seguidor, Arjun Dev.

Desesperado e sofrendo, Nur Fazal deixou a grande metrópole e viajou por toda a terra, a maior parte do tempo sozinho, mas às vezes também na companhia de iogues e mendigos que haviam renunciado a todas as suas posses para buscar a verdade e cantar louvores a Deus. Passou 11 meses e 11 dias assim, ansiando por uma bênção, preenchendo as dobras de seu turbante com frases que descreviam as dores de sua separação do mestre. Afinal, veio um sinal na voz de um asceta do lado de fora do grande templo de Dwarka, o local de nascimento do deus Krishna. O muro de separação desmoronou, quando o mestre falou com ele. Nur Fazal chorou e abraçou os pés do asceta. Retornou a Patan, onde viveu em sua casa e cumpriu suas obrigações para com a corte. Deu conforto ao monarca, que ficou radiante por vê-lo novamente. E deu conforto a seus seguidores, usando agora a canção para transmitir sua mensagem espiritual.

Mas quando sentiu que havia ficado tempo bastante na cidade, pediu permissão para partir.

— Meu senhor... fui corrompido por sua bondade. A vida de uma corte, por mais gloriosamente estimulante e gratificante que seja, não é para mim. Devo partir. Deixe-me levar comigo aqueles que me seguirem.

O rajá respondeu:

— Vá. Meus espiões me disseram que um bom número dos seus seguidores foi morto.

Nur Fazal não respondeu.

— Outros espiões também me disseram que você é um homem de segredos. Que escapou da destruição do mongol Hulagu no Ocidente...

— Meu rei, sou um homem pacífico, como deve ter observado. Compartilhei livremente do meu conhecimento. Também prestei auxílio à sua mente atribulada.

— Isso é verdade, meu amigo.

— Meu senhor, não busco glória mundana. Ao senhor, meu rei, desejo o bem. Se puder servir ao senhor ou a seus familiares, ficarei lisonjeado e honrado.

O rei se inclinou na sua direção:

— Ouça, sufi. Gostaria que você interpretasse um sonho. Estou certo de que meus sonhos preveem muitas coisas. Tenho um sonho em especial que me preocupa sem cessar.

— Conte-me seu sonho, rajá.

— Há uma terrível enchente que varre Patan. Varre as ruas e as praças, e os trabalhos de meus antepassados, o lago dos mil Shivas, os templos, varre meu palácio...

— Sim, meu rei? Há mais?

— Tijolo por tijolo, os grandes trabalhos dos artesãos do passado são varridos pela água. Sei que isso anuncia o fim do meu reinado. Nossos inimigos já estão em Malwa, batendo nos portões orientais. No entanto, não consigo ver mais. Perversamente, o sonho termina aí, com os tijolos e as lingas sendo varridos pelas águas. Não vejo a mim mesmo nisso tudo. Não vejo minha prole. O que pode me dizer, sufi? Use todos os seus poderes e me diga.

— Meu senhor, os sábios alertaram para o fato de que o mundo não passa de uma festa de dois dias. O Atman sozinho vive eternamente e é indestrutível, como Krishna ensinou ao bravo Arjuna quando ele lamentava a morte de seus familiares no campo de batalha de Kurukshetra...

O rei encarou o místico, que sabia ter falado a verdade... uma verdade que ele de fato ouvira incontáveis vezes, mas não compreendera com aquela mesma urgência.

Nur Fazal, o místico, então retirou uma aliança preta do dedo. Entregou-a ao rei.

— Meu rei — disse ele —, que esta lembrança venha a ajudar o senhor e os seus, caso se faça necessário. Pertenceu ao meu mestre... que não está mais sobre esta terra.

Pois esta foi a mensagem que ele recebeu em Dwarka. Ele estava sozinho, e devia forjar seu próprio caminho aqui na nova terra.

O rei aceitou a lembrança.

— Vá, então — disse ele. — Você tem permissão para ficar no reino. E meu *mahamatya*, o ministro-chefe Rajpal, fará uma declaração garantindo-lhe passagem segura nesta terra e permissão para estabelecer residência.

Assim, Nur Fazal, o sufi, deixou a cidade com seus seguidores, viajando para o sul, até chegar a um local tranquilo e acolhedor no qual escolheu se estabelecer e que passou a ser chamado de Baag, ou jardim.

4

Postmaster Flat, Shimla.
Guardião do meu irmão, aqui à sombra das montanhas.
Tudo está em silêncio e imóvel neste canto do mundo quando saio todas as noites para minha caminhada numa escuridão transparente e iluminada pelas estrelas, a cada momento consciente daquele apavorante mistério sugerido inicialmente a mim pelo meu pai nos arredores de Pirbaag no dia em que fiz 11 anos. Não consigo deixar de pensar: será esta caminhada que faço mera coincidência ou é um pedaço de memória? É o mesmo céu aqui, agora, acima dessas montanhas, que aquele sobre as planícies poeirentas daquela noite? É reconfortante acreditar num padrão sobrepassando, numa resposta para tudo, chamada a Alma Universal, ou Brahman, o Om e Alá daquele viajante, o sufi, nosso próprio Pir Bawa. Ainda assim, como eu havia me afastado desta reafirmação.

O ar está gelado. À distância erguem-se as silhuetas sombrias dos poderosos Himalaias, guardiães desse reinado de eternidades. Tento imaginar o silêncio absoluto daquelas montanhas, em meio a uma beleza pura: certamente um estado ao qual aspirar, livre da desordem, da crueldade e das desilusões da vida humana? Era o que meu Bapu parecia ensinar. Ao meu redor, os fantasmagóricos edifícios cinzentos do Instituto, atualmente meu refúgio, e um dia a residência de verão dos vice-reis britânicos da Índia. Lá embaixo, do outro lado do vale de florestas de pinheiros e rododendros, brilham as escurecidas luzes salpicadas da cidade de Shimla.

Recebi como moradia o Postmaster Flat, que se ergue como uma torre de observação na entrada das dependências do Instituto, acima do escritório do zelador na ponta da longa e sinuosa entrada para carros que levava colina acima. Seus dois quartos são na verdade um luxo para as minhas necessidades de solteiro. A porta da frente abre da sala de estar e do escritório para um lance de escada de madeira perigosamente frouxo que desce até a entrada de carros. A porta dos fundos dá de frente para o alojamento, que é onde, creio, ficavam os aposentos dos criados de nossos antigos governantes, e em cujo salão de jantar os alunos visitantes, que é como sou considerado, fazem suas refeições. Meu compromisso aqui foi repentino, um favor oportuno concedido através da influência de um simpático amigo. Isso e minha residência privilegiada são, sem dúvida, causa de certo ressentimento entre os outros alunos. Sou visto por esta elite — especialistas nas ciências humanas vindos de toda a Índia — como uma espécie de maluco. Surpreendo os ocasionais e divertidos sorrisos acadêmicos, ainda que discretos, nos passantes e me dou conta de que estivera falando sozinho ou, pior, murmurando meu repertório de canções de Pirbaag. Sei que faço isso na minha ansiedade de me apegar a fragmentos de melodias e versos esquecidos, que ainda voltam a mim depois de tantos anos de ausência.

Na manhã de domingo, dei uma caminhada rumo aos fundos do alojamento. Não é o caminho usual dos turistas. É onde moram os criados mais humildes do Instituto. Ao passar pela casa e entrar numa modesta área residencial, com alguns homens, mulheres e crianças sentados sem fazer nada, vi um dos ajudantes de cozinha do alojamento. Ele sorriu de um modo amigável e disse:

— Está indo para a igreja?

— Que igreja? — perguntei. — Há uma igreja aqui? — E ainda por cima cristãos.

— Lá. — Ele apontou para uma construção com aparência de celeiro logo mais à frente, para a qual segui com curiosidade.

Do lado de fora, pendurada sob o teto inclinado, uma velha placa a anunciava como a igreja anglicana, diocese de Boileau Ganj. Acima da porta, num pedaço de lata achatada, uma cruz cristã vermelha. Entrei e deparei-me com uma visão deprimente. O piso de cimento era sujo e esburacado. As vigas estavam apodrecendo. O gesso branco havia descascado em algumas partes. Duas lâmpadas nuas proviam uma luz fraca das vigas. Como decoração, cerca de 20 vasos de plantas haviam sido dispostos contra uma parede. Contra a parede oposta estava apoiado o que restara do painel de madeira original. Havia uma cerimônia ocorrendo, e uma congregação de três pessoas, sentadas no chão, cantavam devotamente. E desafinadamente. Na frente delas havia um pódio coberto por um tecido branco com uma cruz preta. O pastor estava de pé atrás desse pódio e, quando a ocasião exigia, ele batia em seu pandeiro. Quando me viu, hesitou, então fez um sinal para alguém em meio ao rebanho de fiéis que se levantou e me trouxe uma cadeira. Eu me sentei. Uma Bíblia com a capa preta e livros de hinos religiosos em hindi e inglês me foram trazidos. A cantoria havia parado, e o pastor lia do Gênesis a história de Abel e Caim, em hindi. Em inglês, traduziu no momento adequado:

— Sou o guardião do meu irmão? — E pareceu procurar por uma resposta minha.

Quando o sermão terminou, o pastor, tendo explicado a história que havia lido, deu sua bênção, aproximou-se e apertou minha mão. Disse que se chamava Yesudas. Por favor, eu voltaria à sua igreja? Sim, respondi. Ele me lembrava muito um professor querido que tive uma vez, que também era cristão. Naquele instante, mais algumas pessoas chegaram, entre eles dois dos criados do salão de jantar, que pareceram encantados por me ver.

Desde então, os funcionários do salão de jantar me paparicam. O *chai* da manhã, que costumava ser irregular, agora chega pontualmente, levado por um jovem chamado Ajay e acompanhado de um agrado. No salão de jantar sou servido primeiro e, se não me animo a comer com os outros, sou servido no apartamento. Ajay é filho do pastor.

Recentemente, o telefone tocou tarde numa noite. Era Mansoor, meu irmão. E que alívio é ter notícias dele, qualquer que seja a natureza do nosso relacionamento hoje em dia. Naturalmente, eu era o preocupado irmão mais velho e caía direitinho em suas mãos.

— *Arré*, Mansoor, onde está você? Sabe como tenho estado preocupado com você?

— Estou bem. Preciso de dinheiro urgentemente, Bhai.

Estava com a voz apressada e furtiva, para não dizer ressentida. Ele nunca conseguiu esconder seu ressentimento, nem quando pequeno. Carros buzinam impaciente e incessantemente ao fundo. Com quem ele estava? Em que cidade? Sempre foi o impetuoso, o perigoso. Bapu-ji disse um dia que o filho fora enviado para testá-lo.

— Que tipo de moeda? E onde você está?

— Eu digo para você, mas me mande dinheiro.

— Eu tenho muito pouco, Mansoor...

— Deve ter dinheiro que o Bapu-ji deixou para trás... e você deve ter dólares escondidos...

— Você acha que é fácil mandar dinheiro? A polícia está procurando por você, sabia disso? O que você está aprontando que precisa se esconder?

Um longo e audível suspiro. No que ele estava pensando? Eu não queria que ele desligasse. Não queria perdê-lo. A última vez que o vi foi em Ahmedabad, há três semanas, quando ele me contou que havia se tornado um muçulmano "completo". Ele havia expressado algumas visões profundamente perturbadoras, e parecia que tinha se engajado num caminho temerariamente anárquico do qual teria de ser trazido de volta. Então, havia desaparecido, levando com ele este número, no qual podia me encontrar.

— Por segurança, Bhai. Mande dinheiro se puder.

Quando eu disse que tentaria, ele me deu um endereço e se despediu:

— *Salaam alaykum*, Bhai.

Essa saudação árabe, tão estranha para nós em Pirbaag, foi dita para me provocar, talvez me assustar — num mundo em que o islã é prontamente ligado ao terror e à insensatez.

Alguns dias depois o major Narang da CBI, que me havia sido designado, veio falar comigo. Ele deve ter sido informado sobre o telefonema tarde da noite. Foi uma entrevista casual e simpática como as outras, não exatamente um interrogatório. Sou seu elo com Mansoor, que ele suspeita e eu temo que seja um elo com outros que podem estar tramando o inominável. Respondi que ainda não tinha recebido notícias do meu irmão. Ele tinha certeza de que meu irmão estava vivo?

Vamos viver com essa mentira por um tempo.

5

*O Jardim do Pir. Minha juventude. E o mundo de acordo
com o rajá Singh.*

Eu lembro — com carinho, não consigo deixar de sorrir —
de voltar para casa da escola à tarde, saltando de um riquixá ou saindo de um templo repleto de crianças e mulheres,
ou do lado do passageiro de um caminhão no qual pegara
uma carona. Do lado da borracharia do pai do meu amigo
Harish, eu atravessava a estrada rapidamente, passava pela
tenda em que Ramdas, o pai do meu outro amigo, Utu, fazia um rápido e tímido cumprimento de detrás de suas pilhas de rosas vermelhas e cor-de-rosa e *chaddars*, tecidos
coloridos e decorados dados como oferenda em santuários,
onde são usados para cobrir túmulos. Quando entrava no
terreno do nosso santuário, passando pelos pilares de tijolos
e a placa de identificação, meu coração se exaltava, meus
olhos ficavam alertas aos sinais das diárias emboscadas fra-
ternais. Era certo que o pequeno Mansoor iria sair correndo
de algum esconderijo, de shorts sujos e camisa ou camiseta
aberta, evidentemente de pés descalços, rindo ao receber o
irmão-estudante. Eu carregava no ombro minha bolsa preta

bordada e, nas mãos, talvez alguma parafernália de críquete — proteções para as pernas, luvas, bola. Críquete era tudo.

Meu irmãozinho carregava e arrastava minha bolsa para dentro da casa, onde estava sempre surpreendentemente fresco para o horário. Então nós nos sentávamos à mesa, e Ma, irradiando seu amor, sem ter me visto o dia todo, servia nosso lanche e se juntava a nós.

Éramos os dois meninos do santuário. Alguns nos chamavam de privilegiados, outros, de prejudicados. Isso era 1961 ou 62, e Fidel Castro e Cuba apareciam muito no noticiário. Falava-se no Terceiro Mundo e de Panchsheel, a amizade entre nações não alinhadas que o nosso primeiro-ministro Nehru tanto favorecia. Yuri Gagarin, o cosmonauta russo, havia se tornado o primeiro homem no espaço. E eu tinha 11 anos, mais ou menos. Mansoor era sete anos mais jovem.

À mesa, o pequeno, sentindo-se excluído enquanto eu conversava com Ma sobre o meu dia na escola, começava a se comportar mal: interrompia, reclamava de seu pão com picles (preferia manteiga) e me chutava por baixo da mesa — e quando eu retaliava, mamãe me reprovava, o mais velho, por não compreender. Mansoor era o queridinho, o *Munu* dela. Eu o chamava de "guerrilha", um termo que havia aprendido nos jornais. Mesmo naquela época, nos dias de infância, meu irmão não gostava de esperar. Ele exigia e agia.

Mas aquelas brigas eram esquecidas. Eu logo pegava o taco e a bola e saía para a rua para me reunir aos meus amigos, que já estavam jogando. Mansoor me seguia à distância, fazendo o máximo para não ser visto. Eu gostava do meu irmão. E, agora, depois da minha longa ausência? Ainda me importo com ele, embora não consiga expressar isso de uma forma que o satisfaça.

Uma estrada secundária poeirenta e esburacada que unia duas rodovias movimentadas atendiam nossa cidade de Haripir, atravessando-a. O santuário ficava nessa estradinha, no final da cidade, mais perto do cruzamento de Ahmedabad. Na entrada, ao lado dos pilares sem portão, uma placa de madeira fixada em dois paus exibia um desbotado letreiro em escrita romana: *Mussafar Shah Dargah — Pir no baag*. O Santuário do Viajante — o Jardim do Pir. Era chamado de Pirbaag como abreviação e também, afetivamente, de Baag.

Logo em frente aos pilares, no topo de uma elevação, ficava nossa velha casa desbotada, ligada ao santuário na ponta mais distante, e construída ao redor de um pátio quadrado que era majoritariamente a céu aberto. Os degraus da frente levavam para uma curta passagem escura que dava para a praça aberta. Um portão lateral abria diretamente para o espaço sagrado, e era nossa entrada particular para ele. Um muro alto ia da casa até a estrada, com o santuário de um lado e nosso jardim do outro, vazio a não ser por um balanço pendurado numa árvore. No começo da manhã, corvos se reuniam na árvore e faziam muito barulho. Acreditava-se que eles estavam lá desde a construção do santuário. Na metade do muro ficava a entrada, em forma de arco, que servia de acesso público ao santuário. Normalmente, nós usávamos essa entrada para irmos até a nossa casa atravessando o santuário e indo até os fundos.

Do lado de fora dos pilares na estrada por onde eu saía depois do meu lanche, seguido pelo pequeno Mansoor, a cidade estava começando a ganhar vida com a aproximação do horário das compras. Ao lado da loja de flores e *chaddars*, de Ramdas, à direita, um vendedor de amendoim se instalava e, ao lado deste, uma fileira de verdureiros, e isso seguia colina acima. Do outro lado da rua, ao lado da borracharia, havia uma parada de ônibus, onde um cartaz rasgado do Partido do Congresso reivindicava a posse da área, ao lado de um cartaz de filme mostrando Raj Kapoor e Nargis no filme *Shri 420*. Chacha Nehru estava no comando da nação. O país era pobre, mas estava orgulhosamente olhando para a frente.

Nós dois virávamos à esquerda na entrada para o playground, onde llarish, Utu e outros estavam reunidos para jogar o críquete diário.

— Ei, Kaniyaa! — Era o meu apelido, ouvido num grito.

— Harry! Utuputu! — eu respondia. — Estou ganhando desde o jogo de ontem, não se esqueçam! Trueman chegou! — Quando atirava minhas sandálias longe, para jogar descalço, uma bola alta vinha na minha direção, a qual, abaixando meu taco, eu apanhava com habilidade, com exatamente a tranquilidade exigida. Errar nesse desafio seria atrair risos e perder credibilidade.

À distância, na região cultivada, uma fila de camelos percorria lentamente seu caminho aonde quer que estivesse se recolhendo para passar a noite.

Duas cestas ficavam uma em cima da outra contra o muro baixo que delimitava nossa propriedade nesse lado, substituindo os tocos dos nossos jogos. Uma velha e enorme figueira, conhecida carinhosamente como Mister Six, e o raio que ela descrevia formavam o limite que uma bola tinha de atingir para marcar quatro ou seis pontos. A aproximadamente 20 metros de distância da figueira ficava um pequeno, velho e normalmente deserto templo dedicado a Rupa Devi, esposa de Pir Bawa e adorada por mulheres jovens, solteiras e travestis.

Por que o templo de Rupa Devi não fazia parte do Baag era algo que ninguém sabia explicar muito bem. Mas eram as mulheres do Baag que cuidavam dele, e as meninas da cidade iam até lá contar seus segredos à deusa. Bandos de travestis — *pavayas* —, eunucos que eram mais sedutores do que as mulheres locais, paravam ali periodicamente a caminho de seu próprio santuário Kali de Becharaji, no norte, e qualquer menino que cruzasse o caminho deles seria provocado infinitamente.

❦

O fraco porém persistente tilintar de um sino era o prelúdio do alvorecer em nosso jardim dos santos. O som ecoava por todo o santuário como se pretendesse despertar não apenas os vivos, mas também os mortos que estavam enterrados sob pesos de pedra. Eu abria meus olhos no escuro e acompanhava o som mentalmente, enquanto ele se movia pelos corredores entre os túmulos, acompanhado por um reluzente braseiro de incenso queimando. Então o *azan* matinal podia se levantar da mesquita próxima, um chamado longo, sinuoso e misterioso. Uma brisa fresca soprava pela janela ao meu lado, vinda das terras cultivadas, perfumada com estrume animal. Eu fechava os olhos de novo. Na outra cama, Mansoor não havia se mexido. Se fosse quinta ou sábado, logo viriam os sons de cantoria do templo, doce, belo e atemporal. Intermitentemente, eu acompanhava as canções daqueles *ginans*, como eram chamadas as nossas canções ou hinos religiosos, e ainda me lembro das suas letras, que me haviam sido ensinadas. A percussão começava devagarinho, e então aumentava de intensidade. A certa altura a cantoria parava. Se forçasse o ouvido, às vezes conseguia escutar meu pai falando, ou talvez o imaginasse, transmitindo seus ensinamentos espirituais aos iniciados do Jardim — porque eram apenas eles que iam ao templo naquele horário, para meditar, cantar e ouvir. Alguns deles eram locais, enquanto outros tinham vindo de vários lugares para demonstrar sua devoção ao Pir e seu Saheb.

Então começavam os barulhos de buzinas de carros, pessoas conversando e corvos gritando ruidosamente do lado de fora.

Eu saltava abruptamente da cama, imediatamente desperto, ia escovar os dentes na pia da cozinha e depois ia acordar meu irmão dizendo "*Uth havé nakama*, acorde, seu inútil!". O olhar no rosto do pequeno era de uma inocência angelical, de comportamento frágil. Seus olhos se abriam: o sorriso mais lindo, o corpo imóvel, a energia de todo o dia represada dentro dele, aguardando para ser libertada.

Às 7 horas, quase em ponto, depois do café da manhã, eu saía pela porta lateral da casa para o santuário. Passava pelo mausoléu com as mãos unidas e dizia meus *pranaams* e *salaams* ao Pir. Orava silenciosamente para que ele me trouxesse sucesso não apenas no críquete, mas também em meus estudos. Enquanto eu caminhava em direção ao portão e à estrada, no meu próprio passo tranquilo, confiante de que tinha muito tempo, tinha consciência do olhar de meu pai às minhas costas — todo o seu orgulho e a sua confiança, todas as suas esperanças e temores em relação a mim.

No portão, afinal, eu olhava ao redor, à espera de uma carona para a escola. Podia haver um riquixá por perto, depois de deixar devotos no santuário, pronto para apanhar um passageiro pagante. Mas, se eu tivesse sorte, um caminhão parava numa nuvem de diesel e poeira, em toda sua glória espalhafatosa, buzinando, economizando minha passagem. O motorista se inclinava por sobre o assento do carona e gritava:

— Eh, Baba, hora de ir para a escola! Vamos lá, entre.

E quando eu estava dentro da cabine, com o caminhão ganhando velocidade, ele podia perguntar amigavelmente:

— E então... terminou o seu dever de casa? *Khub kiriket khela, nai?* — Muito críquete. Mas você precisa trabalhar duro, deixar Nehru Chacha orgulhoso!

Numa manhã, quando saí pelo nosso portão para o clarão do sol, surgiu diante de mim uma visão mágica.

Um caminhão verde e laranja, todo coberto com frases fortes — *"Jai Mata Di!"*, "Buzine Por Favor, Ok!" "Ah, Olhar Maldoso, Seu Rosto Coberto de Vergonha!", "Minha Grande Índia!" — e símbolos de Om em dourado e prateado numa letra brilhosa e cheia de floreios. Podia ter caído do céu, um presente dos deuses. Meu rosto se abriu num sorriso. Encostado estilosamente na porta, radiante, com os braços cruzados, estava um sikh barrigudo e atarracado com uma barba espessa e revolta. De acordo com o nome da porta do motorista: rajá Singh de Bhatinda, Punjab.

— Hora de ir para a escola! — disse ele, como se me conhecesse.

Ele estava esperando por mim, tendo acabado de rezar no santuário pela primeira vez. De um modo típico de sua natureza, ele conversara com Ma e ficara sabendo que eu frequentava uma escola cristã na cidade de Goshala. Chamava seu caminhão de Caleidoscópio, mas eu o chamava de Air India, porque me lembrava muito do genial símbolo do marajá com turbante da companhia aérea. A cada duas ou três semanas ele me esperava no portão, vindo de Bombaim, Baroda, Ahmedabad, Rajkot — com os nomes dessas cidades pintados claramente atrás do caminhão. A porta do passageiro se abria quando eu surgia.

— Suba!

Dizendo *"Sasrikal, Ji"*, na saudação sikh, eu escalava a cabine, e o rajá Singh partia com uma risada de aprovação.

Era meu próprio *vahan*, e me levava voando não apenas para a escola, e, às vezes, de volta para casa, como também para o mundo lá fora que eu podia apenas imaginar. Todo mundo na cidade sabia quando o rajá Singh iria parar na região. Apenas ele podia levar o *gaadi-varas* à sua escola inglesa em Goshala. Num interior cheirando a *puri* e *bhaji*, suor e óleo de motor, decorado com Ganesh e Guru Nanak no painel e um minúsculo Sai Baba no para-sol, eu era regalado com uma ou duas canções, ouvia Punjabi xingar outros motoristas, pedestres preguiçosos ou uma vaca, um cachorro, um porco ou um camelo esquecido na estrada e escutava as últimas notícias do mundo, com comentários. No caminhão do rajá Singh eu me mantinha atualizado sobre a última guerra na África ou na Ásia, sobre o que Kennedy da América tinha dito e o que Khrushchev da Rússia respondera, o que Nehru, Nasser ou Sukarno haviam dito, a tour da Inglaterra do críquete indiano ou vice-versa. Sobre como os infiéis russos haviam botado um satélite em órbita ao redor da Terra.

— Esses russos, *yaar*, um cachorro no céu... dando voltas e voltas... o que virá a seguir? Querem ir à lua, e às estrelas... até o fim do céu... tem um fim, o céu? Peça que o seu *papaji,* o saheb, nos dê sua sabedoria quanto a isso.

E se eu ficava introspectivo quando parávamos para as carroças puxadas por camelos do lado de fora da tinturaria no caminho, o rajá demonstrava sua preocupação.

— *Ay!*... por que está olhando assim? Hein? Pensando em subir sozinho no seu próprio *Sputnik*?

— Eu teria medo de subir lá, Singh-ji.

— Medo do quê?

— Se acontecesse um acidente lá em cima, eu ficaria perdido na escuridão... e não conseguiria voltar para casa.

O rajá Singh, o homem que estava sempre nas estradas de Gujarat, que parecia nunca ter voltado à sua casa em Punjab, me encarou e reconheceu:

— De volta para sua mãe, seu pai e seu Pir Bawa... não se preocupe, os americanos e os russos o resgatariam. — E como que para ressaltar sua própria aflição, ele disparava sua cantiga preferida: — Meus sapatos são japoneses / minhas calças inglesas / meu chapéu vermelho pode ser russo / mas não tema, o coração é hindu!

Raj Kapoor, no filme *Shri 420*, o herói de todas as almas nômades.

— Sem dúvida, ao Hindustão você deve, definitivamente, voltar, aonde quer que se vá — concluiu o rajá Singh, girando sua cabeça com turbante para ressaltar seu ponto de vista.

Sempre me perguntei sobre essa especial ligação dele comigo. Ele disse aos meus pais que viu uma aura sobre mim. Isso agradou ao meu pai, principalmente. Mas talvez o rajá apenas sentisse pena de mim, pela carga que eu levava, e pensou botar um pouco da diversão e alegria do mundo em minha vida. Uma coisa é certa, no entanto: ele foi o primeiro a saber que um dia eu iria embora.

— O rajá Singh, *tumhara ghar kahan hai*? — Onde é a sua casa? Minha pergunta preferida, uma piada entre nós dois, para extrair a resposta esperada e explosiva: — Bhatinda!

Sorrisos e gargalhadas.

Que nome para um lugar!

— O que você pede quando reza a Jaffar Shah? — perguntei a ele um dia.

Jaffar Shah era o santo padroeiro dos viajantes. Era filho do nosso Pir Bawa e tinha o maior túmulo do Jardim, com 60 centímetros de altura e, curiosamente, 2,10 metros de comprimento. Havia muitas histórias sobre as viagens de Jaffar Shah, durante as quais ele atraiu seguidores para o caminho de Pirbaag.

O rajá Singh se aproximava do túmulo com uma grande cesta de flores, que espalhava cuidadosamente por todo o seu comprimento. Deixando de lado a cesta vazia, deitava-se de barriga para baixo obedientemente diante dele. Pedindo o quê?, perguntei.

Vermelho de vergonha e surpreso com a minha pergunta, ele não disse nada inicialmente. Então, respondeu com um sorriso:

— Rezo para ganhar na loteria, para não precisar mais dirigir este *laarri* pelo país.

— *Turn idhar nahin ayega, phir?* — Você não viria mais aqui, então?

Ele sorriu, cantou, xingou um objeto animado na estrada.

Sempre que vinha, trazia um presente para a nossa família: uma especialidade da cidade que havia visitado por último — *gathia* de Bhavnagar, *chevdo* de Baroda, *barfi* de Rajkot, uma bandana de Bhuj. E, mais importante, ele me deixava uma pilha de jornais e revistas que havia reunido na estrada. Às vezes, decepcionantemente, era um pacote pequeno enrolado, meros restos do mundo. Mas também tinha vezes em que, para minha grande alegria, uma grande pilha era largada com um estrondo diante da nossa porta de entrada, amarrada com uma corda, tão pesada que eu não conseguia levantá-la. E assim eu descobria o que estava sendo planejado e feito em Bombaim e Madras, Ahmedabad e Delhi, e mesmo em Nova York, Londres e Moscou.

6

Meu principado antes de mim.

Sábado era *moto diwas*, o "grande dia", no nosso santuário, e as pessoas vinham em multidões. Digo "nosso", embora não fosse exatamente assim. O santuário havia sido confiado aos nossos cuidados, e a certo ponto no passado havia sido legalmente convertido num bem público. Uma instituição não dura 700 anos sem conflito. O que foram esses conflitos talvez apenas os sahebs soubessem e, assim, talvez eu ficasse sabendo no devido tempo. Mas, felizmente para a nossa família, a administração britânica havia sido amistosa conosco — era nosso o amistoso mundo do espírito, e a liberdade que desejávamos era apenas da tirania dos 8.400 renascimentos que um humano descuidado precisa sofrer — e garantiu que a responsabilidade pelo santuário, que havia ficado em nossa família desde o princípio, não pudesse ser contestada.

As pessoas chegavam a pé, de táxi, riquixá e carroça puxada por camelos ou bois, trazendo uma explosão de cores ao portão, pois a maioria vinha vestindo respeitosamente suas melhores roupas. E quando passavam por ele,

Ramdas os cumprimentava da sua tenda, oferecendo flores e *chaddars*. Além disso, ele vendia fotos não autorizadas do Pir, em vários tamanhos, montadas ou não. O sufi, apresentado de perfil, era claro e cor-de-rosa, com o rosto pontudo e um cavanhaque curto e pontudo. Vestia um turbante verde e um manto azul. Seus olhos eram castanhos-esverdeados e olhavam à distância. Um rádio atrás do tendeiro tocava as mais alegres variedades de canções religiosas. Muitos dos nossos peregrinos vieram de longe, tendo sido aconselhados a levarem seus desejos ao famoso sufi Nur Fazal, o Viajante de Pirbaag. Essa não seria a última parada num local sagrado, mas ali estavam eles, com suas esperanças, seus desesperos, suas dores escritas em seus rostos.

Quando eles entravam pela alta arcada do acesso público, invariavelmente seus olhos procuravam pelo mausoléu à direita, até o qual desciam antes de pararem a uma distância modesta. Então, diziam seus *salaams* e *namaskars* silenciosos ao Pir. Depois disso, viravam-se e caminhavam, prestando homenagens nos túmulos dos santos menos importantes, e ouviam histórias sobre milagres relacionados ao santuário antes de tirarem os sapatos e se aventurarem subindo os degraus que levavam à varanda do mausoléu e passando pela soleira até o salão interior que era o santuário, para pedir pelo que precisassem.

O túmulo elevado do Pir ficava no meio do santuário, cercado por uma cerca baixa de mármore. Tinha um acabamento de madeira entalhada incrustado no topo, raramente visto por estar coberto por camadas de *chaddars* vermelhos e verdes, esses últimos bordados com a lua crescente islâmica e texto árabe em prateado e dourado reluzentes. Uma abundância de flores frescas era espalhada pelos *chaddars*. Na cabeceira dessa cama exuberante e colorida ficava uma coroa real prata-escura. Atrás dela ficava brilhando a eterna luz do sufi. Por séculos queimara ali por sua própria energia divina, sem consumir óleo ou pavio.

Sábado de manhã, depois de ter brincado um pouco, ou lido sobre o mundo, ou estudado, ou escutado sorrateiramente um comentário sobre críquete no rádio — e, consequentemente, com uma pontada de culpa —, eu acabava chegando ao complexo, que estava sempre alvoroçado com o murmúrio intrigante dos adoradores, e me sentava num canto de um dos túmulos mais antigos e menos visitados de algum ancestral ou homem sagrado, vagamente ciente de que eu era o futuro mestre daquele local. Levava alguns minutos, talvez, para me orientar em relação à cena diante de mim e, enquanto continuava observando, começava a imaginar os dramas nas vidas daquelas pessoas que as haviam feito buscar ajuda. O homem bem-alimentado de terno, parecendo humilde ao sair do mausoléu... certamente havia negligenciado os pais em busca da riqueza. A jovem mulher infeliz, evitando os olhos dos outros enquanto caminhava com indiferença... Pir Bawa, me ajude... o que poderia afligir alguém como ela? Ter sido corrompida por um homem *badmaash*, como diria Ma. E o bem-vestido adolescente da cidade com sua mãe dominadora que devia estar a caminho de alémmar... para a Inglaterra, onde mais? Assim é *sansara*, como diria Bapu, a vida e a eterna busca por soluções. A moça da varíola, com o rosto coberto de pústulas, com os olhos cinzentos observando vagamente à frente: o que poderia o Pir dar a ela? Ela também viera em busca de um milagre. E o homem sem pernas, com seu corpo mutilado amarrado a uma esteira, na qual se movia de um lado para outro impulsionado rapidamente por suas mãos. Um visitante frequente, Pran Nath. O Pir não o estava ajudando, e por um bom motivo, pois ele era um intrometido e fofoqueiro, passando para lá e para cá como uma mosca em busca de alimento.

E lá ia o homem magro de Goshala com o lenço azul amarrado em torno da cabeça, circundando o mausoléu com seu andar rápido e tolo, os olhos humildemente voltados para o chão diante de si. Ele vinha invariavelmente a cada quatro semanas, e caminhava sem parar das 10 horas às 14, numa órbita estreita e elíptica. Caminhava 13 quilômetros, como um dia estimei. Quando terminava, entrava no mausoléu e, quando saía, Ma tinha buscado água para ele. Mais um devoto de Pir Bawa. Mas eu conhecia sua história, assim me convenci: ele era um homem cujo filho, ou filha, havia sido salvo pelo Pir das garras da morte, e aquele rigoroso ritual era o que ele havia prometido em troca. Ele o manteria até o dia de sua morte.

Às vezes, Harish ou Utu se sentavam do meu lado, e eu lhes contava essas histórias, com toda a autoridade de alguém que tem acesso a um conhecimento especial, uma voz interior. Podia sentir a inveja em seus olhos quando me sentava lá, um príncipe vendo os domínios que herdaria, quando seus mundos eram tão comuns, tão tristes. O que Harish tinha como perspectiva? Uma borracharia? E Utu? Uma tenda de flores?

Às vezes, eu era pressionado a trabalhar como *sevak*, um voluntário para ajudar os visitantes de fora, para lhes contar as histórias e os milagres.

— Neste local, sob uma árvore... não, não esta, perdão, mas sua predecessora... sentou-se um grupo de fazendeiros Lohana de Jamnagar que estava a caminho de Kashi como peregrinos e pararam para descansar. Pir Bawa... Mussafar Shah... ele tem muitos nomes, como vocês sabem... recebeu-os de braços abertos. Ofereceu-lhes comida. Ele percebeu que os viajantes estavam muito cansados, e que uma velha senhora do grupo estava prestes a morrer. Pir Bawa logo lhes perguntou aonde eles estavam indo com uma moribunda. Os viajantes responderam, e Pir Bawa questionou: "Vocês acreditam que esta mulher conseguirá chegar a Kashi?" "Não, Guru-ji", eles responderam. "Talvez tenhamos de levar apenas suas cinzas." E Pir Bawa disse: "Eu mesmo vou levá-los a Kashi." E ele o fez, ali mesmo. Todos se reuniram ao redor dele e fecharam os olhos como pedido. Em seguida, estavam todos na cidade sagrada, ao lado do rio sagrado. Banharam-se no Ganges, prestaram homenagens nos templos e, quando abriram os olhos, estavam de volta a Pirbaag. Bem aqui. O *halwa* que haviam recebido nos templos estava ao lado deles. E o próprio Pir Bawa estava sentado com eles. Os peregrinos se jogaram a seus pés. "Mostre-nos o seu caminho, Guruji. É o verdadeiro salvador", disseram.

"Agora, nesta área com as placas de mármore no chão... o senhor pode ler os nomes, e algumas das datas são recentes, outras, antigas. Elas celebram as pessoas proeminentes da comunidade. Aquela ali diz 'Dargawalla'. É onde as cinzas do último saheb estão enterradas. Ele foi meu avô...

"E aqui, senhora, foi onde Pir Bawa ficou antes de morrer. Isto aqui é o *gaadi*, o trono dele... é aqui que ele irá se sentar quando voltar.

"Não, eu não posso aceitar o seu dinheiro, senhor, mas o senhor pode depositar uma doação no cofre no mausoléu de Pir Bawa quando entrar lá. E não se esqueça da eterna chama, que está queimando sozinha há sete séculos, um milagre contínuo no século XX, que desafia cientistas da própria América! E há também outro cofre perto da entrada, para manutenção deste santuário."

Era este o dinheiro que alimentava nossa família e que me mandava para a escola. Eu sabia disso, deste fato básico e mundano da nossa existência. Como poderia não saber? Ainda assim, isso não foi algo de que me dei conta durante muitos anos. Era da comunidade e da história, e da memória do sufi que nós vivíamos.

Meu inglês, assim demonstrado, era sempre fonte de admiração.

— *Arré Kaniya, tari Angrezi kevi sari!* — Que inglês! E você aprendeu a falar no St. Arnold? Meus amigos, claro, frequentavam a escola pública local de Gujarati na estrada, com todas as séries, da primeira à sétima, juntas dentro de uma única sala de aula barulhenta.

Quase despercebido, meu pai chegava ao pavilhão, na varanda de cimento contígua à nossa casa, e ficava de frente para os túmulos e visitantes como num palco, sentava-se em sua cadeira e era assistido por um punhado de voluntários, todos vestidos de um branco impecável. As mulheres, quando havia alguma, vestiam sáris. Os homens usavam *dhotis* e o típico chapéu de duas pontas. Meu pai usava seu *pugri*, ou turbante, branco. Algumas pessoas dentre os peregrinos do dia eram levados para vê-lo. Visitantes d'além-mar eram sempre bem-vindos. Ao meio-dia, a hora antes da refeição conjunta, ele se levantava e, numa lenta procissão, seguia para o templo atravessando o terreno. Com a postura ereta e o rosto iluminado, levantava a mão direita para dar bênçãos.

Enquanto eu assistia a essa transformação semanal da multidão, sentia um arrepio sobre mim. Meu principado não me atraía mais. Enquanto ele se movimentava, as pessoas tocavam a bainha de suas roupas e murmuravam orações com os olhos cheios da mais absoluta devoção. Como eu poderia me tornar merecedor de tudo aquilo?

O maheb ia até uma poltrona acolchoada, forrada de seda, no pequeno templo, e se sentava de frente para a congregação que havia se reunido. Ele levantava a mão direita numa bênção e então falava, calma e sabiamente, a uma ávida audiência. Por vezes começava cantando um *ginan*:

— Diga-me, alma, o que a trouxe a esta terra?

Todas as vezes eu percebia de novo que meu pai fazia parte de algo superior a minha compreensão, algo que, no entanto, eu deveria me tornar.

— Certo, Kaniya, você sabe muitas coisas. O que vai ser daquele mutilado Pran Nath?

Era uma observação cruel, mas Harish, que a havia feito, não era de gentilezas. Falastrão, ele recentemente havia começado a fazer observações vulgares sobre mulheres e aprendido um repertório de gestos obscenos. E então explodiu com sua gargalhada característica quando fui atrás dele e observei sagazmente:

— Pran Nath, o mutilado, vai se casar com a mulher da varíola.

Ele parou de rir para fazer uma inevitável observação maldosa.

Pran Nath havia chamado nossa atenção porque uma mulher alta e idosa, com aparência culta, vestindo um sári amarelo, tinha dito para que se afastasse por ter parado perto de seus pés e tocado nela. Tendo nos escutado, com um olhar de despedida, ele se afastou para o pavilhão onde, sob meu olhar apreensivo, ele me delatou ao Bapu-ji.

Um minuto depois um jovem se aproximou para me dizer:

— O saheb está chamando você.

Quando fui até lá, abrindo caminho por entre meus amigos que abafavam o riso, meu pai me disse:

— O que você disse não foi gentil. Peça perdão a Pran Nath.

Olhei para baixo, para o homem que me olhava fixamente, e disse:

— Cometi um erro, Ji, perdoe-me.

Ele se afastou, satisfeito. Mas a mulher com as marcas de varíola no rosto havia se aproximado, incentivada por espectadores. Seu nome era Mariam, e Bapu-ji me instruiu:

— Peça perdão a Mariam Bai também.

Então eu pedi perdão a ela.

— Não é nada, está vendo? — arrulhou ela, passando a mão sobre as pústulas em seu rosto, carinhosamente, como se estivesse acariciando um bebê. De repente, com destreza, agarrou minha mão direita. Eu endureci. Observado por meu pai e pelos demais, com os olhares tranquilos, mas curiosos, cedi. Em seguida, minha mão estava no rosto dela, sendo guiada por sobre cada pústula, cada revoltante ferida pegajosa de pele mole e flácida. Ela me soltou com um sorriso e eu corri para casa, mal entreouvindo alguém me saudar como o verdadeiro herdeiro de Pirbaag.

Eu estava chorando, com as mãos trêmulas. Era como se eu mesmo tivesse pegado a varíola. Ma havia me seguido preocupada e, levando-me ao banheiro, esfregou minhas mãos e meu rosto também — pois, em minha aflição, eu havia passado as mãos no rosto.

Durante muitos dias não consegui tirar a experiência da cabeça. E mesmo meses depois a lembrança da minha mão acariciando as pústulas de Mariam Bai me dava calafrios.

Em minha humilhação, fiquei em casa, descansei, almocei e conversei com minha mãe. Só muito mais tarde, quando os sons do lado de fora haviam diminuído, voltei ao santuário, com um livro de exercícios na mão. Meus amigos tinham ido embora, assim como a maioria dos visitantes. O pavilhão estava deserto, após meu pai ter ido para sua biblioteca estudar e descansar.

Então veio o som de crianças brincando. E o grito da selva de Tarzan "Aaah-aaah!" com Mansoor, surgindo de detrás do grande túmulo de Jaffar Shah, caindo sobre um oponente. Outras crianças chegaram, e brincadeiras de luta começaram entre os túmulos de nossos ancestrais. Mas o mestre Dharmik, nosso instrutor religioso, estava por perto. Esperando por mim. Com alguns tapas leves, fez os meninos menores se sentarem diante de mim, razoavelmente calmos. A aula começou. Exceto por meu contratempo, essa era a rotina de todos os sábados.

O mestre Dharmik era na verdade um gráfico que trazia trabalhos de Goshala e, às vezes, de Ahmedabad. Bapu-ji o usava para restaurar ou reimprimir livros antigos. Quando chegava, todas as crianças que restavam recebiam ordens de sentar-se diante dele perto do túmulo de Jaffar Shah. O mestre cantava, explicava e nos chamava para cantar. E como eu era especial, era o primeiro a ser questionado com a expectativa de que não cometesse erros. Todos os olhares se voltavam para mim. Mas se eu vacilasse, o professor cantava suavemente comigo, salvando-me do buraco. Depois do período de cantoria, como chamava, ele contava histórias. Como um Pir Shah qualquer, um descendente do nosso Pir Bawa, havia derrotado o grande guru Shankaracharya no debate. Como outro Pir Shah entrara alegremente numa enorme panela, uma *wok* cheia de areia escaldante, tortura que havia sido prescrita pelo severo e puritano imperador Aurangzeb para fazer os blasfemos de seu reino abjurar. A tortura, naturalmente, não havia surtido efeito sobre o nosso homem. Jaffar Shah viajara por toda a Índia e percorrera todo o caminho até o Tibete num balão, razão pela qual ele trazia sorte aos viajantes e os motoristas de ônibus e caminhão lhe eram devotos. Histórias para relembrar mais tarde e contar novamente. Mas que efeito poderia ter a mágica deles sobre criaturas felizes cuja própria idade confere magia? Todos acreditávamos em milagres. Eles estavam ao nosso redor, por assim dizer. Mas, de alguma forma, quando o Mestre-ji os relatava, ninguém acreditava neles. As crianças abafavam o riso. Piscavam umas para as outras. Ao final da sessão, a orelha de alguém sempre havia sido puxada, outro recebera um tapa no rosto e um terceiro estava de castigo, levantando, sentando e segurando as próprias orelhas, humilhado.

No fim, as crianças eram todas afugentadas, para fazerem suas travessuras do lado de fora. O saheb, meu Bapu, tendo descansado, reaparecia. Ele sentava-se em sua cadeira, pronto para realizar audiências. E se ninguém mais ocupasse sua atenção, seus devotos seguidores se sentavam diante dele no chão para receber seus ensinamentos.

Na época, eu pensava nele como Sócrates, sobre quem havia aprendido na escola, ou como um sábio dos Upanishads, que ele gostava de citar.

7

Meu herói, meu irmão —
Kunti manteve a fé
Prahlada manteve a fé
. . . .
Dev Arjun manteve a fé

c. . . 1260.
A história de Arjun Dev.
Na cidade de Patan Anularra, certo sacerdote residente de um templo no bazar dos ferreiros chamado Arjun Dev tinha um sonho estranho e persistente. Nesse sonho, ele via uma luz suspensa na escuridão. Toda vez que ele a via, ela parecia ter se aproximado um pouco mais. Arjun Dev sabia que ele devia esperar por algum evento momentoso.

Arjun Dev era membro de uma comunidade de refugiados do Afeganistão adoradores de Shiva, que havia prosperado naquela terra, especialmente durante o reinado dos shahiyas, os reis hindus Jayapala, Anandapala e outros. Aquele reinado havia terminado nas mãos do infame sultão Mahmud de Ghazna, destruidor de templos. Mais de um século depois, quando os mongóis começaram a dominar a Ásia, o pai de Arjun Dev, cujo nome foi esquecido, decidiu se unir a uma caravana de refugiados que rumava para o sul. Diz-se que o pai havia recebido instruções, pois a família também recebeu orientação de uma escola sufi em Samarkand ou Bukhara.

Assim, Arjun Dev, que havia sido ensinado por seus anciãos a esperar por um sinal, viu então um sinal em seu sonho. Um guru *maha*, um professor importante, estava se aproximando.

Uma noite, todo o ser de Arjun Dev foi banhado por luz. Ele acordou transpirando, consciente de que era aquele o instante, ele estava sendo chamado. Recitando orações em persa e sânscrito, saiu da casa e foi até o portão norte da cidade para esperar a chegada do guru.

Quando o sufi Nur Fazal atravessou o portão e o líder da caravana descarregou suas duas bagagens de uma mula, Arjun Dev deu um passo à frente, seguindo para os trabalhadores que começaram a clamar por apoio, ajoelhou-se e beijou o chão.

— *Swamirajo* — disse ele. — Senhor, és realmente o salvador. — *Tum tariye taranahaar.*

E assim, ele se tornou o primeiro seguidor e intérprete do sufi.

Arjun Dev era feliz entre os homens. Ele viu Shiva Nataraja descer de seu pedestal e pegar água para o sufi. Viu os três grandes milagres realizados na corte de Vishal Dev. E tornou-se o substituto do sufi na nova comunidade de seguidores que começou a crescer. Com sua dívida cármica paga, ele agora estava com seu tempo na Terra encerrado.

Enquanto o sufi perdia seu caminho momentaneamente, preso a um abraço de prazer carnal quando teve início uma revolta no mercado de ferreiros de Patan, Arjun Dev estava entre os seus seguidores que foram mortos.

Nur Fazal nomeou o filho de Arjun Dev, Ginanpal, como seu representante. Então desapareceu por 11 meses e 11 dias, num exílio autoimposto, como penitência.

8

O Jardim do Pir. Minha família.

Às vezes, quando o observava sentado diante de um grupo de devotos vestidos de branco, transmitindo sabedoria espiritual em sua voz alta e trêmula ou realizando um ritual como saheb do santuário, eu me perguntava onde estava meu pai. E quem eu era, então? Seria eu diferente, no fundo do meu ser, do que aparentava a mim mesmo?

De acordo com a lenda, nós éramos descendentes daquele primeiro discípulo do sufi, de seu intérprete Arjun Dev do Afeganistão. Esta era a nossa ligação com a história, com o mundo maior, no tempo e no espaço. Dava um significado maior à nossa vida naquele vilarejo, e por causa dessa origem especial nós acreditávamos que havíamos sido providos com a responsabilidade de dar significado e conforto a outras vidas.

O nome de batismo de Bapu-ji era Tejpal. Uma foto, enfiada dentro do álbum de família, revelava-o como adolescente: um jovem magro e atlético com os cabelos escorregadios, agarrando uma bola de críquete numa das mãos, parcialmente levantada, e vestindo calças desportivas e um suéter de gola em V. Os cabelos haviam sido retocados por algum artista para parecerem castanhos. Então ele também havia sido um garoto um dia, com uma carga de vaidade e um sorriso encantador; não o olhar pensativo e distante de Bapu, não o rosto gentil e iluminado de Buda do saheb, mas um comportamento bem-humorado revelando um jovem com um precioso senso de diversão, de modo que simplesmente olhar para aquele rosto fazia a pessoa sorrir. E se perguntar o que ele está pensando, ali parado no portão de entrada na estrada, olhando para dentro? Por muitos anos depois de eu descobri-la, esta foto foi minha amiga secreta, confessora de meus desejos. Eu ia em silêncio até nossa sala de estar quando não havia ninguém por lá, ajoelhava ao lado do banquinho de canto ao pé da estante em que o álbum ficava guardado e olhava fixamente para aquela visão do pai que não tive. Procurava, naquele sorriso de esportista, traços do Bapu que eu tinha. Às vezes, Ma passava pelas margens do meu campo de visão, fazendo uma panela retinir ou cantarolando uma canção, fingindo me ignorar. Aonde aquele garoto tinha ido? Onde foi parar a diversão? Ele havia deixado sua infância para trás, enterrado-a como Gautama para se tornar, como seus antepassados, o saheb e sustentar a verdade durante a difícil Kali Yuga, a Era da Escuridão.

Houve um tempo em que ele jogava críquete comigo, quando eu era muito pequeno, do lado de fora do pavilhão. Ele segurava minha mão e caminhava comigo. Cantava para mim. Mas, então, a máscara caiu. Ainda havia momentos de proximidade entre nós, como quando ele me levara para aquela caminhada, ou quando me explicava um problema de geometria — momentos que faziam Ma sorrir e provocavam uma típica manobra distrativa de Mansoor. Mas aquela máscara nunca o deixava, nem nessas ocasiões. Ele pertencia àquela história, à antiga Pirbaag e a todos os mortos, a Pir Bawa e ao grande e misterioso Brahman. Mas não a mim, não como eu o queria.

Um dia, em 1942, o coletor de impostos da nossa região, o Sr. Andrew Ross, fez uma visita ao meu avô. Levou com ele um professor russo, um homem barbudo e atarracado chamado Ivanov, que estava passando pela região, para dar uma olhada na famosa biblioteca de Pirbaag. Mas Dada era um homem astuto e não revelou muito do conteúdo da biblioteca além do óbvio. Os dois homens brancos lhe fizeram muitas perguntas e foram ousados e talvez preocupados o bastante para perguntar ao Dada se ele havia considerado aderir à causa da Liga Muçulmana, o partido político liderado por Muhammadali Jinnah, um colega Gujarati. O professor Ivanov sugeriu que o Dada voltasse seu povo na direção da grande comunidade muçulmana, caso contrário, sendo pequenos e insignificantes, eles desapareceriam completamente.

Dada foi educado com os dois homens, a quem recebera no pavilhão, que naquele tempo tinha o chão de terra batida e telhado ondulado em péssimas condições. Meu pai ficou por perto, vendo e escutando, depois de obedientemente trazer chá da cozinha. Meu avô disse aos visitantes que a preservação do santuário e o bem-estar de seus devotos eram o motivo pelo qual vivia. Assim, refletiria a respeito da sugestão deles. Quando os dois estavam saindo, o Sr. Ross sugeriu que meu pai procurasse por uma vaga na faculdade St. Xavier em Bombaim quando terminasse os estudos no St. Arnold, em Goshala. Meu pai ficou radiante com a sugestão.

Depois de décadas de lutas, a Índia havia finalmente chegado ao limiar de independência, no entanto, num estado de desordem e longe da unidade, pois o impensável estava prestes a acontecer. A menos que o Sr. Jinnah pudesse ser encantado ou de outra forma apaziguado, era certo que a nação se partiria, formando um país separado chamado Paquistão, entalhado no norte, para os muçulmanos. Embora Pirbaag abrigasse a preciosa memória e o túmulo de um Pir muçulmano, a questão de ser hindu ou muçulmano nunca havia surgido antes para seus seguidores. Agora, eles eram forçados a confrontá-la, mas muitos esperavam que o saheb dissesse o que deveria ser feito. Dizem que meu avô passou muitas horas de vários dias meditando dentro do mausoléu diante do túmulo do sufi, já que era esse o hábito dos sahebs nos momentos de crise. Afinal, saiu de tais meditações com a decisão de ir ver Mahatma Gandhi em seu *ashram*. Ao retornar dessa jornada, Dada fez uma declaração a um grupo em Pirbaag, lembrando a todos os reunidos que o caminho do Pir era espiritual, não se importando com as formas exteriores de idolatria. Assim, hindus e muçulmanos eram os mesmos, e o saheb não abandonaria aquele antigo local, dado ao Viajante séculos antes pelos reis de Gujarat, por um lugar chamado Paquistão. Ele era ligado ao seu solo, era o espólio de sua família. Assim ele expôs sua fé política na fé de Gandhi e na visão e promessa de Nehru.

Com grande entusiasmo, meu pai Tejpal foi para a faculdade em Bombaim. Ficou dois anos estudando ciências e, de acordo com Ma, saiu-se impressionantemente bem, ganhando uma medalha de prata em seu primeiro ano. Porém, depois de dois anos, e antes de terminar sua graduação, foi abruptamente chamado de volta pelo Dada. Em poucas semanas, estava casado com Madhvi, filha de uma família de Jamnagar.

Em Haripir, haviam chegado recentemente homens com espessas barbas negras, chapéus brancos e longas camisas brancas, carregando cópias do Corão e pregando os dogmas do islã. Outros homens, vestindo algodão rústico branco e chapéus de duas pontas, de sábios, apareceram pregando um hinduísmo mais puro. Pureza — *shuddhi* — era a palavra-chave. Abandonem a vaca blasfema e a idolatria de imagens, diziam os muçulmanos. Deixem a carnalidade e retornem ao básico dos antigos Vedas, retorquiam os hindus. Dois fundamentalismos tentavam os corações dos seguidores do sufi. Influenciados por essas imprecações a se tornarem parte de algo maior, alguns deles começaram a chamar a si mesmos de muçulmanos. Mudaram seus nomes para parecerem mais árabes e se prepararam para ir para o Paquistão. Outros se consideravam hindus, mas não muitos precisaram alterar seus nomes. Secretamente, no entanto, quando terrivelmente necessitadas, essas almas purificadas ainda iam aos portões do Baag, curvavam-se diante do saheb e imploravam a Pir Bawa em sua tumba para lhe pedir um favor.

A independência veio em agosto de 1947. Uma migração cruzada de gente em massa já havia começado entre nossos dois países, Índia e Paquistão. Durante meses e no novo ano, revoltas e massacres continuaram onde quer que as duas comunidades tenham vivido juntas. Houve matança em Ahmedabad, Bombaim, Baroda, Kalol e mesmo na nossa vizinha Goshala.

O irmão mais novo do meu pai, Rajpal, agora se chamava Iqbal, como o grande poeta muçulmano. Ele também havia se casado recentemente e, um dia, anunciou sua decisão de ir para o Paquistão. Gandhi estava em greve de fome em Delhi para protestar contra a violência entre as comunidades. Porque também falara da violência contra os muçulmanos, houve clamores de "Deixem-no morrer!" e uma bomba foi atirada perto dele.

De acordo com minha mãe, meu tio não tinha uma personalidade muito irascível, mas tendo recentemente declarado sua fé, ficara muito afetado pelos crimes de ódio. Sua mulher, Rehana, estava esperando um filho. Foi no pavilhão, num final de tarde, que Rajpal-Iqbal revelou sua decisão ao Dada. Havia pessoas com o meu avô, de pé ou sentadas, ouvindo arrebatadamente cada uma de suas palavras, como sempre. Portanto, foi um momento profundamente constrangedor. Dizem que meu Dada fez uma longa pausa, durante a qual ninguém falou, e recaiu o mais profundo silêncio sobre Pirbaag. Então Dada declarou baixinho:

— Muito bem. Mas você encontrará arrogância e intolerância aonde quer que vá — disse meu avô ao meu tio. — Haverá um tipo de *musalman* contra outro tipo. Nosso caminho é espiritual, não acreditamos na aparência externa e nos nomes. Rajpal, Iqbal ou Birbal, qual é a importância? Vá ver por si mesmo, mas lembre-se de que o seu lar é aqui, com Pir Bawa.

Numa manhã, uma pequena procissão de carros de bois de Haripir e de cidades vizinhas seguiu para Goshala, de onde prosseguiriam em ônibus fretados para Bombaim e de lá para Karachi, de barco. Houve relatos de pedras sendo atiradas e brigas, mas ninguém ficou seriamente ferido. Também se disse que no momento em que a caravana de novos paquistaneses da nossa cidade chegou ao topo da estrada, ela parou de repente. Uma criança — ou mulher — esperava. Um pouco depois, uma das carroças cobertas retornou, trazendo três pessoas. Um homem e uma mulher saíram primeiro e voltaram para sua casa. A terceira pessoa seguiu para o mausoléu de Pir Bawa. Tendo prestado suas homenagens finais, ela partiu mais uma vez. Mas, antes de sair, pôs uma pitada de terra na boca e engoliu. Esta história dos dias da Divisão seria contada por muito tempo. Exatamente o que ela queria demonstrar, eu nunca soube ao certo.

No devido tempo, chegou uma carta do Paquistão com o "*khush khabar*" de que meu tio e sua família estavam a salvo e protegidos em Karachi. Algumas semanas depois da partida do meu tio, Gandhi-ji foi assassinado em Delhi.

Meu pai tinha uma irmã mais velha, Meera, que morrera ao dar à luz em Junagadh. Eu nunca vi meu avô. Sabia que ele tinha sido lutador na juventude e me lembro do retrato de um homem forte, sentado numa cadeira, com uma barba branca escorrida e um grande sorriso, pendurado na nossa sala de jantar. Havia outra foto dele, tirada no pavilhão com meu pai e os dois visitantes ilustres, o Sr. Ross e o professor Ivanov, de pé nas duas extremidades do grupo de quatro, um extremamente alto, o outro, atarracado. Mas era uma foto desbotada, e os rostos não estavam claros. Dada morreu logo depois da partida do meu tio. Dadi viveu mais alguns anos. Era uma senhora magra e esperta com um cheiro peculiar, e me lembro dela derramando manteiga quente em meu nariz quando eu ficava congestionado. E, aos domingos, com a cabeça deitada no colo dela, minha boca firmemente aberta por seus dedos, ela administrava a repulsiva e granulada mistura laxante chamada *phuki* garganta abaixo.

Havia uma revolução em Zanzibar, e um marechal de campo chamado John estava alertando todos os capitalistas de seu país para tomarem cuidado. Um piloto de avião espião norte-americano chamado Powers havia sido abatido pelos russos. Nehru estava em Lagos e Ken Barrington havia salvado a equipe inglesa de críquete na partida contra a África do Sul...

Assim era o mundo de acordo com o rajá Singh e os jornais e revistas que ele me levava. Parecia tão agitado, exótico e muito, muito distante. Será que algum dia eu poderia tocá-lo? No pátio central da nossa casa, sob o céu, sentado a uma mesa sob a luz de uma pequena lamparina (e da lua, se houvesse), eu meditava sobre o noticiário. Tudo ficava em silêncio. A certa altura, Bapu-ji deixava sua biblioteca e ia para o quarto, dizendo-me para fazer o mesmo. Ou, então, a luz da biblioteca se apagava, e eu sabia que ele havia decidido dormir ali naquela noite, entre seus preciosos livros e o passado.

Havia um lugar chamado Nyasaland, e outro chamado Katanga, com muito ouro, onde eclodira uma guerra civil. Havia um homem chamado Ben Bella na Argélia, e outro chamado Hammarskjold nas Nações Unidas...

Mas a notícia que parecia ter sacudido o mundo, embora não o nosso em Pirbaag, foi o assassinato do presidente Kennedy.

— As manchetes são tão grandes como quando Gandhi-ji foi assassinado — disse Bapu-ji, parado atrás de mim. E sua voz tinha um tom reflexivo e melancólico. Ele leu brevemente por cima do meu ombro. Era domingo, e tínhamos acabado de comer.

Virei-me para olhá-lo. Naquela hora, seu rosto havia perdido um pouco da serenidade, e seus olhos pareciam assombrados. Mas talvez fosse a iluminação ali do pátio. Seus modos eram tão controlados como sempre.

— Você acha que vai haver a guerra mundial, Bapu-ji? — perguntei ansiosamente antes que ele pudesse começar a se afastar. Qualquer coisa para segurá-lo, para manter meu pai comigo.

Ele fez uma pausa, passou rapidamente a mão sobre a cabeça raspada, como que pensando se eu tinha idade suficiente para sua conclusão. E então, lentamente, assentiu:

— Certamente haverá, um dia.

— E tudo será destruído... todo este mundo?

Ele assentiu com a cabeça.

— Não é certo, então, Bapu, que a Era Kali vai terminar e a Era Krta de ouro vai retornar?

Meu pai me deu seu olhar reflexivo.

— Enquanto somos humanos, temos preocupações humanas — respondeu.

Mexeu nos meus cabelos e partiu para o santuário de sua biblioteca.

A máscara. E minha mãe se aproximando simpaticamente, enquanto eu o observava desaparecer. Sentou-se do outro lado da mesa e disse:

— Vamos lá, explique para mim: quem era esse Kennedy?

Em resposta, demonstrando entusiasmo, mudei de assunto para um de que ela gostava e perguntei:

— Quando você vai ver *Mughal-e-Azam*?

E ela, meio culpada, mas completamente feliz, respondeu:

— *Ja-ja havá*. — Continue.

Ela adorava cinema mais do que tudo.

9

*Minha juventude, continuada. O místico em sua biblioteca e
a mulher de burca.*

A biblioteca do meu pai ocupava um ambiente silencioso
num canto santificado da nossa casa quadrada. A entrada
do pátio central ele gostava de manter fechada, mas havia
uma segunda porta que levava ao pavilhão que ele às vezes
mantinha aberta.

Lembro de ficar parado em silêncio ali, observando-o
sentado no chão sobre um pequeno tapete persa vermelho e
azul, com a escrivaninha portátil no colo, uma lâmpada pendurada no teto acima dele. Explodindo os olhos, como dizia
Ma, meditando sobre algum velho impresso ou copiando-o,
com seu bico de pena antigo arranhando o papel almaço.
Ao redor dele, três paredes repletas de livros e manuscritos.
Encostado na quarta parede ficava um trono, uma antiga
cadeira de prata escura finamente forjada com uma almofada de musselina vermelha sobre a qual ficava um grande
livro escrito à mão: preciosas como pérolas, as canções de
Nur Fazal. Na parede acima do trono estava pendurada uma
colorida pintura do Pir, cujas cópias Ramdas vendia lucrati-

vamente em sua tenda do lado de fora do portão. O quadro havia sido pintado no começo do século e dado de presente ao Dada por um devoto inspirado que viu o Pir num sonho. Empoleirado num banquinho ao lado do trono, um lampião a óleo lançava uma aura tremeluzente sobre tudo o que estava representado ali. Ao contrário da eterna luz do santuário, esta era acesa todas as manhãs e acrescentava um aroma adocicado de óleo à fragrância de incenso que impregnava o ambiente.

Ma me mandava levar para ele um copo de leite doce com amêndoas, que supostamente fazia bem ao cérebro. Ainda assim, eu pensava que ele era o avatar e, com seus poderes, certamente estava além de tais auxílios elementares. Tendo lhe entregue o leite, eu me retirava na direção da porta, silencioso como uma sombra, observando-o, esforçando-me por ler as lombadas mais distantes nas estantes. Um cheiro pungente de poeira de livro velho vinha em minha direção, mais forte do que o incenso ou o óleo. Eu imaginava todos os seus livros conversando com ele em sua solidão, uma cacofonia cerebral que apenas ele podia ouvir e entender com sua inspirada sabedoria. Eu admirava sua concentração absoluta e a emularia inconscientemente nos anos que se seguiriam. Com os óculos sobre o nariz, como parecia vulneravelmente humano, tão diferente do iluminado saheb que recebia homenagens no pavilhão. Em seus livros e manuscritos, na história, ele parecia encontrar sua parceria.

As prateleiras mais altas da sala eram repletas de fileiras arrumadas de livros dos mais variados assuntos. Histórias da Índia, livros de ciências e filosofia — *Nove cientistas provam a existência de Deus* sempre parecia se destacar. Os trabalhos dos místicos Kabir, Nanak, Dadu, Mira. Histórias dos sufis, volumes de Shakespeare, livros sagrados de todas as religiões. Um manual de enfermagem sobre anatomia cujos desenhos, com o passar dos anos, teriam o poder atraente de vencer a vontade de qualquer santo, quanto mais de um adolescente, e edições verdes de romances policiais da Penguin.

Em contraste, as prateleiras mais baixas, cheias de longos e irregulares fólios deitados de lado como répteis estendidos ao sol, não poderiam parecer mais sombrias. Mas aqueles eram a essência da biblioteca, os preciosos registros escritos de Pirbaag: todas as nossas canções e histórias, copiadas e recopiadas a mão, com o passar dos anos, para preservá-las das ruínas do tempo. As páginas eram costuradas e presas imprecisamente em livros usando couro marrom-escuro e macio ou pele de cobra com estampas em relevo que pareciam brotoeja ao tato. Apenas meu pai conhecia o conteúdo de todas elas.

E, então, havia o tesouro eterno e escondido, os mais antigos manuscritos que restavam, alguns na letra do próprio Viajante — ele os havia tocado com as próprias mãos, talvez os tivesse beijado, levado-os à fronte, derrubado uma lágrima sobre eles. Essas e outras lembranças estavam preservadas num baú coberto com fino tecido vermelho ao lado do trono do lado oposto do lampião. O baú não podia ser aberto ou movido de lugar sem o consentimento do saheb. Ficávamos emocionados com histórias de soldados e espiões, que, em tempos idos, haviam tentado desvendar seus segredos e fracassaram miseravelmente, frustrados pelo poder e mistério de Pirbaag.

No passado, no tempo do Dada, estudiosos estrangeiros visitavam o santuário, chegando de carro de boi ou na garupa de mulas, enviados pelo coletor de impostos britânico local em Ahmedabad ou o Instituto Oriental em Bombaim. E como os coletores haviam sido bons ao reino dos sahebs de Pirbaag, Dada dava as boas-vindas àqueles visitantes de rostos vermelhos limpando o suor de suas testas com lenços. Mas desconfiava de todos e não gostava de vê-los tocando gananciosamente sua preciosa herança. No entanto, um pequeno prato de metal, numa ombreira da porta, atestava o recebimento de presentes da Sociedade Real Asiática e de um Sr. Cranston Paul, coletor de impostos de Ahmedabad.

Um dia, percebendo a minha presença na porta, Bapu-ji olhou na minha direção, deu um raro sorriso e disse:

— Venha dar uma olhada.

Estava examinando um extraordinariamente longo pedaço de papel sobre o colo e havia uma lupa na mesa portátil ao lado dele.

Eu nunca tinha sido convidado a entrar, a não ser para lhe entregar seu copo de leite. Na verdade, lembrei das advertências da minha mãe para não entrar na biblioteca sozinho. Assim, nenhuma palavra saiu dos meus lábios, e eu o encarei sem acreditar.

— Venha — chamou com um aceno de cabeça.

Lentamente, entrei na sala, dobrei os joelhos na frente da mesa dele e olhei.

No comprido pedaço de papel antigo dançava e saltava uma espécie de escrita em tinta vermelha e preta que eu nunca havia visto antes. Era diferente do fleumático devanagari que eu aprendia na escola, pendurada numa barra como num varal, ou as letras um pouco mais tremidas de gujarati. Aquelas letras diante de mim, desigualmente desbotadas, mas ainda nítidas, enroscavam-se e corriam loucamente, levando sua mensagem ilegível por toda a página como se ela não tivesse fim, e de fato não tinha, com linhas escoando como chuva pelos lados.

Meu pai me viu lutando mentalmente para ler os escritos, tentando roubar ao menos um pouco de sua mensagem, e disse:

— Está numa escrita secreta... que o Mestre-ji ou outra pessoa vai lhe ensinar um dia. Era usada para esconder nossa mensagem dos inimigos.

— Que inimigos, Bapu-ji?

— Governantes... fanáticos...

Mestre-ji realmente havia nos ensinado que governantes do passado haviam perseguido o santuário, às vezes matado nossos homens sagrados, queimado a preciosa Pirbaag. Em todas as vezes, como que por milagre, a tumba com sua luz eterna havia permanecido intacta, resplandecente e sem qualquer mácula. Por vezes, o perseguidor arrependido havia se deitado diante do Pir e se tornado um devoto.

— Esta página tem 1,80 metro de comprimento — disse Bapu-ji, observando-me acompanhar a escrita por sua extensão. — Ela contém *ginans* escritas tanto horizontal quanto verticalmente... como um jogo de palavras cruzadas.

Eu tinha consciência suficiente para olhar maravilhado para as escrituras que ele estava me mostrando, naquele desconcertante e inesperado ato de confiança. Num livro mais moderno, aberto ao lado dele, havia um retrato de um rei sentado num trono sob um toldo, cercado por sacerdotes vestindo mantos e protegido por soldados em armaduras. Um sujeito vestindo um *dhoti* de aparência comum na frente do rei estava evidentemente recebendo uma repreensão real.

— O rajá Vishal Dev e sua corte — declarou Bapu-ji, com a voz vacilante e um leve sorriso nos lábios.

Então apontou para duas moedas sobre a mesa, pretas, com reflexos dourados.

— Moedas com o selo de Siddhraj. Um dia teremos um museu em Pirbaag, onde todos os artefatos e livros de nosso passado serão expostos.

— É uma boa ideia, Bapu-ji — falei.

— Vá, agora — mandou, e eu me levantei com as pernas trêmulas, pois estivera agachado por muito tempo. — Um dia vou apresentá-lo a toda essa coleção — disse com um sorriso. — Será toda sua para cuidar.

Ele estava me observando e eu pensaria mais tarde que na ocasião não estava olhando para o pai humano pelo qual ansiava, nem para o eminente saheb de Pirbaag, mas para uma terceira entidade, completamente diferente. Quem estava falando comigo, então? Seria o próprio Pir Bawa?

— Posso vir espanar seus livros para você, Bapu-ji? — perguntei.

— Sim... você poderia fazer isso uma vez por semana.

Eu concordei com a cabeça. Ele fez o mesmo. Saí pela porta dos fundos que dava para o pátio e a fechei, todo o tempo sentindo os olhos dele sobre mim.

Ma estava sentada na escada da frente da casa, observando Mansoor brincar no balanço do lado de fora. Era uma mulher rechonchuda como as mães costumam ser. Para mim, era linda, com pele cremosa e cabelos longos e macios que estavam frequentemente com óleo e cheiravam a coco e jasmim, e era muito dada a sorrisos e risadas e calorosos abraços corpulentos. Fui me sentar ao seu lado. Mansoor estava ralhando com um cachorro vira-lata que entrava e saía pelo portão.

— Eu não quero ser o saheb, Ma — admiti, baixinho. — Eu só quero ser como todo mundo.

— Como todo mundo? Você não é como todo mundo. Você é o sucessor, o *gaadi-varas*. Como pode recusar? Pode imaginar o seu irmão sucedendo seu pai?

Ela riu brevemente. A pergunta não precisava de resposta, e ambos ficamos observando meu irmão maldizendo o cachorro.

— *Ay... bhaag!*

— Você foi abençoado — murmurou. — Você é destinado a ser o *gaadi-varas*. Tudo o que você toca vira ouro... seu pai tem razão.

— O que você quer dizer? O que ele lhe disse, Ma?

Ela respondeu:

— Quando um menino deve se tornar saheb, mostra alguns sinais.

— Que sinais? Eu não mostrei nenhum sinal! O que ele viu?

— Como posso saber?

Ela corou e desviou o olhar.

Então, impulsiva e repentinamente, ela me puxou para seu peito e me apertou, e eu me esforcei para limpar uma lágrima.

Libertei-me daquele abraço e perguntei com ar travesso:

— Como foi o filme? Você foi, não foi?

Quando ela sorriu sua concordância culpada, perguntei:

— Você viu...?

Novamente o sorriso.

— *Mughal-e-Azam!* Você viu este?

Ela explodiu numa gargalhada.

Era o maior sucesso de bilheteria da história, anunciado ostensivamente em páginas inteiras dos jornais. "42ª semana no topo da lista! *Dilip Kumar! Madhubala!* Um amor feito nos céus, nenhum poder real pode destruir!"

— Conto a história para você mais tarde — prometeu.

Mas, como o restante do país, eu já conhecia a história.

Como você se casou com o Bapu?, eu perguntava. E um dia ela respondeu:

— Ele me conquistou com a mágica dele!

— Que mágica?

— Mágica nenhuma!

Então soltou uma risada para a minha expressão surpresa e aborrecida.

A história de sempre era que ela foi apresentada a Dada e Dadi e viu uma foto do meu pai. Disseram a ela que aquele jovem seria seu marido. Bapu foi chamado de seus estudos sem explicação, e o casamento ocorreu assim que ele chegou. Ela conta que tinha medo dele. Ele era alto e bonito, mas era o futuro saheb. E sahebs podiam ver através de sete terras e sete céus até a eternidade. Os 33 *crores* de deuses se curvavam diante deles.

Ela vivia com suas fantasias. Às vezes, eu a via sorrindo ou rindo sozinha. Uma vez, encontrei-a secando lágrimas copiosas dos olhos, sentada na cama. À minha inquirição ansiosa, respondeu simplesmente:

— Eu estava pensando naquele filme... *bichara Guru Dutt* teve de morrer... por que precisavam matá-lo?

Sentado com ela à mesa no pátio aberto à noite, ou de pé atrás dela na cozinha enquanto ela preparava algo, eu lia as sinopses dos filmes e suas estrelas das publicações deixadas pelo rajá Singh. Ela esperava ansiosamente cada novo lançamento nos cinemas, acompanhando seu sucesso ou fracasso. Sabia dizer exatamente quantas semanas cada filme havia sido exibido no Shan em Goshala ou no Rex em Bombaim. Não seria adequado à esposa do saheb ser vista no cinema, mas ela conseguia escapar às vezes nas quartas-feiras ou nas tardes de domingo para um show *zenana* para senhoras na cidade. Ma tinha uma amiga muçulmana chamada Zainab, com quem ia ao cinema. Zainab era de Jamnagar como ela, e as duas conversavam em cutchi. Ma levava sempre um pacotinho, que parecia ser o lanche que as duas comiam juntas no cinema.

No final de tarde de um domingo, quando eu voltava de um jogo de críquete com meus amigos, vi duas mulheres de burca preta correrem na direção da nossa casa e desaparecerem pela porta da frente. Como sempre, eu perambulava por algum tempo na área do santuário antes de entrar na casa pela porta lateral. Para minha surpresa, apenas Ma e Zainab estavam lá, sentadas na cozinha, conversando. Zainab estava vestindo sua burca, embora a parte de cima tivesse caído, revelando seus grossos cabelos ondulados. Ela rapidamente devolveu o tecido ao lugar.

— Onde está a outra mulher que chegou com Zainab Bai, Ma? — perguntei, curioso.

— Minha irmã foi embora — explicou Zainab. — Você não a viu lá fora?

Foi apenas alguns meses depois que me dei conta da verdade do que eu havia testemunhado naquele dia. Era domingo de novo, e vi Ma saindo da casa. Estava a ponto de perguntar o que havia para comer quando meu olhar recaiu sobre o pacote embaixo do seu braço. Desta vez, não pareceu nem um pouco que aquele pacote podia conter algum lanche, *bhajia, ghathia* ou qualquer coisa parecida. Uma expressão de culpa passou pelo rosto da minha mãe e, naquele instante, ela revelou seu segredo. Para não ser identificada como a esposa do saheb entrando no cinema, ela vestia um véu antecipadamente, na casa de Zainab, onde o tirava depois, a caminho de casa. Naquele dia, quando vi as duas mulheres cobertas entrando em nossa casa, por algum motivo elas tinham vindo direto do cinema.

Não falei a ninguém sobre minha descoberta. Permaneceu como um segredo inconfesso entre minha mãe e eu, já que nós também nunca o discutimos. Todas as vezes que eu via uma mulher de coberta ou de burca passando por mim, aqueles olhos profundos poderiam ser os dela, e ela poderia estar a caminho de algum lugar secreto.

10

Caro amigo
auspicioso é o instante
o dia em que o santo chega

c. . . 1260.

O casamento do sufi

A cidade de Dhara ficava situada ao sul de Patan, de qual era tributária, e era governada pelo bom rei Devija. Ele tinha uma esposa, Savitri, e uma adorada filha, Rupade. A princesa era famosa por sua precocidade, sendo tão diferente das outras garotas de sua idade como um cisne é diferente de um pombo. Era uma grande alma, dizia-se em segredo, que havia retornado à Terra simplesmente para completar algumas missões deixadas de um nascimento anterior e assim pagar sua dívida final de carma. Era exatamente o que deixava seus pais temerosos: estaria a filha destinada a deixá-los logo? Quando a princesa brincava com suas bonecas, fingia que eram sábios e iogues, deuses e deusas. Ali iam Arjun e Krishna numa carruagem, o último recitando a sabedoria que se tornou o Gita; ali estava Valmiki escrevendo seu grande livro num *ashram* ao lado do rio. Um boneco em especial ela havia vestido em traje real, embora não o traje familiar de seu pai e de seus irmãos. Chamava esse boneco de guru e marido.

Chegou a hora de ela se casar. Tinha 5 anos.

Quando os astrólogos reais foram levados a ela e propuseram uma lista de possíveis pretendentes, alguns de lugares tão distantes como Cutch e Jaipur, a menina se recusou a levá-los em consideração.

— Eu já sou casada — respondeu, abraçando seu boneco preferido com força. — Meu noivo está longe, mas mandou este representante dele. Veja como é bonito... corajoso como Arjun e devotado como Harishchandra.

O casamento da adorada Rupade foi aguardado com muita expectativa pelo povo de Dhara. Reinos vizinhos também observavam e aguardavam. Casamentos reais são sempre uma fonte de celebração e inveja, fofoca e especulação. Eles anunciam alianças e refletem o prestígio de um reino. Devija e sua rainha Savitri tentaram de todas as formas convencer a menina a desistir de sua ilusão e aceitar uma proposta. Sábios recitaram mantras por ela, deram-lhe poções para beber. Magos das tribos das florestas realizaram seus misteriosos trabalhos. Médicos estrangeiros foram levados das cidades portuárias para diagnosticar sua condição, sugerir remédios. Mas a menininha se mantinha inflexível.

— Eu já sou casada — insistia. — Vocês não veem isso?

Os astrólogos da corte, que previamente não haviam visto nada além de boa sorte brilhando em seu futuro, agora propunham que reconsiderasse. Ela havia nascido junto ao amanhecer. Mas, agora, os sábios admitiam que, no momento de seu nascimento, um deles havia, como sempre, subido à torre do observatório para ver o primeiro raio de sol e tocar o tambor. E então a chegada do amanhecer havia sido marcada num precioso instante cedo demais. Portanto, concluíam então, Rupade havia nascido naquele preciso instante em que os primeiros raios de *surya* olhavam a Terra. Assim, ela era luz e escuridão, de olhos cinza e corpo marrom, de rosto bonito e cabelos escuros. Ela dividia os aspectos de Kali e Lakshmi. Ninguém sabia melhor do que ela seu propósito e destino sobre a Terra.

A mãe e o pai dela estremeciam a essas manifestações. Haviam desejado uma filha que lhes desse netos. Haviam desejado que ela reinasse como consorte de um príncipe. Não haviam desejado um monstro ou uma deusa.

Então decidiram esperar. Anos se passaram, e a princesa cresceu para se tornar uma adolescente solteira de idade avançada. O mundo foi informado de que ela havia devotado a vida a Krishna. O povo regozijava, mas, secretamente, lamentava, pois quem não preferiria uma doce princesa e futura rainha a uma asceta maluca?

Ela permanecia próxima de seus aposentos, passando muito tempo em oração e meditação.

Também realizava frequentes jejuns. De uma criança gorducha, forte e cheia de energia, transformou-se numa jovem magra e emaciada com um rosto comprido, mas não adversa à jovialidade ocasional e atitudes típicas de uma criança mimada. Todas as manhãs, um caçador chamado Mono ia até a floresta que cercava Dhara e matava para ela um cervo, de cuja carne ela provava apenas uma pitada, antes que o restante fosse distribuído aos pobres. Um dia, Mono vasculhou a floresta em vão em busca de um cervo para matar. Não conseguiu encontrar um sequer. Na verdade, parecia que não havia animais visíveis na floresta. Depois de toda uma manhã procurando, ele finalmente encontrou todos eles. No fundo de um bosque cerrado, os animais haviam se reunido pacificamente num grande círculo. No meio, havia um místico. No colo dele, brincava um jovem cervo, comendo capim de sua mão. A mãe do animalzinho estava a alguns metros de distância, confiante e contente. Dois leões caminhavam silenciosamente ao redor do grupo. Alguns pavões e pavoas estavam ao lado da corça.

O místico ergueu o olhar. O intruso, com seu arco e flecha, e lança nas costas, estremeceu.

Perguntou Nur Fazal, o sufi:

— O que procuras, caçador?

— Mestre... perdão por me intrometer. Procuro um cervo para caçar para a jovem princesa Rupade de Dhara.

O sufi sorriu. Levantando a mão, libertou o cervo de seus braços. O animalzinho saiu trotando para buscar sua morte nas mãos de Mono, que o levou. A mãe dele permaneceu por perto, impassível.

A princesa provou a carne e imediatamente gritou:

— Meu marido chegou! — *Vara avijgaya!*

Saiu correndo dos aposentos femininos e foi até o hall do rei para fazer sua revelação — o que não era um comportamento adequado, pois ela não era mais uma menininha. Mas, para ela, nenhuma regra estrita se aplicava.

— Onde está ele? — perguntou a mãe, quando ela foi levada de volta aos aposentos femininos e se acalmou. — Como você sabe que é ele?

— Ele está esperando na floresta fora da cidade, e eu tive uma visão. É bonito e se veste de branco. Seu rosto é gentil, e ele é pequeno, como o nosso povo. Tem uma barba preta pontuda. Onde ele está na floresta, os animais vão para se sentarem aos seus pés, e as árvores se inclinam em sua direção para ouvi-lo. Sei, com certeza, que é ele o meu noivo... — É to amaro varaj chhai.

O escolhido da princesa para ser seu marido foi levado diante do rei, que o analisou. O visitante não era o desejado príncipe Rajput, nem mesmo de um reino distante e menos conhecido. Não era sequer um príncipe muçulmano. Mas então Devij havia muito deixara de esperar que alguma realeza aparecesse para levar sua filha para a glória. Diante dele estava um sufi, um asceta estrangeiro de roupa branca e turbante verde. Era de aparência limpa e calçava sandálias. Tinha os cabelos longos e um cavanhaque. Sua aparência era destemida e penetrante.

— Minha filha propõe que você seja seu marido, sufi — disse o rei. — O que me diz disso?

— Eu também senti a influência de uma alma irmã, rei — respondeu o sufi. — Ouvi falar da princesa, Rupade, e quem não ouviu por estas terras? E ouvi falar da sua tristeza. Não fique triste, senhor, ela apenas escolheu o caminho de Krishna.

— Você não irá convertê-la à sua fé — respondeu o rei — e irá lhe dar um lar.

— Nossas fés são as mesmas, meu rei, e eu proponho construir meu lar por estas regiões.

— Bom. Então permito que vocês dois se casem e permaneçam nesta terra.

A rainha chegou com um criado, que trazia uma bandeja, e pôs um *laddu* doce na boca do noivo. Ela realizou rituais de boa sorte e estalou os dedos sobre a cabeça dele. Ele se inclinou e tocou os pés dela. A cena foi séria, não houve cantoria, e não poderia ter havido um local mais incompatível na corte do que aquele. Nos aposentos das damas deve inclusive ter havido algum choro. Para o rei e a rainha, por mais que a amassem, a filha estava morta.

No entanto, era preciso celebrar um casamento. A cidade alegrou-se pela princesa. As ruas foram enfeitadas com bandeiras e flâmulas, as pessoas saíam com suas melhores roupas, doces eram distribuídos. À noite, dançavam a *garba* e histórias sobre Rama e Sita, Nala e Damayanti, Krishna e Radha foram recitadas nos templos e nas casas dos ricos. Na cerimônia, o homem apareceu vestido como um príncipe, usando a roupa desenhada para ele pela própria princesa com os alfaiates da corte. A noiva vestia vermelho brilhante, dourado e verde. Os dois se sentaram e ouviram os *slokas* em sânscrito do chefe dos sábios. Deram sete voltas ao redor do fogo sagrado. Afinal, com o rei e a rainha derramando lágrimas, os príncipes escondendo as deles atrás de expressões pétreas, as damas de companhia e os criados chorando abertamente à visão da adorada do palácio finalmente partindo, o noivo levou a noiva embora. As liteiras seguiram em direção ao pôr do sol, e pareceu que eles foram engolidos pelo sol enquanto a pálida lua cheia assistia aos procedimentos.

Como dote o rei havia presenteado o casal com um terreno perto da floresta. Nessa terra foi construída uma modesta porém bela casa para eles.

— Fui criado ao lado de um bonito jardim — disse Nur Fazal a sua esposa. — Muito longe, no Ocidente. Nós também teremos um bonito jardim nas nossas terras, e vamos cuidar dele com amor e devoção. Da mesma forma, iremos cuidar das necessidades espirituais dos nossos seguidores, que serão como a nossa semeadura.

O lar do casal passou a se chamar Pirbaag, o Jardim do Pir, e era encantador e tranquilo. A terra providenciou uma primavera no bosque atrás da casa para nutrir a terra e seus habitantes.

11

Shimla-Delhi.

Meu irmão renegado.

Esta jornada é por Ma, digo a mim mesmo. Ele era o querido dela, sempre teve prioridade.

E para mim ela sempre dizia: mas você é o mais velho, Karsan, precisa tomar conta dele.

Ele é o meu kasauti, *dizia Bapu-ji. Mansoor é verdadeiramente o meu teste.*

Ma: teste é bom, na?

Talvez, Ma, teste seja bom. Mas qual o preço do fracasso?

Reverendo Yesudas: Você é o guardião do seu irmão.

E, então, vou levar dinheiro para ele. E, sim, admito, faço isso também por mim mesmo. Quero ver Mansoor.

Major Narang:

— Você ainda não soube dele?

Isto, ao telefone, mais cedo naquela noite. Ele sabia que eu estava aprontando alguma coisa. A minha visita ao State Bank deve ter sido informada.

— Não, major — menti. — Não fiquei sabendo dele.

* * *

O ônibus é conveniente e anônimo. Ao contrário do trem, não é necessário fazer reserva com antecedência, anunciando a todos a iminente partida para a cidade grande no trem Himalayan Queen. É mais rápido também deixar as pistas mais escuras da estrada precária à noite e chegar ao Connaught Place de Nova Delhi no começo da manhã. Mas, longe de ser confortável, ele sacode constantemente montanha abaixo, jogando os passageiros de um lado a outro a cada curva fechada, prometendo mais cedo ou mais tarde rachar o seu crânio contra a janela. Meus companheiros de viagem eram um bando amargo e de olhos turvos ao final de um dia de trabalho.

Não era uma questão de simplesmente partir quando se quisesse. Era preciso obter permissão com o diretor do Instituto. Formulários precisavam ser preenchidos e, portanto, era preciso haver uma desculpa.

— E, então, como você está indo no Instituto? — perguntou o diretor quando fui vê-lo com o meu pedido. — Está tudo bem?

— Sim, obrigado, professor Barua. E obrigado pelo Postmaster Flat que o senhor gentilmente me alocou. É muito conveniente.

— Sim, você teve sorte.

Ele viu a surpresa no meu rosto e sorriu com indulgência, como para admitir que não, não era sorte, mas um pedido especial de um amigo em comum. Ele próprio é do nordeste, com os traços orientais e achatados típicos daquela região. Um homem brilhante, mas modesto, até onde posso entender. Um filósofo analítico com senso de humor.

— Soube que é um belo cantor... talvez possa cantar para nós... minha esposa organiza um sarau aos domingos no saguão do alojamento...

Encarei-o, avaliando sua sinceridade:

— Às vezes canto para mim mesmo... para lembrar as canções...

— Você deveria gravá-las.

— Estou gravando as letras.

— Grave as canções, as *ragas*... antes que percamos essas canções folclóricas. Posso lhe fornecer um gravador... gostaria de ter um?

Respondi que sim. E a permissão para viajar também foi concedida e a passagem fornecida, com o propósito de visitar Nova Delhi para fazer pesquisa. Não que eu precisasse da passagem, mas ela vem com o pacote de generosidade que me foi outorgado. Ele estava sendo gentil, mas, evidentemente, teria de informar o major, meu anjo da guarda do CBI, a Agência Central de Investigação da Índia.

— Cuide-se — disse ele de modo ocidental quando deixei seu escritório. Talvez quisesse dizer mais. Assenti com a cabeça.

O ônibus chegou a Delhi depois das 6 horas e, dolorido e cansado, saltei na calçada. Ônibus públicos passavam roncando ao redor do circo, já cheio de gente. Um vendedor de jornal e brochuras está instalado na calçada. Uma mendiga passa por mim com os dois braços esticados à frente como um autômato. Um vendedor de chá está ligando seu fogareiro. Está quente e pesado aqui, depois do ar leve da montanha que deixei para trás. Assim que a vida volta para destravar meus membros tensos, negocio com um autorriquixá para me levar até um alojamento de universidade que me foi recomendado pelo diretor. Ele acaba se revelando um miserável arremedo de alojamento (embora o entorno seja impecável), escuro por dentro, com um quarto infestado de mosquitos que me recebem com entusiasmo assim que entro. Mas a diária é barata, e o café da manhã completo custa 10 rupias, quem pode reclamar? O vigia, que faz o meu *check-in*, parece desconfiado, por causa do recente bombardeio de um dos mais movimentados mercados da cidade. Terroristas da Caxemira são suspeitos.

Depois de um banho frio e de tomar o café da manhã, ando até Connaught Place, ignorando vários carros no caminho, talvez como uma precaução paranoica contra ser seguido, até chegar ao Bloco C, onde aceno para um veículo. A primeira parada é na Biblioteca Sahitya Akademi. Há material ali a ser pesquisado. O mundo medieval de Nur Fazal começou a me interessar como nunca antes. Eu o havia recebido como lenda e mito, magia e mistério, todas as coisas especiais para nós. Agora eu o vejo mais como um período real e histórico e a mim mesmo como um pedaço dessa interminável extensão. Nos anos 1260, aproximadamente — quando o sufi chegou à Índia —, como era o mundo? Os mongóis haviam conquistado de Pequim a Bagdá, por um lado... as Cruzadas haviam sido finalmente derrotadas por Saladino, as grandes universidades da Europa haviam sido fundadas... havia o Império Inca na América, o Império Mali na África... vastos exércitos se movimentavam, pessoas pereciam. E o indivíduo? Podemos realmente compreender o passado além dos fatos? Quando definimos os termos, talvez. Entro nos grandes corredores da biblioteca, pago as taxas necessárias, e procuro pelos trabalhos do poeta da corte do século XIII, Amir Khusrau, cujo mestre Aladim Khilji havia mandado seus generais de Delhi para conquistar Gujarat. Assim se deu o ignóbil fim da grande cidade de Patan. Khusrau escreveu um poema narrativo sobre a conquista, uma história de amor descrevendo como a princesa de Gujarati Deval se tornou objeto de paixão do príncipe, o filho de Aladim, Khizr Khan, por quem ela fora capturada e levada a Delhi. Uma história trágica, na verdade, porque ainda não foi este o fim do destino dela. Aladim foi morto, Khizr foi cegado e então morto, e Deval terminou seus dias no harém de um arrivista. Mas nós, em Pirbaag, eu me recordo, tínhamos uma visão diferente da história da nossa princesa de Gujarati.

O que é surpreendente é que, por mais velha que seja, e historicamente vaga, a história contém uma força amarga para os fanáticos nacionalistas de hoje, envergonha sua hombridade moderna, incitando-os a estados de raiva e ódio.

À tarde, levando fotocópias, saio ao então inclemente calor de verão e pego um carro para a Velha Delhi.

Em Chandni Chowk, a principal avenida, eu desvio meu caminho intencionalmente por um tempo através da confusão de riquixás, vendedores, compradores e carrinhos de mão antes de admitir a inutilidade da minha aventura solitária e parar num vendedor de calçada. Onde fica Azad Gully, pergunto. *Ay!* — ele pergunta ao redor, obtém uma resposta satisfatória e se aproxima de uma bicicleta riquixá, o que é evidentemente um gesto pré-combinado. Um homem esguio de cerca de 30 anos empurra seu veículo na minha direção. Chegamos a um acordo sobre o valor, eu subo, e os músculos magros fazem seu trabalho e me levam por entre multidões, primeiro por um canal, depois outro, o mercado das joias, o mercado do papel, o mercado dos perfumes, onde sou finalmente deixado.

Um menino de uniforme escolar aponta para um beco deserto e estreito, em cujas sombras eu entro. Lá, uma única loja está aberta, com um homem sentado atrás de um balcão observando a minha aproximação. É uma oficina de cintos. O mostruário sob seus cotovelos está repleto de fivelas de todos os tipos. Alguns homens ou meninos trabalham atrás dele, no chão, sentados num círculo. Ele me direciona para a porta de um *haveli* antigo do outro lado da rua. Passo por ela, entro num grande pátio e paro de repente. Ao meu redor há ruínas de prédios antigos. Bem em frente existe uma plataforma elevada na qual, talvez, garotas dançarinas tradicionais tenham se apresentado algum dia. O grande Ghalib poderia ter recitado sua poesia ali. Ele não vivia muito longe de onde eu estava. O pátio está repleto de escombros. A plataforma, que tem um teto, está cheia de caixas marrons contendo, conforme a descrição das laterais, monitores de computador. Uma menina me encara de uma porta à minha direita. Ela aponta para um lance destruído de escada aberta do outro lado do pátio, na direção do qual eu sigo com insegurança. O céu acima de mim está azul. À distância, alguns pássaros e duas pipas. A escada é alta, e eu preciso respirar com mais força enquanto subo. A menina lá embaixo me olha com curiosidade.

O primeiro andar está abandonado. Restam poucas estruturas da construção — pilhas de escombros, uma entrada num fragmento de parede. Atrás de tudo isso, aparentemente, ar aberto, uma queda livre. Há um segundo andar, que está menos destruído. O fato de que se mantém de pé é um milagre. O patamar não tem cobertura, mas uma entrada me leva para a esquerda, para outra entrada, e de lá para um conjunto de salas. No caminho, através de paredes inexistentes, posso ver lá embaixo as caixas e a garota, ainda me observando. Uma mulher de mais ou menos 30 anos cobre imediatamente a cabeça ao me ver, ao mesmo tempo em que pega uma criança chorando do chão.

— Mansoor está? — pergunto.

Ela me olha com indiferença.

— Um homem gujarati... — *Chhota sa*, desta altura?

— Omar Bhai, de Gujarat... Haripur? — Uma voz alta.

— Hari-pir — eu a corrijo, desanimadamente, e ela me olha espantada.

Aponta para uma porta, onde alguém já apareceu.

Eu o vira apenas uma vez desde a minha volta, e a vista me espanta novamente — está muito impregnada em mim a imagem do pequeno traquinas que deixei para trás. Ele está com a barba por fazer, descabelado e veste um *dhoti* azul e uma camiseta branca.

— Você veio, Bhai — diz Mansoor suavemente. Abraçamo-nos constrangidos.

— Como você está?

— Bem. Venha, Bhai... me acompanhe até o meu quarto.

Subimos alguns degraus, passamos por mais paredes desmoronadas e incompletas e chegamos a uma porta azul pintada a óleo. Ele abre a fechadura, empurra os dois painéis da porta e entramos em seu quarto. É um local escuro e assustador. Tem uma única janela pequena e fechada, pela qual entra uma pálida e fraca luz do dia. Uma lâmpada nua numa luminária de mesa é a outra fonte de luz. Há uma cadeira, uma mesa pequena e uma cama, na qual ambos sentamos. E nos olhamos.

— Você está bem?

— Sim... sim, estou bem. Tanto quanto possível.

— O que isso quer dizer? — pergunto, desesperadamente.
— Mansoor, o que você está fazendo aqui... num lugar como este?

— É temporário, até eu ter algum dinheiro... Você trouxe o dinheiro, Bhai?

— Sim, mas não vai durar muito, Mansoor.

— Eu sei, mas vai durar o bastante.

Ele fala baixo, com um sorriso e com o que espero estar apenas imaginando ser um brilho louco nos olhos. Há muitas coisas que eu quero perguntar a ele — o que aconteceu a Pirbaag, a Ma e a Bapu, o que ele tem feito — para continuar de onde paramos abruptamente em Ahmedabad apenas algumas semanas antes. Mas a hora e o lugar não parecem apropriados. Como nós dois, príncipes de Pirbaag, fomos parar ali — numa ruína antiga numa vala da Velha Delhi, numa atmosfera de segredo e medo?

— Venha, vamos comer alguma coisa em algum lugar — digo. Talvez fora dali, num lugar iluminado, consigamos conversar. E ele parece faminto. Concorda prontamente. Primeiro troca de roupa, vestindo calças e uma camisa, e penteia os cabelos, calmamente, como se estivesse esperando alguma coisa.

Finalmente, um grito do muezim se ergue da mesquita Jama próxima. Meu irmão olha para o relógio.

— Venha, vamos orar — ele diz.

Olho para ele, abismado. Ele pega um tapete de detrás da cadeira e sem olhar para mim o estende no chão, e rapidamente faz a oração muçulmana. Uma abstração geométrica, símbolo de piedade, eu normalmente respeitaria. Mas aquilo me dá um arrepio de apreensão. Quando ele ficou assim? É fé ou uma reação amarga o que ele está expressando?

Lá embaixo, quando saímos do *haveli*, o homem na loja de cintos gritou um cumprimento, e Mansoor respondeu:

— *Salaam*, Mukhtiar!

Olho então para a pequena placa de madeira retangular acima da loja: "Salim Cinto e Fivela."

Paro para encarar meu irmão, uma reação que ele parecia estar esperando.

— É Mukhtiar de Haripir? — pergunto.

— O próprio.

Mukhtiar, um dos dois filhos de Salim Buckle, um homem que teve um destino terrível em nossa cidade há muito tempo. Uma presença pouco reconfortante ali. Dois pares de olhos se fixam em mim, enquanto eu absorvo a situação brevemente. Então, com um sorriso constrangido, aceno ao tendeiro e digo "Vamos, Mansoor", levando meu irmão embora.

No restaurante numa rua principal, onde está iluminado e as pessoas são alegres, observo-o polir seu *thali* com uma emoção que mal consigo dissimular. De onde estamos sentados, o mercado de ouro na rua parece todo cintilante com luzes fluorescentes e joias, grupos de mulheres pulando nas lojas, algumas com celulares na orelha.

— Desde quando você se tornou "Omar"? — pergunto seriamente, em voz baixa.

— Eu não quero um nome *sufi-pufi* — responde ele, com um sorriso arrogante.

— Você sabe quem foi Mansoor... por quem você foi batizado assim?

— Foi um cara maluco que se deixou matar.

— Porque acreditava na verdade...

— E eu também acredito.

— Por que "Omar"?

— Ele foi um grande lutador.

— E qual é a sua luta, Bhai? Me diga.

Ele não responde.

— E Mukhtiar? O que ele está fazendo em Delhi?

— Ele tem o negócio dele. Mora com a família, e me conseguiu aquele quarto em que estou.

Pedimos mais chá, mais um *samosa* para cada e *jalebis* cor de laranja das *woks*. Ficamos um tempo em silêncio, olhando para o movimento de gente do lado de fora, observando o turbilhão de garçons correndo para lá e para cá e gritando seus pedidos. Então me ocorre que meu irmão não perguntou uma vez sequer sobre como eu havia passado todos aqueles anos no exterior, sobre a vida que eu havia deixado para trás. Para ele, eu simplesmente os abandonei. Agora ele olha para mim e sorri.

— Você sabe que estão procurando por você? — pergunto. — A polícia?

Vem a resposta exaltada:

— Estão apenas procurando por bodes expiatórios. Qualquer muçulmano serve para desviar a atenção dos crimes do governo de Modi em Gujarati. Eles começaram um genocídio lá, Bhai, todo mundo sabe disso, mas ninguém está disposto a usar esta palavra.

Ele dá um suspiro, e ambos ficamos em silêncio. Então me dou conta de que não sei o que dizer ao meu irmão porque não consigo concordar com suas respostas, suas implicações. As mortes em Gujarat acabaram com a minha própria certeza. Eu simplesmente me mantive fiel às minhas crenças devido a uma certa obstinação, uma fé cega residual em nossa sociedade, de que ela nunca permitiria pogroms premeditados e patrocinados pelo governo.

— Então você não está envolvido em nada idiota? — pergunto, afinal e desesperadamente.

Ele não responde, assopra o chá fumegante em sua mão, faz uma pausa para levar uma película de creme para o lado da xícara com o dedo mindinho.

Tendo feito sua pausa, ele diz:

— Sabe, irmão... quando nós respondemos a ferro e fogo, acabamos sempre cortados porque somos poucos e desorganizados. É a coisa grandiosa que faz a diferença... que os deixa com medo.

— Que "coisa grandiosa"? O que você está dizendo? Você está maluco?

Mais uma vez o silêncio. E percebo que conseguimos atrair alguns olhares das outras mesas.

— Quem é "nós"? — pergunto irritado, mas em voz baixa. — O mundo não se divide tão direitinho em "nós" e "eles", Mansoor, não existia esse tipo de coisa quando estávamos crescendo!

— Agora existe.

Ele me acompanha até a rua principal. Chandni Chowk é um lugar largamente vigiado, digo a mim mesmo nervosamente.

Ele diz:

— Você foi embora há muito tempo, Bhai. Eu cresci numa Índia diferente da que você conheceu, e sou muçulmano.

Não sei o que dizer depois disso, pois há uma verdade no que ele diz. Desesperadamente, imploro:

— Prometa que não vai fazer nada idiota...

— Depende do que você chama de idiota.

Quando chegamos ao final da rua, o Red Fort está diante de nós e o santuário jain para pássaros, à nossa direita. Acabamos de passar pelo local onde o guru sikh Tegh Bahadur foi martirizado por Aurangzeb, o grande imperador, como a placa do lado de fora informa aos passantes.

As velhas feridas, as velhas batalhas. Eles e nós, e nada no meio.

— Tente ser sensato — peço quando nos abraçamos, então partimos em direções opostas.

12

O jardim, continuado. A guerra com a China e...
Um novo tipo de ódio havia se instalado entre nós, amargo e
venenoso, como expressado por um grito inesquecível.
Chou en Lai, hai! hai! Chou en Lai, hai! hai! Que vergonha, Chou!

Uma procissão de meninos tomou as ruas, lançando a
vergonha sobre o premiê chinês, entre os presentes Harish,
Utu e eu. De alguma forma, com toda a emoção, Harish havia berrado a toda altura, sentado nos ombros de Utu e nos
meus, talvez imaginando que era como ele iria vencer aquele agressor Chou en Lai, que havia mentido a Nehru sobre
a amizade de nossas duas nações e agora nos atacava. Com
nossas vozes mais roucas, fomos empurrados de uma ponta
a outra da cidade, e então de volta.

A esta altura o brado havia mudado, *Chin-chao-mao,
hai! hai!*

A nação estava em guerra contra um inimigo monstruo-
so e habilidoso. A China. Nós lutamos contra os britânicos e
os expulsamos. Nossos ancestrais lutaram contra os sultões
e os rajás. Mas que tipo de inimigo era aquele? Histórias de

maldades chinesas levavam medo aos nossos corações. Que *dharam* tinham eles, que comiam cães e ratos. Eles tinham massas de gente.

Chin-chao-mao. A trinca do mal: a China, nosso vizinho comunista, Chou, o mentiroso, Mao, a mente por trás de tudo.

Nehru estava passeando pela África ou em Londres, deliberando sobre questões mundiais, quando foi apunhalado pelas costas pelo Sr. Chou en Lai, que não muito tempo antes havia professado:

— *Hindi-Chini bhai-bhai.* — Somos irmãos.

— *Bhai-bhai shai-shai* nada — dizia o rajá Singh, com desdém. — Chowen Lai lançou a Chacha Nehru uma bola quadrada... — E, trocando de metáfora, acrescentou que o premiê chinês havia feito nosso Nehru dançar o twist.

O ano era 1962.

Dizia-se que tudo a respeito do nosso país começou a mudar naquelas semanas quando a possibilidade da guerra nos provocou e nós nos reasseguramos de que ela não poderia acontecer, que nós estávamos prontos. Então, de repente, ela estava sobre nós com uma ofensiva chinesa maciça que nos assustou. Você pode relacionar o presente a um dado evento do passado? A memória nos trai. Mas na época aconteceram muitas coisas que nos apontavam indelevelmente — e em retrospecto, sim — ao mundo que se revelou para nós: o país ao qual eu havia retornado e o lugar que eu ocupava nele. Nossos próprios fanáticos podem ter matado Gandhi, mas o último prego no caixão de sua mensagem foi pregado pelo ataque chinês. Não era mais a amigável Índia *namastê* da não violência e do desapego, do algodão caseiro e das greves de fome. Agora, seríamos sérios.

O dia anterior, 20 de outubro, havia sido aniversário de Mansoor. Normalmente, a data teria provocado um pequeno evento doméstico, com um pilau feito em casa, com ervilhas e batatas, e doces distribuídos aos nossos poucos amigos. Mas, desta vez, nós nos superamos num excesso de alegria e celebração mundana. O resultado, aparentemente, foi uma catástrofe.

Em Pirbaag, o aniversário do saheb sempre era uma ocasião de ação de graças e uma forma contida de celebração ritual por seus seguidores. O *Urs* ou aniversário de morte de Pir Bawa, celebrado como seu casamento ou união com a Alma Universal, era o festival maior. Visitantes compareciam vestindo roupas novas e abarrotavam o santuário. Com muita cerimônia, o túmulo do Pir era untado como um noivo, e havia uma refeição conjunta. Cantavam-se *ginans* até as primeiras horas da manhã. Mas nesse dia Mansoor fazia 5 anos, e Ma usou um argumento sofista para justificar uma celebração: os filhos do saheb também eram importantes. Um deles não iria se tornar o próximo saheb? Deveria haver um evento público, ainda que pequeno. Acabou sendo uma grande festa, no pavilhão, com comida, música e uma alegria tão abundante que o nosso mundo se tornou diferente e profano por uma tarde. Um bolo foi trazido de Ahmedabad pelo Mestre-ji, brilhantemente decorado com cobertura cor-de-rosa e amarela, e bolas prateadas, e, em inglês, o nome de Mansoor escrito em azul por cima. O bolo ficou sobre um banquinho, em destaque, um ícone novo e estranho, objeto de profunda admiração.

Houve as tradicionais canções gujarati, é claro, celebrando o nascimento de um filho, e seus modos travessos ainda que inocentes e encantadores quando mais velho, que descreviam Mansoor tão bem. Alguém arriscou cantar uma canção de um filme. Outra pessoa apresentou uma cena. Um sósia de Johnny Walker apareceu e arrancou risadas com suas piadas maliciosas. E o mais extravagante de tudo: uma Helen de Bollywood bêbada e de aparência atraente, numa dança lenta sinuosamente sedutora. Mansoor foi chamado das brincadeiras para cortar o bolo, enquanto os que podiam — e mesmo os que não podiam — cantavam "Parabéns a você", exatamente como nos filmes.

Também estava presente o meu alguém especial, aquele primeiro e secreto amor, uma menina nômade da casta Rabari que sempre usava o mesmo xale de cabeça vermelho bordado, dúzias de pulseiras de plástico e um *piercing* no nariz do tamanho de uma moeda pequena. Ela parecia nova na região. Devia ser mais ou menos um ano mais velha do que eu. Tinha o rosto comprido, e seus penetrantes olhos cinzentos me olhavam de volta corajosamente em nosso santuário, aonde ela vinha aos sábados. Por mais que tentasse, eu não conseguia tirar os olhos dela por muito tempo. Toda a minha petulância se transformava numa dor repentina e num vago desejo. Eu estava me tornando um homem. Eu já havia perguntado à Ma:

— É possível casar com uma menina Rabari?

Ela respondera:

— *Jah, jah.* — Vá embora, com um aceno da mão e um leve empurrão de dispensa. Minha pergunta era apenas retórica, a menina pertencia ao reino do que não era possível. Ela era diferente. Agora, na festa, minha mãe acompanhava meus olhos, cruzou seu olhar com o meu brevemente e mandou a última fatia restante do precioso bolo para a menina. Isso me rendeu um breve sorriso, creio, de gratidão.

Enquanto isso, meu pai se contorcia em sua cadeira. Aquele era um evento de Ma. Ela o havia surpreendido com aquilo tudo. O que havia para se celebrar num nascimento?, ele teria dito a ela. A mensagem do santuário era sobre a punição que era o ciclo de nascimento e morte e a ilusão que o mundo era. Mas meu pai suportou aquilo, aquela celebração de um aniversário. Sorriu, acenou, cumprimentou como exigido, tudo de forma contida e constrangida.

Finalmente, Mansoor, que era louco por arco e flecha, lanças, armas e fundas, ganhou de presente um *dhanush*, um conjunto de arco e flecha só para ele, trazido de Ahmedabad por Mestre-ji. Os meninos saíram correndo para lutar contra os bandidos em seu terreno pedregoso de faz de conta de Kathiawad, entre os túmulos. O sacrilégio estava completo.

No rosto de Ma, enquanto observava os acontecimentos ao seu redor, um olhar de profunda felicidade, vergonha e, ouso dizer, culpa.

Bapu-ji levantou-se para ir descansar. Poderia ter ido diretamente do pavilhão para sua biblioteca, e então direto para dentro de casa. Em vez disso, decidiu descer e cumprimentar as pessoas que estavam do lado de fora entre os túmulos. Tendo feito isso, parou diante do mausoléu, juntou as mãos para fazer um *pranaam* ao Pir. Assim que se virou para seguir na direção do portão da casa, uma flecha disparada do novo *dhanush* o atingiu na lateral do pescoço.

Ele deu um grito curto, mas alto, um grito muito humano, agarrou com força o ferimento e caiu de joelhos. O turbante caiu de sua cabeça. Seus acompanhantes correram para ajudá-lo a se levantar e então o levaram para dentro da casa.

O ferimento no pescoço derramou um fio de sangue. Poderia ter-lhe custado a vida, pois, na empolgação, os meninos haviam perdido a ponta de borracha das flechas. O que doeria mais nos dias seguintes seria o joelho que havia batido no chão. O menino que havia lançado a flecha não era ninguém menos do que Mansoor. Depois de ter feito isso, ficou parado atrás do grande túmulo de Jaffar Shah, com os olhos escuros arregalados e um olhar confuso.

Naquela noite, enquanto Bapu-ji estava na cama, com o rosto pálido, o pescoço enfaixado e febre, vários de seus jovens seguidores chegaram, tendo ouvido no rádio a notícia do ataque da China no nordeste.

Ma lhes disse que o saheb estava cansado e precisava dormir. Mas eles haviam ido até lá com a mais profunda crença de que o fim da Era Kali, prevista frequentemente nos *ginans* e pelo saheb, podia estar próximo, e o saheb precisava ser informado. Os eventos do dia — uma celebração flagrantemente profana na casa de Pir Bawa — haviam sido bastante agourentos.

Meu pai ouviu aqueles jovens ansiosos, sorriu indulgentemente a eles e disse:

— Vamos ver.

Acenou para que partissem, e fechou os olhos.

Mais tarde naquela noite, completamente desperto, ainda que fraco, Bapu-ji sentou-se na cama e pediu um chá. E depois de tomar o chá com biscoito levantou-se e foi para a biblioteca. Lá, sentado sobre uma almofada no chão, com a escrivaninha portátil no colo, começou a escrever. Com um gorro branco na cabeça e óculos no nariz.

Ma me pediu que fosse colocar um xale em suas costas. Em silêncio e com muito cuidado, obedeci. Não pude saber se ele havia me notado. Com uma pena, presa a um suporte, que mergulhava num pote de tinta preta, ele estava copiando para papel almaço o conteúdo de algumas páginas de aparência antiga preservadas entre lâminas de vidro. Secretamente, eu o observara trabalhar antes, mas, naquela noite, naquele estado, com a mão febril raspando na página, o mata-borrão usado esporadicamente para secar a tinta, percebi a urgência de sua missão, sua dedicação — para preservar nossa história para a posteridade.

A noite de despreocupação de Ma havia terminado mal, e ela estava culpando a si mesma pela dupla calamidade: o ferimento de Bapu e o ferimento da Mãe Índia.

— Foi longe demais — disse ela, quase em lágrimas. — O programa de variedades foi demais. Aquela menina Helen... *chi-chi-chi...* — Sacudiu a cabeça, nauseada. — Mas como eu poderia interrompê-la, ou mandar todas as pessoas embora?

— Ma, você trouxe o *Mahabharata* para nós, com seu pecado — provoquei.

Ela poderia ter rido, mas aquele era um assunto grave. O que foi deixado por dizer foi que ela havia usado suas economias, e talvez tivesse se endividado, para nossa tarde de festa. O que dera nela?

— Estou aqui — declarou Mansoor, sacando seu arco e flecha. — Por que se preocupar? Eu vou destruir aqueles *Kauravas* covardes!

Ma puxou-o para um abraço, dizendo carinhosamente:

— Meu Arjun está aqui.

Como ele cabia nos braços dela. Normalmente, era o *Munu* dela. Hoje, ele havia se tornado um herói lutador.

Na escola, não se perdia uma oportunidade de se falar sobre a guerra. Muitos de nós descobrimos o patriotismo como algo mais do que palavras, como um sentimento urgente. A sala dos funcionários ecoava ruidosamente com discussões, com o nome do nosso primeiro-ministro invocado com muita raiva por ter mantido a nação despreparada. Nas reuniões, eram feitas orações especiais. Quando se cantava o hino, alguns alunos, e mesmo alguns professores, caíam no choro. Um dia, alguns figurões do Exército foram falar conosco sobre gloriosas carreiras nas Forças Armadas, sobre patriotismo e a necessidade de defender a Mãe Índia. Falaram sobre Shaheed Dinoo, que havia bravamente ido para trás das linhas inimigas, se aproximado do seu comandante e dito:

— Eu era um menino chinês que foi sequestrado pelos indianos. Vou levá-los pela passagem.

E quando os chineses o seguiram, *thishoom-thishoom*, nossos *jawans* estavam esperando por eles. E Dinoo? O comandante chinês mandou cortarem sua cabeça.

Se o maior objetivo da vida era atingir a *moksha*, a libertação do ciclo de nascimento e a unidade com o Absoluto, o resultado daquela guerra importava? Ela já teria sido estabelecida pelo carma? Por outro lado, o Gita deveria se impor qualquer que fosse o resultado. Assim discutiam meu pai e seus seguidores próximos. Enquanto isso, homens e mulheres comuns oravam e cantavam aos deuses. Mulheres tricotavam suéteres e doavam seu ouro.

Quando nossa PM local chegou na traseira de uma picape, parada ao lado de um grande prato de latão no qual coletava o ouro, foi Mansoor quem levou os dois braceletes mais grossos de Ma para acrescentar às doações.

E quando na escola um dos meninos mais velhos reuniu assinaturas pedindo para defender a nação, eu também espetei meu antebraço com um alfinete e assinei meu nome com sangue.

A nossa Índia sequer tinha lugares chamados Namka Chu? Ou Thagla Ridge? Ou Che Dong?

Foi em Namka Chu, um desfiladeiro alto nos Himalaias, na fronteira com o Tibete, que os chineses atacaram primeiro, com suas AK-47 e grandes armas, seus soldados bem-treinados calçando enormes botas. Eles vinham de todas as direções, surpreendendo os indianos, em número menor, que ficavam trêmulos em suas roupas de algodão e sapatos de lona, levando metralhadoras leves. Ah, sim, nossos Punjabis, Gurkhas, Assamese e outros foram heroicos, mas não tinham chance. Estavam em menor número e eram menos treinados. Os regimentos indianos logo foram destruídos, com os pelotões lutando até o último homem. Foram aniquilados. Centenas de mortos, centenas de feridos e prisioneiros.

E os "desavergonhados" chineses, como Nehru os chamava, estavam seguindo para novas posições, ameaçando com uma guerra total.

Nós havíamos sido atacados e conseguíamos nos defender.

Apesar da amargura e do nervosismo que a guerra produzia em nós, havia um elemento de comédia em nossas reações exageradas de que nos lembraríamos por muito tempo. Ma se preparou para a eventualidade de o exército chinês chegar até Gujarat afiando duas facas de destrinchar. Joias e outros itens de valor como fotografias e um sári haviam sido reunidos e guardados num baú para levarmos conosco, caso tivéssemos de deixar nossa casa. Um cobertor, uma escada, comida e remédios ficavam separados, para o caso de termos de nos esconder no poço seco nos fundos da casa. Uma cobra já havia sido expulsa de lá.

— Estamos prontos — disse Ma então, com o rosto vermelho e a respiração arfante por causa do esforço, com um olhar determinado no rosto gorducho. — Deixe que eles venham! — *Aawé to khari, Chin-chin lok!* Ao seu lado, seu pequeno Arjun com seu arco e flecha.

Num fim de noite, depois do jantar, sentei à minha mesa no pátio cheio de jornais e meu pai se aproximou e me disse:

— Karsan... saia um pouco comigo.

Ma havia saído do quarto deles e ficou observando enquanto Bapu-ji e eu saímos pela lateral da casa até o complexo do santuário. Bapu-ji levava nas mãos um pacote enrolado numa velha cópia do jornal *Samachar*. Acompanhei-o até o grande túmulo de Jaffar Shah, na frente do mausoléu. Meu pai parou ao pé do túmulo e se ajoelhou. Fiz a mesma coisa, e observei com surpresa quando ele arrancou uma pedra solta do chão. Embaixo da pedra havia um pedaço de madeira úmida que ele também retirou, para revelar uma reentrância. Espiei dentro do buraco e vi que estava vazio e tinha cerca de 30 centímetros de profundidade.

— Ponha este pacote aí e feche o buraco — disse Bapu-ji, passando o pacote para mim. — E não fale a ninguém sobre isso.

— Bapu, os chineses podem nos atacar até aqui? — perguntei.

Ele pensou por um instante:

— É melhor estarmos preparados para qualquer coisa. Este tem sido nosso esconderijo há gerações.

A lua apareceu e estava três quartos crescente, lançando longas sombras sobre o complexo, com as silhuetas das árvores servindo de testemunhas silenciosas do que meu pai e eu havíamos acabado de realizar. E também me lembro de um suave perfume de flores sendo soprado por uma brisa intermitente. Ouvimos um leve barulho e ambos demos um salto e olhamos na direção do portão. Mas não havia nada de incomum à vista. Ajudei Bapu-ji a se levantar e voltamos caminhando para casa. Mansoor estava adormecido em sua cama, no nosso quarto.

No começo da manhã seguinte, antes da aula, voltei a acompanhar meu pai, desta vez até a velha figueira do lado de fora do portão principal, que meus amigos e eu apelidáramos de Mister Six. Aquela velha árvore tinha um tronco oco. Uma copa de folhas caíra dela. No topo do tronco havia um buraco escuro e disforme, no qual Bapu me instruiu a deixar outro pacote embrulhado. Hesitei:

— Pode haver uma cobra aí dentro, Bapu-ji.

— Se houver uma cobra aí dentro — murmurou — é melhor.

Mas ele pegou o pacote e o enfiou na reentrância, empurrando a mão completamente lá dentro. Fiquei olhando para ele com admiração.

— Esta árvore é sagrada — disse ele, ainda naquele tom de voz baixo. — Como os corvos, tornou-se testemunha da nossa história. Ainda estará aqui quando tivermos partido.

Quase exatamente um mês depois do ataque, depois de terem ocupado algum território, os chineses declararam um cessar-fogo.

Assim como os *Kauravas* humilharam Draupadi, as pessoas diziam, aqueles chineses levaram nossa vergonha. Nossos guerreiros não podiam fazer nada. Onde estava Krishna, onde estava Arjun? Mas o segundo tempo ainda precisava ser explicado. A matemática não estava encerrada. O *Mahabharata* ainda iria acontecer. Da próxima vez, vamos igualá-los arma por arma, *jawan* por *jawan*. Teremos uma bomba atômica.

Enquanto isso, baixávamos a cabeça de vergonha. E culpávamos uns aos outros.

⚜

... e os alcances externos da loucura pública.

Do outro lado da rua, em diagonal, ficava o assentamento muçulmano local, atrás de um portão tão imenso e rígido que poderia ter pertencido a um forte. Ali, numa mesquita, havia sido enterrado o pequeno imame Balak Shah, que se acreditava ser um neto do nosso próprio Pir Bawa, o Viajante. Os *balakshahis*, como eram chamados seus seguidores, aguardavam a ressurreição de seu imame no Dia do Juízo. Enquanto isso, ele realizava milagres diários em seu santuário. Era dessa mesquita que o *azan* podia ser ouvido a cada hora de oração. Particularmente, seu singular chamado árabe formava um profundo e ascendente contraponto à cantoria de *ginans* de Gujarati de Pirbaag ao amanhecer, quando tudo mais estava em silêncio.

Recentemente, enquanto o restante da nação estava tenso com a ansiedade da guerra, os devotos do imame criança haviam celebrado uma ação de graças, com cerimônias e orações. Não muito tempo antes, os jornais estavam cheios de notícias a respeito de um místico italiano que havia subido uma montanha e trazido notícias sobre o iminente fim do mundo. Com os chineses ameaçando com uma poderosa guerra ao norte, o Kali Yuga parecia estar se aproximando de seu fim previsto, e os *balakshahis* pensavam que aquele poderia ser o momento certo para que seu imame criança despertasse do túmulo ao lado da mãe e liderasse o mundo para a glória. Com ele despertariam todos os ilustres personagens do passado, incluindo o Profeta Maomé, Hazrat Ali, Jesus Cristo, Shri Rama, Shri Krishna e outros. Os *balakshahis* juntaram flores e prepararam guirlandas. Contrataram músicos, cantaram suas canções de celebração. Quando as hostilidades terminaram, negando-lhes o segundo advento, eles silenciosamente depositaram suas flores em seus poucos túmulos e em nossos muitos outros.

Foi uma boa diversão para a cidade.

— Então ele ainda está dormindo? — Alguém podia perguntar brincando, e ser recompensado com um sorriso. Nenhum mal era feito. Ainda assim, atrás dessa relação pública amistosa, espreitava um fogo que quase nos devorava.

Uma tarde, terminaram as aulas na escola local, que ficava exatamente onde a estrada se bifurcava na nossa cidade. As crianças *balakshahi* desceram pela via principal da estrada. Os hindus viviam perto desse cruzamento e também acima da via esquerda da bifurcação, que seguia para a rodovia Baroda. Os restantes, na maioria os outros muçulmanos e os pastores de gado, subiam pela via direita e contornavam os campos atrás de Pirbaag. Três meninos saíram da escola, dando continuidade a uma animada discussão.

— Ei — disse Paado, o filho do tendeiro Manilal Damani —, o Paquistão estava por trás desta guerra. O Paquistão é o nosso pior inimigo, o pior...

— Tem chineses no Paquistão? — perguntou o segundo menino, um bajulador.

— Meu pai diz que esses *balakshahi* têm rezado para que seu Pir ajude a China! Eles próprios são paquistaneses, todos os seus parentes vivem no Paquistão!

— *Saala!* — Vem a reação estridente. O terceiro menino levanta os shorts, pronto para a briga. É o filho do fazedor de fivelas, Mukhtiar. — Você está nos chamando de paquistaneses...

Os dois começam uma briga — um abraço desajeitado, entre grunhidos e fungadas —, no meio da qual um dos irmãos Damani salta de dentro da loja, separa os dois e dá um tapa em Mukhtiar, atirando-o ao chão.

Naquela noite, perto do final do horário comercial, Salim Buckle, o pai do menino ferido, realizou um protesto diante das lojas da cidade. O grupo era composto por alguns fornecedores e seus apoiadores. O que esperavam dos tendeiros não estava claro. Os últimos não eram originalmente de Haripir, haviam vindo do norte durante a Divisão para assumir a propriedade dos sogros do meu tio, que os declarara muçulmanos e partira na direção oposta. Os Damani, apesar de sua influência em Goshala, haviam recentemente dificultado aos fornecedores a obtenção de bens para vender, fossem cigarros, selos ou bananas, prejudicando assim a concorrência. Portanto, já tinha havido um desentendimento entre as duas partes.

Os três Damani eram fortes lutadores amadores que supostamente comiam ovos em segredo para ganharem força. Evidentemente, eram vegetarianos confessos. Quando a multidão começou a diminuir na bifurcação, tendo visto parte do espetáculo de luta livre, os irmãos saíram e facilmente deram uma surra nos fornecedores esqueléticos. Não satisfeitos com a vitória, ainda gritaram pelas costas deles:

— Malditos paquistaneses!

Na manhã seguinte, ao alvorecer, quando o chamado da oração *azan* se ergueu da mesquita à distância e a cantoria já estava em curso no nosso santuário, um grito curto e forte atravessou o ar.

Um homem logo trouxe a notícia da tenda de chá: algum desconhecido havia atirado um pedaço de carne no santuário familiar dos Damani, um pergolado no quintal deles que abrigava estátuas dos deuses. As mulheres da família, sem mencionar os deuses, haviam sido maculadas. E os Damani queriam sangue.

— O que vai acontecer agora? — perguntou Ma baixinho.

Bapu-ji, meu irmão e eu estávamos à mesa perto da cozinha onde costumávamos comer, e Ma estava nos servindo o café da manhã.

Depois de uma breve pausa, Bapu-ji respondeu lentamente:

— Nem mesmo durante a Divisão tivemos esse tipo de coisa na nossa cidade. Algo terrível está acontecendo...

— Quem iria macular a casa de um deus? — perguntou Ma. — Hindus não fariam isso.

— Mantenha estes dois dentro de casa — disse Bapu-ji, apontando para Mansoor e para mim.

Ela assentiu com a cabeça e, enquanto fazia isso, um som involuntário escapou de sua garganta.

A vingança seria certa, ambos sabiam disso. A única questão era de que forma.

Não fiquei dentro de casa por muito tempo, é claro. Logo caminhei lentamente na direção do portão da frente. Harish estava do lado de fora da borracharia do pai dele, do outro lado da estrada, igualmente sem fazer nada, e eu acenei e fui me encontrar com ele. Ele também havia sido instruído a ficar perto de casa. Seu pai era um homem atarracado de peito peludo e camiseta. Com as mãos na cintura, estava parado na porta, olhando com expectativa para fora. Fingindo que a vida estava como de costume, nós dois começamos a subir a estrada na direção da bifurcação e da escola, jogando uma bola de críquete um para o outro e nos exibindo. A escola estava fechada. Utu, tendo nos observado, aproximou-se e, juntos, nós três caminhamos na direção de Pirbaag, esperando jogar críquete no nosso pátio. Também numa demonstração de aparente normalidade, o barbeiro estava fazendo sua ronda, balançando sua bolsa de couro, dizendo seus cumprimentos joviais de deferência. E o verdureiro empurrava seu carrinho morro acima, parando e seguindo. Um caminhão passou.

Quando, de repente, um calafrio pairou sobre a rua, emudecendo todos os sons, e uma onda de apreensão nervosa surgiu estremecedora. As lojas começaram a fechar uma a uma. O barbeiro parou e deu meia-volta, correndo na direção dos fundos das casas hindus. O verdureiro estacionou seu carrinho do lado de fora de uma loja, arrumou seu *dhoti* verde e saiu correndo. Harish, Utu e eu nos separamos sem dizer nada, infectados por aquele novo e ainda incompreensível medo.

O santuário estava absolutamente deserto, como se fosse o meio da noite. Bapu estava na biblioteca. Sentindo minha presença do lado de fora da porta do pavilhão, ele ergueu o olhar e perguntou:

— Sim, Karsan?

— Bapu-ji... alguma coisa aconteceu... a cidade toda está fechando...

— Venha — disse ele. — Sente-se.

Entrei e me sentei no chão ao lado dele. Ele não disse mais nada, continuou fazendo o que estava fazendo. Naquele dia, estava respondendo cartas.

— Bapu-ji...

— Sim?

— Por que hindus e muçulmanos se odeiam?

Ele ficou em silêncio, afastou o olhar e por um instante pensei que ele iria dizer eu não sei. Em vez disso, respondeu:

— Eles não se odeiam. Às vezes, só têm medo uns dos outros... e há aqueles entre eles que exploram esse medo.

Não perguntei a ele "Somos hindus ou muçulmanos, Bapu-ji?" porque sabia o que ele teria dito. Não somos nenhum e somos ambos. Não nos curvamos nem para Kashi nem para Kaaba et cetera. E somos respeitados por isso.

Eram 15 horas. Com alguma relutância, eu já havia brincado de Bandidos de Kathiawad com meu irmão Mansoor, cuja brincadeira ele insistira que sempre fosse um *sipai* infeliz, um policial fracassado, para que ele pudesse ser o feroz fora da lei que me derrotaria entre os túmulos que funcionavam como fortalezas. E eu havia explorado os túmulos esquecidos num canto do complexo, grandes, antigos e desmoronados, guardados pelas ervas daninhas e pelas plantas cheias de espinhos capazes de deixar a pele coçando durante horas. Os textos apagados nas pedras eram ilegíveis e poderiam muito bem estar escritos em persa. Entre aquelas pedras gigantes havia um túmulo pequeno, enfeitado e sem identificação de mármore, que eu sabia que Bapu-ji às vezes ia visitar. Ele dissera uma vez que pertencera a uma princesa. Agora eu estava sentado no chão, ao lado do pavilhão, sozinho, intensamente sintonizado à exausta imobilidade ao meu redor. O que aconteceria a seguir, como a noite terminaria?

A resposta veio com os diversos e repentinos sons de motores de veículos na estrada lá fora, acompanhados por gritos esporádicos.

Os dois acompanhantes do meu pai apareceram e o acordaram de um cochilo entre seus livros e lhe contaram o que estava acontecendo. Três picapes haviam chegado com um bando de jovens, todos usando faixas vermelhas na cabeça e armados com paus e espadas. Duas vans seguiram com mais jovens, esses usando faixas verdes na cabeça e igualmente armados com paus e espadas. Todos haviam desaparecido na cidade.

Logo depois dessa notícia chegou uma delegação de três homens. Meu pai os ouviu em silêncio no pavilhão. Depois disso, eles foram embora, e ele se virou, entrou na biblioteca e fechou a porta atrás de si. Os dois acompanhantes e eu ficamos esperando nervosos do lado de fora, sentados no chão, com os braços cruzados sobre os joelhos. A tarde estava chegando a um final, e ainda estava assustadoramente silencioso, a não ser por algum som humano ocasional: uma criança brincando num jardim próximo, um grito breve e alto de um homem. Meus companheiros estavam entre o afluxo regular de voluntários que iam ao santuário para servir. Eram da região de Champaner, e ouvi de seus murmúrios que não eram inteiramente alheios à situação que agora estava nos afligindo em Haripir. Ma trouxe chá e *bhajias* para nós e perguntou se eu não queria entrar. Eu disse que não. Não saia, ela alertou.

Finalmente, Bapu-ji apareceu.

— Vamos para o Balak Shah — nos disse, parecendo surpreendentemente refrescado, talvez depois de ter entrado e tomado um banho. Eram aproximadamente 16 horas.

A estrada estava deserta, exceto pelos vira-latas que vagavam silenciosamente, felizes demais por poderem existir sem a companhia dos homens. À distância, na bifurcação, havia uns jovens, alguns deles balançando cajados nas mãos, um deles segurando um rádio transistor que chiava. Eram os faixas vermelhas.

Nós quatro chegamos ao imenso portão do santuário Balak Shah. Acima da porta, na sentinela, havia movimento. Dava para antever problemas.

Bapu-ji deu um passo à frente e bateu na porta com o punho fechado:

— Abram! É Tejpal Saheb!

A portinhola na porção inferior da grande porta abriu um pouquinho, um rosto espiou e se retirou. Houve uma rápida conferência lá dentro, então a portinhola se abriu, e uma voz disse:

— Entre, saheb.

Bapu-ji, eu e então os dois voluntários entramos abaixados pela portinhola. Lá dentro tudo estava em silêncio, mas, dos dois lados, homens estavam sentados fora de suas cabanas, alguns agachados. Eles nos encaravam. Nenhuma palavra foi dita. Nosso grupo prosseguiu constrangido através daqueles olhares desafiadores na direção do santuário do neto do Viajante. Aquelas pessoas eram nossos familiares de alguma maneira, mas eu era quase que completamente ignorante a respeito deles. Aquela era a minha primeira visita ao estabelecimento deles, embora eu soubesse que eles iam regularmente às sextas prestar suas homenagens ao nosso Pir Bawa. Bem em frente havia um grupo de homens aparentemente nos esperando em mais um portão, que levava à mesquita e ao santuário da criança. O xeique Sayyed Ahmed deu um passo à frente e cumprimentou meu pai com um aperto de mão. Era um homem baixo e gordo, com uma longa barba, vestindo um simples *kurta* e um gorro. Deu um tapinha em meu ombro e acenou com a cabeça para os dois voluntários. Então, levou-nos para o outro lado do portão.

— Xeique-ji — disse meu pai depois de entrarmos e estarmos diante da mesquita, um edifício alto, abobadado e caiado, com uma varanda na frente. — O que aconteceu com a nossa cidade de repente? Devemos intervir... não é isto o que queremos.

O xeique olhou para acima dele e disse:

— Alá-karim sabe que isto não é o que queremos.

Bapu-ji e o xeique caminharam sozinhos até a mesquita, subiram os degraus que levavam à varanda e desapareceram no interior escuro para conversarem em particular. Eu e meus dois companheiros de Pirbaag recebemos água. Não muito tempo depois os dois homens mais velhos apareceram, tão solenes como antes. Os dois trocaram acenos de cabeça, e então nós partimos.

Dormi intermitentemente naquela noite. Minha mãe manteve vigília no pátio, sentada à minha mesa de trabalho, ocasionalmente virando as páginas de alguma revista ou cochilando com a cabeça apoiada no braço sobre a mesa. Bapu-ji estava na biblioteca. Os dois acompanhantes ficaram sentados do lado de fora, na escada do mausoléu. Tudo estava em silêncio, nada aconteceu. Às 4 horas, meu pai foi ao templo, para meditar. Ninguém da cidade apareceu naquela manhã, e o *azan* da mesquita não soou. Às 5 horas meu pai foi me buscar para realizar o ritual da água do Ganges, que envolvia o derramar de água comum de um pote de latão numa tigela, na qual era misturada com água sagrada de uma pequena garrafa de vidro. Devotos recebiam da água santificada da tigela. Devia haver ao menos uma segunda pessoa presente para esse antigo ritual, e os acompanhantes não estavam por perto. Enquanto Bapu-ji e eu realizávamos o ritual e ele me deixava servir da garrafa, ouvimos um grito agudo do lado de fora.

Depois da cerimônia, meu pai saiu para se sentar no pavilhão. Ainda era cedo, o céu estava azul-cinzento, e o ar estava frio e enfumaçado. Ma levou leite quente para Bapu-ji e me disse para entrar e tomar o café da manhã. De repente, havia sons de pessoas lá fora na estrada. Quase no mesmo instante, criados entraram correndo com a notícia de que o corpo morto de Salim Buckle havia sido descoberto na bifurcação.

Na cidade, mais tarde naquela manhã, a vida havia voltado ao normal. A borracharia estava aberta, com um caminhão parado do lado de fora. *Bhajans*, canções religiosas, tocavam na floricultura de Ramdas. O carrinho do fruteiro estava na ativa, e o barbeiro retomara seu trabalho. As crianças estavam na escola ou brincando. E pessoas foram ao santuário para fazer pedidos.

O corpo de Salim Buckle estava tão mutilado que foi levado diretamente para a mesquita, lavado pelos homens e mantido coberto até o funeral, naquele mesmo dia. Ele havia sido cortado com uma espada. Alguns diziam que seu coração havia sido arrancado, outros, que fora seu fígado. Uma espada havia atravessado um de seus olhos. À tarde, nós, os meninos, fomos nervosamente dar uma olhada no ponto sem asfalto da estrada em que ele havia sido encontrado. O lugar tinha sido lavado com água e varrido, mas o piso ainda estava escuro onde o sangue penetrara. Cachorros farejavam ao redor.

Acreditava-se que o homem das fivelas fora o responsável pela profanação do santuário da família Damani e havia pago o preço. Era possível suspeitar de quem fizera a cobrança. Eles haviam feito aquilo de qualquer maneira, e nós fomos poupados da devastação.

Meu pai foi ao funeral, mas não ao enterro. Quando voltou, não foi para sua biblioteca, mas para o refúgio sagrado do mausoléu. Lá, passou toda a noite, em comunhão com o Pir.

Pela amizade que meu irmão manteve, é evidente que o fantasma de Salim Buckle ainda nos assombra. Que destruição ele planejou para sua vingança?

13

Negro. A Bíblia e as dores da puberdade. Isaac não importava.

Haripir voltou a seu modo normativo, a vida continuou como antes. As multidões semanais em Pirbaag, as chegadas abruptas do rajá Singh, as escapadas furtivas de minha mãe ao cinema — esses realces continuavam, dando variedade à minha monótona existência, marcando a intermitente passagem do tempo. Aquele dia da quase revolta era agora um pensamento indiferente, um pesadelo recordado. Por muito tempo depois, às vezes, eu acordava com a clara imagem na minha mente daquela noite alta e parada em que as facas foram desembainhadas. Essa cena de sonho se tornou rara, mas eu nunca consegui esquecê-la.

Quando passei do meu décimo quarto ano, a vida pareceu trazer novas possibilidades. Naquele ano, para começar, um professor cristão chegou à nossa escola.

A St. Arnold era um prédio de tijolos vermelhos ligado por um corredor aberto a um complexo moderno, ainda que malconservado, com salas nos fundos. A parte mais antiga, de cerca de sessenta anos, consistia no gabinete do diretor e em um depósito, cercada por uma varanda estreita e uma faixa de jardim na frente. Ao lado, mas em separado, ficava a capela, com seu teto alto abobadado e sua porta arqueada, mas ela era lúgubre e malcuidada, usada apenas para reuniões ocasionais ou pelos meninos que se escondiam nos fundos para fumar. O grande terreno cercado do lado de fora era vermelho e árido. Por muito tempo, havia sido reservado para a construção de um hospital, mas, enquanto isso, era o nosso playground. Havia apenas um punhado de cristãos na escola, incluindo o diretor e alguns alunos.

Tudo a respeito do novo professor, o Sr. David, era colorido e diferente. Bacana, embora o termo não fosse usado na época. Seus traços imediatamente lhe renderam o apelido de "Negro" entre os meninos. Ele não era mais escuro do que a maioria dos homens de Gujarati, mas seus cabelos eram uma massa de cachos, e seus traços faciais também pareciam nos sugerir a África. Não que soubéssemos muito a respeito do continente — exceto sobre o Tarzan dos filmes e seus gritos da selva — ou de seu povo. Ele vestia camisas coloridas, e quando as tirava, um corpo finamente musculoso era revelado, e pelos no peito que formavam cachos tão perfeitos que poderiam ter sido encrespados de propósito. A sugestão de selvageria estrangeira havia encontrado o caminho para nossos pensamentos, talvez, por intermédio de alguma casa ortodoxa ou mesmo da sala de funcionários da escola.

O Sr. David estava com trinta e poucos anos. Tinha uma voz alta e falava gujarati do jeito cáustico e kathiawadi da minha mãe, além de urdu e inglês. Seu nome de batismo era John. Tinha um jeito simples e amigável conosco, muito diferente do jeito amedrontador dos outros professores. Ele nos ensinava ciências e educação física, e seu inglês era melhor até mesmo do que o do nosso presunçoso diretor e o do professor sênior de inglês, o Sr. Joseph.

A Red House tinha acabado de jogar contra o Yellow uma partida na quadra de vôlei. Pingando de suor e coberto de areia, eu estava a caminho da bica da rua para me refrescar antes de ir para casa. O Sr. David havia vindo comigo, e eu estava animadíssimo com o privilégio.

— Por que você não vem à igreja de manhã? — perguntou o Sr. David. — Notei que você vem cedo para a escola às vezes. Fazemos uma pequena cerimônia todos os dias antes de o sino tocar. Um menino inteligente e esperto como você deveria ir à igreja.

A igreja ficava a uma quadra da escola, um edifício alto do mesmo tijolo vermelho, mas muito mais arrumado, com um belo jardim na frente. Parecia quase sempre deserta.

— Eu não sou cristão, senhor — respondi, surpreso que ele não soubesse disso. — O senhor é sacerdote?

— Entendo — disse ele, e deu uma risada antes de responder: — E, não, eu sou diácono... um assistente. O reverendo Norman é o sacerdote. Não é preciso ser cristão, Karsan, para vir. É só por camaradagem, e para pensar em questões espirituais. O que é importante na vida.

Apesar de seus modos amigáveis, ele parecia um homem solitário. Não era sequer casado, enquanto a maioria dos nossos outros professores tinha famílias prósperas que moravam na vizinhança. Muitas vezes, depois das aulas, eu o via sentado numa sala de aula corrigindo cadernos de exercícios ou lendo um jornal, sem qualquer pressa especial de ir a algum lugar.

— Ensino os alunos cristãos todas as sextas-feiras ao meio-dia. Venha ver se quiser — disse o Sr. David. — Contamos muitas histórias!

— O senhor bebe vinho?

Ele interrompeu o sorriso por um instante, e então o retomou. E disse lentamente:

— Não durante a aula, Karsan.

Em contraponto à admiração e ao respeito evidentes com que ele era visto por muitos alunos, sua presença também se tornou ocasião para algumas fofocas maldosas. Cristãos transformavam vinho em sangue, por alguma mágica do sacerdote, antes de bebê-lo. Ou, então, na verdade eles eram tantras, e o sangue era sangue de mulheres e assim por diante.

Fiquei desconfortavelmente silencioso, mas, para meu prazer, ele me salvou em dois passos ao seguir para discutir a próxima luta de Cassius Clay com Floyd Patterson. O Sr. David era também o treinador de boxe. Vê-lo de luvas e shorts, treinando com um adversário imaginário para demonstrar sua técnica, e talvez para se exibir, dançando levemente, dando um golpe de esquerda, depois um de direita, era realmente incrível. Nós o saudávamos com entusiasmo e provocávamos sem piedade o adversário invisível.

O rajá Singh era meu especialista nas questões do mundo. O vinho cristão, disse ele, tornava-se sangue apenas nos seus corpos. Para o restante de nós, vinho era vinho. E o que era o vinho ele ficava muito feliz de esclarecer.

— O vinho, jovem amigo, é uma bebida chamada de "filha da uva". Bela e sedutora, essa tentação corada foi seguida por muitos que nunca mais voltaram. — Uma pausa, e então: — Fique longe.

— Você já tomou vinho, rajá Singh?

— Apenas como remédio, sim...

— E ele dá força?

— Dizem que o uísque às vezes faz isso...

— Johnnie Walker? — Um nome das propagandas.

— Ele é para os ricos. — Um tom de arrependimento.

Que conforto era aquele amigo, com seu conhecimento sobre o mundo. E que subversivo, eu vejo agora. Às vezes, me parece que a diferença entre mim e meu irmão enraivecido era apenas a presença em minha vida desse barqueiro de turbante, esse caminhoneiro que me dava caronas em seu caminhão fedorento chamado Caleidoscópio e me trazia o mundo impresso e falado.

— Singh-ji... as pessoas sagradas nascem da mesma forma que as outras?

Ele olhou para mim com um largo sorriso no rosto.

— Sim... todo mundo nasce do mesmo jeito... deuses, *rakshasas, pesspas.* — Então deu um soco na outra mão: — Até mesmo os *pirs!*

— Mesmo os *pirs?*

— Mesmo os *pirs.*

O que eu realmente queria saber era se eu tinha vindo ao mundo da mesma forma que as outras pessoas. Claro que o Bapu não poderia ter feito a coisa do sexo com Ma. Ele era sagrado, era o avatar. Buda nasceu de uma forma especial, assim como Jesus. Por que não eu e o Mansoor? Mas Ma, que fugia para ir ao cinema vestindo uma burca com suas fotos de Dilip Kumar e Sunil Dutt na cômoda, não era exatamente uma Maria.

Eu estava crescendo, e não sabia exatamente o que eu era.

Um dia, para meu espanto, deparei com dois pequenos objetos pretos dentro da minha mesa na sala de aula: eram os dois Testamentos da Bíblia, encadernados em couro brilhoso, enfeitado com letras douradas na frente e na lombada. O Novo Testamento tinha uma cruz sobre ele. Passei os dedos sobre eles com culpa e então fechei a tampa da minha mesa. Naquela noite, em casa, no meu quarto, tirei os dois livros da minha bolsa, segurando-os com as pontas dos dedos com reverência e admiração. Eram livros sagrados, contendo conhecimento, mistério e poder. Mas eram para mim? A magia errada, nas mãos erradas, podia ser devastadora. Aqueles livros eram novos em folha, ilustrados com gravuras de homens altos e solenes de barba e mantos longos. Cada livro também continha um frontispício colorido. Havia neles um lugar para se escrever o nome do proprietário, o que eu fiz, e outro espaço ao final para se fazer anotações, o que tentei fazer ao folhear as páginas finas e começar a ler.

Mas, dos dois, o Velho (como eu o chamava) era o mais impressionante, apesar da linguagem, por causa da linguagem. No começo, foi o Verbo. O Verbo! Que bonito, que profundo. E então uma profusão de histórias, nas quais eu mergulhava tarde da noite, lendo sobre Moisés e Davi, o paciente Jó, o resistente Jonas, o forte Sansão e a ardilosa Dalila. E o que mais me tocou, mantendo-me acordado até tarde da noite, taciturno: a história do pai, Abraão, que estava disposto a sacrificar seu filho, matá-lo, por um chamado... Isaac não importava? — eu me perguntava. Não, por causa do chamado do Todo-Poderoso.

Isaac não importava, escrevi na parte de trás da minha Bíblia, e sublinhei a frase com firmeza. *O filho não importava ao pai.* Deus o pai e Abraão o pai. O Velho Testamento tinha muitos pais teimosos. Eles podiam ficar bravos e ser gentis. O maior de todos eles, o Deus-pai, queria respeito. Ele não gostava de ser contrariado. Os deuses indianos eram muito diferentes desses pais repressores: eram magia e ilusão, e adoravam brincar. Vishnu precisou de nove nascimentos; tornou-se um homem-leão para enganar e matar um demônio. Tornou-se Buda e Rama. Na forma de Krishna, roubou manteiga, tocou flauta e provocou os *gopis*. E Shiva, o dançarino, saltou de sua estátua para pegar água para Nur Fazal, o sufi em Patan. Seu filho era o sorridente e afortunado Ganesh, com o rosto de elefante; de seus cabelos fluía o sagrado rio Ganges... Tão diferentes de Deus, o pai, Abraão, o pai, de saheb, meu pai.

O saheb era meu pai? Seria eu um sacrifício?

Eu também li sobre uma paixão tão suave que estremeci, chorei e gemi de dor, que Pir Bawa me perdoe... *Sou do meu amor, e meu amor é meu*, que poderia ser um verso das sofridas canções de amor do nosso Pir Bawa, que Bapu-ji dizia serem apenas alegóricas. Mas nessa Bíblia havia mais: *Seus dois seios são como duas jovens rosas gêmeas que se alimentam entre os lírios...*

— Ahn, Karsaniya, o que é isso? — Ouvi a voz de Ma. — Você ainda está acordado?

Silêncio. E, na outra cama, Mansoor respira profundamente deitado de costas, sereno, com o peito subindo e descendo em ondas constantes.

Ela espera do lado de fora, com os ouvidos atentos. Então vai embora, murmurando.

E eu retornei para a minha imagem da alta e ágil Shilpa, a nova voluntária de Bapu-ji; e para a minha atormentadora Rabari do sári vermelho e o enorme *piercing* no nariz, cujo nome eu não sabia e que não via havia muitos meses...

Levantei-me para abrir para o meu amor, por favor... O Cântico dos Cânticos era meu livro de amor, luxúria e desejo. Eu lia e me contorcia e implorava por perdão pela sujeira cármica que acumulava com a minha imaginação.

Com alguma reserva, resolvi ir à aula cristã do Sr. David no laboratório de ciências numa sexta-feira, impondo a mim mesmo a condição de que se houvesse a história do vinho-sangue, ou qualquer outra bobagem na sessão, eu iria embora, mesmo se acabasse sendo expulso da escola de tradição cristã. Mas acabou sendo uma aula tranquila. O Sr. David apenas contou histórias. Havia cinco de nós na aula.

O Sr. David contava de modo emocionante a trágica história de Jesus. Eu a havia ouvido antes de Bapu-ji, que chamava Jesus de "Issa". Mas o Sr. David contava a história com tanta animação e sentimento que podíamos imaginar claramente a frágil figura de Jesus caminhando de pés descalços na Galileia. Ele descreveu os fariseus e os sacerdotes no templo. Falou francamente sobre as dúvidas de Jesus, de modo que nós compreendemos sua solidão quando ele disse a seus discípulos que todos o trairiam. Como ele esperara que Judas levasse os soldados romanos e o traísse com um beijo. Lágrimas se formaram nos olhos do Sr. David e nos nossos olhos. Era como ouvir a história de um filme — Nargis em *Mãe Índia*. Como ela sofreu! Exceto pela última cena, a da crucificação. Esse era o problema com os ensinamentos cristãos. Não havia a alegria final e o triunfo quando o bem derrotava o mal, e Dilip Kumar não ia embora com uma música e a garota. Não havia humor.

Tentando parecer com um de nós, o Sr. David disse:

— Sabem como Ganesh é o filho de Shiva? Da mesma forma, Jesus é o filho de Deus!

— Como assim? — perguntamos, e recebemos a resposta.

Mas Ganesh era um deus feliz. Ele estava sempre sorrindo. Jesus chorava.

Quando o professor nos disse que Jesus havia ido com sua mãe até a Índia para aprender com seus grandes sábios e místicos, o fato fez sentido. Nós éramos um país de sábios. Eles estavam por todos os lugares, às vezes obstruindo as ruas e estradas.

— O Bapu-ji de Karsan é um grande guru — disse um dos alunos. — Ele tem discípulos.

— É? — O Sr. David se virou para mim, com a decepção encobrindo seu rosto. — Fale-me sobre o seu pai — disse.

Com orgulho eu lhe contei sobre Pirbaag, o Jardim do Grande Pir, que também havia percorrido uma grande distância até a Índia. Como ele e alguns de seus descendentes também haviam sofrido por causa de suas crenças.

O Sr. David disse que gostaria muito de conhecer o santuário desse Grande Pir.

Quando o Sr. David chegou a Pirbaag, numa tarde de sábado, fez todos os rituais, tendo comprado um *chaddar* muçulmano verde e dourado, uma cesta de flores e um pacote de *prasad* — oferendas recebidas de um templo — de Ramdas no portão, e prestou sua homenagem aos túmulos mais proeminentes do santuário. Meu pai, que sempre era informado sobre visitantes incomuns, foi avisado sobre o professor cristão. Ele havia coberto sua cabeça e circundado o túmulo de Pir Bawa. E ficara parado diante do túmulo, com as mãos postas diante do corpo em oração. No instante em que o relato estava sendo feito, o professor apareceu no pavilhão, tendo pedido para ver o saheb. Entrou, curvou-se respeitosamente e sentou-se diante do meu pai. Apresentou-se como meu professor e me fez elogios.

Ma ficou encantada ao conhecê-lo, principalmente depois que ele me elogiou e disse a ela que era de Jamnagar, sua cidade natal. O Sr. David foi convidado a comer conosco.

Mas ela não conseguiu deixar de perguntar:

— Qual é a sua *naati*?

Ma gostava de saber a *naati* das pessoas, suas comunidades, um termo comumente traduzido como casta. Isso a ajudava a situar as pessoas.

O Sr. David sorriu educadamente:

— *Mari naati Issai.* — Simplesmente cristão. Então acrescentou baixinho: — Sou também um *sidi*... vocês devem ter ouvido falar.

— *Sidi...* — gritou Ma, com a mão voando para a boca entreaberta, em choque. A *naati* do Sr. David agora estava completamente revelada.

— Exatamente. Meus ancestrais vieram para a Índia da África — disse o Sr. David a ela. — Chegaram há alguns séculos, mas ninguém sabe exatamente quando.

Seu povo, disse o Sr. David, havia sido levado a Junagadh por um dos nababos para trabalhar como guardas do palácio. Quando o último nababo foi para o Paquistão, depois da independência, muitos estavam sem trabalho, sem qualquer prestígio. Através dos contatos de seu pai no palácio, John conseguiu ser admitido numa escola missionária em Jamnagar.

Bapu-ji perguntou em voz baixa:

— Seu povo sempre foi cristão?

Para meu espanto, o Sr. David respondeu:

— A minha família sempre foi muçulmana. Eu aceitei Yesu na escola.

O nome do Sr. David ao nascer era Yohanna, e o nome de seu pai era Dawood.

— Diziam que os *sidis* eram bons soldados — acrescentou meu pai.

— Você é um soldado? Sabe lutar? — perguntou Mansoor, tendo se aproximado com algumas crianças para observarem o professor.

O Sr. David sorriu, estendeu o braço e carinhosamente passou a mão nos cabelos do meu irmão.

— Houve um corajoso general chamado Malik Ambar e outro chamado...

— Então você é um negro? — perguntei.

— O termo "negro" é usado para africanos nos Estados Unidos, Karsan — ele respondeu.

— Como Cassius Clay?

— Sim. Como Cassius Clay. E Patterson, Liston e Satchmo...

Seu comportamento foi tomado por melancolia sonhadora enquanto o encarávamos.

Nós nos sentamos em círculo num tapete no pavilhão. Diante do Sr. David foi posto um brilhante prato novo de alumínio. Ele pareceu surpreso, então o virou e observou seu reflexo nele.

— É seu dia de sorte, John Bhai — provocou Shilpa, a nova voluntária de Bapu, que havia se sentado conosco. — Você fica com um brilhante novo *thaali*, e os mais simples ficam com esses velhos de latão.

Bapu-ji lançou um olhar indulgente para Shilpa.

O Sr. David riu e disse:

— Ficarei feliz de trocar o meu novo e brilhante com o seu velho de latão, Shilpa-ji, se desejar.

Shilpa concordou. Os pratos foram trocados. O rosto de minha mãe corou.

Shilpa irritava Ma. As duas eram completamente diferentes. Minha mãe era simples e dedicada, gorducha e maternal. Shilpa era a glamourosa menina da cidade, o tormento voluptuoso que assombrava minhas leituras noturnas do Velho Testamento. Era uma viúva recente e ex-professora. Contava que, caminhando numa rua movimentada de Ahmedabad, havia deparado com um santuário na calçada e depositado algumas moedas na caixa de donativos. O *sadhu* encarregado havia revelado a infelicidade dela e lhe dito para ir servir o saheb de Pirbaag. Assim, ali estava ela, devotada ao saheb. Ela chegava em sextas-feiras alternadas, ficando num dos quartos de hóspedes, e partia no domingo. Logo após sua chegada, ela saía varrendo o santuário. Não era problema ter alguém para varrer, mas a própria pessoa varrer, amorosamente cuidando do terreno sagrado, fornecia-lhe a humildade que era um pré-requisito para o avanço espiritual. Poucas mulheres das castas mais altas se rebaixavam a tarefa tão humilde, quaisquer que fossem as recompensas. Depois, ela atendia as necessidades do meu pai — levava água ou leite para ele, realizava alguma tarefa — e, então, se sentava com os olhos arregalados aos seus pés para aprender com ele. Era o bastante para fazer com que eu tivesse ciúmes do meu pai.

De manhã cedo, sempre que ela estivesse por perto, eu acordava para a pura alegria de sua voz suave e clara se elevando do templo, dando a forma religiosa a um *ginan*. Era um som bonito, na mais bonita e sagrada hora antes do amanhecer, o primeiro *sandhya*, com o ar fresco e aromatizado com incenso, estremecendo tão levemente com os ritmos de um sino.

Na ocasião em que o Sr. David nos visitou pela primeira vez, ele pernoitou e, no dia seguinte, ele e Shilpa pegaram o ônibus juntos. Formavam um belo par, e quando Ma e eu os observávamos caminhando em direção ao portão, ela disse:

— Não seria maravilhoso se esses dois ficassem juntos?

— Agora sei que havia apenas uma provocação nesse comentário. Os dois não poderiam ser menos adequados um para o outro.

14

Marchando pela Mãe Índia; e os fatos da vida.
Bapu-ji e Pradhan Shastri pareciam estar de acordo. Mas meu pai era um homem educado. Ele não acreditava em discussões desnecessárias.

Nossa *sanskriti* — nossa tradição — estava sendo corrompida, declarou Pradhan Shastri, sentado com meu pai no pavilhão. Ele listou os males que haviam nos sucedido, um a um. Filmes e sua moralidade frouxa. Rock'n'roll, twist e Elvis-belvis. Livros imorais.

— E mais uma coisa. — Ele olhou cuidadosamente para meu pai.

— Sim? — questionou Bapu-ji.

— Políticos sem força moral!

— A Kali Yuga está sobre nós — disse meu pai evasivamente.

— Precisamos trazer de volta a Era Dourada, saheb-ji! — exortou Shastri.

Meu pai, é claro, sabia que a dourada Krta Yuga apenas viria depois da completa destruição da era atual. Olhando para seu rosto impassível de onde eu estava sentado, ali perto, tendo servido aos dois homens copos de leite adoçado, pude ver que Bapu-ji ainda não estava pronto para aquela grande dissolução.

Pradhan Shastri tinha 20 e poucos anos. Era um homem local que desaparecera alguns anos antes e agora havia reaparecido, renascido como o agente regional do Partido da Juventude Patriótica Nacional (PJPN), que havia se instalado numa casa na bifurcação da estrada, ao lado da escola e na frente da loja. Nele havia a urgência de um homem que salvaria a Índia dela mesma. Embora falasse com sinceridade e deferência, o fogo em sua mensagem era revelado apenas por um brilho em seus olhos escuros e um tom levemente alterado em sua voz.

Era pequeno e usava um *dhoti* laranja-claro ao redor da cintura, com o peito nu macio, escuro e sem pelos. Tinha os cabelos curtos e o *tilak* em sua testa indicava que havia recentemente feito sua consagração aos deuses. Desde sua chegada, algumas semanas antes, Haripir havia se tornado realmente um lugarzinho barulhento. Ao amanhecer, assim que as notas do *azan* muçulmano e dos *ginans* de Pirbaag haviam desaparecido no ar, começava a soar de um alto-falante com chiados a declamação de *slokas* em sânscrito, como que a dar as boas-vindas por meio de seus sons duros e formais à verdadeira agitação do dia. Eles eram repetidos à noite. Durante o dia, passantes podiam ouvir partes de um discurso patriótico gravado em fita ou receber um panfleto político.

Nesse dia, Pradhan Shastri havia ido com uma missão. Ele queria alguma coisa de Bapu-ji: um endosso, minha participação em seu estimado projeto.

— Mulheres aparecem de calcinhas nos filmes — continuou Shastri entusiasmadamente, condenando o Ocidente —, e seus livros são ainda mais perigosos. Eu sei do que estou falando, saheb-ji. Nas cidades, meninos e meninas os passam de uns aos outros em segredo e aprendem todos os tipos de hábitos impuros. Já ouviu falar do infame *O amante de Lady Chatterley*?

— Sobre o que é? — perguntou Bapu-ji.

— *Chi-chi-chi*... nem queira saber. Sobre tudo. O que ele não diz? A moralidade dessa Lady Chatterley é desprezível. Em vez de servir ao marido, que se fere numa guerra, ela se torna a prostituta de uma casta mais baixa. O que tal livro pode nos ensinar? E me pergunto se é mera coincidência que o autor britânico use um nome do tipo bengalês... Chatterley?

Meu pai não perguntou onde Shastri estava querendo chegar.

— É por isso que preciso do seu filho... do seu baba mais velho... para as nossas atividades do PJPN aqui. Pretendemos fazer homens desses meninos... ensinando-os a boa *sanskriti*, bons valores, disciplinas e devoção ao nosso país. Nós vamos fazê-los marcharem de uniforme e saudarem a bandeira, e vamos ensiná-los a usar *lathis* para se defenderem!

Bapu-ji sorriu.

— Mas Pradhan... quero dizer, Shastri-ji — ele começou, e o homem ficou radiante de prazer com a correção do meu pai. E eu me dei conta, com aquele escorregão, de que Bapu-ji conhecera Pradhan quando menino. — Shastri-ji — meu pai continuou —, qual é a necessidade de treinamento marcial nessa terra de Gandhi-ji?

O rosto de Pradhan Shastri perdeu a expressão, e ele lançou brevemente um olhar frio e duro para o meu pai. Então prosseguiu para explicar paciente e sinceramente, à suposta maior autoridade espiritual da nossa região, que assim como a mente deve ser afiada para afastar pensamentos preguiçosos e corruptos, o corpo precisa de treinamento para se proteger de ataques. Concluiu:

— Saheb-ji, a humilhante guerra contra a China, em que fomos traídos por nossos líderes... serei franco na minha condenação, não leve a mal... nos mostrou que nossa amada nação também precisa de proteção. Nossa terra é nossa mãe.

No silêncio que se seguiu, os dois homens ficaram se olhando, reconhecendo o abismo entre eles. Shastri recuou um pouco, dizendo:

— Mas é apenas exercício, esse treinamento marcial. Vai mantê-los em forma.

E meu pai o encontrou no meio do caminho e disse que tudo bem, seu filho participaria. Exercícios e disciplina não lhe fariam mal.

Satisfeito, Shastri pediu para dar uma olhada na famosa biblioteca de Bapu-ji. Ele estava interessado nos livros ingleses, e percorreu as estantes lendo os títulos nas prateleiras mais altas, dispensando com um aceno casual todos os preciosos manuscritos que permaneciam com capas de couro em pilhas de dois ou três mais abaixo.

— Precisamos competir com os americanos e os russos, saheb — explicou. — Devemos compreendê-los, e então, usando nossa própria ciência antiga e tecnologias como escadas ou postes, ultrapassar esses ocidentais.

Seus olhos recaíram sobre um volume de Wordsworth, cujos "Daffodils" ele aparentemente havia estudado na escola. Adorava poesia, dizia. Pediu *ijazat*, uma permissão formal, para recitar um poema que ele havia escrito em inglês. Quando meu pai concordou com um gesto, Shastri, parado no meio da sala, declamou solenemente:

Mãe do pequeno bebê
Terra da florescente figueira
Índia, minha nação pura e simples...

A esta altura ele fez um discreto gesto pessoal, não rápido o bastante, e eu caí na risada, e recebi aquele seu olhar frio. Meu pai apenas me lançou um olhar vazio. E foi repreensão suficiente.

— Muito bom — respondeu Bapu-ji à declamação. — Você devia pensar em publicar.

Shastri ficou muito vermelho, então perguntou ao meu pai se ele consideraria entrar para o conselho do PJPN. Muitos eminentes gurus preocupados sobre a *sanskriti* da nação haviam entrado. Bapu-ji disse que pensaria no caso.

Todo enfeitado em meu uniforme do PJPN — shorts cáqui, camisa branca, boina vermelha e sapatos pretos —, eu cruzava nosso portão cedo na manhã de domingo. Alguns dos fiéis deixavam o santuário comigo, tendo participado dos rituais matinais do templo, e conversavam respeitosamente comigo, não sem tomar conhecimento da minha aparência curiosamente radiante. Eu estava aprendendo mais sobre a nossa nação, informava-lhes com orgulho, e treinando para defendê-la. Imagino o que eles pensavam disso, mas todos simplesmente sorriam, assentiam e diziam:

— Que bom!

Meus amigos, eu e outros meninos, alguns deles das cidades vizinhas, nos reuníamos do lado de fora da casa de Shastri, na bifurcação, esperando para sermos admitidos. Do outro lado da estrada, na loja da cidade, um dos Damani ficava empoleirado no caixa, atendendo a clientes, vendendo itens básicos para a manhã. Às 7h30 em ponto o portão da casa era aberto por um dos dois jovens de aparência forte vestindo *dhotis* do mais puro branco e cheirando suavemente a óleo perfumado. Nós entrávamos, tirávamos os sapatos e nos alinhávamos diante do pequeno jardim da frente para prestar homenagem ao deus macaco Hanuman, doador de força e virilidade, deidade das artes marciais, enquanto tocava um hino gravado numa fita enaltecendo as virtudes do deus. Foi o exército de Hanuman que realizou o ousado ataque em Lanka, incendiou aquela ilha fortaleza e salvou Sita. Alguns levavam flores ao deus. As minhas, eu tirava clandestinamente de algum túmulo do nosso santuário que parecesse bem-provido no dia, com a permissão de Ma, e quando não houvesse ninguém olhando. Depois do *puja* Hanuman — *puja*, ato de devoção a um deus —, prestamos homenagem ao nosso guru, Pradhan Shastri, sentado com o peito nu e de pernas cruzadas no chão coberto pela esteira, a alguns metros de distância do deus. Nós nos curvávamos e tocávamos seus pés, e ele pousava a mão nas nossas cabeças e mostrava sua apreciação. Ele também exalava um cheiro doce. Nós, então, nos sentávamos diante dele, o hino era desligado e nossa aula começava.

Nós aprendíamos sobre a história gloriosa da nossa nação, que começou milhares de anos atrás, antes da chegada de qualquer dos invasores. Houve a gloriosa civilização de Ayodhya. Seu príncipe era o perfeito homem-deus Rama, cuja esposa foi a perfeitamente virtuosa e bela Sita, filha de Janaka. Aprendemos sobre os grandes sábios de outrora e sua sabedoria. Toda a ciência de que os países ocidentais agora se gabavam já havia sido revelada aos nossos sábios nos Vedas. A China e o Irã tinham recebido suas civilizações de nós quando os europeus ainda viviam em árvores. Nossa civilização possuíra foguetes e armas nucleares havia milhares de anos. O que era o tridente de Shiva se não um míssil? O *garuda* de Vishnu se não um foguete? Essa havia sido a nossa Era Dourada. Tudo estava em equilíbrio. Dharma significava dever para com os pais, a lei, o guru, a nação. Todo mundo sabia seu lugar. Mas, então, os homens e mulheres indianos se tornaram fracos e mansos, e os invasores vieram e violentaram a nação.

Pradhan Shastri, declamando em sua voz dura, mexia com o nosso sangue jovem. Como podíamos nós, indianos, ter deixado tal glória definhar? Como podíamos ter permitido que aquele cruel afegão Mahmoud de Ghazna destruísse e pilhasse o templo de Somnath não uma, mas várias vezes? Ou os generais de Aladim Khilji arrastassem a sagrada linga todo o caminho até Delhi? Ou que a rainha e a princesa de Gujarat terminassem suas vidas em seu harém? A história do noivado da princesa Deval, de quando ela foi arrancada dos braços de seu pai Karan, fez lacrimejarem os olhos até mesmo do mais forte e rude de nós. Sim, respondíamos à sua exortação retórica:

— *Taiyar chhie!* — Estávamos prontos para lutar.

A disciplina era rígida. Qualquer conversa ou risada durante as aulas podia resultar em um exercício doloroso e humilhante no qual o "transgressor" tinha de se agachar e levantar sucessivamente 50 ou 100 vezes, segurando as lágrimas. Uma transgressão reincidente merecia seis golpes de bengala na palma da mão ou dois no traseiro. Mais do que isso, resultava em uma vergonhosa dispensa daquele exército sagrado de Hanuman.

Depois de uma hora de história comovente e entusiasmado patriotismo, novamente de sapatos nós marchávamos de modo militar, em duplas, até um campo de jogo, cantando músicas patrióticas, orgulhosamente mantendo as colunas eretas, quando espectadores que passavam pela estrada observavam e saudavam. No campo, éramos arrumados num treino de estilo militar, fazíamos exercícios e praticávamos esportes. Aprendemos luta livre, a lutar com as próprias mãos e com as armas. Rastejávamos com os cotovelos no chão até ficarmos feridos, sangrando e desesperados.

Mas, comigo, Shastri era provocativo e cruelmente ambivalente. Ele nunca me batia, em deferência à posição do meu pai, mas gostava de me humilhar. De alguma forma, havia descoberto meu segundo nome: Nur. Eu era Nur Karsan, assim como meu pai era Nur Tejpal. Eu não havia contado a ninguém sobre meu segundo nome, que nunca era usado. Era implícito, costumeiro. Assim, um dia, para chamar minha atenção, ele deliberadamente me chamou pelo nome completo, "Nur Karsan!", me deixando completamente perplexo e me levando a cair na risada.

— *Musalman nu naam laagé chhe.* — Parece muçulmano, ele disse, com desgosto tomando conta de seu rosto.

— É o nome do nosso Pir Bawa! — gritei. E, então, com presença de espírito, acrescentei: — Hindus, muçulmanos, cristãos e sikhs são tudo a mesma coisa para ele!

— Isso é verdade — disse Pradhan Shastri, espantado com a minha veemência, e se virou de costas.

Ele sabia que eu não gostava de luta livre, detestava ficar me enroscando com outra pessoa até cair no chão — muito embora meu Dada tivesse sido um bom lutador na juventude. Shastri ficava muito satisfeito de me ver caindo ao chão pelas mãos de seus pupilos preferidos, nas garras de uma chave de pescoço, com meu rosto na areia. Algumas vezes, sob o pretexto de me ensinar um movimento, ele ficava por cima de mim; seu corpo coberto de óleo exalava um repulsivo perfume misturado com suor, os lábios vermelhos soltavam um cheiro doce de *jintan*, os olhos grandes afundavam nos meus, me apavorando.

Eu jurava — desejava — então me vingar dele. Mas, como os outros meninos, eu também o admirava e queria que ele gostasse de mim. Sua dedicação e seu entusiasmo para com a nação eram impressionantes, e através dele fazíamos parte de um exército nacional de jovens voluntários sempre alertas da nossa Mãe Índia, que — ele havia nos convencido — estava correndo perigo mortal por conta de seus inimigos.

* * *

O mundo, de acordo com o Sr. David, era um lugar diferente do de Pradhan Shastri.

Às vezes, durante a educação física dos sábados, o Sr. David nos reunia ao redor do campo, e nós fazíamos um pequeno piquenique e discutíamos os assuntos do mundo. Ele mandava um serviçal nos levar *gathiyas* ou *bhajiyas* da estrada, e nós dividíamos umas garrafas de refrigerante. Ficávamos lisonjeados por sermos levados a sério por um professor. Vocês são o futuro, ele nos dizia. Não deixem que ninguém os convença do contrário. E nós nos entreolhávamos rapidamente e pensávamos: sim, por que não? Somos jovens, o mundo é nosso.

Havia muito a ser discutido. Quem venceria a Terceira Guerra Mundial se ela acontecesse — os russos ateus ou os americanos materialistas? Apenas recentemente havíamos estado na berlinda, com uma crise em Cuba. A política de não alinhamento de Nehru seria bem-sucedida? Comparada com os países ocidentais, a Índia era subdesenvolvida. O Sr. David nos dava as estatísticas que provavam isso. A expectativa de vida na Índia era de 45 anos, mas para quem morava nos Estados Unidos era de 70. E se a gente fosse morar nos Estados Unidos aos 44? Quantos anos o senhor tem? Os deuses são reais? Existem muitos deuses — os 330 milhões da mitologia — ou há apenas O único? Questões sobre Deus eram capazes de detoná-lo feito um foguete. Vocês notaram que todos os países desenvolvidos são cristãos, ele dizia. E quando temos fome em Bihar ou Orissa, quem nos manda trigo? Ame ao seu próximo é a mensagem de Cristo, é por isso que eles nos mandam trigo e nos dão bolsas de estudo e nos ajudam em nossos planos de desenvolvimento de cinco anos.

— O senhor está querendo dizer que apenas os cristãos podem ser bons?

— Não, eu não estou dizendo isso...

Mas seu entusiasmo cristão tinha de ser levado com indulgência.

Não eram sempre as grandes questões sobre o mundo que abordávamos. O Sr. David também nos ensinava sobre as coisas da vida.

— Quem dentre vocês se masturba? — perguntou ele uma vez com um largo sorriso, a mão na cintura, uma garrafa de refrigerante na outra. *Korn muthiya maré chhé?* Hein?

Rostos vermelhos, mãos se contorcendo.

— Muito bem. Quem dentre vocês não se masturba?

Risos nervosos, olhares maliciosos ao redor.

O motivo para a apresentação do assunto era que um menino havia sido apanhado no banheiro dos funcionários dando prazer a si mesmo, como o Sr. David dizia. E havia sido suspenso.

Não há nada *fisicamente* errado com "isso", disse o nosso professor, agitando a garrafa de refrigerante na mão. Os corpos de vocês estão mudando, vocês estão com penugem sobre os lábios e queixos, suas vozes estão mudando — sua caixa de voz, Vasudev, não consegue decidir entre um rugido e o miar de um gato. E outras coisas certamente estão acontecendo com vocês. "Isso" não vai deixá-los cegos, como seus professores costumavam dizer. Mas é um desperdício de energia, mental e física. Vocês estão derramando seu fluido vital, seu precioso *amiras*, no banheiro. Derramou refrigerante no chão. E isso lhes faz ter pensamentos sujos e pecaminosos... dessa forma, isso os prejudica. É melhor esperar até que se casem. Enquanto isso, podem correr, pensar em Jesus Cristo ou no seu deus preferido. "Isso" é a tentação do diabo, pega vocês desprevenido, não diferencia a noite do dia. Cuidado com "isso".

Mas eu era atormentado por isso e pelos pensamentos. Eles não me deixavam em paz.

Ah, *mara angada mahe utthi chhe laher*... meu corpo pulsa com a expectativa de você, escreveu Nur Fazal. Palavras muito potentes, cantadas por homens e mulheres no hall de orações, interpretadas tão arrebatadamente por Shilpa. *Levantei-me para abrir a minha amada*... a Bíblia. Se o sagrado podia ter tais pensamentos, que esperança tinha um simples menino mortal? Mas, também, era eu um simples menino mortal?

Havia um livro na biblioteca do Bapu, inocentemente guardado entre um fino Hamlet e um gordo Hegel, chamado *Manual para enfermeiras*. E que livro para se segurar. No capítulo intitulado "Sistema reprodutivo" havia um desenho de página inteira daquela coisa, monstruosa, misteriosa e peluda, "pudenda feminina", como indicava a legenda. Não havia um verbete para "pudenda" no dicionário. Mas a lexicografia dos meninos tinha todos os nomes para aquele terror sombrio. Eu perdia o fôlego só de olhar para o desenho.

Pir Bawa, faça esta coisa, esses pensamentos incontroláveis irem embora da minha cabeça...

A resposta de Pir Bawa. Um dia o *Manual das enfermeiras* não estava em seu lugar. O Bapu-ji deve ter percebido que havia sido mexido. Era um livro velho. Será que ele também o consultava quando era jovem? Suas estantes não tinham uma cópia de *Lady Chatterley*, tornado notável a meus olhos pela indignação de Shastri em relação a ele.

Outra vez, durante a aula de Atualidades, um dos meninos conseguiu ter coragem de perguntar ao professor:

— Senhor... fale sobre prazer...

— O quê... você quer ouvir de novo?

Risadas.

— Ele quer dizer... com... com a esposa. — *Baidio ne saath.*

Risos, rostos vermelhos, sendo o mais vermelho, no entanto, o do professor, mesmo sendo ele negro.

O Sr. David pensou por um longo instante, com um leve sorriso no rosto. Então disse:

— Você tem um lápis. A esposa, um apontador. Você enfia o seu lápis no apontador...

Os meninos sorriram aliviados. Descrição elegante. Era exatamente o que eles queriam ouvir. Nada de detalhes sórdidos.

O Sr. David era nosso amigo. Em resposta à nossa franca admiração, ele nos confidenciou sinceramente que seus métodos de ensino eram novos. Ele os havia aprendido com um professor americano e livros americanos. Um menino da nossa turma se tornou cristão. Seu nome era Vasudev Sharma, embora ele não fosse brâmane, como seu nome sugeria. Ele era frequentemente provocado por causa disso. Vasudev desenvolveu um relacionamento próximo com o Sr. David e era visto fazendo favores para ele. Todas as manhãs bem cedo ele ia até a igreja na estrada e a varria antes do culto. Com isso, observavam com crueldade, ele estava apenas realizando sua função de casta.

15

Imagine por um instante que um novo destino se apresentou.
Esqueça a cidade, diz ele, e a deidade, e a alma dos pequenos.
Saia para o mundo brilhante e belo. Você pode se tornar um
Sobers, um *Hanif*, um *Kanhai*. Um *Bradman*? Isso também.

Uma tentação chegou e disse: esqueça tudo, venha comigo, e o mundo será seu!

E assim:

Bapu-ji, por favor!

Bapu-ji, por favor!

Bapu-ji, por favor!

Todas as vezes meu pai respondeu: Não, Karsan, pense em quem você é.

Nos últimos meses eu havia jogado na seleção de críquete das escolas de Goshala no anual torneio júnior regional T.T. Rustomji Cup. Todas as nossas partidas, com exceção de uma, foram disputadas localmente, em Goshala e outras cidades da região. A única exceção foi uma partida em Baroda, a cidade do antigo marajá Sayaji Rao. Nós nos saímos modestamente de um modo geral, e perdemos o jogo da metrópole para um time de Godhra. Mas lá eu havia marcado três metas em 37 jogadas e também rebatera 50 pontos. A área do arremesso era excelente, como eu nunca havia pisado nas pequenas cidades da minha experiência. Que um grande dia havia nascido para mim ficou evidente quando o poderoso (embora fisicamente diminuto) R. D. Patel, da Academia de Críquete Sayaji, e ex-capitão e craque dos Gujarat Lions, se aproximou e falou comigo.

— Venha à Academia Sayaji todos os sábados e eu vou treiná-lo. Você pode passar a noite com um dos meus outros alunos na minha casa. Não cobrarei nada.

R. D. era um homem de poucas palavras, mas o que falava era o suficiente. Eu era promissor, e ele podia me ajudar. O que mais um menino poderia querer? Aquilo era destino. A sorte batera na minha porta. Isso não acontece duas vezes.

— Vou pedir para o meu pai — falei.

— Nós não podemos pagar treinamento de críquete — foi a primeira resposta do meu pai contra aquele doce convite do mundo.

— Mas é de graça!

— Então pense na sua posição. Críquete por prazer, tudo bem. Jogue o quanto quiser e seja saudável. Mas não o leve tão a sério a ponto de estragar a sua vida.

Por três dias eu implorei, chorei, emburrei. A notícia se espalhou pela cidade: Harish, Utu e outros foram me cumprimentar, com os olhos cheios de admiração e inveja. É verdade, Kanya? É verdade. Lá em Baroda? Onde você vai ficar? Lá, lá mesmo... na casa do R. D. E depois? Vai jogar no Baroda? Nos Gujarat Lions, é? Talvez. Estou dizendo, Kanya, que você pode jogar pela Índia! Sorrisos por todos os lados. Se você chegou tão longe, o que é impossível? Tudo, não está vendo, eu já estou comprometido.

Bapu-ji se mantinha irredutível.

— Pense na sua posição. Você é o *gaadi-varas*.

— Eu não quero ser o *gaadi-varas*! — gritei para ele, afinal. — Deixe o Mansoor ser *gaadi-varas*! — E saí correndo de sua biblioteca.

O santuário de Pirbaag de repente ficou em silêncio para prestar atenção ao meu ataque. As pessoas ficaram me encarando quando parei no pavilhão, pesaroso, tremendo. Finalmente, Mestre-ji apareceu e pôs o braço em volta dos meus ombros.

— Calma, Karsan, fique calmo...

Com a mão firme sobre mim, ele me guiou de um lado a outro no santuário, com as pessoas nos olhando e se afastando de nós. Caminhamos por entre os túmulos maiores, enfeitados com pilhas de flores e *chaddars*, e ao redor do trono vazio de Pir Bawa, onde ele dera seu último suspiro, e passando as fileiras de lápides de mármore deitadas diretamente sobre a terra, cuidadosamente entalhados em gujarati, celebrando meus ancestrais, os sahebs do passado. Todo o tempo, a voz dele ao meu lado era um murmúrio constante e reconfortante.

— Olhe para tudo isso, *beta*... esta é a sua herança. Veja os olhares das pessoas, suas esperanças e seus medos, sua devoção... há gerações elas vêm aqui e saem com conforto nos corações, com orientação e esperança. Você vai abrir mão de tudo isso por um taco e uma bola? Pense, Karsan. O seu Bapu sabe do que está falando. Ele é o saheb.

Nós havíamos parado no mausoléu, com sua entrada escura aberta diante de nós. Um adorador saiu e passou apressadamente por nós. Minha angústia havia passado, e eu me sentia livre daquela ilusão possessiva. Comecei a ter noção. O Mestre-ji me empurrou gentilmente para a frente.

— Vá falar com Pir Bawa — disse ele.

Tirei as sandálias e entrei, aspirei o incenso e o perfume e a poeira de algodão dos *chaddars*. Olhei para a coroa de prata na enorme cabeça do túmulo.

— Sinto muito, Pir Bawa. Farei como desejar.

Do lado de fora, sob o seco e quente sol de março, podia ver claramente onde estava o meu destino. A vida do santuário havia sido retomada. Os peregrinos de Goshala circundavam o mausoléu infinitamente. A menina Rabari, minha secreta torturadora cujo nome eu não sabia, sorriu maliciosamente para mim. Ela vira que eu era um menininho, afinal, que era capaz de ter um ataque de choro. Mas eu não consegui evitar um pequeno sorriso.

Quando voltei para a casa, Ma estava esperando por mim. Abrindo bem os braços com um sorriso, ela me cercou num abraço apertado e brincou carinhosamente com os meus cabelos. Mas havia lágrimas em seus olhos quando ela me soltou.

— Às vezes é o que está escrito para nós, Karsan — sussurrou. — O seu Bapu também não teve escolha.

— Eu sei, Ma.

Mansoor deu tapinhas nas minhas costas em solidariedade, embora ele parecesse ter gostado da cena do lado de fora.

E, então, voltei ao meu mundo de jornais e escola, e PJPN aos domingos. Eu ainda tinha meu desejo mais modesto de me exibir a Pradhan Shastri com a destreza no boxe, que eu estava aprendendo em segredo com o Sr. David.

O Sr. David continuou a fazer suas investidas ocasionais à nossa cidade, onde podia contar com a hospitalidade da nossa casa. Bapu-ji gostava de conversar com ele, e as reservas de Ma sobre sua casta não existiam mais. A educação e o status dele o haviam elevado. Logo depois que ele chegava e saudava a todos, pegava a mão de Mansoor, e os dois saíam para uma caminhada, seguindo, primeiramente, para a tumba de Balak Shah, na área muçulmana. Era um lugar mais tranquilo e simples do que o nosso, sem as multidões. Talvez lembrasse o Sr. David da fé que ele havia abandonado. Depois de passar seu momento lá, ele caminhava pela cidade com o meu irmão, comprando-lhe um presente antes de voltar para a nossa casa, trazendo *namkeens* frescos ou doces.

Num domingo de tarde, eu fui com ele, para desagrado de Mansoor, que me retribuiu tentando me fazer tropeçar durante todo o trajeto. O treinamento de Shastri havia acabado, e eu tinha tirado o uniforme. Pirbaag estava esvaziando, e Bapu-ji estava sentado no pavilhão com alguém. Encarapitada na varandinha da frente da casa, Ma ficou observando nós três sairmos pelo portão que dava na estrada.

Eu havia me aventurado apenas uma vez do outro lado da imponente e fortificada entrada muçulmana, com o meu pai, naquela noite mais de um ano antes, quando o terror havia pairado sobre Haripir, e um resgate terrível havia sido cobrado. Desta vez eu descobri que o túmulo do imame criança Balak Shah ficava na varanda da mesquita. Sob a figueira no centro do complexo, quando chegamos lá, estava sentado o velho xeique Sayyed Ahmed, cercado por alguns adoradores. Fiz meu *pranam* para ele com as mãos unidas, gesto que ele reconheceu com um rápido aceno de mão, e o Sr. David disse *"Salaam alaykum"*, que Mansoor repetiu, para minha surpresa, e o xeique respondeu apropriadamente. Ao seu lado estava a antiga pedra negra, famosa por suas profecias, polida pelo tempo, com a superfície inferior tão curvada que repousava num plano tangente.

De pés descalços, primeiro subimos os degraus da varanda, para prestar homenagens ao pequeno túmulo do imame criança, que ficava ao lado do túmulo maior, de sua mãe. O Sr. David parou diante dos dois túmulos com as palmas das mãos viradas para cima à frente do corpo e a cabeça abaixada, as pálpebras também. Eu não sabia como rezar em tal situação, e só podia imaginar a mãe e o filho. Quem havia morrido primeiro? Mansoor havia de alguma forma aprendido os modos corretos do Sr. David, e também ergueu as mãos na postura de oração. Quando terminaram, nós três fomos observar o ritual da pedra negra. O procedimento consistia em se curvar diante do xeique, fazer uma oração silenciosa e então agachar-se sobre a pedra encurvada. Se ela girasse, sua prece seria atendida.

Um menino mais ou menos da minha idade estava parado na frente da pedra, parecendo acanhado e decepcionado.

— Vá, senhor — disse um jovem ao professor, falando de modo familiar. — Peça com muita fé e Balak Shah certamente proverá.

— Não, Hussein, sinto muito. Sou cristão. Já lhe disse antes — disse firmemente o Sr. David. Então viu a expressão em nossos rostos, Hussein, Mansoor e eu, e o xeique-ji olhando ceticamente para ele de onde estava sentado.

— *Accha*, vou fazer isso — cedeu o Sr. David, dando um passo à frente. Hussein sorriu com seu sucesso, e o xeique acenou para o Sr. David se aproximar.

O professor pôs um dos pés cuidadosamente sobre a pedra, cobrindo boa parte de seu comprimento. Então teve de ser apoiado enquanto levava o outro pé e se agachava. Ele fez uma leve careta e ajustou a postura. Encontrando o equilíbrio, fechou os olhos.

— Faça um pedido, o que você deseja? — perguntou o xeique-ji. Um sorrisinho aparecia acima de sua barba branca enquanto ele olhava abstratamente para a mesquita e esperava.

O Sr. David murmurou algo inaudível e então disse:

— Fiz o pedido.

O xeique-ji fez uma oração em árabe. Então, em gujarati, disse:

— Pir Balak Shah, se aceita a prece desse humilde homem, por favor, mostre a ele seu milagre. — Abaixou o olhar para observar a pedra.

Todos ficamos olhando fixamente para a pedra, exceto o Sr. David, que primeiro ficou olhando bem para a frente, e então virou o rosto para avaliar as nossas reações. Lentamente, a pedra sob seus pés girou no próprio eixo como um grande compasso, fazendo-o girar quase um quarto de círculo. Todos exceto o xeique gritaram de alegria e espanto.

Evidentemente a prece do Sr. David seria atendida.

A seguir, Mansoor e eu subimos na pedra para fazer uma tentativa. Ela não virou para nós.

Hussein me disse:

— Da próxima vez, *iman-se karna*, faça com fé, e ele certamente vai lhe recompensar.

— O que o senhor pediu, professor? — perguntamos ao Sr. David ao sairmos do anexo da mesquita, passando pelos *shanties* e saindo para a estrada através do imenso portão.

O Sr. David olhou para nós dois e disse com um sorriso malicioso:

— Eu conto se vocês contarem o de vocês.

— *Kaho ne!* — Conte para nós!

— Tudo bem. Depois é a vez de vocês. Eu pedi que a minha inscrição para ir para os Estados Unidos seja aceita.

— O senhor vai para os Estados Unidos, professor?

Seu silêncio só podia ser uma afirmativa, e foi um pensamento triste. Eu não conhecia ninguém que tivesse ido embora, exceto o rajá Singh, que desaparecia por semanas ou meses algumas vezes. Mas ele sempre voltava.

— Estados Unidos? Por que tão longe, senhor? Vá para a Inglaterra, é perto.

— Os Estados Unidos são tão bons como a Inglaterra... até melhor.

Caminhamos em silêncio por algum tempo, e então o Sr. David acrescentou, lentamente:

— As pessoas são livres para serem o que quiserem nos Estados Unidos.

— Mas na Índia também não são?

Ele não respondeu. Perguntou:

— E você, Karsan... o que pediu?

— É segredo, senhor.

— Mas eu lhe contei o meu pedido.

Caminhamos por algum tempo em silêncio antes que eu conseguisse falar.

— Na verdade... para dizer a verdade, senhor, eu não pedi nada.

— Nada?

— Nada, senhor.

Ele se virou pensativo e só então Mansoor revelou seu próprio desejo:

— Bapu-ji vai comprar um triciclo para mim. O Bapu-ji vai comprar — cantarolou alegremente.

Seu desejo seria realizado, muito embora a pedra não tivesse girado para ele.

— Por que, Karsan? — O Sr. David me provocou gentilmente.

— O senhor conhece a história de Abraão e Isaac...

— S-sim...?

— Isaac não tinha importância. Ele não podia desejar.

O Sr. David me abraçou, arrancando um soluço de mim, e nós caminhamos para casa juntos.

Chegamos à bifurcação da estrada, onde a loja estava em silêncio. O mais velho dos irmãos Damani estava sentado no caixa, olhando para fora. Ele não nos cumprimentou. Na verdade, seus modos desde a chegada de Pradhan Shastri haviam se tornado mais arrogantes do que antes, e suas visitas ao nosso santuário, que costumavam ser ocasionais, pararam completamente. Na rua, do lado de fora da loja, um vendedor servia *bhajias* frescos de uma *wok*. Do outro lado da estrada, na diagonal, ficava a casa de Shastri, com as bandeirolas tremulando e um recital em sânscrito retumbando de um alto-falante.

Enquanto o Sr. David fazia o nosso pedido de *bhajias* e nós esperávamos, Pradhan Shastri saiu apressadamente de seu portão aberto. Ao me ver, abriu um sorriso e me saudou:

— Ah, Karsan... meu mensageiro!

Eu havia recentemente me tornado entregador de seu panfleto, *Orgulho Hindu*.

O olho de Shastri vagou curiosamente até o homem ao meu lado. Em todas as suas visitas a Haripir, o Sr. David nunca havia conhecido Pradhan Shastri. Agora os dois se encararam momentaneamente, então cada um disse "*Namastê*" numa saudação formal. Shastri seguiu para conversar com o tendeiro, comprando sabão ou alguma coisa, e o Sr. David, com um sorriso envergonhado para mim e meu irmão, virou-se para pagar o vendedor.

Foi um incidente muito estranho. Com o passar dos anos, depois de relembrá-lo várias vezes, acabei me convencendo de que os dois homens haviam se conhecido antes daquele dia.

Numa tarde, depois dos exercícios do PJPN, enquanto Harish, Utu e eu passávamos o tempo na estrada, chupando picolés encostados num caminhão, Shastri saiu da sua casa e nos chamou do portão:

— Ei, Karsan, Harish, Utu... venham aqui, rápido!

Seguimos caminhando lentamente, e ele nos fez atravessar o jardim, onde normalmente nos reuníamos para as sessões com ele, até a sua sala de estar. Entramos com uma sensação de raro privilégio e olhamos ao redor em curioso silêncio. Os dois tenentes de Shastri, ambos sentados em colchonetes encostados numa parede, sorriram timidamente para nós. Um deles, Varun, estava fazendo guirlandas de flores amarelas. O outro, Devraj, parecia ocioso. As paredes estavam cobertas com um tecido vermelho-escuro e ricamente decoradas. O ar era almiscarado. De uma parede, seis homens de aparência importante nos encaravam de suas fotografias emolduradas de modo idêntico. Não reconheci nenhum deles.

Foi a primeira vez que Shastri nos deu seus panfletos para distribuirmos pela cidade. Saímos e fizemos conforme havíamos sido instruídos a fazer.

Era curioso, observei comigo mesmo, não na ocasião, mas com o passar dos dias e das semanas que se seguiram, que nem Nehru ou Gandhi estivessem na parede de Pradhan Shastri. A maioria das casas e lojas que eu conhecia tinha fotos de pelo menos um deles penduradas com destaque. Eram os nossos deuses, haviam ido para a cadeia pela independência do nosso país. Mas eu sabia que nem todo mundo gostava deles. Gandhi havia sido assassinado alguns anos antes de eu nascer, quando Nehru pronunciara a famosa frase: "A luz se foi de nossas vidas..." Quando Nehru morreu, os irmãos Damani distribuíram doces do lado de fora da loja deles, fazendo com que Ma dissesse com desprezo:

— São refugiados. O que esperar? Todos os refugiados odeiam Nehru e Gandhi.

Quando Nehru estava doente, orações eram feitas por ele por todo o país. Bapu-ji fizera uma oração por ele no pavilhão. Mas o inevitável aconteceu. Quando eu estava na escola, veio de algum lugar — talvez da rua lá fora — a notícia de que o Sábio-ji havia morrido. Alguns dos nossos professores choraram. Enquanto me levava da escola para casa, o rajá Singh também derramou uma lágrima.

— O que vai acontecer conosco, Kaniya, apenas Bhagwan sabe — suspirou. — Um bom homem morreu, e os demônios estão esperando para se lançarem sobre esta terra.

Visões dos ameaçadores chineses tomaram conta da minha mente.

Então, o que o patriota Pradhan Shastri tinha contra Gandhi-ji e Nehru Chacha? Por que ele os negava um lugar em seu panteão? A resposta podia ser encontrada nas edições de *Orgulho Hindu*: Gandhi, aparentemente, havia apaziguado os muçulmanos, quase entregado o país para eles. E Nehru havia negado a natureza hindu de nosso país, optando, no lugar, por uma nação secular na independência.

Comecei a me sentir desconfortável em relação a Shastri e ao PJPN. Suas mensagens continham ódio e exclusão. Todas as vezes que voltávamos dos nossos exercícios no campo, marchando com orgulho e cantando canções patrióticas, era difícil não tomarmos conhecimento dos meninos mais pobres que não haviam conseguido entrar para a nossa unidade nos encarando silenciosamente. Entre eles, do lado de fora do imenso portão, estavam os muçulmanos, incluindo os dois filhos do assassinado Salim Buckle, um deles Mukhtiar.

Uma manhã, levei algumas cópias do panfleto de Shastri para o rajá Singh. Já sabia que o motorista do Caleidoscópio não sentia nada além de desprezo pelo tipo de patriotismo de Shastri, então, por que lhe presentear com cópias de *Orgulho Hindu*? Talvez, perversamente, apenas para provocar uma reação. Foi imediato. Exclamando "*Arré*", com os olhos faiscando, atirou meu presente dúbio pela janela. E então permaneceu em silêncio e emburrado durante todo o caminho até a escola.

Meu pai, no entanto, não se manifestou a respeito das atividades de Shastri e do PJPN na nossa cidade. A questão só me ocorre agora: o silêncio dele era o dos desapegados ou o dos amedrontados?

16

Desejos escondidos.

Shilpa sentou-se com Bapu-ji no pavilhão. Tinha uma cópia do Gita nas mãos, de onde lia para ele de vez em quando, e ele interpretava. Era fim de tarde. Outro assistente se aproximou e sentou-se com eles por um tempo, depois saiu. Logo depois, Shilpa levantou-se de sua cadeira, ficou de pé atrás do meu pai e, carinhosa e amorosamente, massageou sua cabeça, com seus dedos longos segurando e acariciando o topo, esfregando o escalpo de uma ponta a outra, de um lado a outro. Seu rosto estava vermelho do calor, e seu sári verde-papagaio se prendia ao corpo longilíneo e gracioso. A trança longa e espessa caiu na sua frente. Encostado no grande túmulo de Jaffar Shah, observei aquela intimidade e me perguntei por que nunca havia visto Ma em tamanha proximidade com Bapu-ji. O rosto dele, sob as mãos cuidadosas da devota, havia adquirido um brilho sereno. Eu não sabia que ele tinha dores de cabeça, imaginei que por isso precisasse de massagem, ou mesmo que ele pudesse ficar doente. O médico sempre ia à casa por causa de Mansoor ou de mim.

Bapu-ji não via a mulher na devota, apesar de sua natureza casta? Ele não sentia seu perfume, o suor de seu esforço, ouvia sua respiração indo e vindo? A oscilação de seus seios delirantemente pontudos no mesmo ritmo? Se os sahebs não viam o mundo como os mortais mais fracos, então o que dizer de mim, que não conseguia ver nada em Shilpa além de sua feminilidade a maior parte do tempo? Será que chegaria o dia em que eu me tornaria puro como ele, não suscetível a excitações masculinas e desejos mundanos?

Eu sabia que até mesmo Nur Fazal, o nosso Pir Bawa, havia sucumbido uma vez, cedido aos charmes de uma sedutora celestial. O resultado havia sido uma calamidade para a inexperiente comunidade de Patan, na qual meu ancestral Arjun Dev foi morto. E o sufi então sofrera uma agonia de separação e confusão, com sua ligação com seu mestre espiritual bloqueada por um muro implacável. Isso poderia acontecer com meu pai, pensei, observando sua cabeça relaxar aos toques suaves de uma mulher, perto do peito dela. Eu devia orar por ele.

Shilpa me deu um grande sorriso por cima da cabeça do meu pai, cantarolando brevemente a canção: "*Mane chaakar rakho-ji*", faça de mim seu servo, Senhor. E então se endireitou para indicar que havia terminado.

— Pronto, saheb-ji — disse ela, dando leves tapinhas na cabeça dele e, reunindo a ponta solta de seu sári, o que deve ter mandado uma onda de perfume sobre ele, ela se afastou em direção à casa.

Ma havia voltado de seu show *zenana* no cinema e pude ouvi-las conversando no pátio.

— O que eu podia fazer — disse Shilpa — se você não estava aqui, *Chachi*? Ele estava com dor de cabeça, e durante toda a tarde houve um constante fluxo de visitantes...

— Que bom, então, que você calhou de estar por perto para pôr suas mãos nele — retrucou Ma, mas o ataque se perdeu em Shilpa, que respondeu docemente:

— *Chachi*, eu só gostaria de poder vir mais frequentemente para servir ao meu saheb, mas eu simplesmente não consigo me afastar o bastante.

Bapu-ji estava calmo em sua cadeira, de olhos fechados.

Logo, Shilpa veio flutuando, chamou a mim e a Mansoor e nos serviu chá no chão, na beirada do pavilhão, com *dhokla* que havia trazido de Ahmedabad. Então voltou correndo para a casa e trouxe um copo de leite doce e biscoitos para Bapu-ji. Depois de tê-lo servido, olhou-me nos olhos e disse:

— Karsan, venha comigo para limpar o templo de Rupa Devi.

— Mas é apenas para mulheres — protestei. Os únicos homens que iam lá eram os *pavayas*, os eunucos travestidos, grupos dos quais ocasionalmente passavam por nossa cidade a caminho de seu próprio santuário, ao norte. Pareciam mulheres bonitas e gostavam de provocar os meninos, aproximando-se deles e constrangendo-os o tempo todo.

— Desde que ainda seja um menino e esteja com uma mulher, não há problema. — Ela sorriu. — Você não gostaria de ir comigo? Venha. E não se preocupe, não haverá *pavayas* por perto.

Viramos à esquerda na estrada e seguimos em direção ao templo com as nossas vassouras. No caminho, passamos por meus amigos, que estavam jogando críquete, e eles pararam para sorrir e olhar para nós. Eu me esforcei ao máximo para parecer ignorá-los e não parecer exultante por ser visto na companhia de uma mulher atraente.

— Você sabe sobre Rupa Devi? — perguntou Shilpa.

— Ela foi a esposa de Pir Bawa — expliquei, parecendo um pouco convencido, e também chateado por ela ter me feito aquela pergunta. Havia usado o termo formal para "esposa", talvez com alguma ênfase. Shilpa sorriu e passou a mão sobre a minha cabeça.

— Você é um menino muito sério — ela disse, chegando bem perto de mim. Eu quase morri ali nos seus seios.

— Rupade Rani foi esposa de Pir Bawa apenas no sentido espiritual — continuei, com o rosto vermelho. — Quando tentou ser sua esposa de verdade, ela morreu. Era muito jovem... — Parei, porque ali a história se tornava confusa. Mestre-ji nunca conseguia explicá-la satisfatoriamente em suas aulas de sábado, ficando progressivamente desconfortável e então finalmente procurando por alguém para repreender, uma orelha para puxar.

Seguimos para o templo. Era uma simples estrutura caiada, com um telhado abobadado encimado por uma torre em que tremulava uma bandeira vermelha. Dizia-se que, quando Rupa Devi morreu, ela havia sido deixada aqui para passar a noite, mas, pela manhã, seu corpo havia desaparecido, e havia flores no lugar. Shilpa e eu ficamos em silêncio, e, quando nos aproximamos, com os pés revirando o pó fino e escuro que cobria a terra do lugar, ouvimos murmúrios vindos do lado mais distante, onde ficava a entrada. De repente, apareceu uma menina de mais ou menos 14 anos. E então outra, e outra, e todas caminhavam sem dizer palavra. Uma das meninas parecia estar grávida, e Shilpa encarou-as longamente, e então encarou-me.

Eu sabia como se faziam os bebês, o Sr. David havia nos falado a respeito durante suas sessões, e os meus amigos e eu discutíamos o assunto. Assim, corei quando Shilpa me deu aquele olhar.

Havia uma cortina de flores velhas e contas e um sino na soleira que ambos tocamos quando entramos no templo, liberando um som metálico que não tinha o objetivo de viajar muito longe, mas anunciar a nossa presença à deusa. Dentro do quarto pequeno e escuro havia um *gaadi*, um trono no qual ficava o retrato de meio-perfil de uma bela dama de sári azul, com o rosto arrumado, os lábios vermelhos carnudos e sorridentes. O retrato terminava na cintura, tinha as mãos levantadas e unidas num *namaskar* ou em oração. Ao seu lado havia três retratos menores: das deusas Durga, Lakshmi e Saraswati.

Um dia, dizia a história, um pintor em Allahabad teve a visão de uma deusa. O olhar, o formato de seus lábios e sobrancelhas e a covinha em seu queixo — esses traços lhe davam uma peculiaridade que ele não conseguia esquecer. Ele viajou por toda a terra em busca do lar que podia pertencer àquele rosto. Visitou todos os famosos locais de peregrinação, de Kanya Kumari à Caxemira. Finalmente, conheceu um asceta em suas viagens que lhe disse para ir a um lugar chamado Pirbaag, em Gujarat. Quando o pintor chegou e pousou os olhos sobre o templo de Rupa Devi, soube imediatamente que aquele era o lugar que estava procurando, o lar de sua deusa. Instalou sua tela e pintou o retrato dela, aquele retrato agora diante de nós, passando muitas semanas no projeto, prestando atenção a cada detalhe, os tons de cada unha das mãos, as pérolas nos brincos, as joias ao redor de seu pescoço, as dobras em seu sári. Agora ali estava ela, mais bela do que qualquer quadro que eu conhecia. Eu a havia visto uma vez, com Ma, quando era pequeno, e então novamente quando fui pegar uma bola de críquete perdida, quando fui interpelado por três *pavayas*, um dos quais agarrara a minha virilha e provocara:

— Tem alguém aí? Ladrão ou *sipai*?

Havia flores frescas diante da deusa, sobre o trono, deixadas presumidamente pelas três jovens que haviam acabado de sair correndo. Acrescentamos as nossas flores à pilha, substituímos as velhas cordas de jasmins e cravos na entrada e varremos o chão. A poeira, passamos humildemente em nossas testas e lábios. Era o mesmo tratamento dado ao mausoléu de Pir Bawa no santuário principal.

Depois que terminamos, Shilpa ficou diante do trono, juntou as mãos e murmurou orações. Então, dando três grandes passos para trás, deu meia-volta, e estávamos prontos para ir embora.

— É raro o ser que tem o privilégio de servir a um deus ou a um avatar — disse ela com a voz trêmula. — Rupa Devi foi um deles.

Assenti, mudo, e nós voltamos para casa.

O deus dela era meu pai. Ma não gostava dela, mas não podia mantê-la longe do santuário. Além disso, ela era útil quando vinha, dando a Ma a oportunidade de fugir para o cinema. Para ver Dilip, Sunil Dutt ou Rajendra Kumar no show *zenana* das mulheres no cinema, ela tinha de deixar Bapu à zelosa atenção de Shilpa.

Quando no final daquela tarde Shilpa estava pronta para voltar para sua casa na cidade, a seu pedido eu a escoltei até a parada de ônibus. Enquanto ficávamos esperando, eu fazendo o possível para parecer sério e adulto para impressioná-la, ela de repente me indagou:

— Como é o seu Sr. David?

— Ele é um excelente senhor, Shilpa-ji! O melhor! — respondi, parando de fazer pose, ficando simplesmente feliz de falar sobre o Sr. David. Ela não o via fazia várias semanas, e era natural que perguntasse sobre ele.

— É mesmo?

— E sabe do que mais? — acrescentei, ansioso por fazer mais elogios. — Ele está me ensinando a jogar boxe!

Assumindo minha pose de boxeador, fiquei saltitando para me exibir, dei alguns socos de mentira na direção dela, que, no entanto, não estava interessada na minha brincadeira.

— Ele é diferente, Karsan — falou asperamente, com o rosto demonstrando aversão. — Você tem idade suficiente para saber o que estou querendo dizer. Você não deve ficar muito próximo dele.

Eu tinha idade suficiente, mas não sabia o que ela queria dizer. Era por ele ser um *sidi* — um negro? Ou ela acreditava em castas, afinal? Os africanos tinham castas? Nkrumah de Gana? Nyerere da Tanzânia? Sir Abubakar Tafawa Belewa da Nigéria... ele era muçulmano. A que casta pertencia?

Tudo parecia bobo. É claro que eu não dei importância à sua advertência, como poderia? O Sr. David era meu herói.

Quando, algumas semanas depois, o Sr. David foi a Pirbaag, era manhã de Bakri Idd, o festival muçulmano. Descobri que na verdade se tratava de uma celebração do sacrifício de Abraão, exceto que, para os muçulmanos, o filho exigido por Deus foi Ismael, não Isaac, e havia sido um bode que salvara Ismael, o que explicava por que eles comiam carne de bode nesse dia. O Sr. David se sentou para um chá comemorativo conosco no pátio. Vestia roupas novas, e seus sapatos marrons brilhavam de lustroso. Usava perfume. Mas ele estava melancolicamente triste. No palácio do nababo em Junagadh, onde vivera seus primeiros anos, as celebrações do Idd eram gloriosas, com bodes sendo mortos e o recital coletivo do *namaz*, a tradicional oração muçulmana. O nababo dava presentes generosos a seus funcionários. O Sr. David se lembrava de um triciclo, e de um carro de brinquedo em que podia entrar e dirigir. Mas não muito rápido, acrescentou, fazendo uma careta para os meninos.

Mais tarde o Sr. David foi até o santuário Balak Shah sozinho. Era o dia em que comeriam carne lá. Os *balakshahis* comem carne apenas em ocasiões especiais. No Bakri Idd, um bode era sacrificado numa cidade vizinha, e dois *thalis* fervendo de *biriyani* eram levados até o santuário do imame criança num riquixá para ser consumido por quem desejasse.

Para minha surpresa, o Sr. David não voltou para a nossa casa no final daquele dia, mas foi direto embora para casa. Naquela noite, fiquei sentado com meus livros na mesa do pátio, sentindo-me estranhamente apático. A visita do meu professor, em vez de me animar, como costumava fazer, havia me deprimido. O dia também havia me lembrado da história de Abraão, de como Isaac — ou Ismael — era irrelevante quando o importante chamado veio. Ele não fora ouvido em sua fé. Ma me levou um copo de leite morno e ficou pairando por perto, evidentemente com algo em mente. Havia passado a maior parte do dia daquele jeito. Mais cedo, tinha havido uma conferência com Bapu, algo com que ela sempre tivera dificuldade de lidar.

— O que foi, Ma? — perguntei.

— Karsan... — começou.

— Kaho! — insisti.

Ela então me disse para não ficar muito amigo do Sr. David, que as pessoas estavam dizendo que ele era um estranho. E não desenvolveu o assunto.

No dia seguinte, o rajá Singh estava lá, tendo passado a noite na cidade. O caminhão estava fedendo, pois ele havia transportado bodes sacrificais pela região.

— Três russos num foguete — disse ele, com uma risada, anunciando o último episódio espacial. — Qual vai ser a próxima daqueles infiéis?

Fiquei sentado ao lado dele, taciturno.

— Qual é o problema, amigo? *Kuch taqlif hai?* O que o está incomodando?

— Singh-ji, sobre o Sr. David...

— *Arré*, aquele lá acabou se revelando uma bicha. Cuidado com ele.

— O que é uma bicha, Sirdar-ji? — Claro que eu sabia o que era, minhas orelhas estavam queimando. Eu só esperava que ele não estivesse querendo dizer aquilo.

Sirdar-ji ficou em silêncio, com os olhos fixos na estrada. Uma carroça de camelos andando lentamente recebeu alguns xingamentos selecionados de Punjabi.

— Você não sabe o que quer dizer, *yaar*, você e seus amigos não falam sobre isso? — perguntou, depois de um tempo.

Sacudi a cabeça.

— *Larkeon ko pasand karte hai* — disse Sirdar-ji. Alguém que gosta de meninos e não de meninas. — Entendeu?

— E daí que ele gosta de meninos?

— *Ghand marte hai* — disse o rajá Singh, com os olhos frios.

Virei o rosto completamente chocado, querendo apenas vomitar. Ele havia usado o tipo de exclamação grosseira comum ao mais mal-educado dos meninos mais velhos, dando à situação uma realidade assustadora.

— *Sasrikal, Ji* — eu disse, afinal, quando saltei do caminhão do lado de fora da escola.

O rajá levantou a mão como resposta:

— Boa sorte, Ji — ele respondeu, em inglês, com o rosto expressando genuína preocupação comigo.

Que lugar terrível era o mundo, tão cruel, explícito e bruto. Naquele dia e nos seguintes flagrei-me evitando meu herói na escola. Ele havia sido maculado por uma insinuação que eu não conseguia nem avaliar completamente para ir em defesa dele. Se o via caminhando na minha direção, preferia ineptamente fingir não notar, escondendo-me atrás de alguma travessura infantil para me distrair. Mudava o caminho abruptamente. Dizia "Bom dia, senhor" e me afastava apressadamente, evitando o olhar dele. Parei de ir às suas aulas cristãs.

Acho que eu tinha medo de ser contaminado e acabar sendo tratado como um pária, feito ele. O Sr. David era um homem condenado, marginalizado por todos, exceto pelos meninos cristãos. Durante a educação física, quando ele nos reunia para uma sessão de "vida real", todos ficávamos a maior parte do tempo em silêncio, e o lanche que ele pedia era comido com má vontade.

Ele parece ser bom, *yaar*, mas não podemos arriscar. As pessoas espalham boatos... Ele é cristão, para ele não importa o que dizem, mas nós temos de suportar as repercussões... Precisamos pensar nas famílias... Meu pai está furioso, *yaar*...

— Vamos lá, meninos, o que está incomodando vocês? Desabafem. Sejam homens!

— O quê, senhor? Está tudo bem.

— Tem alguma coisa incomodando o senhor? — pergunta um espertalhão.

— Eu? Não. Vamos lá, meninos, formem seus times! Karsan... vamos treinar boxe hoje?

— Senhor... Ma disse que eu não posso voltar para casa tarde.

E aquele rosto de que eu gostava tanto foi tomado pela decepção. Como é possível trair e magoar a nossa pessoa preferida?

Naquele final de semana, durante os exercícios no campo do PJPN, resolvi exibir minhas habilidades de boxeador, desafiando, primeiro, um iniciante, um menino de Dholka, uma cidade localizada a alguns quilômetros de distância. Para grande comemoração dos meus amigos, eu o derrubei com um golpe de esquerda poucos minutos depois do começo da luta. Embriagado de arrogância e com a raiva e a culpa crescente por causa da semana miserável que havia acabado de enfrentar, desafiei Varan, o *chela* de Shastri. Ele tinha o físico de Johnny Weissmuller, mas era mais bonito. Aproximou-se com um sorriso que era uma mistura de humildade com a condescendência de uma pessoa mais forte que é obrigada a ensinar uma lição a um ser inferior. Ele me deixou saltitar ao seu redor por algum tempo, com os olhos fixos em mim. E então, antes que eu pudesse perceber, meu olhar foi desviado para algum movimento atrás dele, senti uma tremenda dor na cabeça e apaguei no chão.

17

A quem devo trazer
esta história de separação
do meu adorado?

Meu amigo,
conforto da minha alma
meu corpo treme
por estar com meu amor.

c. . . 1260.
A noiva saudosa.
Como descrevemos a vida amorosa de um homem espiritual, um grande místico que pode fazer com que as árvores se curvem à sua vontade? Como um homem como ele faz amor com uma princesa adolescente virgem? Ela era devotada a ele como esposa, conhecia todas as necessidades do corpo e da alma dele, e nenhuma habilidade ou compreensão ou mesmo a leveza de um jovem noivo eram impossíveis para ele.

Não a visitava à noite, nem permitia que ela fosse até ele. Aquela pura inocente que o aguardava desde a infância, e talvez de outra encarnação. Que havia aberto mão da pompa e das riquezas dos impérios por causa dele. Pela primeira vez ela conhecia a infelicidade. Ao se tornar noiva, ela havia se tornado mulher, ainda que tardiamente, com todos os desejos de uma mulher. Ela queria que seu homem a possuísse, queria nutrir a semente dele. A este desejo, ele não iria se render. Enquanto isso, uma mulher chamada Sarsati atendia ao sufi, ficado mais e mais deslumbrante a cada gravidez. O sufi se interessava pelo bem-estar dela, enquanto as entranhas de Rupade se contorciam com uma inveja estranha a seu próprio ser.

— Este é o jugo das mulheres — disse-lhe a mãe quando Rupade a visitou. — Elas são reféns do amor de seus maridos. Pedi ao meu Sábio Kamadeva que preparasse uma poção para você. Agindo através de sua pele e cheiro, ela vai atrair seu homem como um touro para uma vaca. Enquanto isso, engorde.

A moça abriu mão das poções.

— Eu o arrastei até mim através de montanhas e vales. Vou conquistar seu desejo do meu jeito.

— Você não o atraiu com o corpo, tolinha, mas com a mente e a alma — repreendia a mãe.

Rupade Rani se tornou a mãe virgem de Pirbaag. Uma comunidade de fiéis se formara ali. Todos os dias, ao amanhecer, na hora chamada de primeiro *sandhya*, os mais devotos se reúnem para meditar e recitar os *ginans* que o sufi compôs para eles. São canções de amor, expressando o desejo dos devotos por união com a amante divina, assim como Radha desejara Krishna. E Rupade seu sufi? Com que precisão as composições do marido refletiam os próprios desejos dela! Por que ele havia escolhido ignorá-la como mulher? Ela era pura demais. Teria ela, devido aos anos de devoção espiritual, sublimado a feminilidade, do tipo que Sarsati exsudava todas as noites em que borrifava a cama do mestre com flores e essência aromática? O encanto de Maya havia finalmente derrotado Nur, o Viajante, quando ele deitava em sua cama e aquela mulher deitava ao seu lado e o deixava acariciar sua barriga de grávida?

O sufi passava longas horas meditando. Estudava e escrevia. Reunia os seguidores ao seu redor para transmitir seus ensinamentos. Recebia visitantes, que o procuravam em busca de conselho ou discussão, pois sua fama havia se espalhado por grandes distâncias. E, às vezes, sozinho, ele cantava suas próprias devoções a uma amada ausente. E a princesa rezava:

— É de vós que tenho ciúmes, senhor, ou é outra mulher distante?

Às vezes, quando alguma voz parecia chamá-lo do fundo de sua alma, ele partia sozinho, vestido como um mendigo. Ninguém sabia aonde ele ia, mas, depois de algumas semanas, os seguidores rezavam por seu retorno e, inevitavelmente, ele retornava para eles. E para ela, mas não como ela gostaria.

O que chamava Nur Fazal para longe? Temos apenas hipóteses. Mas acreditava-se (e ainda se acredita) que, para quem meditava com completo abandono em seu nome, ele nunca partia.

Os devotos passaram a amar Rupade, que cuidava deles como uma mãe espiritual e mundana. Com o tempo, ela ficou conhecida como Rupa Devi, a deusa bonita.

Um dia ocorreu um grande debate na presença do rei. Esse debate, sobre a natureza de Deus, veio a ser conhecido como aquele em que "nem o mulá nem o sábio tinham língua", porque o sufi havia silenciado os mulás com sua defesa dos muitos deuses dos sábios e, no processo, deixou o segundo grupo sem fala.

— Você me orgulhou — disse a ele seu sogro, o rei. — Você é verdadeiramente um dos meus sábios. Aprendeu o idioma sagrado, embora alguns deles pensem que seja blasfemo e feio na sua boca. Apenas têm inveja. Você compreende nossas crenças. Compreende nossos corações. Mas você falhou em ser para a minha filha o marido que prometeu ser.

— Sou devotado a ela, meu rei e pai, e somos marido e mulher. Para nosso povo, somos pai e mãe.

— E, no entanto, ela não me gerou um neto. Sei de fontes confiáveis que, embora uma mulher de casta mais baixa que o atende continue a gerar filhos como uma cadela, minha filha se consome em busca da atenção do marido. Ela lhe causa repulsa, a favorita desta corte? É claro que os gostos dos homens em relação às mulheres são variados, mas há obrigações e deveres. Nós *Rajputs* atendemos facilmente a duas ou mais mulheres, jovens e não tão jovens. Isso está além de sua capacidade?

— Meu senhor, minha ação ou inação é apenas devido ao meu amor por Rupade. Quanto a isso, tem a minha palavra.

— Se em 12 meses ela não tiver gerado uma criança, você não será bem-vindo nesta terra, e seu lar será desfeito. Seus seguidores serão proscritos, e seu nome será um anátema.

Senhor espiritual de seus seguidores, "matador" cuja mente era sua espada, um marido malsucedido. Era um libertino voluptuoso à noite? Definitivamente, um genro decepcionante para um rei indulgente. Uma sombra de maldição pairava sobre o retiro que ele havia encontrado depois de anos vagando. Proscrito, nem os sábios e rajás, nem os mulás e seus sultões em Delhi, Sindh ou Multan iriam aceitá-lo. E conseguiria ele suportar ficar separado de sua Rupade?

Ainda não haviam se passado três meses do encontro com o rei quando chegou uma mensagem do monarca: lembre-se do meu alerta.

Assim, finalmente o sufi começou a se preparar para aquela bem-aventurada união. Iria permitir-se a consumação que há tanto tempo temia.

— Alegrem-se e lamentem — disse a seus seguidores. — Ela, cuja dívida foi adiada, está pronta a pagar. Kumari *kanya*, a noiva virgem, irá até a minha cama. Rupade, sua mãe, irá desfrutar de sua felicidade.

As damas da rainha e antigas damas de Rupade foram ajudá-la e instruí-la, tanto da experiência quanto dos sutras do amor. Levaram sedas e perfumes para emprestar à cama matrimonial maciez e fragrância para a feliz provação. As melhores e mais exóticas comidas foram preparadas, estimulantes de intermináveis e repetidas relações, uma união frutífera. Canções de cerimônias de casamento foram cantadas vigorosamente, como se o matrimônio fosse novo, não tivesse anos. Não o de um sufi, mas de um sultão degenerado ou um comerciante da cidade.

Rupade engravidou. Médicos, sacerdotes e astrólogos do palácio ficaram à disposição. A rainha visitava a filha diariamente. O rei fez uma visita e deu em Nur Fazal um bom e másculo tapa nas costas.

Finalmente chegou o dia do nascimento. Rupade morreu no parto de uma criança natimorta, sua última dívida na roda do carma.

— Você tinha razão, sufi — disse o rei. — Ciente da sua sabedoria e bondade, eu o julguei mal. Consciente de que o tempo dela era curto, em toda a minha arrogância real, esqueci disso e, assim, apressei sua morte. Perdoe um pai por sua loucura.

Nur Fazal casou-se várias vezes em sua longa vida. Dessas uniões nasceram muitos descendentes importantes, incluindo Jaffar Shah, que se tornaria adorado pelos viajantes, e Balak Shah, que se tornaria o imame criança dos muçulmanos. Mas o sufi continuou cantando seus apaixonados *ginans*, no qual o amante sofre sem cessar por sua amada.

Essas canções de amor, sem dúvida, simbolizam o desejo que a alma humana nutre pela união com o Brahman Universal, uma condição desejada por todos os místicos. Alguns podem argumentar que, nesses *ginans*, Nur Fazal continuava a se dirigir a seu mestre sufi, assim como Rumi se dirigia a Shams Tabriz. Mas, nos tempos turbulentos em que hordas de mongóis varreram as terras do norte e do oriente, de onde ele viera, poderia ele ter deixado uma mulher para trás? Nós, em Gujarat, preferíamos acreditar que Nur Fazal sempre estivera reservado para Rupade Rani, sua amada, tanto antes quanto depois de sua morte inevitável. O sufi havia sido enviado não apenas para aliviar o povo de Gujarat do ciclo de eterno renascimento como também a princesa Rupade de sua última dívida com o carma. E talvez todas essas conjecturas sejam verdadeiras.

18

Guerra. Vitória. O fim da infância.
Setembro de 1965. O exército indiano atravessou a fronteira de Wagah para o Paquistão, chegando quase à periferia de Lahore. Nas semanas anteriores, nosso vizinho havia atacado a Caxemira, mas ficou exposto entre os dois fronts. A Índia havia se exposto, e agora — assustadora e emocionalmente — o lendário Lahore estava visível. Uma guerra de fato estava acontecendo.

O diminuto e despretensioso Lal Bahadur Shastri era o primeiro-ministro. Ele era tão pequeno que, de acordo com as caricaturas, chegava apenas até a cintura daquele gigante, o ex-embaixador americano Galbraith. Se isso não fosse modesto o bastante, ele usava as simples roupas de algodão branco dos tempos de Gandhi. Agora, sua estatura aumentara, e sua voz era clara. Força será combatida com força, ele disse, de modo célebre, enviando o exército para o Paquistão. E os chineses podem fazer o barulho que quiserem. Se cada um de vocês abrir mão de uma refeição por semana, exortava ele no estilo do Mahatma, pensem no quanto contribuirão pela nação. Assim, nas terças-feiras, depois do lanche da tarde não havia jantar na nossa casa. Até mesmo o lanche era frugal, *chappati* dormido com *jaggeru* ou *malai*. Mas o leite à noite tinha açúcar extra, servido com um sorriso conspiratório de Ma, e aquilo não podia ser mais bem-vindo a duas bocas famintas. Para ajudar ainda mais o esforço nacional, o playground do lado de fora de Pirbaag se tornou uma horta pública, e em vez de jogar críquete depois da escola eu cuidava do nosso pedacinho dela. Cultivávamos espinafre e berinjelas. Outros cultivavam *dhania* e *methi, doodhi* e *ghisola*. Num domingo, apareceu um caminhão precedido por um elefante enfeitado e uma bandinha popular, trazendo nossos políticos locais, que passavam para coletar ouro e dinheiro para a guerra.

— A Mãe Índia precisa de vocês — exortava uma voz aguda de mulher num megafone. — Apoiem nossos *jawans*... apoiem nossos *jawans*... lutem contra a agressão paquistanesa! — Toda pausa era pontuada por canções patrióticas de Rafi e Lata, e a bandinha tentava ser melancólica e metalicamente ouvida. — Eles dizem que um soldado paquistanês vale quatro dos nossos *jawans* indianos... vamos mostrar a eles que mesmo uma mulher indiana vale por dez deles! — As mulheres levavam suas joias.

Aquela guerra era diferente da guerra da China, porque era muito mais perto — em Gujarat, embora principalmente no deserto, e em Punjab —, contra um inimigo jurado que também tinha relação conosco, que era parte de nós até 20 anos antes. Segundo um adágio muito citado, o inimigo que é nosso irmão é o mais perigoso de todos. A grande guerra do *Mahabharata* não foi travada entre primos? Era isso o que havia perturbado o herói Arjun. Ora, ele havia perguntado a Krishna se devia combater homens que eram de sua família. E Krishna havia lhe ensinado o significado de karma ioga. Devemos realizar nossos deveres, ele disse. Mas, no fim, nada importa.

Era nisso que meu pai acreditava. No fim, nada importa. Ainda assim, parecia pensativo.

Quando nosso país está em guerra com seu vizinho, que até recentemente era do mesmo país, não se sabe exatamente o que pensar, como reagir. Não temos as reações esperadas por Pradhan Shastri, nem as injúrias ou a maldade e o ódio puro, pois sabemos ser o país formado por gente de quem gostamos e que fala nossa língua, come o que comemos, onde Hanif marcou seus 499 pontos, um recorde que sempre desejaríamos quebrar quando nos tornássemos jogadores de críquete profissional. E sabemos que é o país de Iqbal Chacha, o irmão do nosso Bapu-ji, e de outras pessoas da comunidade de Pirbaag que haviam decidido deixar esta Índia. Nós nos sentimos estranhamente incompletos. Mesmo quando tentamos gritar o ódio puro e desejamos morte e destruição daqueles que vivem lá, parecemos falsos. Não somos patrióticos o bastante?

— Eles não emigraram para se tornarem nossos inimigos — Bapu-ji me disse. Era noite, e ele havia parado na minha mesa no pátio para responder à minha pergunta. — Eles foram para se tornar muçulmanos e em busca de uma vida melhor... Embora quem pode saber por que as pessoas decidem ir embora? É apenas deles mesmos que estão fugindo.

— Se a Índia derrotar o Paquistão, eles podem voltar, Bapu-ji.

Como em todos esses momentos, eu desejei apenas que ele continuasse ali, continuasse conversando comigo. Seu rosto estava encoberto pela sombra da luz fraca da minha luminária de mesa, com a luminosidade diminuída para economizar combustível, de modo que eu não consegui ler a expressão dele enquanto dizia lenta e resumidamente:

— O seu tio repudiou o passado. Para ele, nosso modo de vida não passa de mentiras e superstições. Ele chama nosso modo de vida de hindu.

— Nós somos mais hindus do que muçulmanos, Bapu-ji? Devemos escolher, não?

No atual estado de espírito do nosso país, era claramente melhor se declarar hindu; e eu achava que meu tio teria pouco espaço para ambiguidade no país que adotara.

Ma apareceu e ficou parada no corredor do lado de fora dos quartos, nos observando, com as mãos na cintura. Para ela, a urgência estava em outro lugar. Atrás dela, o meu quarto e de Mansoor estava com a porta escancarada, com uma faixa de luz fraca caindo diagonalmente no chão do lado de fora. Na sombra, estava o meu irmão, deitado, com febre. Nos últimos dois dias, Ma havia se metamorfoseado de seu jeito rechonchudo e amoroso de sempre, da esposa de boa índole do saheb que ficava nos bastidores, para uma demônia irritada que andava espreitando o terreno noite e dia. Ela parecia cansada, com a pele pálida, e os cabelos desgrenhados. No primeiro dia da febre de Mansoor, o médico não havia sido chamado, por motivo de economia. Ontem, o segundo dia, quando Mansoor evidentemente precisava de uma consulta, o médico estava fora da cidade. Ele havia chegado naquela manhã e dito que encomendaria remédios de Ahmedabad. Enquanto isso, o menino não devia comer nada, mas podia beber caldo de cana-de-açúcar. Mansoor não conseguiria comer nada de qualquer maneira. Ficava deitado na cama, malconsciente, com o corpo tenso de febre, a pele descolorida, e urinando um líquido assustadoramente escuro como chá.

Antes, era a guerra no norte que preocupava Ma, pois havia relatos de bombardeios perto de Jamnagar, onde moravam os pais dela. Não havia notícias deles. Agora, a condição de Mansoor ofuscava todo o resto.

— Se meu filho morrer, eu vou embora deste lugar — disse Ma numa voz trêmula e irascível que não lhe pertencia, olhando com raiva para nós dois. — Que tipo de saheb é você, que tipo de Pir é este, que não escuta as súplicas de uma mãe? Nós não pedimos nada. Dar, dar, tudo o que fiz até hoje foi dar... a minha vida, *a minha felicidade, o meu filho mais velho, o primeiro fruto do meu ventre!* Agora ele quer o meu *Munu* também.

Meu pai abriu a boca para repreendê-la. O absurdo que ela dissera vinha do desespero, mas certamente havia sido sugerido pela insegurança e pela retórica alimentadas pela guerra que estavam ao vento. Era algo que eu nunca havia escutado antes, de ninguém. Talvez ela tivesse escutado. Mas a expressão severa do meu pai se desmanchou tão logo se formou e, ao mesmo tempo, Ma desabou em enormes soluços e bateu no próprio peito algumas vezes, com tanta força que a pele ficou marcada, de um vermelho profundo.

Eu nunca a vira tão furiosa. Fiquei chocado e envergonhado. A visão de Bapu-ji discutindo política comigo havia lhe provocado a mais profunda ofensa.

Fez-se o mais absoluto silêncio ao nosso redor. Ele foi rompido, afinal, pelo rugir do motor de um ônibus na estrada, o chamado Rajkot Express trocando de marcha, acelerando. Quando o som desapareceu, Bapu-ji disse:

— Vamos dar uma olhada nele. — Deu meia-volta, e nós três entramos no quarto em que Mansoor estava deitado.

Ele estava reduzido a um esqueleto, com os grandes olhos amarelados com salientes pupilas negras estranhas como as de um lagarto. Respirava rapidamente e com urgência. Ao seu lado, no chão, havia uma tigela de barbeiro, feita de latão, contendo água e uma agulha de aço, deixada pela velha que era uma curandeira local. Ma deve ter tentado fazer qualquer mágica que pudesse com aquele equipamento rudimentar.

Por um tempo, Bapu-ji ficou parado ao lado da cama olhando pensativamente para Mansoor. Sentou-se na beirada da cama, pôs a mão sobre a testa do menino e em sua bochecha, acariciando-o com as pontas dos dedos. Segurou uma das mãozinhas débeis e a soltou. Seu rosto foi tomado por uma expressão suave. Ele se endireitou e, inclinando-se para a frente rapidamente, pegou meu irmão no colo. Mansoor parecia leve como papel em seu colo, com os pés descalços pendurados. Meu pai o segurou junto ao próprio corpo e se levantou. Fechou os olhos, como em oração. Ma chorou, e eu também estava chorando. Não queria que Mansoor morresse. Por mais que me incomodasse, era meu irmãozinho, era parte da minha vida, e eu o amava.

Para surpresa de minha mãe e minha também, Bapu-ji carregou Mansoor para o corredor e o levou até o pavilhão, atravessando a biblioteca. O pavilhão estava tomado pela penumbra de uma lâmpada nua fixada ao teto. Nós dois o seguimos como sombras enquanto ele prosseguia até o mausoléu, diante do qual fez uma pausa, muito breve, antes de subir os dois degraus que levavam à varanda e à câmara interna pela porta aberta. Ma e eu ficamos do lado de fora esperando, sem podermos observar ou compreender o encontro entre o sufi medieval e seu avatar atual.

A luminosidade da luz eterna dentro do mausoléu lançava um suave brilho amarelado sobre a entrada, chegando até a varanda, nos degraus onde nós dois estávamos parados. Parecia que o sufi estava conosco.

— Pir Bawa, faça com que Mansoor melhore — pedi baixinho, fervorosamente. Era preciso oferecer algo ao Pir, mesmo a promessa de uma penitência, mas eu não sabia o que oferecer. — Farei o que quiser — acrescentei, com pouca convicção. Ma olhou para mim e sorriu com ar de aprovação. Imaginei o que ela estava pensando, que orações ela já havia pronunciado ali, que promessas já havia feito.

Bapu-ji saiu, carregando sua frágil carga, que era o meu irmão.

— Vamos levá-lo ao Balak Shah — disse ele.

Era evidente que Pir Bawa estava testando o saheb, dizendo-lhe que buscasse ajuda com o imame criança no santuário muçulmano, rival. Balak Shah, que morrera quando criança, era conhecido por curar crianças.

O rosto de Ma havia se iluminado, pois agora algo de palpável estava sendo feito. Aliviou o Bapu-ji de sua carga e carregou o filho doente nos próprios braços, e a nossa procissão de três emergiu de Pirbaag em silêncio, atravessamos a estrada passando a borracharia e seguimos em direção ao outro santuário. Um menininho nos seguiu curiosamente. Atravessamos o imenso portão, passando pela fileira de cabanas de um cômodo que estavam todas em silêncio, exceto pelas transmissões metálicas de um rádio ou dois. A mesquita estava à nossa frente. A última vez que eu estivera ali havia sido algumas semanas antes, com o Sr. David e Mansoor, quando todos havíamos tido nossa vez sobre a antiga pedra negra. Mansoor estava no seu espírito saltitante de sempre, e o Sr. David, gentil e atencioso. Ele havia desejado partir para os Estados Unidos, e eu me perguntara quando ele iria. Continuava sendo marginalizado na escola.

Batemos com força no portão do terreno da mesquita, pois era tarde, e minutos depois o portão foi aberto pelo baixo e musculoso xeique-ji, com uma manta bem enrolada ao redor do corpo. Nós o havíamos acordado, mas ele olhou para o corpo débil que era Mansoor e, em silêncio, nos fez entrar.

— Trouxe meu filho para receber a misericórdia de Balak Shah — disse meu pai, depois que entramos.

— Certamente — respondeu o xeique-ji. — Como ele poderia recusá-lo, saheb?

Bapu-ji pegou Mansoor do colo de Ma. Segurando meu irmão quase sem vida nos braços como se estivesse pronto para entregá-lo, ele caminhou até a mesquita e subiu a dúzia de degraus que levavam até a varanda, onde virou à esquerda, e dando passos lentos e pesados aproximou-se do pequeno túmulo de Balak Shah repousando ao lado do da mãe. Através de falhas na antiga balaustrada de pedra talhada vimos meu pai se ajoelhar e pousar meu irmão ao lado do pequeno túmulo. Ele próprio se sentou, cruzando as pernas. Ficamos esperando.

Então se seguiram os minutos insuportáveis de uma imobilidade opressiva e mortal, até que, finalmente, ouvi o xeique-ji dizer:

— Você terá de ir, saheb. Esta é a condição. Você precisa deixar o baba com o imame por esta noite.

Bapu-ji desceu lentamente os degraus. Sua camisa comprida estava amassada, a poeira do dia encobria parcialmente seu rosto, sua fina auréola de cabelos estava desgrenhada. Ainda assim, ele parecia calmo.

— Venham — disse a Ma e a mim. — Vamos deixar o nosso Mansoor com Balak Shah. — Fez uma pausa, e então acrescentou, com um toque de humor: — Vamos deixar os dois meninos ficarem juntos esta noite.

Ma soluçou. Meu pai esperou pacientemente por ela. Finalmente, ela assentiu com a cabeça. Então, pegou a manta que estava em seus ombros e a entregou ao xeique.

— Ponha isso sobre ele...

— *Jaroor* — disse gentilmente o xeique-ji, pegando a manta dela. Certamente.

Quando partimos, o xeique estava subindo os degraus da mesquita para pôr a manta sobre Mansoor. Eram 22 horas.

Na manhã seguinte, por volta das 11 horas, o xeique chegou a Pirbaag, vestindo *kurta*, calças de pijama e chapéu branco, com a reluzente barba cor de laranja, trazendo Mansoor pela mão. Estávamos esperando por eles no pavilhão. Meu irmão tinha a aparência frágil, mas estava todo sorridente, adorando a atenção e a preocupação. Parecia banhado e cheirava a perfume.

— Comi *jelebis*! — anunciou.

— *Arré!* Você já pode comer isso? — exclamou Ma, com a mão saltando na boca num gesto de espanto. Mas seus olhos brilharam de alegria.

— Ele pode comer qualquer coisa — disse o xeique-ji com um sorriso. — Ele é uma criança em crescimento!

Depois de soltar a mão de Mansoor, ele foi prestar homenagem a Pir Bawa, que era, afinal, o avô de Balak Shah. E Mansoor, como um potro selvagem que havia sido solto, olhou ao redor, deu seu primeiro passo hesitante e, então, saiu correndo.

O neto criança havia ajudado o avô, e os *balakshahis* celebraram aquela prova de superioridade do imame deles. Será que imaginamos que o *azan* da mesquita do xeique-ji parecia um pouco mais alto agora, talvez estridente demais para um tempo de guerra contra o Paquistão muçulmano? O saheb, por outro lado, havia demonstrado um sinal de fraqueza. Ao buscar ajuda em outro lugar, principalmente numa mesquita, havia revelado uma falha em sua imagem. Aquilo acabaria sendo usado contra ele.

Com o anjo da morte tendo chegado tão perto de casa, e a forma dramática como havia sido enganado, a guerra perdeu parte de sua importância para nós. Recebíamos relatos de bombardeios em Punjab, de tanques capturados em Cutch, de combates na Caxemira. Às vezes, da bifurcação na estrada, do lado de fora da casa de Pradhan Shastri, irrompiam comemorações, e sabíamos que nossas tropas haviam vencido um combate, se não uma batalha. As energias de Ma agora estavam focadas em engordar seu *Munu*. No santuário, as pessoas chegavam como sempre, levando suas preocupações mundanas para o Pir Bawa resolvê-las. Duas semanas depois de a guerra começar, um cessar-fogo foi declarado. O primeiro-ministro Shastri, anunciaram, iria a Tashkent na União Soviética para um encontro com Ayub Khan do Paquistão.

A Índia havia vencido, parecia — quase. As pessoas estavam aliviadas que tudo acabara, que a matança tinha parado. Agora haveria espaço para melhores notícias. Apenas Pradhan Shastri lamentava o resultado, discursando do lado de fora da loja da cidade:

— Nós poderíamos tê-los esmagado como baratas! Se os nossos líderes não tivessem sido os eunucos que são, Lahore seria poeira! Nós fomos intimidados pelo mundo!

Assim que a paz foi anunciada na mídia, Ma viajou para Jamnagar para ver seus pais, levando Mansoor com ela.

Eu estivera em Jamnagar apenas uma vez com a minha mãe, anos antes, quando conheci meus avós. A visita não foi uma visita feliz para mim, pois eu era um menino do interior numa cidade grande, propenso a ser ridicularizado por meus primos. Meu status de filho de Pirbaag também me colocou numa situação constrangedora, pois a família da minha mãe estava sob influência de alguns sacerdotes puristas de um templo ortodoxo. A família nunca nos visitava, e meu pai nunca falava neles.

Tarde da noite, Bapu-ji e eu nos despedimos de Ma e de Mansoor no portão. Bapu-ji pegou Mansoor no colo e o beijou. Mansoor só me deixou abraçá-lo depois que eu o deixei dar um soco de brincadeira em mim. Ma tocou timidamente os pés de Bapu-ji, do modo tradicional, então olhou com tristeza para ele antes de pegar a mão do meu irmão para subir os degraus do ônibus. Era o Rajkot Express.

Meu pai e eu agora estávamos sob os cuidados de Shilpa, que havia tirado férias com esse propósito. Ela estava em seu paraíso. Cedo pela manhã, vinha aquela voz doce e rica do templo, revirando o ar perfumado. *Hoon re piyaasi*, ela cantava, anseio por uma visão sua; e *swami rajo aave*, quando meu senhor chegar, o tambor *jhungi* irá soar. E *hansapuri nagari mahe*, na cidade de Hansapur haverá uma festa hoje... Ela me servia o café da manhã e me mandava para a escola. Quando eu voltava, ela estava na presença dele, com uma canção nos lábios. Faça de mim seu criado, senhor... ela tinha a arte da devoção e servia com um toque leve e alegre, e Bapu-ji acostumou-se a tê-la como um prazer.

Tarde de uma noite, acordei ouvindo sons de conversa no pavilhão. Levantei-me, saí pela porta dos fundos do pátio e fiquei parado escutando. Ouvia a voz forte de Shilpa, e então um murmúrio baixo, de Bapu-ji, e mais duas vozes masculinas. Então me aproximei do pavilhão até que finalmente vi, escondidos pela penumbra, Shilpa e dois jovens sentados intimamente com o meu pai. Fiquei observando-os por um tempo, sem conseguir escutar o que estava sendo dito. Depois disso, sentindo uma profunda inveja, virei-me para voltar a dormir. Mas Bapu-ji havia sentido minha presença.

— Karsan, venha se sentar conosco.

Entrei silenciosamente e peguei a cadeira que um dos voluntários liberou para mim, ao lado do meu pai. Logo, todos os três se levantaram para ir embora, e meu pai e eu ficamos sentados sozinhos na meia-escuridão. As árvores farfalhavam lá fora, com a passagem de uma rajada de vento.

— As chuvas virão logo — disse meu pai —, e irão saciar nossa sede.

— Bapu-ji — falei.

— Sim, *beta*.

— Bapu-ji, como alguém sabe o que é um avatar?

Usei esta expressão porque ela deixava muita coisa subentendida, era um elo direto com Pir Bawa, e talvez com Deus, como muitos devotos acreditavam.

— Dizem que a pessoa sabe quando sabe.

— Quem foi Nur Fazal?

— Ele foi uma alma iluminada. Quando uma alma atinge tal estágio, ela se torna um com o Brahman Universal. Mas, por compaixão pela humanidade, ele permanece neste mundo para mostrar às pessoas o caminho para a liberação.

Fiquei sentado com ele naquela rara proximidade que havia experimentado quando ele me levou para aquela caminhada no meu aniversário de 11 anos e implicitamente me confirmara como seu sucessor. Ficamos conversando sobre coisas desimportantes e (para mim) importantes, até que eu finalmente adormeci. Quando acordei, ainda naquela cadeira, os devotos do começo da manhã estavam chegando, Bapu-ji havia ido embora, e Shilpa estava me dizendo para entrar em casa, que eu ainda podia dormir mais umas duas horas.

⚜

Uma celebração da vitória foi organizada para a nossa região. Foi realizada num sábado, no campo do lado de fora de Haripir, que havia sido enfeitado para a ocasião com bandeiras tricolores e estandartes pendurados por toda parte. Um palanque havia sido construído para os discursos. Uma banda militar, cortesia do Exército indiano, estava a postos, assim como a bandinha popular de Goshala. Dançarinas de *garba* estavam presentes com suas joias brilhantes. Tendas de comida e santuários tinham sido montados, e mendigos haviam chegado em grande número. De onde, ninguém fazia ideia.

As festividades começaram com um desfile de estudantes marchando em duplas, seguidos pelos membros perfeitamente vestidos do PJPN, todos lado a lado, precisamente na mesma batida, exibindo faixas e segurando *laathis* como rifles. Houve aplausos entusiasmados quando apresentamos as armas diante dos líderes, e mais tarde, quando fizemos posição de sentido com um "Ekdo" murmurado baixinho, como pedido.

A vitória, se é que podemos chamar assim, foi uma boa desculpa para aquela festa na cidade. Os políticos tiveram sua chance de gritar *slogans* e elogios em todos os níveis de governo. Um capitão do Exército agradeceu ao público pelo apoio na guerra e disse que estava ansioso por registrar recrutas naquele mesmo dia, principalmente do exército de jovens de Shastri-ji. O próprio Shastri falou por último, sua mensagem sendo um chamado para a vigilância.

— E lembrem-se! — concluiu. — Foi o irmão de Ravan quem traiu Ravan! Há espiões paquistaneses entre nós, respirando o mesmo ar que respiramos!

Uma pequena parte da multidão abafava o riso, aparentemente provocada por algum engraçadinho — que ar Shastri-ji esperava que os espiões entre nós respirassem? O riso se espalhou, e mesmo o capitão deu uma risada. Um pouco encabulado, Shastri desceu do palanque, levantando seu *dhoti* e parecendo ainda mais cômico ao fazer isso. Mas aquele momento burlesco era um simples prelúdio. O pior ainda estava por vir.

Houve um espetáculo de dança, depois do qual, nos eventos esportivos, Shastri novamente teve chance de mostrar o entusiasmo de seus homens. Hutu-tutu atraiu a multidão. Muitos times participaram, mas apenas um conseguiu nos vencer. Cabo de guerra e corrida de saco foram as atividades femininas do dia, enquanto os homens se reuniram entusiasmados para aplaudir a luta livre e, depois, o boxe.

O sósia de Johnny Weissmuller de cheiro adocicado, Varun — também conhecido como Bonitão —, tinha se apresentado para lutar boxe e, como um profissional, ergueu os dois braços e se exibiu dando voltas em um ringue imaginário, pedindo aplausos. Pradhan Shastri requisitou um oponente para seu campeão e cruzou seu olhar com o meu. Dei um salto para entrar no ringue. Era a minha chance de vitória — ou minha segunda surra infame. Meu oponente era mais alto e mais forte. Tinha um alcance maior e havia me derrotado completamente da última vez.

— Ele vai fazer mingau de você — alertou-me Harish insensivelmente quando dei um passo à frente. Ele próprio tinha lutado alguns *rounds* de luta livre e seu torso de atleta sem camisa estava coberto de areia. Não era do tipo simpático. Mas Utu, que não se dava muito bem em qualquer esporte, disse choroso:

— Cuidado com seu rosto, Kanya... ele vai amassar o seu rosto.

O bonitão brincou comigo como já havia feito uma vez antes, saltitando na minha frente, fora de alcance, com as mãos no lado do corpo. No estilo de Cassius Clay. Esperando para me demolir, demolir o meu rosto. Lembre-se, há apenas você e ele, treinara o Sr. David, não há mais nada em todo o universo naquele momento. Registre cada movimento que ele fizer, mesmo o estremecer de um olho. E o conselho iogue de Bapu-ji: perca a si mesmo, mate a mente, pare de pensar. Minha esperança era me aproximar do meu oponente, proteger-me do inevitável bombardeio de golpes e encontrar aquela abertura rapidamente. O que fiz. Porque ele era rápido com os pés, mas lento com os braços. Caiu no segundo golpe.

A vitória foi doce, mas no dia seguinte eu estava me sentindo nervoso. E se Shastri me expulsasse do PJPN, como já havia feito com outros dois meninos? Eu ainda não estava pronto para deixar a unidade, apesar das minhas dúvidas silenciosas a seu respeito. O treinamento dava prestígio. Junto com meus amigos, eu me divertia lá a maior parte do tempo. O dia seguinte era domingo, mas o treinamento havia sido cancelado, de modo que tomei a iniciativa de ir bajular Pradhan Shastri. Ele havia pegado emprestado meu dicionário de bolso recentemente, e eu poderia perguntar por ele educadamente. Melhor, podia perguntar quando suas cópias de *Orgulho Hindu* seriam entregues.

Quando cheguei à bifurcação, o portão estava aberto.

— Boxeador *avigaya* — cumprimentou Devraj sarcasticamente, no instante em que eu enfiei a cabeça para dentro. O boxeador havia chegado. O Bonitão não estava à vista.

Shastri aproximou-se e perguntou arrogantemente:

— Sim?

— Os panfletos, Shastri-ji. Quando estarão prontos?

— Vá — disse ele. — Eu os dei para outra pessoa distribuir, não viu?

Quando me virei para ir embora, ele observou:

— Então você acha que é um grande boxeador agora...

— Mas você me disse para lutar! — Eu não queria mais agradá-lo.

— Era para ser uma luta amigável, seu idiota! Não era para vocês se baterem!

— Mas ele me nocauteou da última vez. E então?

— Vá! *Bhosrina*, seu impuro! — Ele levantou a mão como se fosse me bater, e eu saí correndo.

Do lado de fora do portão da comunidade do Balak Shah uma multidão estava reunida. Harish e Utu estavam num canto, e, para emprestar uma nota surreal à cena, ouvi a voz de meu pai atrás deles.

— O que aconteceu? — sussurrei.

— Eles são paquistaneses — disse Harish, levantando casualmente uma das mãos para indicar quem. Sua mão segurava uma pedra de tamanho considerável. Ele a deixou cair e desviou o olhar com ar tímido.

O imenso portão do santuário estava fechado, mas na sentinela acima dele havia dois jovens, olhando a movimentação abaixo.

Em sua inflexão fria e minimalista, meu pai estava dando sua opinião.

— Durante séculos vivemos juntos nesta comunidade. Agora eles se tornaram estrangeiros? Traidores?

— Mas, saheb... eles não foram às comemorações...

— Quantos de vocês procuraram Balak Shah para pedir ajuda? Ele não curou seus filhos? Os que gritam dos telhados não são sempre os patriotas. Nem aqueles que tentam dividir a comunidade...

A multidão se dispersou lentamente.

A edição recente de *Orgulho Hindu*, que eu não pude distribuir, continha uma lista de agentes inimigos em Gujarat e dos lugares que os abrigavam. Nesse artigo, o autor, um certo J. M. Lakda, nomeou um *madrassah* em Godhra, dois missionários americanos numa escola local e um professor na escola St. Arnold em Goshala.

Haviam vindo à luz informações, escreveu J. M. Lakda, por meio da heroica e incansável vigilância do PJPN, que o Sr. John David da escola St. Arnold havia recebido sua educação com patrocínio de um benfeitor paquistanês. O Sr. David — cujo nome verdadeiro era Yohanna Dawood — também tinha confidentes na mesquita Balak Shah em Haripir. O artigo instigara a quase revolta que eu havia testemunhado, da qual meus amigos haviam participado e que meu pai ajudara a acalmar.

Na manhã seguinte, quando cheguei à escola, um pequeno mas raivoso protesto contra traidores estava ocorrendo do lado de fora. E um monte de repórteres de jornal estava no portão, pedindo para entrar para entrevistarem o professor acusado.

O sinal tocou. Orações foram feitas, o hino nacional tocou bem alto, anúncios foram feitos, e os meninos receberam orientação para permanecerem calmos, que a imprensa seria atendida. Mas a imprensa já estava dentro da escola, depois de se espremer por entre as barras do portão, e tão logo fomos dispensados, todos estavam cercando o Sr. David.

É claro que havia recebido sua educação sob o patrocínio de um paquistanês, disse o Sr. David. Ele não tinha feito nada de errado. E o patrocinador em questão havia sido o antigo nababo de Junagadh, que se mudara para o Paquistão depois da independência, e para quem o avô e o pai do Sr. David haviam trabalhado como guardas do palácio.

— Eles eram eunucos? — questionou um repórter.

— Eram guardas — disse o Sr. David, tenso. — Policiais.

— Então, senhor — um homem se inclinou para a frente —, o que nos diz sobre as acusações de sodomia... de que o senhor esteve envolvido em atos de sodomia...

O repórter não teve chance de terminar, pois o Sr. David voou para cima dele.

— Seu sem-vergonha! Seu *haram-zada*, seu filho da mãe! Quem tem dito esse tipo...

Ele correu para a frente, estendendo o braço como que para estrangular o acusador. Foi uma exibição muito peculiar do Sr. David, pois nunca o havíamos visto perder a compostura antes. Logo, estava no meio dos repórteres, cinco ou seis deles. Quando emergiu da briga, estava com a camisa rasgada, os cabelos africanos desordenados e o lábio sangrando.

O Sr. Joseph, nosso diretor, era um homem pomposo que falava conosco apenas nas ocasiões que considerava significativas. Do contrário, ele deixava o vice-diretor, o Sr. Gomes, realizar as reuniões matinais e fazer anúncios triviais e ameaças. Mas nesses dias especiais o Sr. Joseph pronunciava discursos entusiasmados, citando ingleses eminentes, dentre eles Shakespeare e Churchill. Devemos combatê-los nas praias!, ele proclamara no começo da guerra recente, confundindo a todos nós.

Agora ele havia chamado todos os alunos preferidos do Sr. David à sua sala para interrogá-los um a um. Era o dia seguinte ao encontro do professor com os repórteres.

O diretor era um homem corpulento, com voz rouca. O vice era alto, magro e irascível. Os dois eram conhecidos como o Gordo e o Magro. Quando entrei na sala, o Sr. Joseph estava em sua mesa, e na sua frente estava sentado o Sr. Gomes. Com um gesto impaciente, o diretor me mandou entrar e ficar mais perto da sua mesa. Foi direto ao ponto.

— Um dos seus colegas acusou o Sr. David de comportamento indecente. Você tem alguma coisa a denunciar da sua parte?

— Não, senhor.

— O Sr. David convidou você a ir à igreja?

— Ele me disse para ir as cerimônias...

— E? Fale!

— Eu fui, uma vez.

— Só uma vez? — gritou o Sr. Gomes do lado.

— Algumas vezes, senhor. Quatro vezes.

— Quem mais estava presente?

— Três ou quatro outros alunos... e o Sr. Norman. Ele é o sacerdote!

— Você foi ao apartamento do Sr. David depois das aulas?

O Sr. David havia me convidado algumas vezes, mas eu nunca consegui ir. Então, respondi que não à pergunta. Eu não havia estado lá.

— Alguma vez ficou sozinho com ele?

— Sim, quando eu tinha perguntas, senhor. E quando ele me treinava no boxe.

— Ele tocou em você?

Olhei para os dois homens sem saber o que dizer. Onde estavam querendo chegar?

— Ele bateu no seu bumbum? — gritou o Sr. Gomes, inclinando-se para a frente.

— Não, senhor.

— Não? Ele enfiou o dedo na sua bunda... alguma coisa feia dessas? Hein?

Dei uma fungada involuntária, sem conseguir controlar um acesso de riso. Eu jamais poderia imaginar um professor, quanto mais o Sr. Joseph, falando desse jeito. Lágrimas corriam pelo meu rosto enquanto eu ria, relinchava, fungava e segurava o nariz tentando me comportar.

— O quê?

— Não, não, senhor... ele não fez isso!

Fiquei de pé, sem encarar qualquer um deles, para o caso de eu cair na risada de novo.

— Tudo bem — disse o Sr. Joseph. — Você pode ir. Mas antes... — Fez um gesto na direção do Sr. Gomes. — Seis por rir inadequadamente.

Então me curvei e recebi seis golpes dolorosos da bengala nas costas e saí correndo e chorando para o pátio, onde o intervalo ainda não havia acabado.

O Sr. David não foi mais visto na nossa escola. Vasudev Sharma, filho de um funcionário público de baixo escalão, aparentemente havia confessado ter deixado que o professor o tocasse de maneira inapropriada. Os meninos eram mais diretos. Sharma foi expulso da nossa escola.

As pessoas da cidade eram normalmente gratas ao meu pai por ter evitado uma possível erupção, embora houvesse os poucos que desdenhassem: "Não foi o santo muçulmano quem curou o filho do saheb?" Tínhamos consciência de que as críticas eram menores na época do meu Dada. Os tempos haviam mudado.

Alguns meses depois da celebração da vitória, Pradhan Shastri foi transferido para outro estado. Àquela altura, eu já havia interrompido as minhas atividades no PJPN, pois estava certo de que havia sido Shastri quem espalhara as histórias sobre o Sr. David. Lembrei do olhar que os dois trocaram quando se encontraram na bifurcação da estrada na nossa cidade, e da minha sensação de que os dois já se conheciam.

Um desconforto doloroso se instalara dentro de mim, e uma culpa torturante sobre como eu havia tratado mal o professor de quem eu gostava tanto e a quem admirava. O que quer que ele fosse — e a homossexualidade era de fato repulsiva para o meu mundo de então —, eu não podia aceitar que ele tivesse merecido aquele tratamento, que ele tivesse se aproveitado de uma criança. Hoje me pergunto aonde ele foi, onde está. Anos depois, quando tentei, não consegui encontrá-lo.

19

Postmaster Flat, Shimla.
O major Narang está preocupado.
Há rugas de preocupação em sua testa.

— Você tem parentes no Paquistão — diz ele, ou melhor, afirma.

— Sim — respondo. — Pensei que o senhor soubesse disso.

O nome do nosso vizinho do norte suscita muitas emoções, entre as quais puro ódio e desprezo. Muitos gostariam de ter uma bomba nas mãos que pudessem largar ou atirar naquela direção e nos livrar daquele problema perturbador de uma vez por todas. Mas o major é mais sofisticado do que a média, seu tom é neutro, curioso. No entanto, não se invoca o nome P_____ levianamente. Acho que sei por que ele está preocupado.

Moderadamente alto e de costas eretas, sendo o militar que é, tem um rosto redondo, cabelos grisalhos rareando na frente, onde está calvo, e tem a pele escura que os indianos costumam ganhar com a idade. Tende a sorrir muito, e isso exagera seu lábio inferior curvado para baixo.

Como o motivo declarado para a minha presença no Instituto é fazer pesquisa, relembrar e escrever sobre o famoso (a descrição é do major) santuário medieval de Pirbaag, é natural que eu seja encorajado a falar sobre ele. Recentemente, o diretor do Instituto, o professor Barua, me chamou para fazer isso, em um dos seminários semanais. É sexta-feira. Na quarta-feira o major (cuja visita nunca é uma coincidência) e eu nos sentamos na sala do diretor, e eu fiz aos dois homens um longo relato sobre o santuário, como preâmbulo da minha fala vindoura. Barua estava intrigado com a questão mais acadêmica da identidade do sufi, e nós concordamos em discuti-la detalhadamente em outra ocasião. Meu interesse, por ora, era simplesmente recapitular concisamente a vida do santuário como eu lembrava de vivê-la. Minhas notas de pesquisa, as transcrições dos *ginans* etc. formariam um apêndice. O major achou que seria melhor assim.

Ele não tem nada contra mim, é claro. Não poderia de modo algum suspeitar de mim — um indiano não residente que retornava — por qualquer coisa, exceto possivelmente por proteger meu irmão de sangue quente, de quem ele suspeita. Então eu, o irmão mais velho, sou a isca.

Ontem, fiz meu seminário. Havia um grande número de presentes, atraídos pelo esquisito que sou — o aluno secreto e cantor, filho ou descendente de um *pir*. O local desses eventos era a sala de seminários, com sua mesa de teca oval, onde talvez o último vice-rei — lorde Mountbatten — se reuniu com Nehru, Gandhi e Jinnah para discutir o futuro da Índia, onde talvez o subcontinente tenha sido dividido em Índia e Paquistão num mapa. Os estudantes ficavam absolutamente radiantes num ambiente tão celestial, onde o chá em xícaras e os saborosos biscoitos são servidos individualmente pelos funcionários. São como o órfão pobre na casa de uma tia rica, saudando como as desprovidas faculdades de pequenas cidades da nossa nação.

Pareço amargo. E estou. Quando participo desses seminários, dos quais participei apenas de alguns, não consigo deixar de ser atingido pela seguinte questão: por que não há uma única presença muçulmana aqui, entre esses estudiosos? Mas, se somos todos indianos, pode-se dizer, a religião importa? É claro que não, principalmente aqui. Mas, com o costume, acabamos percebendo uma tendência quando ela nos encara, e então percebemos que ela vem nos encarando há décadas. Talvez eu tenha vivido por tempo demais em países estrangeiros, onde tais números são uma questão de preocupação e debate. Assim, eu não consigo deixar de notar que não há ninguém das assim chamadas castas mais baixas — exceto pelo sujeito que nos pergunta em voz sussurrada (poderíamos ser o secretário de Mountbatten) quanto açúcar queremos. Não me venha com isso! — você dirá. Eles receberam mais do que uma chance justa. Sabe quantos rapazes das castas mais altas atearam fogo em seus próprios corpos como protesto quando o relatório da Comissão Mandala entrou em vigor? Rapazes de castas mais baixas com notas muito piores receberam vagas em universidades, enquanto eles, com notas excelentes, tiveram suas vagas negadas. Trabalho duro e cansativo, sacrifícios de classe média sem recompensa, futuros destruídos, e a mediocridade promovida. Sim, eu sei como tudo fica complexo. Eu sei, é claro, que o presidente da Índia é um muçulmano.

Casta, classe, fé, língua. Eu nunca dei a nada disso muita atenção quando criança. Fui ensinado pelo meu pai, no jardim de meus ancestrais, a acreditar que as nossas diferenças são superficiais, na verdade, inexistentes. Meu irmão era menos afortunado, e para ele a vida não passa de uma grande divisão. Assim, minha amargura é suave — tipicamente indiana, pode-se dizer —, se comparada com a raiva que ele abriga.

Agora, voltemos ao major Narang e eu, sentados à mesa do café do Instituto, na beira de um penhasco com vista para um vale verde-escuro. Logo atrás de nós está a biblioteca, onde um dia foi o salão de baile dos vice-reis, com janelas grandes e pés-direitos altos. Será que Gandhi, o faquir seminu, como Churchill o chamou uma vez, era convidado para dançar? Será que olhava pela janela para esta mesma vista? À distância, montanhas sobre montanhas, sombras alternadas com a suave luz de fim de tarde, sombras de florestas verdes se fundindo com a escuridão. O azul-claro do céu encontrava abruptamente o brilho laranja do sol se pondo numa linha perceptivelmente marcada, atrás da qual os picos dos portentosos Himalaias despontam, escuros e sombrios. Lar dos deuses, mantendo sua própria majestade à margem. Shiva vive entre eles. Das ondas de seus cabelos flui a água do Ganges — que através de alguma magia mística nós bebíamos em Pirbaag todos os dias. Uma leve bruma paira no ar. À distância, uma estrada contorna as montanhas e sai da cidade. O apito de um trem toca por perto, abaixo de nós, mas os vagões não estão à vista. Dois operários tibetanos, distinguíveis por seus traços endurecidos, as maçãs do rosto e os olhos, aparecem de uma trilha ao lado do penhasco, levando cargas sobre as cabeças, talvez a caminho do centro comercial. Um cheiro de fumaça oleosa — mas este é da cozinha, de fritura de *samosas* e *pakodas*.

O major tem um estilo próprio. É ignorado pelos garçons, até que diz:

— *Ay*... — E levanta um dedo. Eles vêm rapidamente. Quando pede nosso chá, instrui: — *Chini alag* — açúcar separado, porque, de outra forma, o chá fica exageradamente doce. Embora ele não me pergunte se é assim que prefiro meu chá. E é.

— Karsan-ji... — diz ele, com uma deferência levemente temperada de ironia, ou talvez como simples brincadeira.

— Major Sah'b — respondo.

Ele sorri, com aprovação, e prossegue nossa conversa.

— Não parece nada bom... parece suspeito, contrabandear uma carta para o Paquistão.

— Evidentemente que não é contrabandear, major... de que outra forma se pode enviar uma carta para o Paquistão a não ser mandando primeiro para que alguém de outro país a poste?

Eu a havia enviado, selado e endereçado, dentro de outro envelope, a um conhecido no Canadá. O major Narang, obviamente, a havia interceptado e lido antes de deixá-la seguir seu curso. E sei que ele já havia lido a resposta que chegara naquele dia, mais cedo.

— Parece suspeito... você sabe que estamos num estado de hostilidade.

— Não tenho certeza de que sei o que isso quer dizer. As pessoas não viajam daqui para lá? Um ônibus não faz o percurso entre Delhi e Lahore agora?

— Parou de fazer... por ora.

— Eu não sabia disso.

De repente, o ar ficou frio, sopra uma corrente de vento que leva um guardanapo e espalha uma fina nuvem de poeira sobre nós. Nós dois nos viramos para oeste, como se a corrente de vento tivesse vindo como um sinal. O sol é agora um disco amarelo brilhante não maior do que uma lua cheia, não mais ferindo os olhos, mas infinitamente mais intrigante. E o céu está matizado de azul e verde, roxo e laranja, mais ao longe, tudo em tons suaves para contentar o coração. Ambos ficamos mudos.

O major diz baixinho:

— *udu tyam jatavedasam devam vahanti ketavah...*

cujo verso do Rig Veda eu completo,

— *drshe vishvaya suryam...*

para todos verem, o sol.

Sua surpresa é igual à minha. Paramos e nos encaramos.

— Meu pai costumava recitar isso cedo pela manhã, às vezes — eu lhe digo —, quando olhava pela janela e o sol estava brilhando.

Os corvos grasnam em coro, testemunhas ruidosas da nossa história, talvez zombando de nós, penso agora. A última vez em que estive lá, não os escutei. Talvez tivessem sido expulsos pelo cheiro de fumaça e carne queimada.

Era um humor raro para Bapu-ji. Precisava ser domingo e ele estar esperando pelo café da manhã de puri e batata, ou de *paratha* com *methi*. O que quer que Ma tivesse planejado. Era sempre chá para Mansoor e para mim, leite para o Bapu. Talvez o veneno estivesse no chá, e a substância tivesse me desencaminhado?

O major Narang serve uma bela porção de *ketchup* com um *pakoda* de batata, do qual come um pouco com prazer. Precisa limpar a boca.

— Escrevi para o meu tio — continuo — devido ao que ele possa lembrar e recordar de Pirbaag... para perguntar se ele tem algum material de lá... livros e assim por diante. — Ele concorda com a cabeça, e eu continuo: — Que ironia se o material estiver preservado no Paquistão. Ironia para mim, quero dizer, e para minha família.

— O que você acha da Divisão? — pergunta ele.

— Aconteceu — respondo, muito rapidamente. E então, pensando melhor, acrescento: — Não significou nada para nós no santuário.

É preciso explicar, sabe. Embora o que eu lhe digo seja uma mentira. Como poderia a Divisão não significar nada quando minha família foi dividida por sua ocorrência? E, de qualquer forma, que indiano, paquistanês ou bangladeshiano não foi afetado pela política que veio na sequência?

— Você tem notícias do seu irmão Mansoor?

A pergunta repetida. A mesma resposta, outra mentira: não. O que ele quer de Mansoor?

— Como você sabe, ele está sendo procurado para responder sobre o incidente de Godhra.

A faísca que detonou a violência em Gujarat três meses antes. Sessenta pessoas, todas hindus, foram queimadas vivas na estação Godhra dentro de um vagão lacrado que foi incendiado. O resultado foi uma escalada nos números de episódios de vingança, com estupros, assassinatos e destruição contra os muçulmanos. Pirbaag foi uma das casualidades. E agora Mansoor está foragido.

Ambos ficamos em silêncio, talvez com as mesmas imagens de morte apavorante em nossas mentes. A oeste, o sol já quase se pôs completamente, apenas um pedaço vermelho de um disco agora está visível entre dois picos. A leste, no céu, uma lua crescente prateada se exibe alegremente através das nuvens. Nós nos levantamos juntos, como se tivéssemos combinado, e seguimos na direção do caminho de cascalho, passando por gramados bem-cuidados em direção à saída. O major está instalado no prédio principal, num quarto que um dia pertenceu à Lady Curzon, esposa de um antigo vice-rei. Alguns dos trabalhadores do prédio acreditam que o quarto é assombrado pelo fantasma dela, muito embora ela tenha morrido na Inglaterra.

Enquanto caminhamos juntos, ele me diz:

— Precisamos ficar vigilantes.

Eu não compreendo muito bem — ele está falando de fantasmas? —, e então o encaro.

— Imagine — diz ele — o 11 de Setembro acontecendo em nosso país... o Taj Mahal, o templo Puri, Mathura, o palácio do presidente. Consequências inimagináveis.

— Sim — concordo. — Isso seria terrível. Precisamos ficar vigilantes.

Caminho de volta ao Postmaster Flat.

A escuridão se instalou, as estrelas estão no céu, a noite está tão pura e limpa ali que é possível que não haja mais ninguém no mundo. Um lugar perfeito para perder o próprio eu, contemplar aquela unidade. Matar a mente, cantava o sufi, num verso aliterativo com jogo de palavras: *man-tie maaro to mane male*. Lembro do meu pai instruindo seus devotos, quando lhes dava um mantra sobre o qual meditar. Na hora da contemplação do Um, ele dizia, a mente e seus pensamentos ficam parados, o corpo fica parado, como um gato esperando diante de uma toca de rato.

Sentado no sofá com a minha xícara de chá, tendo como companhia apenas duas aranhas numa parede, esperando. Da mesa de centro que sempre aproximo de mim, pego a carta do meu tio Iqbal. Foi enviada pelo correio de Dubai, e o lacre do envelope estava bastante frouxo quando a recebi. Deve ter sido facilmente aberta com vapor, imagino, e depois a cola estava escassa demais para colar de novo.

"Meu querido *farzand* Karsan,

"... Já tínhamos sabido da tragédia em Pirbaag, da destruição da propriedade e da perda de vidas. E oramos pelos que partiram. Que Alá, em Sua infinita misericórdia, receba-os em seus braços. Amém.

"Ficamos muito felizes, no entanto, que Mansoor e vocês estejam bem, que Deus os tenha salvado das garras dos hindus sedentos de sangue.

"Querido Karsan, respondendo à sua pergunta, nós não temos nada de Pirbaag exceto uma fotografia da família... mas é anterior ao seu nascimento. Havia alguns livros, mas eles apodreceram com o passar dos anos e foram jogados fora. *Mashallah*, consegui trazer prosperidade à minha família. Agora, e o seu futuro, Karsan? Eu e meus filhos gostaremos imensamente de oferecer aos filhos do meu irmão, a você e a Mansoor, abrigo e trabalho aqui no Paquistão..."

Uma das suas filhas, Shabnam, é mais jovem do que eu e divorciada, diz ele. Gostaria de vê-la sossegada com um homem educado e responsável. Eu também preciso sossegar. A destruição de Pirbaag foi uma punição do Todo-Poderoso, porque idolatria é pecado. Eu deveria mudar meu nome adequadamente — ele sugere o nome Kassim —, aceitar a fé certa e fazer a mudança que meu Dada devia ter feito 50 anos antes.

Estou começando a achar que escrever para o meu tio havia sido uma má ideia. O major Narang certamente aumentará sua vigilância sobre mim e esperará o inevitável.

Não fui jantar no alojamento, porque não queria estar tão logo com o major de novo, e ele certamente estaria lá. E, então, Ajay, da cozinha, chegou à porta dos fundos e me levou uma bandeja — *tinda* e *chappati*, arroz e *daal*. Mais tarde, levou chá. Ajay é filho do reverendo Yesudas da dilapidada Igreja Anglicana, que também quer que eu faça uma mudança e aceite a fé certa, diferente da do meu tio, é claro.

Uma noite, ouvi um barulho alto do lado de fora da minha porta da frente. Levantei e apontei minha lanterna através da vidraça, esperando ver algum macaco. Era o reverendo. Quando abri a porta, uma corrente de vento quase empurrou o frágil sacerdote para dentro. Ele estava um pouco bêbado.

Parecia que, enquanto estava caminhando do lado de fora, tivera uma revelação. Por que o infeliz, porém bom, Karsan-ji não aceita Cristo, que morreu por todos os nossos pecados?

Felizmente para mim, Ajay não estava muito atrás de seu pai, e o levou embora, repreendendo-o sem misericórdia. O reverendo me deixou a cruz que levava pendurada no pescoço. Está pendurada num Ganesh.

De manhã, no desjejum, pergunto ao major Narang se ele viu o fantasma de Lady Curzon em seu quarto.

— Ei... — ele começa, com um sorriso.

Naquela manhã, no banheiro, ele pôs o kit de barba sobre a pia. Depois de voltar ao quarto para pegar a toalha, voltou e não encontrou o kit, bem como a *nécessaire* de couro e tudo mais, tudo feito na Inglaterra. Não pôde se barbear (esfrega o queixo para me mostrar), mas, quando saiu do Instituto, seu precioso equipamento estava nos degraus da entrada. O homem da recepção lhe garantiu que era o tipo de truque que Lady Curzon fazia com os visitantes.

— Pense nisso — conclui o major Narang.

— Você acha que foi realmente um fantasma? O fantasma de Lady Curzon?

— O mundo está cheio de mistérios além da nossa compreensão — responde ele alegremente, e sai caminhando para o Ambassador branco do governo com suas cortinas azuis e placas oficiais. O motorista abre a porta, e ele parte de volta para Delhi.

20

É tudo uma mentira... ou não é? Minha investidura.

Vestindo um antigo manto cerimonial branco e dourado, ingressei numa procissão liderada por meu pai, o saheb do santuário, enquanto mulheres vestindo branco jogavam jasmins sobre nós dos dois lados do tapete vermelho, cantando *ginans. Jirewala dhana re ghadi...*, abençoado é o momento em que chega o santo. Uma cadeira alta especial, um *gaadi* com um assento mais baixo, havia sido trazida do depósito e instalada com almofadas nas quais me fizeram sentar. Aquele era o meu trono. Era o mesmo assento no qual meu pai um dia havia sido investido e talvez o pai dele, assim como o manto — agora um pouco comido pelas traças — era o mesmo que eles haviam usado. Atrás de mim vieram os mais velhos, homens cujas ligações com Pirbaag eram de gerações. À minha esquerda estava sentado meu pai, ereto na beirada da própria cadeira, com seu turbante branco na cabeça, o rosto radiante, numa rara demonstração de pura alegria; do outro lado estava Premji, um devoto e doador dos Estados Unidos, também sorrindo. O fotógrafo se aproximou, ajoelhou-se na nossa frente, e o flash estourou.

O pavilhão encontrava-se quente, abafado e barulhento. Diante de mim estavam rostos alegres, emocionados, reverentes, receptivos para aquele momento abençoado em suas vidas. Ele está aqui, o futuro avatar chegou. Eram meu povo. Havia cerca de 100 deles, um bom número vindo de fora de Haripir. Mais cedo, o barbeiro havia me cortado na nuca, e o remédio que ele havia passado vigorosamente no ferimento agora me dava uma sensação de queimação, uma coceirinha aguda muito real e mundana em comparação com a cerimônia da qual eu era o centro. Minha mãe me olhou nos olhos da extremidade do pavilhão, distinta em sua forma rechonchuda, com um amplo sorriso. Mansoor estava lá fora em algum lugar com seus amigos. Nem mesmo um momento importante em Pirbaag era capaz de mantê-lo longe deles.

O barulho — a cantoria e as conversas sussurradas — parou abruptamente quando meu pai levantou a mão. Ele se levantou e veio até mim, e então se virou para encarar a multidão.

— Eu proclamo este menino, meu primogênito Nur Karsan, conforme a tradição de séculos, como meu *gaadivaras*, o sucessor para quando eu partir. — Dizendo isso, pegou o antigo turbante verde das mãos de um assistente e o pôs na minha cabeça.

Houve um instante de palmas contidas, às quais meu pai se juntou, então o salão explodiu numa agitação alegre e festiva, e as pessoas retomaram suas conversas.

Uma mulher veio à frente e enfiou uma guirlanda em meu pescoço. Era Shilpa, alta e ágil. Outra mulher pôs uma corrente de ouro em mim. Mais presentes me foram dados sucessivamente. Premji, que vestia um *kurta* branco com uma rosa vermelha no peito, me presenteou com uma caneta de prata dos Estados Unidos, dentro de uma caixinha, e uma nota de 100 dólares. De outras pessoas ganhei uma manta, uma camisa e um exemplar lindamente ilustrado de *Alice no País das Maravilhas.*

Então fiz meu discurso, ainda sentado no meu trono.

— Meu povo — falei, quando Premji levantou a mão pedindo silêncio. — Irmãos e irmãs, prometo que servirei a vocês e ao nosso Pir Bawa lealmente. Muito embora... muito embora... embora eu seja jovem, minha alma está exaltada, e eu estou pronto a servi-los quando me for solicitado. Que Pir Bawa os abençoe.

Foi o que Bapu-ji havia me instruído a fazer. O que seu pai havia escrito para ele.

— Diga-nos mais uma ou duas palavras — disse Premji. — Dê-nos as suas impressões sobre o mundo.

Virei-me para ele surpreso. Estava sorrindo, e tive a clara sensação de que ele me testava. Aquilo não fez parte da minha preparação.

Depois de alguma hesitação e falsos começos, levantei o olhar e falei sobre ciência, tecnologia e progresso, como o Sábio Nehru falava tão frequentemente. Falei sobre como com trabalho duro e criatividade a Índia, com sua força espiritual e suas antigas tradições, poderia ir mais longe e se tornar uma liderança mundial.

Talvez Bapu-ji tenha ficado um pouco decepcionado, pensei depois de terminar, com minha preocupação quanto ao progresso material. Ele não poderia esperar que eu falasse sobre questões espirituais. Minha fala teria agradado ao rajá Singh, se ele tivesse estado lá. Mas ele estava na estrada. O que disse impressionou os presentes.

Alguns vieram apertar minha mão, as mulheres batiam com os nós dos dedos na minha testa para afastar o mal, alguns homens e mulheres beijaram a minha mão.

— Ele é realmente o escolhido — diziam, constrangendo-me intensamente. — Ele é o sucessor, o *gaadi-varas*, veem? É o guia de sua geração. E como serão afortunados por tê-lo como guia.

Mais tarde, com os presentes e as roupas guardados, fui para o playground retomar minha vida normal. O jardim da cidade tinha sido abandonado havia muito tempo, mas o resultado daquela iniciativa comunitária era agora um terreno coberto por sulcos e depressões e, portanto, uma ameaça ao jogo de críquete. Meus amigos estavam jogando futebol, o que pararam de fazer para me cercar e perguntar sobre a minha investidura, e sobre o que eu ganhara de presente, e se eu continuaria falando com eles agora que era o verdadeiro *gaadi-varas*. Estou aqui, não estou?, respondi irritado. Mas eu conseguia prever o futuro agora? Conseguia ver através da terra até as regiões do inferno? Podia curar esse machucado? Tudo isso em parte brincando — mas apenas em parte. Fazendo barulho, começamos a subir a estrada, passando no caminho por Shilpa, que estava esperando o ônibus.

— Até logo, Karsan-ji — disse ela, com o comportamento formal que havia recentemente assumido em relação a mim, embora ainda não tivesse conseguido suprimir o brilho provocador em seus olhos. O Pran perneta estava aos seus pés, incomodando-a, e foi devidamente provocado por alguns dos meninos. Atirou uma pedra contra o nosso grupo, e nós corremos, parando na bifurcação para comprar *bhajias*. Ali, a casa de Shastri havia sido transformada numa extensão da escola local, que antes consistia numa única sala de aula. Agora, havia também um pátio na frente. Quando eu estava voltando para Pirbaag, Pran me alcançou, ofegante por causa do esforço.

— Karsan-ji, eu vou me casar — disse ele com um sorriso.

— Com quem? — perguntei, mal conseguindo conter meu tom. Ele se arrastou para longe sobre suas fortes mãos, sem responder.

Meu pai estava sentado no pavilhão com Mestre-ji, o professor. Bapu-ji me chamou, e quando me aproximei ele levantou a mão para botar em meu ombro. Mestre-ji fez o mesmo. Curvei-me para deixar os mais velhos me abençoarem. Bapu-ji manteve a mão sobre mim por um longo tempo. Quando me soltou, disse:

— De agora em diante, você deve orar todos os dias para Pir Bawa iluminá-lo.

— Sim, Bapu-ji — respondi, e saí.

Naquela noite, quando a casa ficou em silêncio, saí caminhando pelo santuário, meus domínios do futuro. Ele estava sombrio, silencioso como um cemitério, que efetivamente era. Havia um fraquíssimo brilho de luar sobre as paredes brancas do mausoléu, como que carregado pela energia existente lá dentro. Mais adiante, o pavilhão estava iluminado por sua única luminária, talvez a fonte daquele brilho. Sem prestar atenção, caminhei por entre os túmulos e monumentos, com a mente anestesiada pelas muitas sensações do dia, sem conseguir me concentrar num único dos inúmeros pensamentos que me assaltavam.

O que havia acontecido comigo naquele dia? Quem e o que eu era? Como seria a minha vida no futuro? Ela teria alguma alegria ou diversão?

Quem estava enterrado no monumento atrás de mim? Ele tinha muitos nomes e descrições. Eu conhecia a história dele muito bem, como ele havia vagado até Patan do Afeganistão ou da Pérsia arruinada pela guerra; dos milagres que ele havia realizado para vencer os sábios e mágicos e conquistar a amizade do rei. Mas quem era ele, realmente? Que tipo de homem? Não era um homem comum, mas uma grande alma, assim me disseram, que viera até nós trazendo o dom do conhecimento verdadeiro e libertador.

E eu devia ser seu representante.

Levantei-me nos degraus aonde havia me sentado e me virei de frente para a entrada iluminada do mausoléu. Lentamente, subi os degraus e entrei na câmara interna, em cujo centro ficava a tumba. Sombras tremulavam ao meu redor sob a luz eterna que ficava num canto esquerdo no fundo, e o ar estava tomado pelo perfume de flores, incenso e *chaddars*, os últimos empilhados alto no túmulo. O ambiente parecia ocupado por uma presença.

Pir Bawa, eu disse mentalmente, olhando para a coroa de prata no topo do túmulo. Por favor, permita que eu seja um sucessor digno, um bom saheb para seus seguidores. Permita que sua luz eterna me guie em minha vida. Não permita que desaponte meu Bapu.

Saí de costas, com as mãos unidas em oração. Na soleira, ajoelhei-me e toquei o chão com a mão direita e a beijei antes de me virar de costas. De volta ao ar da noite, com uma sensação de alívio e alegria, comecei a retornar para a casa. Havia caminhado apenas alguns passos quando vi minha mãe surgir em nosso portão. Carregava algo num dos braços, perto do corpo. Na outra mão, segurava uma tocha. Estava caminhando apressada no escuro na direção dos fundos do mausoléu. Eu a segui à distância, tentei chamá-la, mas meu maxilar parecia travado.

Vi Ma vertendo manteiga quente da urna que levava nas mãos num vaso maior localizado atrás do mausoléu. Ela havia pousado a tocha no chão, e sua luz formava um cone que iluminava seus pés largos. Eu já havia visto, mas nunca tinha dedicado um instante de pensamento àquele vaso, uma urna de argila comprida e vermelha do tipo feito pelos ceramistas locais. Fui tomado pela compreensão e fiquei olhando, com a imagem clara na mente, o óleo percorrer o caminho da urna, através de um canal subterrâneo, para alimentar a eterna luz de Nur Fazal. A luz que ficava em sua posição, com a chama supostamente queimando e se espalhando por intermédio de seu próprio poder misterioso.

Ma me viu e sorriu. Viu a expressão em meu rosto e perdeu o sorriso. Voltou para dentro da casa sem dizer uma palavra.

A certeza da minha compreensão pousou em meu coração como uma pedra.

* * *

Deitei na cama e cobri a cabeça com o lençol. Embaixo da minha tenda escura, chorei silenciosamente. Não sabia o que pensar. Tudo o que ouvia mentalmente sem parar eram as palavras: "É uma mentira".

Fui despertado pelo tilintar de um sino, o cheiro de incenso e a cantoria de *ginans*. Era o amanhecer.

Era uma mentira? O significado daquelas belas canções? Pir Bawa, Nur Fazal? Ele não existiu? O saheb — Bapu-ji — é uma mentira? Eu não sei, eu não sei. Uma chama não pode queimar sozinha, sem combustível, nem mesmo a chama de Pir Bawa, e agora isso estava provado. E o que dizer sobre todos os milagres do passado... e daqueles que ocorrem diariamente, quando as pessoas vêm ao santuário, para orar por suas dificuldades, e suas preces são atendidas?

De manhã, eu não conseguia sair da cama. Eu não queria encarar o mundo.

Eu estava me afogando. Estava me afogando num espaço negro, numa densa escuridão, e ao meu redor flutuavam nuvens. E quando eu tentava agarrar uma delas, percebia que não passavam de pedaços de papel e eram inúteis, não conseguiriam me ajudar. E Bapu-ji estava pregando para mim com sua voz tranquila:

— Mas é tudo uma mentira, Karsan, tudo é Maya, uma ilusão. Apenas o Eterno é verdadeiro...

E Ma disse:

— Por que você está aí tremendo? E não cubra a cabeça com o lençol... algum *bhut-paret* vai tomar conta de você... Kanya!

Espantado, olhei para ela da minha cama... ela havia retirado o lençol.

— *Arré...* você está chorando! Por que está chorando, *beta*? O que está acontecendo com você?

— Ma... é tudo uma mentira — gritei desesperadamente para ela.

— Nada é uma mentira, todos estamos aqui ao seu redor. Descanse que vou trazer seu café da manhã. E não cubra a cabeça!

Não consegui tocar na comida. Como poderia, meu mundo havia desabado. O *puri* não podia ser o *puri* dos velhos, as batatas teriam um sabor diferente.

Naquela tarde, Bapu-ji sentou-se ao meu lado. Tocou minha testa para ver se eu estava com febre e passou a mão por meus cabelos. Eu sabia que ele me amava de verdade. Ainda assim, por que ele não me liberava daquele fardo do passado? *Isaac não importava...*

— O que houve, filho?

— É uma mentira, não é Bapu-ji? *Joothoo chhé.*

— O que é uma mentira?

— Tudo.

Ambos ficamos em silêncio. Naquela proximidade, eu podia ouvi-lo respirando. E senti um leve cheiro de homem. Observei suas mãos grandes, seus dedos longos com as pontas unidas levemente. Depois de um tempo, ele disse:

— Não podemos fugir da parte sombria da vida. Se aceitamos este corpo, devemos aceitar sua sujeira. Precisamos fazer cocô e xixi, afinal. Precisamos viver em nossos corpos, mas podemos usá-los para servir a um propósito maior.

— Mas é uma mentira! Bapu-ji, por que você não me diz a verdade? A lâmpada queima porque nós a alimentamos com manteiga...

— Talvez... — Ele se virou para olhar para mim. — Mas nós sabemos como a manteiga entra na lâmpada? Você viu alguém escavar a terra para limpar a lâmpada?

Eu poderia simplesmente sacudir a cabeça, mas aquilo parecia sofisma. Ele viu o olhar de dúvida em meu rosto e deu um leve sorriso.

— As pessoas precisam de milagres, Karsan. Sem milagres, elas perdem seus caminhos. A luz sempre esteve ali, é uma tradição. Talvez ela precise de uma ajudinha. Isso também é uma tradição. Nossa mensagem é mais sutil... é sobre o significado da existência... mas as pessoas têm necessidade de milagres. Você compreende agora?

— Sim, Bapu-ji. — Mas eu não estava certo quanto a aquilo. — Então não existem milagres, Bapu?

— Existem para aqueles que precisam deles, Karsan.

21

O tempo passa; o mundo chama.

O rajá Singh desapareceu por um ano. Foi o período mais longo que ele passou afastado, e parecia que alguma coisa essencial na composição da minha vida tinha desaparecido. Ainda assim, às vezes havia aquela respiração ofegante de manhã quando eu saía do portão, quase esperando vê-lo parado, como o marajá da Air India, ao lado do fascinante Caleidoscópio. Shilpa também não era vista havia algum tempo, tendo ido à sua cidade para cuidar da mãe viúva. Sua devoção a Pirbaag permanecia incessante. Havia, inclusive, começado um grupo de mulheres em busca da verdade. Às vezes, uma ou duas delas aparecia para passar algumas semanas servindo e aprendendo com meu pai. As cartas de Shilpa para ele, anunciadas em voz alta pelo carteiro malicioso, provocavam o esperado olhar sombrio no rosto de Ma. Eu havia começado meu último ano na escola e me tornara presa de pensamentos torturantes sobre meu futuro. Meus amigos de infância, Harish e Utu, já estavam encaminhados na vida. Harish ajudava o pai na borracharia e estava prestes a se casar. Utu conseguira um emprego numa barbearia em Baroda, e eu ficara sabendo por meio de seu pai, Ramdas, que eles esperavam se unir ao tio materno em Dar es Salaam, no leste da África, onde Utu seria motorista de táxi. Uma geração de meninos mais jovens dominava o esburacado campo de jogo ao lado do santuário. Meus próprios sonhos de jogar pela Índia tinham sido abandonados fazia muito tempo.

E, finalmente, eu descobrira o nome da minha paixão Rabari: Mallika.

Uma tarde, voltando da escola, em vez de entrar em nosso portão, fiz a volta até o campo de jogo. Não sei o que esperava ver lá. O jogo ainda não havia começado. Foi instinto ou conhecimento prévio, um fugaz lampejo do tempo, que havia me levado para casa? Mas ela estava lá, sentada de costas para a cerca de proteção.

— *Ay, chhokra* — chamou ela, olhando para mim, que fiquei vermelho. — O que você tem na bolsa?

— Livros — respondi. — Quer vê-los?

— Você sabe escrever?

Havia um convite na voz, e eu me sentei ao lado dela e lhe mostrei meu livro de textos em inglês.

— Sim... olhe.

Ela olhou para a página aberta, e então para mim, com um meio sorriso de respeito relutante. Ela estava de pés descalços, contorcendo os dedos, e seu *piercing* de nariz do tamanho de uma moeda atraía meu olhar. Estava com a cabeça semicoberta e tinha os dentes brancos e grandes. E seus olhos... Eles penetravam em meu coração. Mostrei a ela um livro da biblioteca sobre viagem espacial e lhe disse que os americanos logo iriam até a lua.

— O que vão fazer lá? Chutá-la de um lado para outro como uma bola?

Foi então que perguntei:

— *Taru naam shoon chhe?* — Seu nome?

— Mallika — disse ela lentamente, com a voz rouca.

Ela se moveu ainda para mais perto para espiar o livro que estava aberto entre as nossas pernas. Nossos joelhos se tocaram, e as cabeças se bateram. Olhamos um para o outro e sorrimos.

Vozes se aproximaram, e alguns meninos apareceram. A esta altura ela já havia se levantado e estava indo embora. Nunca mais falei com ela. Por várias vezes fui procurá-la no ponto onde havíamos nos sentado juntos, atrás da cerca. Eu havia comprado duas gramáticas gujarati em Goshala e queria muito ensiná-la a ler. Ela nunca estava lá, e quando fiquei esperando, foi em vão. Algumas vezes eu a vi me observando à distância, uma vez do lado de fora do templo de Rupa Devi. Seria sua reticência devido a uma modéstia inata ou ela havia sido avisada para ficar longe de mim? A lembrança dela ainda me deixa sem ar.

Durante muitos meses as pilhas de jornais e revistas que o rajá me trazia de suas viagens haviam sido a minha janela para um mundo agitado fora da tranquilidade que era Pirbaag. Comparado ao encantamento deles, o *Gujarat Times*, que eu agora lia todos os dias, não passava de um caldo ralo e horroroso que me deixava desejoso de algo mais. Eu estava entediado. Todas as tardes, quando saltava da minha carona e entrava naquele portão familiar, a mesma sensação opressiva tomava conta de mim. Seria este o meu futuro? O que seria de mim naquele jardim de túmulos? Não havia uma forma de escapar, de encontrar um novo destino? Ainda assim, às vezes, no começo do amanhecer, ouvindo os primeiros tons puros do *azan* da mesquita do xeique-ji e, então, o tilintar do sino e os belos *ginans* do nosso templo, eu me tornava consciente das lágrimas que escorriam pelo meu rosto. Eu pertencia muito àquele lugar, àquele lugar antigo e ainda misterioso que falava a algo profundo e permanente dentro da alma. Mas então aquele instante passava, e ainda havia o mundo lá fora, chamando.

Aquele mundo podia ser alcançado do meu pequeno jardim: eu só precisava descobrir a porta e atravessá-la.

Em algumas poucas ocasiões, durante as últimas férias, três dos meus amigos da escola e eu havíamos fugido de ônibus até a cidade grande, Ahmedabad. Passeávamos para cima e para baixo por suas ruas movimentadas, olhávamos as meninas, olhávamos as vitrines das lojas de roupas e de rádio e íamos ao cinema. Então, fazíamos o possível para disfarçar o cheiro de fumaça de cigarro do ar condicionado que impregnava nossas camisas. É claro que Ma descobriu, pelo fedor residual que trouxe para casa em minhas roupas, que havia ido ao cinema, e tive de jurar que não fumara, que não tinha dado aquele primeiro passo na rápida estrada à devassidão.

Essas aventuras inevitavelmente tiveram um fim com o recomeço das aulas, mas eu agora sentia a necessidade de agir por conta própria, e para satisfazê-la eu, às vezes, matava aula aos sábados. Seria deslealdade também à minha herança? Ma não contou sobre os meus passeios ao Bapu-ji, fingindo não saber, exatamente como eu fazia com relação às suas próprias escapadelas ao cinema. Elas aparentemente haviam parado, porque Zainab havia se mudado. Mas uma vez, no entanto, vi uma mulher gorducha de burca sozinha do lado de fora do nosso portão, esperando nervosamente por algum tempo. Deve ter sido um momento raro e desesperado de fuga. Passei rapidamente por ela.

O ponto de ônibus em Goshala não ficava longe da escola, e enquanto eu esperava pelo transporte precisava cuidar para não ser visto por outros alunos ou um professor. Quando o ônibus passava pela escola, onde podia haver meninos na educação física, eu me abaixava desavergonhadamente, consciente da visão divertida que representava aos meus companheiros de viagem. Em minhas viagens anteriores à cidade, eu havia descoberto a Biblioteca Daya Punja na Relief Road, na movimentada região de Teen Darwaja, onde era possível entrar e, se houvesse lugar, sentar à grande mesa retangular no comprido salão sob as luzes fluorescentes penduradas do teto e folhear silenciosamente e com pose um jornal ou uma revista. Era uma bênção estar lá, absorto, cercado por páginas impressas, por notícias sobre o mundo todo, com o farfalhar de papel importunando um pouco e, no entanto, sendo também um acompanhamento satisfatório. Eu lia tudo o que caía em minhas mãos, esperando ansioso e, às vezes, rudemente que os outros terminassem. Eu lia inclusive a *Filmfare*, da qual compilava trechos sobre estrelas do cinema para deleite da minha mãe. O preferido entre os atores agora era Rajesh Khanna, e qualquer coisa a respeito dele, ou um bom horóscopo, certamente alegrava o dia de Ma. Depois de ler por algumas horas, eu concluía a minha visita à velha cidade com uma caminhada a esmo por suas ruas — Gandhi Road, Relief Road, e as pequenas ruas laterais. Invariavelmente, eu acabava do lado de fora da grande mesquita Jama. Todas as vezes, hesitava, antes de finalmente ceder à sua atração e subir os degraus da entrada, tirar os sapatos e entrar em seu vasto pátio. Lá, fascinado, observava os homens lavarem suas mãos e pés no grande tanque localizado no centro e então subirem até a frente — num escuro salão aberto com inúmeros pilares — para fazerem suas orações. Tudo isso no mais absoluto silêncio. Eu nunca havia visto nada tão puramente islâmico na minha vida. As pessoas não rezavam juntas, mas separadamente, com alguma distância umas das outras. Alguns olhavam para mim quando eu chegava para observá-los. Meu mundo era muito diferente, tão dependente de uma personalidade. Tão apertado. E, no entanto, nosso espírito fundador, nosso deus, como queira, vinha de uma cultura que orava em mesquitas como aquela. E então eu me sentia ligado àquele lugar e àquelas pessoas de uma forma vaga e misteriosa que não sabia exatamente compreender ou definir.

Havia uma sucessão de livrarias na Relief Road que eu visitava, uma depois da outra. Ficava parado na porta e olhava para dentro ansiosamente, como o mendigo do provérbio do lado de fora de uma loja de balas. Antes de o meu tempo terminar, eu me aventurava em uma ou outra, consciente de que suas tentações estavam enroladas em celofane ou eram mantidas cruelmente em armários fora de alcance. Às vezes, marcado como um vadio reincidente, eu era rapidamente levado para fora. Mas um sebo, de propriedade de um Sr. Hemani, mantinha seus livros maravilhosa e inteiramente acessíveis — em prateleiras, em carrinhos, sobre mesas —, onde simplesmente qualquer um podia entrar, pegá-los e folheá-los. O proprietário, um homem alto e magro de barba branca, desviava discretamente o olhar quando eu caminhava por entre as prateleiras, parava para ler títulos de livros, pegava um ou dois para examinar, virava algumas páginas e lia um pouco. Perguntava o preço de um livro, ele procurava e respondia com um sorriso gentil, e eu o devolvia a seu lugar.

Mesmo então, eu tinha consciência de que o meu amor por livros refletia·a devoção que meu pai tinha a eles. Eu sonhava em um dia possuir a minha própria biblioteca particular. Em vez de ficar na loja do Sr. Hemani, eu podia muito bem ficar folheando os livros de Bapu-ji. Mas lá havia a incomparável emoção de passar o tempo dentro de um ambiente de livros público, na Relief Road, em Ahmedabad, sentindo o cheiro do tempo e da poeira neles, percebendo com o coração apertado como um deles havia de repente desaparecido de seu lugar desde a minha última visita, tendo sido adquirido por alguma alma de sorte.

Um dia havia uma caixa de livros descartados logo depois da porta de entrada que o proprietário havia posto ali para que os passantes os pegassem de graça, e talvez se sentissem estimulados a entrar. Eram todos escritos em gujarati, livros em brochura de edição barata — livros de receitas, de piadas, sobre medicina ayurvédica — e um cujo título saltou para mim como um susto: o título em verde sobre uma simples capa amarela dizia, sem rodeios, em gujarati: "*Pir Mussafar Shah no mrutyu.*" A morte de Nur Fazal. Dentro do livro, em suas páginas cheias de orelhas, havia um poema escrito em quadras descrevendo seus últimos dias. É claro que eu sabia sobre o livro, e a história que ele contava.

Sentado atrás de sua mesinha no fundo da loja, o Sr. Hemani deve ter percebido a minha excitação.

— O que você tem aí? — perguntou ele. Levei o livro até ele, que olhou para a publicação e me devolveu, olhando-me com curiosidade, e explicou:

— Eles têm um *dargah,* um santuário para uma santidade muçulmana, em algum lugar por aqui, onde o *Pir* está enterrado. — Assenti com a cabeça, em silêncio. — Aqui — disse ele, levantando-se. Eu o acompanhei até uma estante encostada na parede dos fundos. — Todos os tipos de livro sobre sufismo... — Pegou um livro em brochura e me entregou. — Você deve começar por este. — Peguei o livro, olhei para ele e o devolvi.

— Virei comprar quando economizar algum dinheiro.

— Fique com este. É um presente meu para você. — O livro era *Uma conferência dos pássaros,* um título canônico, como eu viria a aprender no devido tempo.

Este foi o máximo que eu conversei com o Sr. Hemani. Será que ele sabia que eu era de Pirbaag? Como aquilo significava pouco para ele — "um *dargah* em algum lugar por aqui". Eu sabia que, apesar dos milhares que iam nos visitar todos os anos, para a maioria das pessoas de fora de Haripir, Pirbaag significava muito pouco. E ainda aquele livro, descartado, com tão pouco valor ali.

Eu não levava muito dinheiro comigo. Quando comprava meu jornal diário depois da aula, guardava o troco que recebia, com a anuência de Ma. A mísera quantia que eu juntava era de trocados, da qual vinha o luxo das minhas passagens de ônibus para visitar a cidade grande; então costumava sobrar normalmente uma ninharia para gastar. Às vezes eu comia algum lanche comprado de um vendedor de rua, ou, sentado nos degraus de uma grande mesquita, comia um pacotinho de amendoins. Um dia, no entanto, eu tinha o bastante para ir à casa de chá que se destacava no caótico cruzamento de Teen Darwaja, na frente da biblioteca. A casa de chá acabou se revelando um lugar maravilhosamente bizarro, pois também era um cemitério. As mesas estavam espalhadas entre uma dúzia ou mais de velhos túmulos anônimos, feitos de cimento e pintados de verde-oliva. Sobre cada túmulo havia sido depositada uma rosa vermelha fresca. Os garçons passavam correndo pelos mortos enterrados, levando bandejas de chá, *bhajias*, *idlies*, sem lhes prestar a menor atenção. A maioria dos clientes também parecia bastante acostumada a sentar e comer entre túmulos. Fui levado até uma mesa ao lado do túmulo de um bebê, onde um garoto bem-vestido, mais ou menos da minha idade, já estava sentado. Eu o havia visto algumas vezes na biblioteca e notado que ele sempre parecia bastante confiante consigo mesmo. Cumprimentamo-nos com um aceno de cabeça e, depois de um tempo, percebendo que eu não havia pedido nada para comer, ele empurrou seu prato de *bhajias* na minha direção. Seu nome era George Elias, ele disse, mas eu devia chamá-lo de Elias ou Eliahu. Você é cristão?, perguntei. Não, *yahudi* — judeu. Sua família tinha uma farmácia ali perto, mas eles moravam na região de Astodia. Ele queria ser cientista e planejava ir para o Instituto Indiano de Tecnologia (IIT) ou para os Estados Unidos. Naquele dia, estava preenchendo uma ficha de inscrição para uma universidade americana.

— O que você pretende cursar na faculdade? — perguntou.

— Eu não sei — respondi, envergonhado por estar parecendo o caipira que realmente era. — Eu quero aprender tudo... história, filosofia, ciência...

— Você não precisa escolher entre artes e ciência na sua escola?

— Não — respondi.

— Que escola estranha. Então, por que você não vai para os Estados Unidos?

— É possível? Para os Estados Unidos?

— Escreva para eles. É fácil. Eles querem pessoas como nós. Um dos meus tios já está lá. — Ele me deu o que pareceu uma piscadela despropositada.

Enquanto eu o encarava, agitado, inseguro, de repente o mundo se alterou. Ir embora? Para milhares de quilômetros de distância? Até o coração pulsante do mundo? Era possível. Mas, lá, a ilusão de Maya dominava, e Kali Yuga estava bastante avançada... Mas era também para onde o Sr. David queria ir, que o Balak Shah, o imame criança, havia lhe prometido na milagrosa pedra cinzenta. Você pode ser o que quiser nos Estados Unidos, o Sr. David tinha dito, e era por isso que ele queria ir para lá. Talvez já estivesse lá. Mas e eu? Eu era o futuro saheb de Pirbaag. Eu ainda poderia ir, não poderia?

— Vou trazer meu livro que tem uma lista de todas as universidades dos Estados Unidos... apenas as melhores — disse Elias —, e você pode escolher uma de lá.

Assenti em silêncio, acreditando nele apenas em parte.

Mas, no sábado seguinte, ele havia levado o livro, que aparentemente fora enviado pelo tio dele dos Estados Unidos. Era um volume grande, com fotos, intitulado *A universidade ou faculdade da sua preferência*. Nós nos sentamos juntos nos degraus da Biblioteca Daya Punja e folheamos as luxuosas páginas brilhantes, cada um apoiando metade do enorme tomo numa coxa. Era um confuso catálogo de maravilhas, tudo muito arrebatador e bonito. Elias me mostrou uma lista de instituições na parte de trás do livro, com os respectivos endereços. Ele havia circulado uma delas para mim: Universidade de Harvard. Naquele mesmo dia, com a ajuda dele, e conforme instruído pelo livro, escrevi uma carta para a universidade questionando sobre formas de ingresso e a enviei.

Quando os formulários de inscrição chegaram, seis semanas depois, fiquei surpreso, emocionado, assustado. Não estava esperando por eles. A perspectiva de me inscrever para estudar numa universidade nos Estados Unidos parecera mais e mais ridícula à medida que passavam os dias. Agora eu ruminava longa e cuidadosamente a respeito disso. Que perspectiva atraente, impossível — até mesmo a qualidade do papel deles sugeria riqueza e poder. Por que aquelas pessoas que mandavam homens para o espaço e educavam presidentes estariam interessadas em mim? Preenchi as lacunas da melhor maneira possível, esperando completar o restante com o benefício da orientação de Elias. Mas Elias não foi à biblioteca na minha visita seguinte, de modo que completei o formulário sozinho. Eu já havia escrito o ensaio solicitado, e não pretendia mostrá-lo ao meu amigo, pois descrevia minha vida e minha herança. Era necessário enviar junto com a inscrição uma taxa que equivalia a cerca de 100 rupias, uma soma astronômica. Na minha carta para a universidade, eu dizia que não tinha dinheiro e que, se encontrasse, mandaria para eles. Enquanto isso, será que, por favor, eles poderiam me levar em consideração? Eu também não tinha dinheiro para fazer os testes que eles recomendavam. Com a inscrição em mãos, a caminho da agência de correios, vi Elias atrás do balcão da Farmácia Samuel, ajudando os clientes que pediam atenção da calçada. Disse a ele que estava indo postar a minha inscrição.

— Espere... — disse ele, e saiu correndo. — Mostre para mim. — E então: — *Yaar*, você devia ter datilografado!

— Me diga onde eu iria encontrar uma máquina de escrever?

— E como você conseguiu deixar o papel tão amassado? Ele parecia genuinamente preocupado.

— Então não vou enviá-la. Qual o sentido de desperdiçar o dinheiro da postagem?

— Não... mande. Eles sabem que somos pobres aqui. E você vai mandar como carta registrada? Deveria. Ou esses carteiros... nunca se sabe o que esperar deles, vão copiar a sua inscrição para os filhos deles e jogar a sua no lixo.

— *Yaar*, mesmo se eu mandar como carta normal, terei de implorar que o motorista do ônibus me leve para casa de graça.

Eu podia chorar. Estava claramente dando um passo maior do que as minhas pernas. Meu amigo olhou para mim com ar solidário. Ele olhou rapidamente por cima do ombro para a loja, entrou casualmente, com as mãos nos bolso e ficou parado na frente do caixa. Conversou com um homem mais velho de chapéu preto que, presumi, fosse seu avô. Então, ele abriu discretamente a caixa de dinheiro oculta e enfiou uma nota no bolso. Ficou ali parado por alguns instantes e saiu alegremente para a rua.

Tivemos de ficar numa longa fila para enviar minha carta registrada.

No caminho de volta, cruzei com o Sr. Hemani parado na porta de sua loja, bebendo uma xícara de chá e observando a rua movimentada.

Como ele ganhava a vida era um mistério, já que quase nunca havia alguém em sua loja.

— Ei, Karsan, por onde você andou? Faz tempo que não me faz uma visita — disse ele. — Anda ocupado, é? Com as provas?

— Sim, Hemani Sah'b, muito ocupado.

Atingido por um instante de inspiração, enfiei a mão no envelope que estava segurando e tirei de dentro dele um formulário de recomendação.

— Hemani Sah'b... estou me candidatando a uma vaga na universidade... será que poderia escrever uma carta de recomendação para mim?

Surpreso com o meu gesto abrupto, ele pegou o formulário e ficou olhando fixamente para o papel, percorrendo-o com os olhos.

— Impressionante... Muito impressionante, Karsan. — Deu um sorriso. — Vou escrever a melhor carta de referência para você, Karsan, não se preocupe.

E foi isso.

* * *

Num sábado, quando saí do nosso portão, lá estava o rajá Singh, feito uma aparição, com um sorriso largo, encostado na porta do passageiro do velho caminhão, o Caleidoscópio que eu conhecia tão bem. Nada poderia ter me deixado mais contente do que ver aquela pessoa familiar de novo, cuja ausência havia deixado um buraco na minha vida. Fiquei sacudindo a mão dele, sem querer soltar.

— Mas onde você esteve, Sirdar-ji? Aonde você foi, esqueceu completamente da gente?

— *Arré*, sinto muito, Kanya... meu irmão mais velho morreu e minha mãe precisava de apoio.

Puxou-me em direção a ele e me abraçou.

— *Jeet raho, putar. Arré*, que homem você se tornou...

Para ficar mais perto da mãe, ele estava fazendo as rotas de Delhi-Punjab, explicou. Pela aparência, evidentemente tinha se dado bem com as *parathas* recheadas dela e a manteiga, com a camisa desesperadamente esticada para cobrir a pança peluda. Acompanhando meu olhar, ele bateu na barriga com força:

— *Khub khilaya* — disse ele, ela me deu muito de comer.

Perguntei aonde ele estava indo agora.

— Umdavad — falou. Ahmedabad.

— Me leve para lá, Sirdar-ji — eu disse, então, em voz baixa. — Eu também vou para lá.

Ele olhou para mim espantado.

— Como crescemos, hein? E a escola?

Não respondi.

— Tem permissão de Mai-Baap?

Apertei os lábios.

— O que você faz em Ahmedabad? Fuma? Visita putas? *Randiyon ki pas jaté ho?*

— Eu só vou à biblioteca, Sirdar-ji. Para ler. E vou às livrarias! — *Parné ke liyé*!

— *Chhotu*, consiga a permissão deles, e então o rajá leva você. Não faça isso pelas costas dos seus pais. Eles confiam em você. Você será um saheb um dia.

Não havia o que dizer em relação àquilo. Ele me deixou na escola.

Quando voltei para casa naquela tarde, várias pilhas volumosas de jornais e revistas estavam esperando por mim ao lado da minha mesa no pátio. Era praticamente uma biblioteca. O rajá devia estar colecionando aquilo tudo havia meses. Engoli a emoção com aquela consideração que não buscava recompensa. Por toda a responsabilidade com que eu havia sido sobrecarregado, aquele motorista do Caleidoscópio certamente era minha recompensa.

— Feliz, afinal? — disse Ma, se aproximando enquanto eu olhava fixamente para o meu presente das estradas.

— Sim, Ma. Feliz.

— Agora você não vai mais ficar entediado.

E ela também estava feliz. Foi até a cozinha pegar o meu lanche.

Mansoor, que já estava lá beliscando alguma coisa, gritou para o pátio:

— Por que se preocupar em ler tudo isso, Bhai? Você vai se esquecer de tudo mesmo!

E Ma o repreendeu carinhosamente com um tapinha na cabeça.

Naquela noite, arrastei as pilhas para o meu quarto, cortei o barbante que as amarrava, e as organizei cuidadosamente conforme meu próprio sistema. Finalmente peguei alguma coisa para ler. Talvez uma cópia da *Time* com uma reportagem sobre a Guerra do Vietnã. Ou o pioneiro de Chandigarh, o estadista de Calcutá. No entanto, enquanto folheava as páginas, sabia que alguma coisa estava faltando naquela experiência, enquanto lia sobre o mundo à luz de um lampião, em meu próprio pátio, nos limites da casa da família, naquele jardim santuário do qual meu pai era o senhor.

Fugi para a cidade apenas uma vez depois disso, quando passei várias horas tirando o pó dos livros do Sr. Hemani e colocando-os de volta nas prateleiras, pelo que ele ficou imensamente grato. Não vi Elias em lugar nenhum, mas deixei na farmácia o recado de que havia procurado por ele.

Meses se passaram, e eu quase havia me esquecido da inscrição que enviei para a universidade nos Estados Unidos. Tinha sido uma ideia maluca e impossível, e eu não esperava que algo resultasse daquilo. Com o tempo, até mesmo George Elias passou a parecer estranho. Mas de vez em quando a ideia tentadora se apresentava. E se? E se o impossível acontecesse? Minha concha se abriria, meu mundo desmoronaria, eu voaria... Seria mesmo? O bom na ocasião era que tudo estava no reino da fantasia. Enquanto isso, depois de conversar com o Bapu, eu havia me candidatado a uma vaga na Universidade MS de Baroda. Ficava a menos de 160 quilômetros de distância, e eu poderia passar as férias em casa.

E então aconteceu. O impossível.

Era sábado à tarde, e eu voltara para casa depois de ter passado um tempo com Harish e Utu, que estava fazendo uma visita naquele dia. Havíamos parado para tomar um chá na nova casa de *chai* da estrada. Sentado no banco do lado de fora, com cães sarnentos ao nosso redor atrás dos restos, conversamos sobre críquete (o West Indies estava na Índia) e meninas (havia muitas meninas bonitas em Baroda), e gozamos uns dos outros, tentando manter aquele antigo relacionamento. O recém-comprometido Harish estava propenso a provocações. Havia retaliado com típica insolência, falando sobre Mallika, e como a família dela entregava leite na área, a piada saiu com uma risada ruidosa. Felizmente, a ocupação de Utu não foi mencionada. Nós sempre fomos um trio improvável, mas, numa cidade, como dizem, tudo o que se move é transporte. Agora, as coisas estavam definitivamente diferentes.

Quando atravessei o santuário e cheguei ao nosso portão dos fundos, Ma surgiu de repente diante de mim:

— Vá ver o seu Bapu no *lai-beri* — disse ela.

— O que houve, Ma?

Seus grandes olhos arregalados indicavam um sinal de alerta, e ela gesticulou para que eu entrasse. Cautelosamente, eu me virei e fui até o pavilhão e, de lá, para a biblioteca.

Meu pai estava, como sempre, sentado no chão. Numa das mãos, segurava um papel limpo, branco e com aparência estrangeira, uma carta. Na mesa portátil ao seu lado estava um grande envelope branco de superioridade semelhante com selos estrangeiros. Ele olhou para mim, e seu rosto pareceu bastante pequeno.

— Bapu? — Arrisquei, da porta de entrada.

— Você... você se inscreveu em uma universidade nos Estados Unidos...

— Sim, Bapu-ji.

— Sem nos contar... ou a sua mãe sabe?

— Não, Bapu-ji.

— Estou muito decepcionado.

Palavras simples. Vindas dele, afiadas como uma adaga. Bapu-ji, meu pai, com todas as suas esperanças, sua fé e seu orgulho por mim, estava decepcionado comigo. Era isso, a frase inteira. Decepção. A última vez em que eu havia decepcionado meu pai tinha sido quando quis entrar para a academia de críquete em Baroda e tido um chilique em público. Aquilo era nada em comparação com essa traição, esse ato de deslealdade filial.

Ma estava parada na outra entrada, ocupando toda a largura da porta com seu corpo redondo.

— O seu filho quer ir para os Estados Unidos — disse Bapu-ji à minha mãe num tom seco.

Ela ficou me olhando boquiaberta.

— Sim, Ma — falei, desconfortavelmente.

Seguiu-se um instante de silêncio, com toda a sua reação em seu rosto ingênuo, com a mão na boca naquele gesto típico de choque ou surpresa. Naquele caso, de ambos. E então:

— *Arré* Karsan — exclamou, afinal, e as lágrimas escorreram em seu rosto.

O grande envelope branco estrangeiro chegara com muito alarde na minha ausência, e meu pai tinha assinado para recebê-lo. Ma havia visto a expressão no rosto do Bapu depois que ele abrira a correspondência e chamara por mim, e tinha tido tempo para especular e se preocupar. Agora aquilo.

Bapu-ji me entregou a carta de admissão e o envelope, virando o rosto para evitar meu olhar. Enquanto eu a lia, pude ouvi-lo falando severamente e sem emoção:

— Você é o sucessor de uma linhagem. As pessoas têm expectativas em relação a nós, confiam em nós... não estamos livres de obrigações e deveres...

Não apenas eu havia sido admitido, com muitos cumprimentos, como também recebera uma bolsa de estudos integral.

— Você é o futuro saheb de Pirbaag, Karsan... será a luz do nosso Pir Bawa, o pai do nosso povo...

Foi quando eu disse, frustrado:

— Mas eu não quero ser Deus, Bapu-ji!

Eu estava chorando também. Porque sabia dentro do meu coração o significado do que ele tinha dito, e já sentia a culpa que aquilo implicava, e que, apesar de tudo, eu iria.

Nos dias seguintes, Ma tentou me persuadir, argumentando:

— Tão longe?... Quem vai cuidar de você... Aviões podem cair, *nai*?... O que você vai comer?

A tristeza da minha mãe me parecia mundana, pequena e controlável. Agora sinto, ao me lembrar disso. Ela sabia muito bem que, acima de tudo, eu era o filho e sucessor do meu pai. Era aí que estava a batalha. Por mais que tentasse, ela não conseguiria me demover da minha decisão. Eu lhe disse que viria para casa nas férias e que, em alguns anos, voltaria definitivamente. Logo ela até mesmo esqueceria que eu estivera longe. Isso pareceu modificá-la um pouco.

Bapu-ji disse simplesmente:

— Você tomou sua própria decisão. Um saheb não deve ter coração. Mas você partiu o coração deste pai.

Se ele tivesse simplesmente dito "Não, eu não lhe darei permissão para ir", eu teria obedecido. Ele era meu Bapu e o saheb. Mas ele não negou permissão. Ele expressou seu desagrado e me deixou a escolha. Eu iria, mas nossa briga não estava encerrada.

Eu não estava me sentindo tão atrevido e decidido quanto aparentava aos meus pais. Estava assustado, nervoso e inseguro. Eu realmente queria ir embora para tão longe da certeza de tudo o que conhecia? Para quê? Estas foram as palavras exatas do rajá Singh quando lhe contei o que havia acontecido.

— *Arré yaar-ji*, para quê? A vida é curta. Por que abrir mão de tudo isto?

Levantou os braços para apontar para o meu mundo, mas abaixou-os abruptamente. Não havia sido ele quem tinha me apresentado aquele mundo maior?

E Mansoor, com admiração no rosto:

— Como conseguiu fazer com que ele concordasse, Bhai? Você está livre agora... o Bapu-ji não vai poder obrigá-lo a fazer qualquer coisa que ele queira.

— Não é por isso que eu estou indo, Mansoor. E vou escrever sempre. Seja bom na minha ausência.

Minha passagem fazia parte da bolsa de estudos. Tudo o que tive de fazer foi embarcar num avião com o meu passaporte. O rajá Singh foi incumbido de me levar a Bombaim e me deixar no avião.

No começo da manhã de um domingo de agosto eu estava pronto para partir. O rajá levou as minhas malas de casa até o caminhão dele, e eu comecei a me despedir.

Primeiro fui prestar minhas homenagens ao nosso santuário, o adorado jardim do meu povo. O mausoléu do sufi repousava em silêncio, com vista para todo o seu domínio através de uma névoa deixada pelas chuvas recentes. Com alguma apreensão, subi os três degraus e entrei no salão interno. Lá, unindo as mãos trêmulas diante da tumba com sua coroa, orei:

— Pir Bawa, agradeço por me deixar ir. Abençoe-me e me guie em todos os meus esforços. E me traga de volta para casa a salvo para você. — Dei um passo para trás, e então me virei para ir embora, depois de um breve olhar para a luz eterna cujo segredo um dia me causou tanta angústia. Do lado de fora, uni minhas mãos para Jaffar Shah, padroeiro dos viajantes, e então a todos os outros personagens e ancestrais.

Bapu-ji estava esperando por mim na entrada. Eu me abaixei e toquei seus pés. Quando me levantei, ele segurou meu rosto com as duas mãos com urgência e olhou para mim, em meus olhos, intensamente. Ele me deu um beijo na boca e lentamente pronunciou uma sequência de sílabas:

— Este é o seu *bol*, o seu mantra secreto. Lembre-se sempre disso. — Fez uma pausa, e acrescentou: — Repita para mim.

Lentamente e quase num sussurro, olhando-o nos olhos, repeti as sílabas para ele, que continuou:

— Este *bol* vem para você do seu Pir Bawa pela linha de seus ancestrais. Irá lhe trazer conforto e ajuda. É o seu mantra especial. Não abuse dele. Não o repita a ninguém, exceto ao seu sucessor... quando chegar a hora.

Caminhamos juntos para o portão da frente. Minha família e meus amigos estavam esperando por mim. Harish veio de sua loja do outro lado da rua para dizer adeus. Era um homem casado agora. Trocamos um aperto de mãos. Boa sorte, *dost*, volte bem. Voltarei, e você fique bem, amigo. O pai de Utu, Ramdas, que vendia flores e *chaddars* aos adoradores, e também os espalhafatosos retratos clandestinos do Pir, pôs uma guirlanda sobre mim. Assim como várias mulheres, leais devotas de Pir Bawa, cuja história estava misturada com a minha através das gerações. Ma chorou, lágrimas escorriam por seu rosto quando ela me abraçou apertado e estalou os dedos na minha cabeça. Desvencilhando-me de seu abraço, cumprimentei meu irmão e o abracei.

— Comporte-se e se cuide — falei.

— Pode deixar, Bhai — respondeu, assentindo seriamente com a cabeça. — Não se preocupe.

Finalmente, fui até meu pai, com as mãos unidas num adeus. Ele me puxou com força para um abraço e disse:

— Que Pir Bawa esteja com você.

— Adeus, Bapu-ji — sussurrei.

Todos acenaram enquanto o rajá Singh segurava a porta para eu entrar, dizendo jocosamente:

— Ele vai estar de volta num instante, não vai, Karsan? Os meses e anos vão passar voando...

O que me partiu o coração foi deixar Mansoor para trás, ver seu rosto triste, ainda que desafiador, acusador: você, que tinha tudo, tinha tudo para deixar e desprezar. Cuide dele, pedi a Pir Bawa. Virando o rosto para a estrada, me dei conta de que um dos rostos que eu havia visto naquela manhã era de Mallika. Ela olhara atentamente, mas mantivera distância. Tinha havido mais finalidades à despedida do que eu imaginara.

Como ainda faltavam alguns dias para o meu voo, meus pais permitiram que o rajá Singh fizesse um desvio antes de me levar em segurança até o aeroporto de Bombaim. Durante aqueles dias, nós dois atravessamos Gujarat de cima a baixo.

— Você deve ver a sua Mãe Índia antes de deixá-la — disse o rajá com satisfação.

Ele era um homem feliz na estrada, como sempre imaginei. Seu rosto era um catálogo de expressões, dizendo injúrias e reclamações quando batia com o punho na buzina enquanto o toca-fitas destilava sem parar canções novas e antigas. Comíamos e descansávamos em *dhabas* de beira de estrada, onde também checávamos as condições do veículo para evitar possíveis problemas. A comida era grosseira. Os curries apimentados e oleosos desciam queimando por minha garganta como ácido. À noite, dormíamos sob o céu na fileira de catres arrumados do lado de fora daqueles estabelecimentos, e no começo da manhã nós fazíamos a higiene num cano ou num poço e, depois de um café da manhã que consistia de *parathas*, *dahi* e chá fumegante, caíamos de novo na estrada... ao som dos religiosos *kirtans* sikh no toca-fitas.

Eu gostei daqueles dias despreocupados na estrada, eles anestesiaram minha tristeza por estar indo embora. Ao prolongar minha estada no país e me despedir gradualmente dele, aliviei minha culpa. À noite, eu ficava deitado acordado sentindo saudade de casa e escrevendo mentalmente cartas para Ma, Mansoor e Bapu-ji. E até mesmo para o rajá, que estava deitado no catre ao meu lado, roncando profundamente. Às vezes, ele despertava violentamente, quando um mosquito pousava em seu rosto ou ele peidava.

Na nossa primeira manhã na estrada, viajamos para o norte, para Patan, a antiga capital de Gujarat, naquele momento — para meu absoluto espanto — uma cidade pequena e empoeirada, algumas ruínas isoladas serviam de lembrança de sua glória passada. Havia um grande mercado de especiarias por perto, no qual fizemos compras que levaríamos a Junagadh, a oeste. No caminho para lá, paramos no templo da deusa Becharaji, padroeira dos eunucos travestis, os *pavayas*, que como sempre eram impossíveis de diferenciar de belas mulheres, exceto quando eles, de repente, batiam palmas da forma que lhes era característica para nos provocar e constranger. Foi apropriado que parássemos no santuário deles, pois os *pavayas* frequentemente paravam no templo de Rupa Devi a caminho dali. Depois de Jamnagar, fomos a Dwarka, terra natal de Shri Krishna, e ficamos numa longa fila de peregrinos para entrarmos em seu templo. De lá, passamos pela antiga cidade de Somnath a Junagadh e o santuário jain em Girnar, onde vimos alguns monges muito velhos, completamente nus, parecendo esqueletos. O caminhão quebrou apenas uma vez, entre Jamnagar e Junagadh, custando-nos metade de um dia. Por perto ficava a cidade em que Jinnah, o fundador do Paquistão, havia nascido, disse o rajá. Também próximo dali ficava a cidade em que Gandhi havia nascido. Junagadh, é claro, era a cidade em que havia nascido o Sr. David, como meu herói de críquete Hanif, mas era uma cidade empoeirada e nebulosa. Levando legumes e tecidos de Junagadh, corremos até Bhavnagar, e depois a Navsari, lar de um famoso santuário sufi. Através de toda a nossa jornada, paramos ou diminuímos a velocidade por respeito em santuários e templos, mesmo os menores de beira de estrada onde, de acordo com a lenda, alguns milagres haviam ocorrido. Às vezes, o milagre era simplesmente a descoberta de um cadáver preservado. Parecia que um dia as rodovias de Gujarat haviam sido cruzadas por legiões de homens sagrados, e agora nenhuma cidade ou aldeia parecia completa sem seu próprio templo a um santo. Finalmente, entramos no território de Daman, no Mar da Arábia. Havia sido uma colônia portuguesa até recentemente, e sua atração eram os hotéis na praia e o acesso ao álcool. Tomei um banho e comi uma refeição decente num alojamento. E o rajá pôde beber algumas cervejas geladas sozinho, enquanto me alertava para ficar longe do álcool a todo custo. No dia seguinte, ele me levou para Bombaim e ao aeroporto.

— *Chhotu*, cuide-se — disse ele, dando-me um abraço apertado e me beijando no rosto.

Ele ficou do lado de fora enquanto eu — apreensivo, mas na amistosa companhia de um homem de negócios também viajando para o exterior — entrei na área de embarque. O rajá ainda estava acenando para mim quando o perdi de vista.

22

Os dois vieram até a porta de nosso Pir
mendigo sangrando, criança angelical.

"Caminhando, correndo, inimigos de Patan no encalce
nós agora chegamos ao fim de nossa estrada",

disse o mendigo. "Minha filha é preciosa,
mais preciosa em sua honra e palavra."

c. . . 1300.
Morte do sufi; queda de um reino,
Quarenta anos antes o sufi viajante Nur Fazal havia partido da capital de Gujarat, Patan, com a benevolência de seu
governante, Vishal Dev — vaidosamente intitulado Rei dos
Reis e Siddhraj II, títulos que já pareciam vazios diante de
uma difícil realidade, da ameaça de um exército poderoso
que agitava suas armas ao norte. Vishal Dev foi sucedido no
tempo pelo trágico príncipe conhecido às gerações que se
seguiriam pelo infeliz título de Louco Karan.

As insensatas devastações da guerra em sua terra natal
haviam levado o Viajante aos amistosos portões de Patan.

Por uma estranha reversão, a conquista de Patan levou seu último rei, Karan, à porta de Pirbaag em busca de proteção à vida e à honra. Diziam que, no último caso, a mão do destino foi tentada pela luxúria e arrogância do rei de Patan.

O rajá Karan havia desejado por muito tempo a bela esposa de seu capaz ministro Madhav, uma *padmini* e um brâmane. Ele conseguiu roubá-la. O ministro, para se vingar do rei, fez o impensável: foi a Delhi, capital do temido governante afegão, e convidou-o a invadir Gujarat. Gujarat da gloriosa Patan, cidade de poetas, filósofos e príncipes, conhecida pelos viajantes árabes como Anularra; dos agitados e ricos portos de Khambayat e Bharuch, onde se comercializavam algodão e especiarias, cavalos e escravos com todo o mundo, da África à Arábia, à China. De Somnath e seu templo de riquezas incalculáveis. Gujarat, com seu belo povo de rostos redondos e suas belas mulheres. Venha a Gujarat, disse Madhav ao sultão, há muito esperando por vocês lá, o rei é ineficaz e despreparado para a luta. A passagem de Abu, onde dois de seus ilustres irmãos foram derrotados no passado, não está protegida.

O sultão de Delhi era Aladim Khilji, autointitulado Alexander Segundo, que havia assumido o trono apenas três anos antes, tendo assassinado seu tio, o sultão anterior. Khilji mandou dois generais para conquistar Gujarat. Do rio Banas a leste ao oceano a oeste, a terra tremeu sob o poder de Delhi, e as cidades de Gujarat caíram uma após outra. Patan, a capital; Khambayat e Bharuch, os portos; Somnath, Diu, Junagadh, Surat. O sangue jorrava, mortos enchiam as paisagens. Baús de ouro, pérolas, diamantes e rubis, milhares de elefantes, meninos assustados e mulheres chorando seguiam atrás dos exércitos vitoriosos como espólios extras de guerra. O templo de Somnath, destruído antes por outro afegão cruel e reconstruído subsequentemente, foi destruído novamente. O linga sagrado foi arrastado o caminho todo até Delhi, para ser pisoteado. A rainha de Patan, a mulher de Karan Kawal Devi, foi levada para o harém em Delhi, onde se tornou uma das mulheres do sultão; o desafortunado Karan, perdendo uma batalha decisiva, escondeu-se numa fortaleza com a filha, Deval Devi, e então fugiu disfarçado de mendigo. No caminho, chegou a Pirbaag.

O sufi Nur Fazal estava velho, com os cabelos e a barba brancos, e o corpo mortal devastado pela idade. Seu rosto reluzia de sabedoria, mas seus olhos estavam suavizados. A flecha de seu olhar não existia mais. Ele agora estava esperando que seu tempo na Terra expirasse, mas ainda restava um trabalho a ser feito, uma dívida cármica a ser paga antes de sua alma se despedir do mundo.

Olhou para seu visitante. O homem diante dele não era um mendigo. Tinha um corpo elegante, com a força visivelmente intacta. Sob a sujeira, sua pele era macia. Seus dedos pareciam delicados, assim como seus pés, sangrando, desacostumados ao piso duro. Seu rosto estava corado; as sobrancelhas, aparadas.

A menina ao seu lado era angelical. A poeira não conseguia esconder as bochechas gorduchas, o cabelo sedoso. Ela vestia roupas de camponeses, mas a tornozeleira, que passara despercebida por quem a disfarçara, era tão perfeita como apenas os melhores artesãos de Patan poderiam ter feito. E havia ainda os dois enfeites reluzentes presos em suas orelhas, os brincos que ela deve ter insistido em manter. Seus grandes olhos negros suplicavam ao sufi: Ajude-me a viver.

— A realeza brilha através da sujeira e prejudica o seu disfarce, rajá, como o sol faz através das nuvens e da poeira — disse o sufi, erguendo o olhar com um sorriso depois de examinar gentilmente a princesa. — A casa é sua, e em sua honra está a nossa honra. O seu ancestral me deu opulência e justiça como hospitalidade, eu só posso lhe oferecer uma casa pobre.

Há 40 anos o sufi havia oferecido sua proteção à casa de Vishal Dev se fosse necessária. Agora, Karan cumpriu aquela palavra e devolveu o favor ao sufi.

— Dê a Deval Devi, minha filha, o seu santuário, guru — disse Karan. — Deixe-a bem. Mandarei chamá-la quando voltar para recuperar meu reino. Se não, outro virá para levá-la a uma casa real segura.

— Você deve se apressar — falou o Viajante —, pois Munip Khan, o tenente de Alap, está por perto e à procura.

Karan e alguns acompanhantes desapareceram na escuridão. A menina começou a soluçar, e o *Pir* a pegou pela mão.

Deval tornou-se Fatima Devi. Seus cabelos ficavam presos em tranças, e sua cabeça estava sempre coberta. Ela ajudava na cozinha e servia os peregrinos. Quando os soldados de Munip Khan chegaram ao santuário, notaram sua extraordinária beleza e ficaram tentados a raptá-la. Mas estavam à procura de Karan e de seus homens, e ela estava sob a proteção de um sufi, que poderia amaldiçoar não apenas a eles, mas também a seus descendentes por gerações. Portanto, partiram de mãos vazias.

Mas, algumas semanas depois, eles retornaram, falando alto e determinados:

— Tragam a princesa hindu! — exigiram.

Deval Devi havia sido traída.

Foi um dia em que muitos peregrinos e refugiados de guerra haviam chegado ao local sagrado. Os soldados atravessaram o portão, passaram pisoteando as pessoas que descansavam no chão e seguiram para a cozinha aberta nos fundos. Deval, que estava limpando trigo, viu os soldados de Munip Khan vindo em sua direção. Levantou-se, amedrontada, olhou ao redor, indefesa, e saiu correndo na direção de uma fogueira próxima, que a consumiu rapidamente.

Quando a menina não existia mais, uma guirlanda de flores repousava sobre as cinzas da fogueira apagada. O sufi as recolheu, amassou-as nas mãos e deixou as pétalas voarem ao vento.

— Vá, Deval, vá para o seu amado pai.

Havia perdido toda a compostura. Tinha o coração cheio de raiva e, com uma voz dura, pronunciou uma maldição:

— Deval buscará o ajuste de contas um dia.

Ele havia preservado na mão uma das pétalas, que enterrou num canto do terreno de Pirbaag.

As pessoas choravam. Perdoe-nos, Pai. Perdoe-nos, Baba. Dê-nos penitência, Guru-ji. Mas nem todas pecaram. Entre elas havia uma menina, uma ajudante de cozinha que havia ficado com inveja da bela Fatima. Em suas mãos e sua língua podiam então ser vistos espinhos crescendo, como nas folhas da figueira-da-índia. E havia um menino em cujas mãos e língua espinhos também brotavam. A menina maldosa havia cochichado seu segredo ao garoto, que o relatara no acampamento de Munip Khan.

— Perdoe-nos — imploraram os dois.

— Vão — disse o Pir, pela primeira vez sem misericórdia.

Ele estava cansado, e seu espírito estava pronto para partir.

— Ginanpal — chamou ele, virando-se para o seu substituto. — Chegou o meu chamado. Reúna meu povo.

O sufi sentou-se em seu lugar preferido, cercado por seus seguidores. Agradeceu a todos pelo apoio e os instruiu a seguirem pelo caminho espiritual, o *satpanth*, que havia lhes ensinado. Por aquele caminho, ele os havia trazido Kashi e Mecca. Ele os havia banhado no Ganges. Ele havia lhes dado a chave de fuga do ciclo de 8.400.000 renascimentos neste mundo infeliz. No Kali Yuga, o caminho da retidão era difícil, ele lhes disse. Mas estava lhes deixando os *ginans*, para que cantassem e aprendessem com eles, e seu sucessor, Ginanpal. Assegurou-lhes, afinal, que um dia retornaria.

Ginanpal disse:

— Por favor, não vá, Pir Bawa. Seu povo sentirá sua falta.

— Você assumirá o meu lugar, Ginanpal — o Pir disse a ele. — Mas eu sempre estarei com você. Agora, incline-se para a frente, aproxime seu ouvido de mim e deixe-me sussurrar-lhe uma coisa.

Ginanpal fez o que lhe foi instruído, e o sufi sussurrou as sílabas sagradas do *bol* para ele. Falando alto, acrescentou:

— Permita que este *bol* seja a corrente que ligará você e seus sucessores ao seu Pir. Um dia, seu segredo será conhecido por todos. — Então o sufi disse a todos os que estavam reunidos: — Olhem para aquele ponto. — Seu olhar recaiu sobre um lugar a cerca de 6 metros de distância. — Instalem a luz ali — instruiu.

Todos obedeceram. E, então, com um suspiro, o Pir libertou seu espírito. Naquele instante, a luz se acendeu e se tornou um símbolo de sua presença.

E Ginanpal se tornou o saheb de Pirbaag.

23

Then felt I like some watcher of the skies
When a new planet swims into his ken;
Or like stout Cortez — when with eagle eyes
He star'd at the Pacific...*

— John Keats

Cambridge, Massachusetts. c. 1970.
Livre, afinal, e um entre muitos.
Caminhar pelas ruas vertiginosas de Boston-Cambridge, respirar profundamente cada manhã a pura satisfação da liberdade. Liberdade dos grilhões de ferro da história; liberdade do pequeno santuário ao lado da estrada poeirenta com seus rituais e canções, num pequeno vilarejo no qual meu pai era avatar, guru e deus; liberdade de um país que estava constantemente ferindo a si mesmo, cutucando velhas feridas até o fedor de sangue apodrecido ser insuportável. A liberdade,

---

* Então senti-me como um observador dos céus / Quando um novo planeta nada rumo a seu horizonte; / Ou como o vigoroso Cortez — com seus olhos de águia / Observou o Pacífico. (*N. da T.*)

simplesmente, de ser e se tornar novo — entre pessoas da sua idade, que desafiam os velhos e cínicos, para quem nada era impossível e nenhum pensamento, inconcebível.

Não confie em ninguém com mais de 30 anos, diziam quando você chegava. E que eu jamais chegasse a tal malfadada idade! Bapu-ji era velho, velho; Ma era querida, mas velha. A Índia era uma velha enfraquecida com lembranças confusas.

Ah, estar longe! Ser independente, divertir-se; deixar de lado todas aquelas contenções do passado e pensar com clareza, pela primeira vez, sobre a sua própria vida; buscar conhecimento — ingenuamente e do começo, sem pressuposições. E, afinal, ser simplesmente um entre muitos, um simples mortal, neste mundo clamando ao redor, com pessoas de verdade e suas preocupações verdadeiras.

Deixei-me ir.

Eu havia chegado à lendária cidade do conhecimento e da cultura; à sua lendária universidade coberta por hera. Para meus colegas de turma americanos, cada momento de existência era ter consciência e exultar com o fato de que estavam em Harvard. Ao contrário deles, eu havia chegado quase que por acidente: meu amigo Elias poderia muito bem ter indicado Oklahoma em seu guia de universidades, e seria onde eu teria me inscrito. Então eu tive de aprender, se não a exultar, ao menos a apreciar a glória e o prestígio do local, e agradecer aos meus patrocinadores, cujos representantes eu havia tido a oportunidade de conhecer numa recepção.

Mas eu havia chegado num período tumultuado, um período de frivolidades de um lado e raiva de outro, ao menos entre os jovens. Leal a sua outra tradição (a Festa do Chá), Boston-Cambridge (é difícil pensar numa sem a outra) era mais uma vez uma cidade de protestos. Profetas, inquietos, revolucionários, anarquistas incitavam das ruas e dos palanques com mensagens de desconforto político e espiritual e uma conclamação à ação: envolver, aproveitar o dia, desafiar e transformar o status quo nessa América poderosa e materialista, porém cega. Foi um período diferente de qualquer outro, afirmava a minha geração, e continuaria a ecoar muito além da meia-idade.

A Guerra do Vietnã ocorria distante de lá, mas funcionava como uma ferida aberta e latejante na nação, centenas de rapazes voltando mortos todos os dias; Richard Nixon, o presidente, buscando a paz com honra, naquelas palavras memoráveis, havia ordenado o bombardeio secreto do Camboja. B-52s castigavam as florestas. Protestos irrompiam em campi por todos os Estados Unidos e houve tumultos nas ruas repletas de cultura de Boston-Cambridge.

Mas este inocente no exterior, ao contrário de outros estrangeiros, ficou indiferente aos protestos, aos panfletos e seminários diários e às marchas. A agitação não era capaz de me atrair; aquela raiva dos outros jovens me deixava curioso, um pouco alienado e até mesmo nervoso. Eu não compreendia a política deles, não conseguia senti-la com a mesma paixão. E não me sentia à vontade para dar minhas opiniões — ou sequer formá-las tão rapidamente. Como poderia eu — treinado na distante escola do Caleidoscópio do rajá Singh — diferenciar os trabalhadores socialistas dos pacifistas, o intelectual comprometido do anarquista em busca de qualquer causa, e qualquer um deles de um garoto ou garota rico tentando expiar a culpa, buscando emoções ou ambas as coisas? Eu era ignorante em relação ao mundo. Estava tão atrasado no tempo que precisava me recuperar começando dos mesopotâmios.

Rapidamente, havia feito um inimigo: o tempo. Havia relógios por todo lugar nesta cultura veloz, brincando, provocando, lembrando. Advertindo, com as duas mãos levantadas como chicotes para nos estimular. Corra, corra, você está atrasado. Aprendi relatividade de uma forma que deixaria Einstein orgulhoso: não apenas havia muitos relógios, como aqui eles se moviam de modo diferente dos relógios lá de casa. Nas primeiras semanas, eu era visto correndo por corredores, de uma aula a outra, derrubando livros, esbarrando em outras pessoas, só para chegar atrasado ou estar no lugar errado. Compromissos com horário marcado eram um tormento. Por que precisavam ser tão exatos, feitos com antecedência, imutáveis? Eu estava muito acostumado com uma passagem vagarosa do tempo, prosseguindo não em minutos irreversíveis, mas de uma era a outra, em círculos. Qual era a pressa? Encurralado por um vendedor de jornal na rua ou por um pedinte perguntando casualmente de onde eu era, eu parava para informar, para conversar. O tempo parava, quando ao meu redor estava o frenesi da Harvard Square em perpétuo movimento. Venho de um vilarejo chamado Haripir... Meu pai é um guru, na verdade, um avatar de um *pir* que era, ele próprio, um avatar... O rosto diante de mim se tornava indiferente, o sorriso indulgente esmaecia. Eu me afastava, um marinheiro relutante. Os professores precisavam me mostrar a porta gentilmente — "Venha a qualquer hora para uma conversa" também não era algo a ser tomado literalmente. (Se pudesse ir, isso não precisaria ser dito.) Aqui não era a Índia. O tempo imperava.

Para meus colegas de universidade, eu era um artigo genuíno, uma espécie de patrimônio: um filho de guru distraído, de fala mansa, com um sotaque encantador recentemente registrado por Peter Sellers e o maharishi Mahesh Yogi. Eu era alguém para ser exibido, eles me levavam para todos os lugares.

Um dia, eu vi uma garota.

Eu havia ido com meus colegas de quarto ao MIT, a outra universidade na Mass Avenue, numa sexta-feira à noite, para ver um filme. Se Harvard era coberta por hera, o MIT era de pedras cinzentas sombrias, com grandes colunas. Foi a primeira vez que vi aquela Meca da ciência, com seus severos traços cinzentos parcialmente cobertos pelas sombras nas ruas sinistramente silenciosas e com vento. Todo tipo de história era contada sobre aquele lugar: seus frequentadores caminhavam de um lado para outro com sequências confusas de fórmulas matemáticas saindo de suas cabeças em vez de cabelos; caminhavam de um lado para outro girando bombas e mísseis ao redor dos dedos; dormiam com rochas lunares; tinham desenvolvido um radar que havia vencido a última guerra — bem, quase. Eram cérebros humanos exemplares. Eram esquisitos, o que não queria dizer que não se divertissem.

O filme era *2001: Uma odisseia no espaço*, uma aventura futurista de ficção científica na qual os céus e os humanos dançavam uma valsa, à qual os gênios da ciência do instituto iam preparados para ficarem chapados. O auditório estava lotado, até o chão dos corredores estavam ocupados, e a plateia fazia muito barulho enquanto se acomodava; todos haviam visto o filme antes, aquela noite era apenas a repetição de um ritual. De repente, uma exibicionista passou correndo por um corredor e, na frente, vi partes femininas balançando; houve risos, e eu fiquei esperando que ninguém reparasse o meu rosto vermelho. As luzes se apagaram no meio de toda essa agitação, a multidão emudeceu, e a valsa intergaláctica começou. Brilhos furtivos e inquietos no escuro, cheiro de maconha no ar. Pecado. Conforme o filme passava, a fumaça ficava mais densa, docemente acre. A plateia relaxava, ria muito. Na metade do filme, uma ameaça de bomba — uma ocorrência comum — interrompeu os acontecimentos, e as luzes se acenderam. Teve início uma movimentação em direção às portas, não muito apressada, considerando-se o susto. Foi quando eu vi a garota. Ela tinha cabelos castanhos, olhos grandes, rosto amendoado. Sua pele era clara, mas poderia se passar por indiana. Seria isso que eu considerava tão atraente, em combinação com seus maneirismos americanos relaxados? Ela havia se virado para olhar para trás, e nossos olhos se encontraram. Fez uma careta, para mostrar seu incômodo com a situação, então se levantou. O grandalhão ao lado dela, um ridículo branco com cabelos afro, também se levantou. E eu rapidamente desviei o olhar. Tarde demais. Naquela única troca momentânea, eu havia sido atingido, como que por um laser. A vida não poderia ser a mesma novamente.

Quando saí, percebi que estava sozinho: havia perdido os meus amigos, ou talvez eles tivessem me abandonado. Estavam falando sobre uma festa numa fraternidade na Mem Drive, perto do rio, com garotas, para as quais eu era evidentemente inadequado. Que experiência eu tinha com garotas? Shilpa, muito mais velha do que eu, havia estimulado em mim um desejo repleto de vergonha. Teve ainda Mallika, a garota cuja presença em Pirbaag me atormentara por tanto tempo, havia falado comigo aquela única vez... e me dito seu nome. Eu preferia estar sozinho naquele momento mesmo, e comecei a caminhar pela Mass Avenue de volta ao coração do meu novo mundo, a Harvard Square.

Aquele rosto... a imagem da menina do auditório assombrou minha longa caminhada daquela noite. Era indiana? Espanhola? Que aparição! Que diversidade de gente havia aqui. De todos os tipos. Mas seria bom conhecê-la... Para quê? Para dizer o quê? Pensamento tolo. Para sermos amigos, qual o problema disso? Alguma experiência você tem em conversar com garotas.

No caminho, no Draper Labs, um edifício de esquina de tijolos amarelos encardidos, estava em curso uma vigília noturna em protesto contra a pesquisa de mísseis naquelas instalações. Cerca de quarenta pessoas estavam de pé ou sentadas em silêncio perto da fraca luz da varanda. Esporadicamente, alguém levantava um cartaz ou falava com os passantes. Além dali, depois da fábrica de chocolate encardida e gótica que soltava silenciosamente doces vapores tentadores de suas altas chaminés, a rua ficava escura, fria e deserta. Ônibus vazios esperavam do lado de fora de um supermercado moribundo. Então, de repente, um turbilhão de luzes, e a praça central com o Dunkin' Donuts, mais aromas tentadores. Combati a tentação prometendo a mim mesmo um *muffin* de avelã com chá no Pewter Pot mais tarde. Comecei a me deleitar num tipo de silêncio que só havia descoberto recentemente, do tipo que meu pai devia experimentar, talvez, em sua biblioteca, quando saía tarde da noite entre os túmulos, e examinei atentamente o céu. Pontinhos de luz num negrume profundo e misterioso que ele um dia tinha comparado a um cobertor sobre o universo. O que havia além daquilo?, ele havia perguntado. Aqui, as estrelas só eram visíveis se forçássemos o olhar através da eterna bruma que parecia cobri-las. Pensei sobre a minha próxima carta para Bapu-ji. Obrigado, Bapu-ji — eu lhe diria —, por permitir que eu viesse para cá. Ele ficara magoado com a minha decisão. Seu rosto estava amargurado quando me entregou minha carta de admissão, já a tendo lido. Mas ali estava eu, alguns meses depois, caminhando de modo sonhador por uma rua em Boston-Cambridge. Eu estava feliz, imensamente feliz. O que ele esperava de mim naquele momento? O que eu esperava de mim mesmo? Eu queria voltar e ser o saheb do meu povo? (Mas eu devo.) Silêncio... como um câncer cresce, como diz a música frequente no rádio... tantas coisas, tantas coisas a aprender e a descobrir. Ah, onde eu estive enterrado todos aqueles anos?

Eu havia atravessado a praça central, em outro trecho escuro de rua na frente da agência de correios, quando fui parado por dois homens da minha idade, de aparência rude.

— Que dinheiro você tem?

— Quê? Dinheiro?

— Que dinheiro você tem, cara, passa para cá, rápido.

— Eu tenho 75 dólares... que vou usar para comprar livros amanhã.

— Tá brincando?

— Perdão?

— Você é da Índia, certo? Você é da Índia.

— Sim. Do estado de Gujarat.

— Certo. Sem brincadeira. Boa noite. Se cuide.

— Vou me cuidar. Boa noite.

Só depois que eles estavam fora do alcance do ouvido me dei conta de que tinha escapado de ser "assaltado". Palavra maluca. Estava aprendendo um novo inglês. Apressei o passo, com o coração acelerado, agradecendo a minha sorte por 75 dólares economizados.

Quando contei aos meus amigos sobre a aventura, tornei-me a celebridade do dia. Havia sobrevivido a um assalto. Durante o jantar na noite seguinte, todos começaram a me saudar quando entrei no refeitório. O *Crimson*, o jornal de Harvard, daquela semana exibia uma charge intitulada "De Gujarat, tá brincando? Bem-vindo aos Estados Unidos!".

Foi um inverno amargamente frio, com o mercúrio nas regiões inferiores do termômetro; as noites, principalmente nos finais de semana, eram geladas e desoladoras. Frequentemente sozinho, eu caminhava pela praça, ia à livraria, que ficava, maravilhosamente, aberta até tarde da noite, com uma pessoa sentada na caixa registradora, erguendo o olhar inquisitivo de sua leitura, reconhecendo talvez uma alma afim — um companheiro místico do mundo do livro. O porão era inteiramente dedicado a filosofia e misticismo.

Bapu o teria adorado. E a Pewter Pot, uma loja de chás na Mass Avenue, do outro lado da praça, que vendia variedades de chás e *muffins*, onde era possível sentar e ficar lendo até depois da meia-noite e ser realmente deixado em paz. Que abrigo era aquela cidade, que refúgio, tão tolerante com o bizarro. Então seu pai é um guru?... um místico? Puxa, o meu é senador... de Nova York? Eu sou Russell. Muito prazer. E eu sou Bob... de Ottawa. E eu sou Dick. Oi. Esses três eram meus colegas de alojamento na Philpotts House, e me aceitaram facilmente, com diferenças e tudo, como um deles.

E a garota? Eu não a vi de novo, não tinha esperanças de vê-la. Ela permaneceu como uma doce lembrança, assim como Mallika um dia tinha sido.

Sonhei que vi o Dada. Eu havia sido levado para ser abençoado pelo forte ex-lutador velhinho, que estava sentado em seu *gaadi*, encurvado para a frente, no pavilhão do santuário. Ajoelhei-me diante dele e beijei sua mão. Com o rosto gorducho e um halo de cabelos brancos na cabeça, Dada pôs a mão em meu ombro.

— Beta, eu o liberto da sua responsabilidade... você está absolutamente livre...

— Eu não quero ser livre, Dada, eu sempre farei o que o senhor disser!

— Eu o libertei, Karsan, para conhecer todos os cantos do mundo.

— Eu estou aqui para o senhor, Dada.

Quando me virei para ir embora, ele disse:

— Beta, pode me emprestar 5 rupias?

— Rupias ou dólares, Dada?

— Cinco...

— *Rupias ou dólares, Dada?*

Minha mãe acreditava que uma pessoa morta aparecia no seu sonho porque ela (ou ele) queria alguma coisa — se não você (graças a Deus por isso), algum tributo. E mesmo que ele quisesse você, apenas o tributo podia servir.

Abri os olhos para a visão de um estranho quarto iluminado, com a luz do sol quente passando pelas vidraças e cortinas de uma grande janela fechada. Um servente estava varrendo silenciosamente perto da porta. A cama de metal era alta e firme, os lençóis, limpos e brancos. Eu era, evidentemente, um interno da enfermaria.

Uma enfermeira entrou alegremente, uma mulher grande, de meia-idade, sorrindo com amigável preocupação para responder ao meu atordoamento.

— Oi! Você está acordado. Bela manhã lá fora, não é? Você se lembra do que aconteceu na noite passada... como veio parar aqui? — Ela me ajudou a me sentar na cama.

— Sim, acho que sim...

— Bom, então me diga.

Na verdade, eu não lembrava, mas ela me ajudou. Eu havia saído do metrô na praça. Então, um branco. Com um incentivo paciente, lembrei vagamente de Moses, o pedinte, no portão do pátio. "Ei, mano, me dá uma moeda?" Escorreguei, segurei uma mão. Não de Moses, de outra pessoa...

— Do seu amigo Russell — disse a enfermeira. — Ele estava com você. E você deu um susto e tanto nele!

— Ele me trouxe até aqui?

— Com alguma ajuda.

Eis minha experiência de inverno, uma iniciação bastante comum à estação gelada, embora nem sempre ao ponto de ser derrubado na estrada e ver o avô num sonho. Fui liberado para ir para o meu quarto ainda naquela tarde.

O que o sonho queria dizer? De acordo com a explicação de Ma, o Dada queria alguma coisa de mim. Normalmente, os mortos pediam uma comida preferida, e isso podia ser resolvido oferecendo-a a um sacerdote ou a um mendigo. Mas o Dada, inclinando-se para a frente em seu trono, havia pedido dinheiro. Cinco rupias, não era muito. O que ele iria fazer com o dinheiro, onde estava, perguntei a mim mesmo cinicamente, sendo ele um homem espiritual. Bem, se ele havia pedido dinheiro, receberia. Quando vi Moses no portão, com a mão estendida e dizendo "Parceiro, pode dar...", presenteei-o com uma extravagante nota de 5 dólares que arrancou um grito de prazer. Ele desapareceu por alguns dias.

Ma teria ido a um templo e alimentado os sacerdotes. Ela teria perturbado Bapu-ji por um prognóstico. E por uma segunda ou terceira opinião, teria procurado algum outro sábio, e pago mais das nossas preciosas rupias.

Quando vi a garota de novo, era começo de primavera, ela estava participando de uma grande passeata que protestava contra a guerra e que parara ruidosamente do lado de fora da cerca da Harvard Square. A polícia chegou, agressivamente, feito alienígenas assustadores em modo de ataque, e meus amigos e eu desaparecemos. Não éramos políticos. Assistimos a tudo de nossas janelas, com toalhas no rosto, enquanto o gás lacrimogêneo enchia a praça e os protestantes dispersaram-se aos gritos em todas as direções. Uma semana depois, lá estava ela de novo, em outra demonstração, desta vez na escadaria de entrada do MIT, com o amigo, o afro loiro. Havia um grupo de mais ou menos quarenta pessoas andando em círculos, gritando palavras de ordem e entregando panfletos. Eu fora assistir a uma palestra do físico Dirac, sabendo que não iria entender nada. Mas para os alunos mais velhos de ciências em Philpotts, um deus havia chegado, de modo que decidi ir para o *darshana* também.

Na escadaria, tentei pegar um panfleto dela, mas foi outra pessoa que pôs o papel na minha mão.

— Não à Guerra no Vietnã!

— Não ao complexo industrial militar!

— Não à pesquisa de armas no campus!

Ela era uma das que mais barulho fazia, empurrando panfletos à corrente constante de passantes, a maioria dos quais educadamente pegava um, sorria diante dos argumentos dela e seguia em frente. Alguns zombavam; outros, poucos, se juntavam ao grupo. Mas ela não convencia. Não pertencia àquele grupo, enquanto eu olhava melancolicamente para ela, tendo perdido sua atenção. Era bonita demais, parecia limpa demais. Suas roupas eram intactas, e seu desalinho, artificial demais. Os cabelos pareciam apenas um pouco afrouxados. O aplique com o símbolo da paz costurado na nádega direita eu poderia jurar que era novo. E aqueles sapatos e aquelas meias! Ao seu lado caminhavam calças em farrapos, sapatos que provavelmente fediam, olhos vermelhos e — eu acrescentaria, com mais experiência, algo que apenas podia imaginar — corpos detonados por LSD e sexo.

Eu estava certo quanto à palestra de Dirac, no entanto. Não entendi nada, exceto que ele havia previsto a antipartícula do elétron quando não era muito mais velho do que eu, e agora, na velhice, estava procurando a fonte da vida. Vi adulação na plateia, do tipo que conhecia apenas do santuário de nossa casa, dirigida ao meu pai ou ao túmulo de Pir Bawa. Homens como aquele haviam alterado o curso do mundo, e como sabíamos pouco sobre eles de onde eu vinha! Como eu poderia rejeitar conhecimento e educação da forma como exigiam aqueles radicais na escadaria do MIT?

Algumas semanas depois, numa manhã de sábado de garoa, às 11 horas, enquanto eu tomava café da manhã no Pewter Pot — o *muffin* de avelã era o meu preferido, com muita manteiga, e chá — e folheava meio distraidamente as páginas do semanal *Phoenix*, uma sombra parou sobre a minha página. Era uma página de quadrinhos, e eu devia estar sorrindo. Quando levantei o olhar, lá estava ela diante de mim, usando um casaco militar verde grande demais para ela e atraente demais nela e uma boina vermelha, para a minha felicidade, como sempre achei. Tanto o casaco quanto a boina estavam molhados de chuva. Ela os tirou e se sentou do outro lado da vacilante mesa de madeira, fazendo meu rosto corar.

A Garota. Peça e receberá. Estaria eu sonhando de novo? Encarei-a.

Com os braços cruzados diante do corpo, ela perguntou, apontando a cabeça para a minha leitura:

— Engraçado?

Havia um surpreendente tom suave em sua voz que me espantou. Era a primeira vez que eu a ouvia de perto, sem estar gritando uma palavra de ordem na rua.

— Ah... sim. — Não me ofereci para lhe mostrar a página. Mas me apresentei: — Sou Karsan Dargawalla... já vi você por aí.

— Certamente que viu. Sou Marge.

Marge *kewa*, o pensamento veio naturalmente — Marge *o quê?* —, e no instante em que abri a boca para perguntar seu sobrenome, ela se apresentou bruscamente com:

— Por que você anda me encarando?

Eu fiquei boquiaberto, feito uma criança culpada, e ela me encarou de volta.

— Você fica me encarando. Lá... do lado de fora... na rua. Por quê? É constrangedor.

Como me saí com o que me saí, depois eu mal podia acreditar.

— Sinto muito... você é tão bonita, o seu lado bom.

Certamente inepto. No entanto, absolutamente autêntico e inocente. Como poderia dar errado?

Uma risada deliciosa explodiu de seus lábios, e duas covinhas surgiram em suas bochechas. Ela segurou o riso e desviou o olhar apressadamente.

— O seu lado bom! — exclamou. — Bizarro! — Ela riu de novo, e então parou abruptamente, com o rosto absolutamente vermelho, e disse, incisiva: — Pare de olhar para mim! Meu namorado jogava futebol americano na escola, é bom que você saiba.

Eu não estava certo do que aquilo significava, mas, para meu alívio, ela não parecia estar *muito* brava.

— Pode deixar, prometo. Sinto muito. Não tinha a intenção de ofendê-la.

Ela assentiu com a cabeça e pediu café.

— O que você vai fazer hoje à noite? — perguntou, olhando por cima da caneca de café, para meu espanto.

Uma noite solitária na biblioteca era o que estava me esperando. Precisava entregar um trabalho sobre Platão, de todo modo, e tinha de ler um pouco de Keats, uma tarefa complicada que não era nem um pouco ajudada pelos estranhos ritmos do meu sotaque. Mas eu estava atento. Não queria parecer um coitado. E então:

— Talvez saia com os meus amigos.

Ela torceu o nariz.

— Por que não vem à cafeteria do MIT? Vai conhecer gente melhor do que os seus amigos milionários.

Ela me disse exatamente aonde ir.

Era uma sala pouco iluminada no terceiro andar do centro de estudantes do MIT na Mass Avenue. Dava para encontrá-lo de fora simplesmente seguindo a música, uma voz solo acompanhada pelo arranhar de um violão. Havia café, sidra e rosquinhas de graça. O que mais poderia um pobre estudante querer? Uma namorada — a maioria do público era de casais —, mas eu havia ido para encontrar uma garota que eu tinha prometido que não iria incomodar. Para ser mais preciso, que eu não iria encarar. As luzes estavam fracas, a música era agradável. O cantor improvisava em cima de canções dos Beatles e outras canções da época. Eu me sentei à única mesa desocupada, bem na frente. Será que

Marge iria, ou havia me feito de bobo? Parecia que o cantor estava explicando suas improvisações para mim, e eu assentia com a cabeça, fingindo compreender, e virava o olhar em direção à porta. Finalmente ela apareceu, teceu o caminho por entre as mesas, e se sentou ao meu lado.

Mais tarde caminhamos pelos gramados, com as passagens para pedestres iluminadas por grandes postes de luminárias esféricas, e finalmente nos sentamos num banco de pedra. Seu nome completo era Marge Thompson, ela me disse.

— Caso esteja se perguntando sobre a minha pele morena, eu tenho sangue escocês e espanhol. Sou americana. Você também pode se tornar americano, sabia?

Fez uma pausa para eu reagir ao que ela havia me dito, e assenti humildemente com a cabeça.

Ela havia entrado para o MIT com a intenção de estudar engenharia química, mas não estava mais certa quanto a isso. Era ateia e marxista, disse, orgulhosa.

— E você, o que é? — perguntou. — Que tipo de indiano você é... ou há apenas um tipo? Vocês idolatram a vaca, não é? Preciso dizer que aqui todos os indianos parecem iguais.

Sem me sentir desencorajado, e não compreendendo de uma só vez toda a profusão do que ela estava dizendo, falei o máximo que pude a respeito de mim mesmo. Depois, eu costumava me perguntar por quê. Não consegui imaginar que aquilo seria algo que certamente a faria brochar? Talvez houvesse a necessidade de me explicar, de expor o meu mundo simplesmente como outra experiência. Como eu estava errado!

Ambos ficamos em silêncio observando o fluxo de estudantes que passavam. Mesmo naquele horário de um final de semana, eles ainda corriam de um lado para outro com os livros nas mãos.

Finalmente, ela disse:

— Você é um cara muito complicado. Você me assusta, sabia? Você me apavora.

— Por quê? O quê? Quero dizer... — gaguejei, absolutamente arrasado.

Ela olhou para mim com os olhos arregalados.

— Por quê?... Por quê? É que... nossa!... Você olha para um poço e não sabe que coisas misteriosas existem no fundo dele esperando para saltar e atacar você?

O que ela sabia sobre poços? *Eu* vinha da Índia rural. Nós tínhamos um poço nos fundos da nossa casa no fundo do qual, para ser sincero, vivia uma cobra. Fiquei encabulado.

Que estranho da parte dela ter visto algo perigoso dentro de mim. A mancha escura da história.

Nós nos separamos, ela se dirigiu ao edifício principal do Instituto, e eu fui esperar o ônibus para a Harvard Square — o ônibus Dudley, com o Homem do Marlboro ao lado, dizendo-me com seu cavalo que eu estava nos Estados Unidos.

Voltei a ver Marge Thompson umas duas vezes antes da chegada do verão. Estava sempre cercada de gente, e normalmente com o afro loiro, namorado dela, que — conforme ela havia me alertado — jogara futebol americano na escola. Eu agora compreendia o que ela queria dizer.

Eu gostaria de levá-la para um canto e lhe dizer:

— Confie em mim, por favor. Eu não sou uma pessoa complicada. Sou normal. Me dê uma chance de ser normal. Apenas seja minha amiga.

⚜

Os Estados Unidos daqueles dias são uma experiência nebulosa, agora. Suas narrativas se entremeiam, alterando as perspectivas. Muitas coisas aconteceram muito rápido. É um quadro complexo que nos convida a olhar mais de perto e relacionar as partes, compreender as histórias — todas sobre mim, Karsan Dargawalla, deus designado de um vilarejo indiano, lutando para ser apenas normal.

24

Epístolas.

"Caro Bapu-ji,

Que Pir Bawa proteja sua saúde e seu bem-estar, bem como Ma e meu irmão Mansoor. Com sua bênção, escrevo que estou me estabilizando aqui em Cambridge...

[A saudação era uma formalidade, era a nossa forma de começar uma carta. Isso sempre me incomodou um pouco: já que meu pai era um avatar do Pir, eu estava pedindo a ele que abençoasse e protegesse a si mesmo. Mas é claro que para mim ele era, primeiro, um pai, a quem eu pedia proteção. Então talvez houvesse uma lógica em algum lugar.]

... Tudo é novo para mim, mas as pessoas aqui são muito amistosas e gentis. Faço minhas refeições na faculdade, de modo que o senhor não precisa se preocupar se estou me alimentando bem ou não. Não é difícil ser vegetariano aqui. Há uma coisa chamada "pizza", que é um *naan* com queijo e molho de tomate em cima, e pode ser completamente vegetariana. E diga a Ma que na Amriika (como ela diz) é impossível passar fome, mesmo que se tente! Há montanhas de comida, e as pessoas comem o tempo todo. Elas comem mesmo caminhando, ou quando estão numa aula, com o professor falando! Vocês podem achar difícil de acreditar, mas alguns deles andam de pés descalços! — mesmo quando podem comprar sapatos com muita facilidade. Mesmo quando são de um bom lar, seus modos às vezes parecem muito brutos, e eles parecem gostar de sujeira. Frequentemente, as pessoas se expressam com maledicências. Mas, Bapu-ji, eu realmente acredito que esta seja uma sociedade livre, que olha para a frente. Talvez a liberdade venha com a escolha de ser grosseiro.

Quanto à falta de Deus, contra a qual o senhor me alertou, acredite quando lhe digo que parece haver muitas fés por aqui. Este é um país religioso! Até mesmo gurus e *pirs* da Índia têm seguidores aqui. Eles percorrem o país ensinando, embora eu acredite que muitos deles sejam falsos. Às vezes, alerto as pessoas que conheço aqui sobre os falsos gurus. A espiritualidade e o significado da vida parecem estar na mente de muitas pessoas. Isso deve agradá-lo!

Quanto à moralidade: aqui, Bapu, o senhor tinha razão. É preciso se cuidar e, acredite, eu me cuido. Garotos e garotas expressam livremente seus sentimentos uns para com os outros. Eles se tocam e coisas do gênero bastante abertamente, das formas mais primitivas, exatamente como nos filmes americanos. Mas isso não é algo com que o senhor e Ma precisem se preocupar. Eu não sou americano, afinal.

Ainda assim, há muito que aprender aqui. Sei que o senhor queria que eu estudasse ciências — física e astronomia —, mas eu estou dando uma olhada antes de decidir qual será o meu curso. Foi o que meu orientador sugeriu que eu fizesse. Todo o conhecimento do mundo está aqui, Bapu-ji.

Sinto saudades suas e de Ma, e é claro que do querido Mansoor, muita saudade. E penso em vocês todas as noites quando vou para a cama. Nosso lar está muito claro em minha mente, e eu me lembro de cada canto dele. Peça a Ma que não derrame muitas lágrimas por mim. E espero que Mansoor esteja se comportando bem, agora que é o mais velho, e o único menino em casa.

Toco seus pés. Abençoe-me, Bapu-ji.

Do filho amoroso,

Karsan."

❦

Meu pai escreveu:

"Que Pir Bawa preserve o filho Karsan, seu sucessor em Pirbaag, com boa saúde, e sempre o mantenha decidido em seu caminho...

No mundo em que você se encontra, haverá muitas tentações, tanto do espírito quanto do corpo. As tentações do corpo serão mais fáceis de combater do que você pode pensar inicialmente. É com as tentações do espírito que você deve tomar maior cuidado. Elas são como venenos de ação lenta, que consomem seu interior e o deixam esvaziar a sua alma de propósito.

O *ginan* diz:

> *Kesri sinha, swarupa bhulayo*
> *Aja kero sangha, aja hoi rahiyo.*
> O Leão Saffron esqueceu seu eu verdadeiro
> Vivendo com as cabras, tornou-se uma cabra.

Jamais se esqueça de você mesmo e da sua missão na vida. Você é especial.

A sua mãe e o seu irmão leram as suas cartas e gostaram muito. Eles deverão escrever no devido tempo. Enquanto isso, aceite suas saudações e orações.

Lembre-se de me dar os detalhes de todas as disciplinas que estiver estudando aí — eu posso aconselhá-lo quanto ao valor que terão para você. Fisicamente, posso estar longe de você, mas, espiritualmente, estou tão perto como a sua própria respiração.

Com todas as minhas bênçãos,

Seu Bapu-ji."

A história do Leão Saffron. Um belo leão travesso que um dia se afastou de seu grupo e se perdeu na floresta. Acabou no meio de um rebanho de cabras, e cresceu com elas. As cabras foram generosas com ele, e ele aprendeu seu modo de vida e passou a se ver como uma delas. Comia folhas e caules. E balia. Quando algum perigo ameaçava, na forma de leões e raposas, ele fugia junto com as cabras.

Um dia, um grupo de leões atacou, tendo seguido as cabras e cercado o rebanho. As pobres cabras saíram todas correndo, sem ver possibilidade de fuga. O leão também ficou apavorado. Enquanto corria atrás das cabras, viu uma leoa se aproximando dele, determinada — pareceu-lhe — a arrancar seu coração fora. Mas, desta vez, alguma coisa dentro dele fez com que resistisse. Parou para encarar o inimigo e deu um poderoso rugido. Naquele instante, todos os leões ficaram paralisados e em seguida saíram correndo.

Saffron ficou perturbado. Por que seus amigos não enfrentaram os leões como ele? Os outros, de sua parte, começaram a evitá-lo. Ele foi segregado. Os outros animais zombavam dele, embora, quando ele tentasse falar, fugissem. Um dia, uma sábia velha tartaruga ficou com pena dele e lhe disse:

— Meu jovem, dê uma boa olhada no seu reflexo da próxima vez que beber água no rio.

Assim, o Leão Saffron descobriu seu verdadeiro eu.

Karsan Dargawalla era um leão entre cabras ingênuas? Parecia mais o contrário, considerando que eu me sentia ingênuo e nervoso com frequência. E, sim, às vezes eu me sentia solitário e apavorado. Este, afinal, era o outro lado da alegria e satisfação da liberdade. Até mesmo os meus amigos americanos tinham seus momentos de tristeza, às vezes, sentiam saudade de suas mães e de seus pais, irmãos e irmãs.

Uma carta levava três semanas para chegar a Pirbaag. Eu recebia uma depois do mesmo intervalo, sempre às segundas-feiras. E assim as semanas se passavam, com o tempo medido em entregas postais.

As epístolas de Bapu-ji eram uma orientação à distância, indicando os perigos da minha jornada até aqui sozinho. Ele havia me deixado sair e esperava pelo meu retorno seguro à congregação. Todas as vezes, porém, tendo esperado até a tarde para pegar a minha carta aérea azul na caixa de correio, depois de relê-la uma vez e depois outra, com mais cuidado, eu sentia aquele aperto no coração devido à ausência de qualquer intimidade nas palavras dele, de uma única frase paterna a dizer que sentia falta de ter o filho mais velho por perto. Eu queria muito que minha falta fosse sentida. Tinha certeza de que sentiam a minha falta em casa — como poderiam não sentir? Se eu era capaz de me lembrar da minha casa tão detalhadamente, como eles podiam ter esquecido o Karsan deles? Mas não seria Bapu-ji quem diria com que carinho ele se lembrava de apertar as minhas bochechas, ou de jogar críquete comigo quando eu era pequeno. Ou mesmo de apenas me ver por lá com um taco de críquete ou lendo os jornais na minha mesa do pátio. Na análise final, família e relacionamentos eram simplesmente *sansara* — uma gaiola nos prendendo a este mundo, acorrentados ao ciclo de nascimentos. Isso ele sempre havia ensinado, como o saheb de Pirbaag. Toda a sua preocupação, todo o seu amor por mim, ele mantinha contido dentro de si, com o desapego que cultivava e acreditava ser o essencial em relação aos objetos do mundo, embora esperasse que eu voltasse e assumisse meus deveres como seu sucessor.

Mas eu me lembrava, sentia em cada osso do meu corpo o abraço bastante paternal que ele havia me dado quando parti. Foi aquele raro caso em que a reserva havia sido quebrada.

E Ma? Ela ficava toda emocionada — lágrimas e risos —, mandava lembranças e amor, mas não escrevia. A ideia podia atravessar pungentemente qualquer compreensão que eu tentasse ter a respeito dela. Eu lembrava que Mansoor era o seu preferido. Mas, por favor, eu me repreendia, não seja infantil. Ela me amava. Nós não nos sentávamos na escada da frente da casa, só ela e eu, quando, com um sorriso maroto, ela me confessava suas visitas ao cinema? Ela não me confiara o inconfesso segredo de seu disfarce? Então por que eu não recebia uma palavra sequer dela?

Como Mansoor deve ter ficado feliz de me ver pelas costas, o tão glorificado e protegido sucessor do trono. Ele sempre teve ciúme, criando meios de desviar a atenção de mim. Agora devia ter o domínio da casa, e acesso às minhas coisas — meu taco e minhas luvas, o bastão alto e dourado que eu ganhara como prêmio, o suéter de críquete de gola em V que não conseguira encontrar quando estava fazendo as malas.

⚜

"Caro Mansoor,

Muito embora você não responda às minhas cartas, Bapu me contou que você as está recebendo. Assim, aqui vai mais uma, e espero que você responda desta vez. Não consigo imaginar o que o mantém tão ocupado que não consiga responder ao seu irmão que está tão longe e lembra de você o tempo todo.

Você pode usar meu taco de críquete, aquele com o autógrafo de Garfield Sobers, mas, por favor, por favor, não seja descuidado. Lembre de cuidar dele com óleo de linhaça uma vez por mês — mas não mais do que isso. Não o deixe largado ao sol. Isso pode fazer com que se quebre.

Você ou Ma encontraram o meu suéter de críquete?

Harish não respondeu a minha carta. Nem o rajá Singh ou Ma. Qual é o problema? Vocês desistiram de mim tão cedo? E quais são as novidades de Utu? Ele ainda está em Dar es Salaam?

Mas me diga como você está. Fiquei feliz ao saber que você vai frequentar o St. Arnold. Você não vai se arrepender. Como você vai para a escola? Como estão os seus estudos? Como você está jogando badminton? Você escolheu um jogo que eu simplesmente não consigo jogar!

Eu mandei uma camisa para você pelo correio. Comprei com desconto, mas em rupias ela ainda custa muito. Não se preocupe, eu podia pagar por ela! — E sei que você vai gostar dela. Pergunte a Ma o que aconteceu com as *théplas* que ela prometeu preparar e me mandar. Mal o filho saiu de vista e já está esquecido: diga a ela que eu disse isso!

Amor, do seu irmão,

Karsan."

⚜

Eu não podia evitar a sensação que tinha, às vezes, de ter chegado a uma ilha minúscula e ela imediatamente ter começado a se afastar. Eu ficava apavorado, então, de ser levado pela corrente para o nada, para uma escuridão infinita, sem âncora, sem crença, sem amor. Sem um povo ou uma nação para a qual retornar. Era isso a liberdade?

Mas meu pai mantinha seu olhar sobre mim, ele me ajudaria a definir meu curso naquele mar perigoso. Eu queria isso? Um longo suspiro. Ainda não sabia dizer, mas estava começando a desconfiar por aqueles silêncios que não, eu não queria aquele navegador à longa distância. Pegaria o terror do desconhecido com a emoção de descobrir a mim mesmo e ao mundo.

"Querida Ma:

Que Pir Bawa a abençoe e a mantenha com o máximo de saúde. Com a bênção dele escrevo para dizer que estou bem e rezo e espero que você também esteja. Estou me alimentando bem e não fiquei doente uma vez sequer. Levei um tombo um dia, mas estou bem agora. Sinto falta da sua comida — de seus *chevda*, *seviya* e *dadhi* e dos *bhindi* fritos. Mas, principalmente, sinto falta de conversar com você e ouvir as histórias que me contava dos filmes ...

Toco seus pés, Ma. Você é minha deusa.

Seu filho,

Karsan."

"Caro amigo Elias!

Que maravilha receber notícias suas! E que surpresa ficar sabendo que você está em Israel. Por quanto tempo? Não deu certo com o IIT? E por que Israel, por que não os Estados Unidos?

Sinto muito por não ter escrito primeiro. Queria escrever, mas ficava sempre adiando, esperando pelo momento certo para escrever tudo sobre a minha vida aqui. E que vida! Mas, primeiro, antes de eu começar e aborrecê-lo à morte, gostaria de lhe agradecer do fundo do meu coração por ter me dado a ideia de me candidatar a uma vaga aqui e por me ajudar com a inscrição. É totalmente graças a você que eu estou aqui, e nunca me esquecerei disso nem por um instante.

Fiquei triste ao saber das revoltas em Ahmedabad. Elas devem ter acontecido logo depois que vim embora. Não entendo por que meu Bapu não me escreveu sobre elas. Creio que a Índia seja a Índia, certo? Coisas desse tipo sempre acontecem lá.

Escrevi ao Sr. Hemani, mas nunca recebi resposta dele. Como será que ele está? Lembro muito bem daquela livraria. Se souber de notícias dele por intermédio dos seus pais, por favor, me diga.

Fique bem, Elias, e me escreva logo!

Seu amigo e *jigri-dost*,

Karsan."

Nunca mais recebi notícias, e sempre me perguntava o que teria acontecido com ele.

"Caro Bapu-ji,

Peço a bênção de Deus sobre o senhor e a proteção de Pir Bawa à sua saúde e ao seu bem-estar. Com essa bênção, escrevo para dizer que estou bem, não se preocupem comigo. Escorreguei numa faixa de gelo um dia, mas não foi nada sério.

O que lhe mandei foi uma lista apenas dos livros obrigatórios. Há também muitos, muitos textos recomendados — pilhas deles. Se quiser, posso lhe mandar uma lista deles, mas o valor da postagem irá aumentar.

Bapu-ji, descobri que amo poesia. Sim, poesia inglesa! Considero os ritmos do inglês bastante difíceis às vezes, por causa do meu sotaque *dési*, e chego a provocar risadas na minha turma, mas acho que compreendo os significados e o simbolismo muito bem. E, Bapu-ji, eu também fiz uma descoberta interessante através das minhas leituras. É a seguinte: houve poetas em inglês que escreveram poemas religiosos usando "metáforas estendidas", que duravam vários versos. São chamados de "Poetas Metafísicos". Gosto particularmente dos Sonetos Sagrados de John Donne. Tive de escrever um ensaio para a minha aula, e me lembrei de como o senhor me explicava alguns dos nossos *ginans*, que também continham longas metáforas que se desenvolviam ao longo de vários versos. Às vezes, todo o *ginan* era baseado numa única imagem. Mas o meu professor não ficou impressionado, e ele e eu tivemos uma discussão. Ele disse que Donne usava metáforas mundanas e científicas e escrevia para um leitor sofisticado, enquanto a poesia religiosa indiana era escrita para pessoas simples, de pouca instrução, usando mitologia folclórica. Argumentei que se pode usar metáforas de qualquer reino e os nossos *ginans*, às vezes, também precisavam de intérpretes sofisticados. Mas ele não alterou minha nota de B+. Ele é bastante chauvinista.

Eu tenho muitas perguntas, Bapu-ji, estou fervilhando de ideias. Por favor, não pense mal de mim, ou que, como o Leão Saffron, eu irei me perder. Eu estou apenas tentando compreender a mim mesmo, o que tenho certeza de que o senhor irá aprovar. A vida aqui, entre pessoas de tantos tipos diferentes, é desafiadora e emocionante, porque a cada momento eu sou compelido a fazer perguntas a respeito de mim mesmo e a me comparar com os outros. Quão diferentes eles são de mim? Para dizer a verdade, ao conversar, discutir e argumentar sobre a vida com eles, descubro que não somos tão diferentes assim!

Abençoe-me, Bapu-ji.

Do seu amado Karsan."

❧❖❧

"É preciso tomar cuidado no gelo, *beta*. Você comprou o tipo certo de sapatos para o inverno, com solas grossas para evitar escorregões? Se não, compre um bom par deles. É economia falsa poupar em coisas essenciais. Você não foi para os Estados Unidos para cair e quebrar os ossos.

Você tem razão, não há necessidade de desperdiçar postagem para me enviar longas listas de livros recomendados.

Seus pensamentos são interessantes. Estou orgulhoso de você, meu filho, por levar suas aulas a sério e por tentar entender a si mesmo. Esta, afinal, é a mensagem de Pir Bawa, e de todos os sábios do passado. Compreenda a si mesmo. Você é a verdade. *Tat tvam asi*, dizem os Upanishads.

Mas lembre-se de que a busca por conhecimento é difícil. É como caminhar através de uma floresta. Você pode se perder com facilidade. É por isso que há gurus no mundo. Mesmo o nosso Pir Bawa tinha um guru, a quem ele deixou, no norte. O seu guru é o seu pai e saheb. Você nunca deve hesitar em pedir orientação sempre que estiver confuso ou tiver alguma dúvida. De modo que estou feliz por você ter escrito a respeito desse John Donne e sua metafísica. Mas não há necessidade de discutir com os seus professores.

O rajá Singh, o motorista de caminhão, esteve aqui e se lembra de você com carinho. Assim como a sua mãe e o seu irmão. E Shilpa, que está novamente vindo com regularidade e continua com seu serviço devotado ao santuário de Pirbaag..."

≈≈≈

[Shilpa, a sedutora. É sobre Shilpa que eu sempre quero lhe perguntar, Bapu-ji, meu guru e saheb. No entanto, como poderei fazê-lo? Shilpa, a quem Ma odiava, eu sei disso. Shilpa, que passa seus dedos longos e elegantes por seus cabelos, massageando sua cabeça com óleo, e em nenhuma outra ocasião eu vi aquele olhar no seu rosto, como daquela vez. Com Ma observando à distância. E outras olhando com inveja, as suas devotas. Havia prazer em seu rosto, Bapu-ji. Como é um saheb experimentar o prazer ou a dor? A questão é a seguinte, Bapu-ji: qual é o relacionamento entre o corpo e a alma do saheb (ou de Pir Bawa)? Apenas agora eu consigo começar a articular esses pensamentos, meu pai, quando estou tão distante, sozinho. Mas não ouso escrevê-los ao senhor. Ainda não.]

≈≈≈

"... Diga-me, Bapu-ji, por que somos especiais? Por que essas poucas pessoas nesta parte específica da Índia? Não poderiam outras pessoas, quem quer que sejam, em qualquer parte do mundo, serem igualmente abençoadas? Será possível que sejamos nós os ignorantes e menos afortunados? Eu não acredito nisso, é claro, mas esses são apenas alguns dos pensamentos que vêm à minha mente.

Recentemente, na aula, lemos um poema de John Keats, que é considerado um "Poeta Romântico". Ele escreve:

That I might drink, and leave the world unseen,
And with thee fade away into the forest dim:
Fade far away, dissolve, and quite forget
What thou among the leaves hast never known,
The weariness, the fever, and the fret
Here, where men sit and hear each other groan...*

É dirigido a um rouxinol. Não é lindo, Bapu-ji? Eles me deixam sem ar, da forma como expressam os mesmos pensamentos dos nossos *ginans*, todos a respeito da futilidade do mundo e da tentação de fugir dele. O que o senhor acha, Bapu-ji?

Às vezes, penso que, ao viver num lugar pequeno como Haripir, tendemos a esquecer que o mundo lá fora é muito maior e que não há nada de especial a nosso respeito. Ou que todas as pessoas são especiais à sua própria maneira. Ou que somos todos iguais. E parece que eu precisava vir para os Estados Unidos para aprender a respeito de mim mesmo!

Como sempre, penso no senhor, em Ma e em Mansoor, a quem sempre dedico minhas orações e desejos.

---

* Que eu beba, e torne o mundo invisível / E desapareça contigo na escuridão da floresta: / Desapareça à distância, dissolva, e esqueça / O que vós entre as folhas jamais conheceu, / O cansaço, a febre e o tormento / Aqui, onde os homens ficam ouvindo os gemidos uns dos outros... (*N. da T.*)

Abençoe-me, Bapu-ji.
Seu filho amado,
Karsan."

Esse foi o começo da minha ruína. Ensinar Keats ao meu pai. Uma irrepreensível demonstração ingênua, porém sincera, de uma intelectualidade florescente, de uma mente e uma personalidade se abrindo. "Eu precisava vir para os Estados Unidos para aprender a respeito de mim mesmo!" Que verdadeiro, que perigoso. Esse era exatamente o temor de meu pai — que eu começasse a ver a mim mesmo de uma perspectiva "externa": uma imagem distorcida e irrelevante da outra ponta do telescópio. No entanto, era impossível esconder o meu entusiasmo — seria o mesmo que pedir a Colombo, ou mais apropriadamente a Arquimedes, para se calar.

Arquimedes, é claro, pagou por sua tolice com a própria cabeça.

⚜

Meu pai escreveu:

"Que Pir Bawa preserve o filho Karsan, seu amado sucessor em Pirbaag, em excelente saúde e o mantenha resoluto e sábio em seus modos...

Aprender é algo maravilhoso, meu filho. Foi por isso que você foi mandado para a melhor escola da nossa região, até o final, e por que o seu Dada também me mandou para a mesma escola e para a universidade em Bombaim. Mas aprender também pode trazer arrogância e nos cegar para os fatos da vida.

Você deve recordar que o Corão e a Bíblia trazem a história de Azazel, o melhor e mais inteligente dos anjos de Deus, que possuía o conhecimento de 360 milhões de livros, mas não compreendia sua verdadeira essência. Em sua arrogância, ele desobedeceu a Deus, ele não se curvou diante da estátua de barro de Deus que foi posta diante dele. Ele fez a pergunta: Por quê? E então Azazel perdeu tudo, tornou-se um habitante do inferno.

O conhecimento dos livros não é tudo. É bom que a universidade faça você pensar e reflita quanto ao seu caminho. Nós podemos não ser especiais, meu filho, mas devemos conservar o que sabemos e sobre o que temos certeza. É verdade que todas as pessoas são especiais para elas mesmas. O seu destino é em Pirbaag, nunca se esqueça disso. Uma grande alma veio parar entre nós e nos deu sua sabedoria e a nossa chave para o segredo da vida. Você nasceu para continuar essa orientação entre o nosso povo e para cuidar dessa tradição.

Soube que nosso amigo Premji não vive longe de você. Ele irá entrar em contato para ajudá-lo a se manter em contato com o nosso modo de vida. Enquanto isso, ore a Pir Bawa constantemente. Relembre a sabedoria dos *ginans*. Lembre-se de seu *bol* todos os dias. Ele liga você ao seu guru e à linhagem de gurus que segue direto até Pir Bawa.

Sua mãe e seu irmão mandam "muito amor" E aceite muito do mesmo de

Seu pai e saheb,

Tejpal."

[Como eu posso continuar a linhagem de gurus, Bapu-ji? Eu não me sinto espiritual ou poderoso. Eu só me sinto comum. Eu sempre me senti comum. Eu não posso ser como o senhor. Não posso guiar as pessoas, ou lhes dar um mantra que lhes mostrará a iluminação. Eu seria hipócrita e apenas os confundiria se tentasse. O que o senhor quer que eu faça, então, Bapu-ji?]

[E também, Bapu-ji, me diga, o nosso Pir Bawa era um avatar de Deus ou Deus? E se era Deus, o senhor é um avatar de Deus? O senhor espera que eu me torne um? Isso eu também não ouso perguntar, pois posso não ser capaz de suportar a resposta.]

[O senhor diz que o conhecimento não é tudo. Ou que é uma floresta de ilusões e eu vou apenas me perder. Por quê? O conhecimento me emociona, Bapu-ji, eu não tenho medo dele. O senhor diz que eu preciso de um guru. Mas na verdade eu preciso de mais do que um guru. Os sábios que eu leio — filósofos, poetas e cientistas — não são meus gurus também, além do senhor? Eles dedicaram suas vidas em busca da iluminação. O senhor deve confiar que eu não vou me perder, Pai. Afinal, quem guia o senhor?]

"Querido Mansoor e Amada Ma,

A primeira neve pode ser bonita, já contei a vocês? E às vezes, quando olhamos pela janela, podemos ver flocos brancos e riachos correndo aparentemente sem parar, e estamos num casulo em meio a ela. E vamos até a janela e vemos as árvores cheias de algodão branco, e o chão também fica macio e branco. Essa visão eu tive alguns dias depois do Natal. Depois, no entanto, quando esquenta, a neve se transforma em água preta nas ruas. Há poças por todo lado, e os carros que passam jogam água suja sobre as pessoas. E é como se alguma coisa limpa e branca tivesse sido maculada e estragada.

Mas agora é primavera. É o começo da estação, e pequenos botões verdes ou de flores amarelas brotam nas árvores. O sol está quente, mas suave, e a terra parece limpa. E nós apreciamos a maravilha da natureza. Na primavera também há mais pessoas nas ruas, e todos parecem alegres. A impressão é de que há música tocando em todos os lugares.

Recebi o *chevdo* e o *thépla*, exatamente como eu gosto, Ma. Então você realmente se lembra do seu Karsan! E obrigado por embrulhá-los na página de esportes do *Samachar*. Como eu sinto falta de jogar críquete! Como eu sinto falta de ver gente jogando críquete!

Não vou pedir que me escrevam. Sei que irão escrever, um dia, quando tiverem vontade.

Com carinho,

Karsan."

25

— *Ei, você não me acha mais atraente?*

— Ela disse, e meu rosto queimou de tão vermelho.

Russell, Bob e Dick estavam comigo. Nós quatro havíamos saído à praça com a missão de procurar almoço num sábado agitado, frio e ventoso. No canteiro largo da avenida, apinhado de pedestres, cuja banca de revistas era conhecida por vender jornais de todo o mundo (exceto da Índia e de lugares do gênero), eu a havia visto rapidamente, também esperando para atravessar, e rapidamente desviei o olhar para evitar qualquer chance de passar vergonha. Mas ela havia me visto, e em seguida ouvi sua voz aguda e empolgada gritando no meu ouvido:

— Oi!... Como você está?

Ela havia forçado o caminho através da multidão e estava puxando a minha manga com a mão enluvada. Eu me virei, fingindo surpresa.

— Ora, olá!

Ficamos nos encarando. Sorrimos. Ela estava usando um casaco vermelho, com o capuz batendo nos cabelos. Estava muito bonita. O namorado Steve a havia alcançado, sorria e parecia bastante bobo ao meu olhar invejoso. Nós seis atravessamos a rua e nos separamos da turba de gente para terminar os cumprimentos. Foi quando ela veio com o comentário maldoso, acusando-me de estar evitando-a. Assim, com bom humor, eu fiz o possível para parecer indiferente. Quando se é estrangeiro, se tem toda a coragem do mundo. O que se tem a perder? Neste caso, muita coisa.

— Eu sou complicado, você sabe — respondi, dando a ela um misterioso sorriso indiano, com um aceno de cabeça.

Uma expressão de confusão encobriu seu rosto, mas apenas por um instante. Recomposta, ela se virou para o incansável gigante que pairava possessivamente uma cabeça acima dela e disse:

— Este é o cara da Índia de quem eu estava falando para você... lembra? Com o sotaque engraçado. E ele é complicado como Jesus. Eu disse isso a ele.

Bob e Russell explodiram numa gargalhada, e Steve resmungou:

— Ah, o que você sabe sobre Jesus...?

— Ele é filho de um deus, não é muito diferente — respondeu Russell.

Desta vez ri junto com eles, com o rosto vermelho e tudo, lamentando aquele dia ingênuo em que, num encantamento de honestidade estrangeira, eu havia revelado os detalhes da minha formação aos meus novos amigos. Felizmente, o holofote havia mudado de foco, e falamos mais amenidades antes de nos despedirmos, embora Bob, o canadense do grupo, tenha ficado para conversar mais com os dois antes de se reunir a nós.

— Você conhece Marge? — perguntei, desconfiado.

Ele assentiu com a cabeça.

— Claro, ela é do Canadá.

E ela havia me dito que era americana. E que eu poderia me tornar americano também. Que bobo eu devo ter parecido para ela. Como eu devo ter soado absolutamente idiota naquele outro dia.

O que eu queria daquela garota? Ela havia atraído o meu fascínio no instante em que eu a vira no teatro. Eu a achava impressionantemente atraente, com seus longos cabelos castanhos (que não estavam visíveis naquele dia), sua pele morena, seu rosto oval. Aquele jeito petulante dela, em vez de me desanimar, apenas me provocava ainda mais. Parecia que nós havíamos nos conhecido em uma encarnação anterior. De onde eu vinha, uma atração tão instantânea só podia ser explicada desta forma. E então eu queria ficar com ela, e conhecê-la. Eu queria conquistar o respeito dela, como alguém interessante e inteligente, não como algum sujeito confuso, complicado e rude de alguma periferia do mundo. Ela me atraía sexualmente também, e aparecia em minha mente à noite na cama, de modo que eu ficava me revirando desconfortavelmente, insone. Mas eu não permitia que aqueles pensamentos se tornassem explícitos e manchassem a pureza dos meus sentimentos. Eu queria conquistá-la de um jeito nobre. O que eu queria dizer com conquistar, ainda não sabia muito bem. Ela tinha um namorado, afinal. Mas havia sido ela quem tomara a iniciativa de novo e falara comigo. Eu devo significar alguma coisa para ela, apesar das minhas complicações, como ela mesma disse. Eu esperava levá-la de volta para casa comigo? Meus modelos de marido e mulher haviam sido Rama e Sita — incorrigivelmente idealistas e tradicionais. Eu não sabia como abordá-la. Eu ficava envergonhado por não dominar — não conseguiria nem imitar, se tentasse — a predatória linguagem masculina da moda ou a atitude de conquista que eram comuns ao meu redor naquela era permissiva. Ela não era virgem. Como eu sabia? Eu era ingênuo, mas não era um completo idiota. Ficava muito ansioso com meus pensamentos escorregadios, tentando moldá-los e guiá-los de acordo com os valores que levava comigo, e lágrimas de frustração enchiam meus olhos.

Uma noite, provocado por Russell e Bob, liguei para ela. Eles foram até o meu quarto, sentaram na minha cama e me mandaram pegar o telefone.

— Chega de se consumir pela bela donzela. É hora de agir — disse Bob. Depois de alguma discussão, concordei e disse para eles esperarem do lado de fora. Disquei.

— Oi... posso falar com Marge, por favor? Aqui é...

— O Karsan, da Índia, eu sei. Oi!

— Foi tão fácil descobrir?

— Só tem uma pessoa em Cambridge que fala como você, e é você — respondeu.

— É tão ruim assim?

— É, sim. Como você está?

— Eu estou muito bem, obrigado. Olhe só... você gostaria de sair comigo na... sexta-feira, se estiver livre?

— Você conheceu o meu namorado...

— Steve. O jogador de futebol americano.

Ela riu. Encantadoramente, a gloriosamente suave risada da manhã em que havia se sentado à minha frente no Pewter Pot.

— Sim. Enfim, não acho que seja uma boa ideia. Sinto muito. E peço desculpas se...

— Sim?

— Se eu deixei que você pensasse...

Não deixei que ela terminasse.

— Não... não há por que se desculpar. Você não me levou a pensar... você simplesmente foi você. Sabe, estou convencido de que nós nos conhecemos em outras encarnações...

Ela riu.

— Bela tentativa. Bom, tchau.

— Tchau.

Foi isso. Fiquei com o coração apertado, mas feliz, de certa forma, com aquela sensação de finalização. Uma porta havia se fechado para o impossível, não havia mais motivo para ansiedade. Foi o que disse a mim mesmo. A que Russell acrescentou sua observação reconfortante:

— Pelo menos agora você sabe. Você tentou. Agora pode seguir em frente. Há muitas outras mulheres por aí.

E Bob, o grande canadense de Ottawa:

— Ela é mais difícil de conquistar do que a maioria das meninas que conheço. — O comentário gerou desconforto, e ele rapidamente acrescentou: — Você vai encontrar alguém, não se preocupe.

Como se fosse apenas isso, encontrar alguém.

Eu esperava não vê-la mais, mas é claro que vi, à distância, durante mais ou menos um ano. Ela também deve ter me visto nessas ocasiões, mas, felizmente, permitiu que eu a evitasse. E, então, desapareceu.

Às vezes meus amigos me arranjavam encontros com outras garotas. Na maioria, eram boas companhias, escolhidas por eles apenas para satisfazer a exigência de simetria entre os sexos tão importante naquela cultura. Garotas cujos namorados haviam ido embora. Garotas que não eram muito atraentes ou não estavam realmente interessadas em relacionamentos com rapazes. Nada de insensato aconteceu, não se esperava que acontecesse, eu não sabia como fazer acontecer. E eu havia me curado da doença do amor, ao menos por ora.

Mas uma das garotas que eles arranjaram para mim era uma compatriota indiana chamada Neeta. Ela era de uma família bem-colocada de Delhi e, se isso não fosse o suficiente, assustadoramente atraente e sofisticada. Ela estava estudando economia e tinha ambição de entrar para a política. Um tio seu era o atual governador de Kerala. Quando criança, ela havia conhecido Nehru. Os membros de sua família haviam marchado com Gandhi durante a luta pela independência. Fiquei sabendo de tudo isso logo depois de apanhá-la do lado de fora da sua residência estudantil, enquanto caminhávamos pelo *campus* e nos apresentávamos. Não pude deixar de ficar envergonhado de mim mesmo, de uma forma que eu nunca me sentira com meus amigos americanos, por mais estranho e diferente que eu fosse deles. A impressão que tive era que aquela menina conseguia ver através de mim, e encontrava atrás da minha nova fachada o genuíno caipira de um travado *"gaamda"* indiano, como ela poderia dizer a seus amigos e familiares indianos cosmopolitas lá em nosso país. Mesmo assim, conseguimos nos entreter, descobrindo, para nossa própria surpresa, depois da primeira hora constrangida, que compartilhávamos sensibilidades. Jantamos e assistimos a um *thriller* político de Orson Welles, cujo contexto sul-americano ela se esforçou por me explicar. Depois do filme, conversamos sincera e idealisticamente sobre a Índia, nosso "lar", até tarde da noite, primeiro tomando um chá na cafeteria, depois no meu quarto. Ela estava muito mais ciente do que eu sobre como estava a situação na Índia, e me contou coisas sobre o nosso país que eu não sabia. Finalmente — por sugestão de quem, eu não lembro —, ela passou a noite no meu quarto, dormindo na minha cama enquanto eu me deitei sobre um cobertor no chão. Isso não pareceu nem incomum nem incômodo na ocasião, cercados que estávamos pela casualidade da vida estudantil. No entanto, na manhã seguinte, ambos estávamos envergonhados. Trocando pouquíssimas palavras, ela se vestiu rapidamente e partiu. E meus amigos, sorrindo de orelha a orelha, não acreditavam que nada tivesse acontecido, que os hormônios não haviam se manifestado e que eu não havia me dado bem, como eles diziam vulgarmente.

Nós nunca mais saímos juntos. Eu a menciono apenas porque ela voltou à minha vida, muitos anos mais tarde.

Mas por que ela dormiu no meu quarto naquela noite? Eu sempre imaginei que por uma aposta com suas amigas, e com ela mesma. E talvez também porque uma de suas amigas precisava da cama dela por algum motivo. E eu também, suponho, tinha feito uma aposta comigo mesmo. (Eu poderia facilmente ter ido para o quarto de um amigo, assim como ela.) Eu havia acrescentado ao meu estoque experiências impensáveis no mundo de onde eu vinha. Eu havia chegado mais perto do limite e não havia ficado pior por conta disso.

Meu pai discordaria desse veredicto.

26

O chamado do santuário.

O telefone tocou.

Havia sido uma noite tranquila, aquela última sexta-feira do feriado de março, com a maioria dos alunos e todos os meus amigos tendo viajado. Alguns jingles do rádio, tocando baixo, submergiam como uma bolha ocasional para quebrar o silêncio do quarto. Nos dias seguintes, a vida acadêmica seria retomada, com o clímax das provas finais, cuja perspectiva se agigantava como a espada de Dâmocles sobre nossas alegrias diárias. Do lado de fora, esporádicas vozes de alunos, incisivas, claras e distantes. Mais à distância, em algum lugar, o conhecido chiado do ônibus Dudley, um carro ou outro apenas.

E Karsan Dargawalla, intelectual florescente (às vezes era difícil não ver a mim mesmo desta forma), estava inclinado sobre uma ode de Keats, sobre a alegoria da caverna de Platão, sobre *O estrangeiro*, de Camus.

E então o telefone tocou, abrindo um buraco naquele repouso, naquele pensamento, naquele mundo. A minha vida.

— Karsan-ji? — falou baixinho a voz do outro lado. — Eu gostaria de falar com Karsan Dargawalla, por favor. — Uma voz muito indiana.

— Eu sou Karsan. Alô?

— Karsan-ji, como está, *beta*? Aqui é Premji de Worcester. Você deve se lembrar de mim de Pirbaag, que eu visito todos os anos.

Aquela era a ligação que eu vinha temendo, que Bapu-ji havia prometido, para me lembrar da minha vocação na vida. Eu nunca tivera qualquer intenção de entrar em contato com Premji ou qualquer outro dos devotos de Pirbaag nos Estados Unidos. Eu nunca havia sequer perguntado onde exatamente ficava Worcester.

— Sim, Premji Chacha, *kem-chho*? — Como está você?, perguntei respeitosamente.

— *Arré*, você devia ter me ligado antes, *beta*! Já está aqui há tanto tempo, e eu estou bem perto de você!

— Eu tenho estado muito ocupado.

— Sim, sim, é claro. Imaginei isso. Por isso eu mesmo não liguei. Mas o seu Bapu-ji pediu que eu tomasse conta de você. Espero que esteja livre amanhã. Quero ir conhecê-lo. Podemos almoçar e depois eu mostro os arredores para você!

Na manhã seguinte, pontualmente às 9 horas, ouvi sua batida à minha porta. Premji era um homem bem-constituído, de altura mediana, com cabelos bem curtos. Vestia um casacão e um cachecol, um homem preparado contra a intempérie, tão diferente dele mesmo quando aparecia de *dhoti* branco-leite em Pirbaag, e passava tanto tempo perto de meu pai que Bapu-ji uma vez teve de pedir que ele se retirasse, pois estava cansado. Premji estava absolutamente exultante, e me deu um caloroso abraço.

— Você já é um homem. Nossa! E Harvard! Você é nosso orgulho e nossa alegria, Karsan-ji. Venha, vamos lá.

Tomamos café ali perto, quando Premji me lembrou que era naquela época do ano que ele ia à Índia, especificamente para visitar o santuário.

— Eu gostaria de mandar algumas coisas para casa — falei a ele.

Premji ficou feliz de poder ser útil. Então fomos até a loja Filene no centro de Boston, onde comprei uma camisa para meu pai e uma para o meu irmão. Para meu pai, tinha de ser grande o suficiente para ser usada como um *kameez,* por cima das calças. No andar de cima, procurei por um perfume para a minha mãe e me desesperei com os preços. Uma vez, comprei essências aromáticas para Ma do lado de fora da mesquita em Ahmedabad, e elas me custaram algumas poucas rupias. Premji veio ao meu socorro, no entanto, garantindo-me que compraria um perfume sem impostos no aeroporto e o daria a Ma em meu nome. Depois, passeamos um pouco. Caminhamos pela Trilha da Liberdade, que eu já havia percorrido uma vez com meus amigos, começando na casa de Paul Revere, que havia corrido à meia-noite para avisar John Hancock da chegada das tropas britânicas para prendê-lo. Premji estava em excelentes condições físicas, escolhendo o caminho com passos firmes e nenhum traço de cansaço ou tédio. Ele me disse que fazia ioga todos os dias, imediatamente depois de sua meditação, antes do amanhecer, com o mantra que havia recebido do saheb em Pirbaag. Assim, o espectro do santuário estava conosco, graças a essas constantes lembranças da parte dele.

À tarde, depois de um almoço tardio, seguimos de carro para Worcester. Premji era divorciado, eu já sabia a essa altura, e a casa dele parecia um pouco bagunçada. Havia um cheiro forte de louça suja vindo da cozinha aberta. Nós dois tiramos um cochilo e depois tomamos chá com bolo industrializado, da marca Sara Lee, e assistimos a uma partida de beisebol na tevê. No meio do jogo, ele foi até a cozinha lavar a louça. A partida ainda não havia terminado quando saímos para o encontro de oração, realizado numa sala localizada no segundo andar de um moderno edifício de escritórios.

Depois de tirar os sapatos num vestíbulo, entrei num amplo santuário interno bastante iluminado. Então fiz uma pausa e respirei fundo. Onde eu estava? Olhando para cima a partir de uma mesa baixa na frente da sala havia um grande retrato emoldurado de meu pai. Ele aparecia da cintura para cima vestindo o traje formal do saheb do santuário de Pirbaag, com turbante e tudo. Ele estava sorrindo abertamente, de modo muito pouco característico, com um caloroso brilho permanente no rosto. O retrato em *close* revelava detalhes — sobrancelhas claras, covinha no queixo, orelhas grandes, num rosto comprido — de um modo que eu nunca havia reparado antes. Aquela imagem do meu pai me deu uma sensação de desconforto. Parecia ameaçadora e, ao mesmo tempo, muito falsa.

Havia cerca de 15 pessoas na sala, a maioria homens, e apenas duas mulheres. Todos estavam sentados em silêncio no chão. Fui convidado a me sentar ao lado do retrato de meu pai, de frente para a congregação. Ao meu lado sentou-se um adequadamente sério e oficioso Premji. De um lado, numa mesa separada, haviam sido postas algumas oferendas — flores, moedas e uma tigela de frutas —, junto com um livro de *ginans*. Isso representava o *gaadi*, o trono de Pir Bawa. Depois de se sentar, Premji fez um aceno com a cabeça, e um jovem recitou um *ginan*. Foi seguido por outro jovem. Então, Premji falou brevemente, relatando um episódio exemplar da vida de Nur Fazal, o Viajante, nosso Pir Bawa. Os atos foram encerrados com uma oração, que eu, o designado sucessor, tive de recitar do que conseguia lembrar.

Mais tarde, quando nos levantamos, todos os devotos se curvaram humildemente diante de mim e apertaram minha mão calorosamente. Alguns beijaram a minha mão. Ao contrário de Premji, aquelas eram pessoas simples, que trabalhavam por salários baixos e se vestiam de modo estranho até mesmo aos meus olhos. Elas amavam o saheb, e amavam a mim, o filho. Fiquei profundamente emocionado. Eles eram meu povo, e senti uma pontada de culpa por tê-los ignorado e temido a ideia de estar com eles. Prometi que voltaria, insistindo que precisava retornar ao meu quarto naquela noite para estudar. Mas concordei em jantar com alguns deles, de modo que fomos em dois carros até uma lanchonete no centro da cidade, onde dividimos uma grande lasanha vegetariana.

Saímos do restaurante para uma rua mal-iluminada e deserta, prontos para nos despedirmos, quando um estranho incidente aconteceu. Um homem chamado Dervesh foi correndo até uma loja de conveniências do outro lado da rua e voltou com um saco de maçãs, que passou para mim.

— Abençoe esta oferenda, Karsan-ji — pediu ele, com a voz trêmula, os olhos lacrimejando de emoção. — Minha esposa não consegue ter filhos... quando comer estas maçãs abençoadas por você, certamente irá conceber.

Fiquei atônito, e só consegui dizer:

— *Arré...* mas... — Estava ciente, no entanto, que meu pai abençoava oferendas do tipo com bastante regularidade. Eu o vira fazer isso no templo e no pavilhão.

Premji, que estava ao meu lado, pegou minha mão com firmeza e a pôs sobre o saco de papel. Instintivamente, murmurei:

— Que a sua esposa conceba, então... que Pir Bawa abençoe... seu ventre.

— Obrigado, Karsan-ji — disse Dervesh.

E para aumentar o meu espanto, ele pôs em minhas mãos uma nota de 100 dólares e uma maçã.

Antes que eu pudesse sequer começar a recusar aquela soma astronômica, Premji interveio mais uma vez, pondo-se entre nós dois. Pôs a mão no ombro do homem e disse:

— Pir Bawa o abençoa. Agora, vá. Ela irá conceber.

Dervesh uniu as mãos num sinal de despedida e foi embora.

Eu ainda me lembro dele, parecendo um tanto cômico com sua calça xadrez marrom e seu casacão azul, os cabelos emplastrados de gel e a recentemente adquirida gordura típica do novo imigrante. Ele devia ser da comunidade de ceramistas localizada atrás do santuário. Gente que frequentava o santuário havia séculos e — pelas histórias que me haviam contado — era perseguida por suas crenças.

Premji me explicou:

— Se ele não pagasse, não acreditaria que sua prece funcionaria para ele. — Sorriu e acrescentou: — Você precisa se acostumar ao seu status, Karsan-ji.

— Nós nos reunimos todos os sábados, todos os que moramos na região — disse Premji no carro, no caminho de volta. — Mas basta que você venha uma vez por mês, para os grandes encontros. Nessas ocasiões, recebemos gente até de Nova York. Você é o sucessor do seu pai, está na hora de começar a sua vocação!

Eu não pude responder. Bapu-ji não parava de mencionar essa minha vocação em suas cartas. Mas, longe de Pirbaag, suas lembranças pareciam abstratas e zelosas, e não urgentes ou exigentes. Eu me sentia grato por isso. Minha sucessão ao trono era uma eventualidade distante, e eu tinha bastante tempo nos Estados Unidos, pelo menos havia me deixado acreditar, para refletir mais a respeito daquilo. Naquele momento, subitamente, ali estava eu quase recrutado como vice-rei de uma pequena comunidade além-mar. Isso era coisa dele.

Senti a cabeça pesada e o estômago embrulhado. Abri a janela e deixei uma rajada de ar fresco bater em meu rosto. Premji lançou um olhar na minha direção. Eu amava o meu povo. Havia afirmado isso hoje. Eram, na maioria, pessoas simples. Naquela noite, eu havia sido lembrado nos termos mais duros de onde eu era, e me emocionara. Mas não conseguia evitar a sensação de que meu mundo estava se fechando sobre mim para me sufocar. De que meu pai estava me alcançando. Eu precisava tomar cuidado, disse a mim mesmo naquele carro que percorria a rodovia em alta velocidade, eu devia deixar a minha posição muito clara muito em breve. Eu não iria ser o místico de ninguém nos Estados Unidos. A experiência com Dervesh já havia maculado a minha recém-descoberta independência, meu crescente sentimento a respeito do meu mundo.

Mais e mais eu começava a alimentar a ideia, a suspeita, de que os modos de Pirbaag podiam ser meras superstições, baseadas num episódio histórico que se tornara vago e havia sido colorido com mitologia. Não ousava incluir meu pai nesta especulação, é claro. Talvez ele tenha tido suas dúvidas quando era mais jovem e conseguira se curar delas, como eu poderia me curar no devido tempo. Mas, por ora, a maçã dourada da fertilidade que Dervesh havia pressionado em minha mão parecia estranha e pegajosa ao toque. Eu precisava de tempo para refletir sobre o meu destino, queria ficar sozinho. Como fazer isso, quando todos me respeitavam e amavam como um jovem deus e esperavam que eu me comportasse de certa maneira? Murmurei que tentaria fazer como me estava sendo pedido. Premji me deu outro olhar como resposta.

Quando chegamos ao campus, Premji estacionou e me levou para tomar chá. Depois disso, ele me acompanhou a pé até o interior do pátio, na direção da minha residência. Era tarde.

— Posso também lhe dar um livro para levar para o meu pai? — perguntei a ele, num impulso.

— Claro que sim — respondeu o homem, e ambos subimos ao meu quarto.

Abri a porta e acendi orgulhosamente a luz para revelar meus domínios. Lá estava a minha mesa, com as tarefas e os trabalhos esperando por mim. E lá estava ao lado a estante que era o meu orgulho, contendo o livro que eu havia acabado de pensar em mandar para Bapu-ji, a edição Norton dos poemas de John Donne, repleta de ensaios críticos. E lá estava a minha cadeira, nas costas da qual estava pendurado, para minha irritação e o mais completo constrangimento, um sutiã preto.

— Esses caras — resmunguei, numa tentativa desesperada de explicar ao ancião que eu estava simplesmente sendo vítima de um trote, e atirei o objeto na lata do lixo. Do lado de fora, pude ouvir meus amigos abafando o riso. Eles, evidentemente, haviam voltado do feriado.

Levando o livro, Premji, com o rosto vermelho, foi embora, dizendo que levaria minhas lembranças e orações ao saheb e sua família e ao Mestre-ji, o professor, e todo mundo em Pirbaag. Prestaria minha homenagem ao mausoléu e ao santo padroeiro dos viajantes, Jaffar Shah. Ele me dirigiu um longo e triste olhar quando nos despedimos, e eu tive a clara sensação de que algo havia se quebrado e que não seria possível consertá-lo.

Premji retornou dois meses depois.

Era final de primavera e um tempo festivo apesar da guerra em andamento e dos protestos contra ela. Era a estação de shorts e camisetas, de música alta e alegre soando a toda altura das janelas das casas de estudantes, de artistas disputando com manifestantes a atenção das pessoas na praça. Potenciais alunos faziam seus tours pelo campus, levados por alunos guias, entre os quais havia um certo Karsan Dargawalla, da Índia, prazer em conhecê-los. E ex-alunos passeavam pelo local nostalgicamente, davam festas e compravam souvenirs. Com muito alarde e risos, abri minha primeira garrafa de champanhe como acompanhante na recepção do presidente para os ex-alunos no campus.

— Vou pegá-lo para levá-lo à oração — Premji me disse ao telefone uma noite, tendo transmitido todas as lembranças e bênçãos que havia trazido. — Mas desta vez você deve passar a noite em Worcester!

A Índia o havia animado. Ele parecia alegre. De modo que não me senti bem por entristecê-lo.

— Premji Chacha, eu não desejo ir à oração...

— Por que não? — Ele estava chocado, quase gritando.

— Eu quero... eu realmente preciso ficar sozinho nesses anos da minha vida. Eu preciso ficar sozinho, Premji Chacha.

— Apenas com seus amigos americanos. Entendo. Bem, se precisar de alguma coisa, me ligue. Adeus.

— Obrigado. Adeus.

Alguns dias depois um pacote foi deixado para mim na minha residência. Não havia um bilhete ou uma carta, mas era, evidentemente, de Ma, entregue por Premji. Ela havia mandado vários petiscos de Gujarat e, para minha profunda alegria, também uma cópia da revista de cinema *Filmfare*. A sensação daquela revista na minha mão, do toque de suas páginas contra o meu rosto, com um leve aroma de especiarias, era como estar sendo tocado por Ma, tantas as lembranças que carregava de nossos momentos juntos. Ela havia olhado para as mesmas fotos das estrelas, passando suas mãos sobre o papel brilhante, segurando-os contra o rosto. Mas o mundo do cinema hindi agora estava longe da minha mente, embora eu não fosse avesso a ver um filme de Bollywood (um termo que não estava em uso na época) ocasionalmente, quando eram exibidos por grupos de alunos indianos. Eu não estava a par dos recentes sucessos, ou dos atuais preferidos entre os atores e as atrizes. E, muito mais dolorosamente, eu havia perdido contato com o mundo do críquete, que veio representado nas folhas de jornal que ela deve ter escolhido deliberadamente para embrulhar as comidas.

Na primeira semana do novo ano acadêmico, em setembro, um dia, uma caixa de guloseimas estava esperando por mim do lado de fora do meu quarto. Estava embrulhada para presente num belo papel vermelho, verde e prateado e trazia o nome de uma loja em Nova Delhi. Não havia remetente, mas pude adivinhar de quem era. Eu vira Neeta no campus apenas uma vez depois daquele episódio, de longe, e nós sabiamente evitamos um ao outro.

27

O chamado do santuário, continuado.

"Mais uma vez eu lembro você, meu filho, da história de Azazel, que tinha o conhecimento dos livros, mas fracassou em compreender o significado da vida dele."

Meu pai agradeceu pela camisa que mandei de presente. Mas esta máxima sobre o anjo caído foi sua única menção em relação ao outro presente, o livro de Donne. Livros não são tudo, lembre de Azazel, da Bíblia e do Corão. Ele não compreendeu o que era realmente importante: e perdeu tudo.

Mas, para mim, os livros abriam as portas escondidas para a minha mente. Eles eram tudo.

Eu tinha ido para a universidade para aprender sobre tudo o que fosse possível. Foi o que eu tinha escrito muito alegremente na ficha de inscrição que enviara pelo correio de Ahmedabad. E foi com isso que, dando um enorme e alegre sorriso, meu alto e magro orientador acadêmico me confrontou em seu escritório logo depois que eu cheguei.

— Tudo, é? — perguntou ele. — Nós ficamos pensando quem seria esse candidato com um fantástico apetite de aprendizado. Mas o seu Sr. Hemani nos convenceu que você era genuíno! Você tem um bom amigo ali.

Eu descrevi a ele talvez com detalhes demais o gentil livreiro em sua loja, a qual eu visitava durante as minhas furtivas viagens de ônibus até a cidade. Ele me ouviu pacientemente e perplexo.

— Bem, nós tivemos filhos de rajás e presidentes aqui, mas nunca um herdeiro de um santo medieval! — Vamos ver o que Harvard pode ensinar a você!

Nós dois nos debruçamos sobre o catálogo, e ele me guiou pela pletora — palavra dele — de escolhas que eu tinha disponíveis. Os cursos que selecionamos requeriam vastas quantidades de leitura, que eu cumpria com voracidade. Com o passar dos meses, cada livro e cada assunto se tornou uma emocionante viagem de descoberta. Cada autor, cada professor era um guia para o desconhecido. Nos casos em que os outros reclamavam do volume de trabalhos, faziam-nos de última hora e esqueciam Dante ou Homero no instante em que entregavam os papéis, aquele garoto de uma aldeia na Índia se deleitava com o novo conhecimento. Com um suspiro de entusiasmo, eu pegava um livro novo, lia a sinopse na contracapa, folheava as páginas preliminares e saboreava o instante antes de mergulhar e nele passar boa parte da minha noite. Do lado de fora, as ruas estavam tumultuadas. O tempo todo a mídia discutia a guerra na Ásia. Sua impopularidade no campus era evidente por todos os lugares, de panfletos, piquetes e protestos que provocavam berros de professores impopulares e ataques contra departamentos impopulares. Bombas eram explodidas em locais públicos e havia disparos da polícia. Todas essas coisas não passavam de curiosidade para mim.

Eu era chamado de nerd, embora não em tom ofensivo. Eu era um estranho, afinal, e devia algumas concessões. Mas eu não ficava incomodado com a descrição. Você é um atleta dos livros, diziam, irritados, quando eu passava pelo corredor com mais livros da biblioteca ou das livrarias da praça. Eu achava graça, e sorria meu característico sorriso indiano. Sim, eu sou isso, eu dizia. Shiva havia aberto seus olhos e revelado a luz de mil sóis... e eu vou absorvê-la. Na minha cultura, nós respeitamos o conhecimento e o aprendizado, idolatramos os nossos professores.

Você sabe o que Tucídides disse a respeito da escrita da história? Ou Ibn Khaldun? Vocês sentiram a emoção de ler "Gerontion" em voz alta, o Chandogya Upanishad ou o Rig Veda? Freud e Jung o mantiveram acordado à noite? Ou Dostoievski? Camus e Nietzsche? Heisenberg e Bohr? Você não pode negar que os apuros de Heitor na *Ilíada* simplesmente o levam às lágrimas.

Como podia, num universo tão clamoroso e empolgante da mente, tanto do mundo ficar escondido de mim anteriormente?

Mas, de acordo com o meu pai, tudo isso era uma ilusão, um estado febril, porque todo o conhecimento verdadeiro está dentro de nós mesmos. Ele vinha da meditação e da introspecção. O germe da verdade era despertado dentro de nós quando procurávamos o nosso guru, tocávamos seus pés e ele se curvava e sussurrava um mantra em seu ouvido. Bapu-ji tinha todos os tipos de livros em sua famosa biblioteca, mas os únicos de que ele gostava eram aqueles relacionados a Pirbaag, principalmente os manuscritos com capas de couro que ele lia constantemente, copiava e preservava — porque continham nosso conhecimento sagrado, nossa história especial. O resto ficava parado e adormecido em suas prateleiras. Ele deve tê-los amado algum dia, prestado atenção a eles. E mais tarde os rejeitou.

Quanto a minha fome por todo o conhecimento do mundo significava para mim — que preço eu estava disposto a pagar por ela? Para acabar com a atitude arrogante de Azazel, para ensiná-lo a humildade e a perspectiva correta, Deus, seu pai, fez uma estátua de barro e pediu ao arrogante sábio que se curvasse na poeira diante dela. Azazel se recusou dizendo "Por que o filho do fogo deveria se rebaixar diante de um filho do barro?", e Azazel foi exilado do paraíso, amargo, furioso e querendo vingança.

Meu pai tinha seu próprio jeito de me trazer de volta à Terra, mostrando-me o alto preço da liberdade.

Quase um ano depois de eu ter conhecido Premji, recebi um telegrama, lido pelo telefone por uma voz perfeitamente neutra pertencente à Western Union.

"Mãe gravemente doente. Retornar imediatamente. Passagem será enviada. Bapu-ji."

Eu estava sentado na beira da cama quando ouvi a notícia. O telefone voltou ao gancho, e eu me vi com as costas encostadas no frio e duro conforto da parede de tijolos atrás de mim, com as pernas encolhidas, olhando fixamente para a frente. Tinha uma pedra na boca do estômago. Gravemente doente, mãe gravemente doente, mãe... Um mundo independente de repente destruído, revelando sua ilusão. E uma suave memória entre as ruínas.

Rechonchuda e bonita, com o *piercing* do nariz reluzindo, e sempre aquele leve sorriso de saudação quando eu entrava pelo portão dos fundos depois da escola. Um sorriso para dizer, está tudo bem, então. E o maravilhosamente caloroso cheiro de mãe de seu abraço, parte do óleo de coco e jasmim de seus cabelos, parte dos *chappati* que assava. Era o cheiro do travesseiro dela, que eu gostava de trocar periodicamente com o meu. Quando Mansoor ficou mais velho, nós dois brigávamos sobre quem ficaria com o travesseiro de Ma. Ela era a responsável pela casa, que nos mantinha alimentados e vestidos com nosso orçamento escasso. E ainda tinha aquela existência privada fora do mundo espiritual de Pirbaag — os filmes mágicos. Nós dois sentados na escada da frente da casa numa noite de domingo, e ela me contando a história de um deles. Ela secava uma lágrima, e uma corrente de lágrimas poderia então irromper, pois os melhores filmes eram invariavelmente as sagas trágicas. Eu apertava seu braço gorducho. Eu a amava intensamente. Guardava seu segredo, compreendia a necessidade que a fazia fugir para o cinema disfarçada com uma burca. Então, por que a deixei? Teria o meu irmão feito a mesma coisa?

Bem cedo na manhã seguinte um agente de viagens da praça me ligou, pedindo que eu fosse retirar minha passagem.

— Então o senhor não está planejando retornar, Sr. Darga... — disse ele, olhando para a passagem antes de entregá-la, mais tarde naquele dia.

— É claro que eu vou voltar — respondi, mas sem conseguir controlar a minúscula confiança na minha voz. Alguma coisa estava errada.

— A sua passagem é só de ida, Sr. Darga — enfatizou o homem, pronto para começar uma discussão. Havia pouco movimento.

— Vamos ver — sorri, e me apressei para fora da loja.

No Pewter Pot, onde eu era tão conhecido agora que meu chá chegava imediatamente depois que eu sentava e um *muffin* fresco de avelã era posto diante de mim, olhei a passagem com cuidado. Era uma passagem só de ida para Bombaim.

Ele não queria que eu voltasse para os Estados Unidos. A minha vida de liberdade e aprendizado estava prestes a ser abortada. Foi o que o pai dele havia feito com ele quando o chamou de volta da Universidade de Bombaim, a faculdade St. Xavier, e o casou. Ele havia concordado. Esperava que eu fizesse o mesmo. Ele realmente achava que poderia apagar os últimos dois anos da minha vida e me fazer seguir por outro caminho? Ele não percebia que eu não era mais o mesmo Karsan que ele conhecera?

Era o que ele temia, é claro.

Mas eu devia ficar ao lado da minha mãe, o que quer que fosse a verdade. Teria eu me tornado tão insensível e egoísta a ponto de precisar ser convencido daquele dever? "Gravemente doente" — como aquilo parecera ameaçador. Minha família cremava seus mortos e depois os enterrava. Seu mundo está aos pés da sua mãe, todo menino aprende isso. Nada é tão precioso, nada merece mais respeito, nem mesmo os deuses. Podemos substituir qualquer coisa, mas há apenas uma mãe que nos carregou no ventre e nos deu à luz. Ma. Como Kunti: para quem todos os cinco filhos significavam tanto que ela pediu que eles compartilhassem tudo, inclusive uma esposa. Como Yashoda: para quem seu amado Krishna, seu Karsan — tínhamos o mesmo nome —, não podia fazer nada errado.

Eu tinha de ir para Ma... e não retornar?

De seu pequeno santuário no meio do nada Bapu-ji havia, com um golpe, um telegrama, me dado um xeque-mate. Para onde quer que eu fosse, perderia.

Restava ainda um minúsculo recurso. Tentei usá-lo.

"Envie passagem de volta", mandei por telegrama duas vezes no mesmo dia.

Não houve resposta, e foi isso. Um silêncio nauseante, um desprezo cruel e desdenhoso. Meu próprio pai? Enquanto isso, a data de partida se aproximava. Faltavam cinco dias para a decolagem. Por que, Bapu-ji, por que faz isso comigo? Não confia no seu próprio Karsan? No seu *gaadi-varas*? Eu ficava acordado todas as noites, olhando fixamente para meu quarto à luz que vinha da rua pela janela, absorvendo o que via, de um canto a outro — a minha estante de livros, minha escrivaninha, meu telefone, meus pôsteres: meu próprio reino. Saía e caminhava pelo campus, sentava ao pé da estátua do puritano, contemplava a silenciosa intelectualidade que vestia a cena com tanta delicadeza... ocasional e esteticamente interrompida por uma sequência de hesitantes notas de piano, pelo toque de um saxofone. E então, lá fora, a praça repleta de atividades, o incansável coração de Cambridge.

Como eu poderia abrir mão de tudo aquilo? Eu havia me tornado parte daquilo.

"Não posso ir sem passagem de volta. Por favor."

Ma, não morra.

Fiz algo que não fazia desde a minha chegada: rezei para Pir Bawa. E repeti meu *bol* secreto incontáveis vezes. Ele o ajudará durante as dificuldades, Bapu-ji tinha dito. Mas não abuse dele. Nunca pedi nada a ele.

Na noite em que estava marcada a minha partida, fiquei deitado na minha cama, no escuro, chorando em silêncio. O telefone tocou várias vezes. Não atendi. Sabendo que poderia ser Premji ligando para me lembrar que eu devia estar a caminho. Era até mesmo provável que ele tivesse passagem marcada para o mesmo voo. Eu estava consciente de todos os aviões que passaram voando acima de mim na ocasião... a leste, em direção ao Atlântico, para Londres, para Paris, ao sul, para o Rio. Um deles passou por cima de mim às 9h25 pelo meu relógio... o PanAm que eu havia certamente perdido, zumbindo no céu com raiva e decepcionado, com Premji olhando pela janela da cabine, planejando o que iria dizer ao meu pai.

Ma, não morra.

Havia pecado maior do que não ir ao leito de morte de uma mãe?

"Por favor, mantenha-me informado sobre a saúde de Ma."

Eu sem dúvida ficaria sabendo quando o impensável acontecesse. Mas não recebi nada, nem um telegrama, nem uma carta durante um mês todo. Liguei para o telefone de Premji em Worcester, mas estava fora de serviço.

Mais seis semanas se passaram. Será que eu deveria ir a Worcester procurar por Premji, ou pelos devotos que eu havia conhecido num sábado da primavera anterior? Eles poderiam ter notícias de casa. Premji morava num chalé numa travessa da Pleasant Street, e o encontro ao qual ele havia me levado tinha ocorrido num edifício não muito longe de lá. O prédio abrigava os escritórios de uma empresa chamada Engineers Mutual. Imaginei que não seria muito difícil de encontrar.

Numa manhã de sábado, bem cedo, peguei um ônibus Greyhound para a cidade de Worcester. Tinha 20 dólares comigo, o que não era desprezível, mas ainda era muito pouco para a minha aventura, como vim a descobrir. Estava um dia claro, mas frio, e o vento queimava a pele quando desci do ônibus na estação e comecei a caminhar. Eu havia chegado com a expectativa de identificar a calma rua suburbana de Premji assim que estivesse na Pleasant Street. Mas a rua era longa, e todas as travessas pareciam iguais. Eu era a única pessoa a pé. Felizmente, um táxi parou para mim, e eu entrei. O motorista era gentil e me levou a duas vizinhanças, onde eu desci e perguntei a moradores se eles conheciam um Sr. Premji ou se havia indianos morando na região, pessoas de cabelos escuros que se pareciam comigo. Não tive sorte.

— E agora? — perguntou o motorista. — Você conhece mais alguém?

Disse-lhe que queria encontrar os escritórios de uma empresa chamada Engineers Mutual.

O homem sacudiu a cabeça.

— Vamos fazer o seguinte, vou deixar você no centro da cidade. Você pergunta a alguém ou encontra uma lista telefônica por lá.

Uma hora depois, com o endereço da Engineers Mutual enfiado no bolso, sentei num restaurante na praça central, onde fiquei olhando pela janela, tomando um refrigerante e pensando em qual seria meu próximo passo. Os fiéis de Pirbaag se reuniam às 18h30 para seus cultos. Eram 11 horas da manhã. O que eu iria fazer enquanto isso? Caminhei pelos arredores, tomei uma sopa e comi um sanduíche, pelos quais gastei mais do que havia previsto. Entrei numa livraria e depois encontrei a biblioteca, onde tirei um cochilo até ela fechar, quando fui mandado embora. Finalmente, às 18 horas, peguei um táxi para os escritórios da Engineers Mutual.

O prédio era novo e estava sozinho, distante da rua principal. Tinha o exterior de vidro e era muito iluminado. Esses detalhes eu mal havia notado da primeira vez. Naquele horário, tudo parecia em silêncio por quilômetros, exceto pelo vento forte. Eu nunca havia visto uma cena mais triste na vida. Quando tentei abrir a porta de entrada, ela estava solidamente trancada. Minha depressão era completa. Estava no limite da sanidade. Com Premji ao meu lado da vez anterior, a porta havia se aberto muito facilmente. Tudo estava diferente naquele dia. Resolvi esperar, parado perto da porta e olhando para dentro, desesperado por me proteger do frio. Um carro de polícia veio tocando a sirene pela longa entrada de carros, e quando a janela se abriu, expliquei meu propósito ali. Os policiais conferiram minha identidade e foram embora relutantes, mantendo uma velocidade rastejante até desaparecerem. Às 18h30 chegaram e foram embora, nada aconteceu. Finalmente, às 19 horas, comecei a caminhar de volta para a cidade, amarguradamente desanimado, percebendo o quão malconcebido havia sido o meu plano. É claro que, se os cultos tivessem ocorrido, tudo teria dado certo. Não tinha, e eu tinha uma longa caminhada até a estação de ônibus. Eu estava com fome. Os dedos das mãos e dos pés e as orelhas doíam por causa do frio. Não tive outra escolha além de pegar o táxi que parou para mim.

Na parada do ônibus, eu ainda tinha uma nota de 1 dólar e alguns trocados em moeda comigo. A passagem de ônibus até Boston era bem mais do que isso. Eu estava preso.

— O que devo fazer? — perguntei ao atendente no balcão, esperando talvez um ato de bondade.

O homem encolheu os ombros.

Caminhei até a loja de conveniências, que ficava na outra ponta da estação de ônibus, e expliquei minha aflição. O homem sorriu:

— Que azar.

Saí da loja em absoluto desespero. Aonde eu iria? Estava assustado. O bilheteiro estava de olho em mim. O que pensava que eu iria fazer? Não havia dúvidas de que o atendente da loja estava me observando pelas costas. Uma mulher se sentou num dos bancos de espera de plástico com tevês que funcionavam com moedas. Ela devia ter chegado havia pouco e estava esperando alguém que a apanhasse. Estava parecendo muito triste, e me olhou com os olhos vermelhos, antes de puxar a mala para mais perto do corpo. Um bêbado havia vomitado perto da ponta da fileira de bancos, onde decidi me sentar, longe da mulher. Não havia mais ninguém por perto. É assim que é o mundo, fora dos meus livros, pensei. É assim que é ser sozinho. A maioria das pessoas não vive de bolsas de estudos de Harvard.

Um pouco depois, já recomposto, tentei ligar para os meus amigos na residência de estudantes. Eles não estavam, mas encontrei outra alma solitária vizinha, com quem deixei o número do telefone público em que eu podia ser encontrado. Eram 23 horas quando o telefone tocou.

— Espere aí até amanhecer, que vou buscá-lo — disse Russell. — Não se preocupe, nada vai acontecer a você.

Alguém veio e se sentou perto de mim no meio da noite, talvez esperando por calor humano, mas, fora isso, não puxou conversa. Russell chegou às 9h30, num carro emprestado, e nós voltamos para Cambridge.

Vieram os exames finais, e o verão se aproximou. Ainda não recebera qualquer mensagem de casa. Nem uma linha para dizer "sua mãe está bem". A culpa me consumia, silenciosa e persistentemente, com o pensamento de que eu não teria sido chamado para voltar se a condição de Ma não fosse séria. O saheb não havia mentido. Eu tinha sido cruel, um filho obstinado, egoísta, que havia posto a si mesmo antes da mãe. Meu primeiro e único pensamento devia ter sido ela. Mas podia ter havido uma alternativa, uma passagem de ida e volta, que meu pai em sua sabedoria divina e sua própria obstinação havia me negado.

Alguém sugeriu que eu procurasse por alguma pessoa que estivesse viajando para a minha região da Índia nas férias. Por meio de um anúncio num quadro de avisos, portanto, conheci um estudante chamado Ramesh que gentilmente concordou em tentar procurar pelo santuário em Haripir durante sua visita. Ele era do Rajastão, e a mãe dele adorava fazer visitas a locais sagrados ou santuários. Durante o verão, chegou uma carta de Ramesh da Índia dizendo-me brevemente que ele havia ido a Haripir e conhecido minha mãe, Shrimati Dargawalla. Ela estava tão bem como poderia estar, assim como meu irmão e meu pai. Todos me mandaram lembranças. Sua própria mãe também havia se beneficiado com a visita. Minhas mãos tremiam enquanto eu lia e relia a carta. Meus temores haviam terminado.

— Obrigado, Pir Bawa — eu disse. — E, obrigado, Ramesh.

No começo de setembro encontrei Ramesh comendo bagels e tomando chá aromatizado no centro de estudantes do MIT. Na ocasião, ele me entregou um pacote de comida enviado pela minha mãe. Diga para ele não se preocupar, ela tinha dito. Diga que eu estou bem. Com a comida, veio um exemplar de uma revista de críquete.

Mas o que havia estado errado com ela?

28

O preço da liberdade.

O inverno parecia mais gelado do que nunca, com a terra dura, as árvores nuas e as noites longas e vazias. Então meus amigos estavam namorando firme, todos com garotas de classe alta e sensatas. De repente, o gosto deles por jogos grosseiros e brincadeiras de mau gosto não existia mais, e eles estavam preocupados com o futuro. Não se pode passar a vida toda fazendo palhaçadas em Harvard. Afinal, os quatro anos logo terão terminado, e o ajuste de contas está próximo. Eles se prepararam para entrar no direito, nos negócios e na política, e o clima no nosso andar da Philpotts House era frequentemente silencioso e acadêmico.

Sozinho no meu quarto à noite, eu erguia os olhos de um livro e soltava um silencioso uivo de desespero. A minha mente havia começado a viajar e a se preocupar. Não havia mais a carga, a tensão de antes. Desaparecera a agitação, aquela sede ardente e impulsora por todo o conhecimento do mundo. Desaparecera e se transformara em cinzas. Naquele momento tudo parecia simplesmente ok, o que quer que eu lesse. Não banal, apenas, "e daí?", ou pior, "grande coisa". Pelo que eu havia me rebelado? Pelo que eu havia derramado tantas lágrimas? Como podia a única coisa que havia se transformado no significado da minha própria existência de repente me abandonar agora, deixando-me sem nada... apenas um cérebro flácido, um vazio insuportável.

Ajude-me, Bapu-ji; ajude-me, Ma. Ajude-me, Pir Bawa, você que também viajou para tão longe de casa... Você claramente deve saber o que é isso. Eu estou sozinho agora, completa e absolutamente sozinho.

Para horror dos meus amigos, eu havia me transformado do amistoso indiano com o sorriso de *maharishi* num estrangeiro raivoso. Se eles sem querer deixassem o volume dos aparelhos de som altos enquanto eu estava tentando inutilmente me concentrar, da próxima vez em que alguém estivesse aconchegado com a namorada ou terminando um trabalho em ritmo frenético eu cantava — cantava aqueles *ginans* que conhecia tão bem. A estranheza da melodia e da língua fazia com que eles subissem pelas paredes, segundo eles mesmos diziam. Ou, então, relembrando o rajá Singh, eu dizia selecionados expletivos em punjabi, xingava vagabundos imaginários na estrada: os camelos, as mulheres *rabari*, as crianças. Ou declamava com a forma mais forte do meu sotaque engraçado (como ele era chamado) peças de puro nonsense compostas a partir de leituras rememoradas: *Banquo, vamos então você e eu, para o seu começo e o seu fim! Se nos espeta com um alfinete, não sangramos? Não, mas somos Deus! Então em seus ventres deverão rastejar!* E quando um deles batia na minha porta na mais pura frustração, eu saía do meu quarto como um fantasma de Hamlet, imaginava eu, porém mais como um beligerante Sr. Hyde. As namoradas caretas iam embora.

Finalmente, minha vingança por todas as vezes que eles riram de mim e me trataram como um selvagem.

Um dia, fiquei bêbado de uísque. Outro dia, passei a noite numa casa de estudantes na Universidade de Boston e fiquei doidão. Peguei um livro do Coop. Chamava-se *Roube este livro*, um manual radical de Abbie Hoffman. Muito inteligente. Meus amigos começaram a temer por mim. Durante meus momentos mais sãos eu falava com eles, ouvia-os, pedia desculpas. Fazíamos as pazes. Eu pagava uma rodada de *pizza*. Croissants no Blue Parrot. Eles sugeriram que talvez eu precisasse ir para casa por um tempo. *Ir para casa? Por um tempo? Ir para casa e me tornar Deus? Você tem de estar brincando! Eu estou bem, Jack!*

Então se repetiam, aqueles momentos vazios engolidores de alma à noite, vampiros silenciosos... e o crescendo do incontrolável desespero na privacidade do meu quarto. A falta de toda vontade e confiança, de qualquer interesse em qualquer coisa. O sentimento de solidão. De buscar por algo a que me agarrar. Pela vida. Chorando no escuro. *Alguém de alguma forma me diga o que fazer, alguém por favor me ajude... alguém arrume esta mente atormentada! Ela está fora do normal, está virada... está girando e girando dentro de mim...*

Um sonho. Um local de escavação, lamacento, úmido, profundo e escabroso, com gente cavando arduamente com pás... dentro, fora. Corta, e estou sozinho, e uma voz diz acima de mim: Saia agora! Espere! Eu grito desesperadamente, ainda estou cavando! Continuo cavando no crepúsculo... dentro, fora... enquanto pedaços negros de cérebro saem voando do chão.

Mais um sonho. Bapu-ji caminha entre seus seguidores em Pirbaag (deve ser), acenando suas bênçãos a eles. Mas, olhem — tudo está em silêncio, e eles não reagem a ele. Todos se viram de costas. E alguém grita desesperadamente: Mas ele é o saheb! Por que ninguém está cumprimentando o saheb?

O que estava acontecendo com o meu pai, com Pirbaag? Karsan, o destruidor.

As cartas do meu pai haviam sido retomadas, embora fossem muito menos frequentes do que antes, e eram dolorosamente breves. Não traziam conselhos. "Meu caro filho Karsan, aceite nossos cumprimentos pelo seu aniversário. Ontem, celebramos seu dia cortando um bolo. Espero que tenha podido comemorar com seus amigos aí. Estamos todos bem, e a saúde de Ma está melhorando. Seu pai, Tejpal."

Onde está o amor, Bapu-ji? *Kem, tamaro dikro man gayo?* Não sou mais seu filho, ainda que desobediente?

Sim, a neve está bonita agora, depois da nevasca. Suaves pedaços brancos equilibram-se nos galhos das árvores como pérolas ou lágrimas, e as luzes se refletem nos cristais brancos, de modo que a noite tem o brilho mágico da terra dos sonhos. Fazemos batalhas de bolas de neve, e Bob, o canadense corpulento, está se exibindo em seus esquis. Eu também devia estar lá fora entre os rapazes ruidosos vestindo cores vivas, pois é a única forma de vencer o inverno. Só que é um daqueles dias em que o coração parece pesado, quer me arrastar aos berros para a escuridão, embora eu não vá permitir, não vou permitir que você faça isso hoje, coração, porque é leveza e liberdade o que eu quero. Parece estar muito bom lá fora, e sei que se ao menos deixar um pouco daquele ar frio entrar em meus pulmões e limpar o velho e envenenado sangue dentro de mim, serei um novo homem. Talvez eu saia, inspire profundamente esse frio estimulante... é disso que preciso... por que não? Realmente, por que não... eu ainda posso sair... está tudo macio lá fora...

Fui resgatado minutos depois de cair sobre a almofada de neve fresca no chão, depois que alguém me viu passar caindo por sua janela. Desloquei o pulso e fiquei com um roxo no traseiro. Tive um pesadelo, expliquei aos médicos e aos dois policiais que foram até a enfermaria. Eu vinha tendo pesadelos recentemente, disse. Meus amigos confirmaram, mas não sem me darem um ultimato: é melhor você se comportar, se não...

O Dr. Julius Goldstein eram um homem pequeno, careca e usava óculos redondos. Ele parecia mais um aluno de pós-graduação do que alguém que poderia me curar. Era o psiquiatra do serviço de saúde, e eu tinha ido vê-lo, convencido de que estava com alguma doença mental, incapaz de enfrentar os processos da minha mente. Ele era gentil, com uma voz suave, mas clara, e um maneirismo que o fazia se inclinar com o olhar penetrante na minha direção quando falava. Eu o perdera nos primeiros minutos do nosso primeiro encontro, com o exotismo da minha vida, e ambos parecemos sentir uma desesperança na situação. Ele não podia ir até o lugar de onde eu vinha. Ainda assim, ele me convenceu a deitar ("Não gosto de perder o controle de mim mesmo..." "Não se preocupe, você não vai perder o controle, nada vai acontecer com você. É normal.") e me estimulou a falar e a não olhar para ele, mas para um pequeno quadro de paisagem pendurado na parede diante de mim. Eu desabafei sobre mim mesmo para mim mesmo. Ele raramente interferia. Eu contava as minhas histórias, organizando-as sob diferentes categorias. Meus medos, minhas lembranças mais fortes, meus ciúmes, minhas contradições. Ao final de cada hora, então, eu me sentia como se tivesse desfeito uma tensa confusão de pensamentos na minha mente e experimentava uma clareza limitada. Às vezes, saía de lá com um coração mais pesado e mais deprimido do que antes. E se, por fim, eu acreditava que não havia sido curado, também precisava admitir que não sabia o que queria dizer com cura. Talvez tudo de que eu precisava era uma chance de conversar claramente comigo mesmo e dessa forma lançar alguma luz diurna sobre minha alma ignorante. O Dr. Goldstein encerrava algumas das nossas sessões com um conselho.

— Você já falou com o seu pai... ou escreveu a ele... sobre o que você quer da sua vida?

— Não... na verdade, não.

— Bem, esse talvez não seja um mau ponto para começar, não é? Lembre-se, ele não sabe o que você quer.

Não sabe? Ele é o saheb, não é?

— O seu pai pode estar mais predisposto aos seus desejos do que você imagina.

Meus desejos? O que eu quero da minha vida? Eu não havia articulado sequer para mim mesmo qual era o significado da liberdade que eu desejara tanto, pela qual eu tinha ido embora para os Estados Unidos, e então desobedecido a meu pai, cometendo uma ofensa cósmica. Liberdade, e depois o quê? Que vida eu imaginava que levaria na minha liberdade? Feito uma criança, eu quisera tudo. Mas, quando criança, eu sabia que não queria ser o saheb, queria ser um grande jogador de críquete. Era o que eu dizia a Ma quando nos sentávamos juntos nos degraus da varanda da frente, era o que R. D. Patel, da academia de críquete, e os Gujarat Lions poderiam ter tornado possível. Esse havia sido o meu desejo, a minha vontade desesperada, a que o Bapu-ji me negara. Agora era tarde demais para o críquete. Mas não para a minha liberdade.

Sim, parecia me dizer o olhar perscrutador do Dr. Goldstein, como se ele tivesse seguido o meu raciocínio. Era um homem de 30 e tantos anos, e eu imaginava que ele tivesse travado suas próprias batalhas. Ele se recostou e sorriu para mim. Pela primeira vez, vi simpatia em seus olhos.

Era um período dos anos 1970 em que muitas pessoas, envolvidas numa então moderna forma de terapia em grupo, andavam para lá e para cá revelando aos amigos e conhecidos exatamente o que pensavam a respeito deles e por que haviam se sentido incomodados ou ofendidos por eles durante aqueles muitos meses ou anos, dependendo de qual fosse o caso. Um dia, meu amigo Russell voltou de um final de semana passado num retiro. Ele me encurralou em meu quarto à noite e, comigo sentado em cima da cama com as pernas cruzadas e um livro no colo, ele me disse de modo bastante agressivo como ele sempre detestara meu arrogante sorriso de *maharishi*, o meu ego e o meu gosto pelos livros, e como um dia ele havia me visto coçando a virilha e não conseguiu durante muitos meses, sempre que ia ao banheiro, tirar a imagem da mente. E assim por diante, uma ladainha de irritações, que ele havia detalhado numa longa carta endereçada a mim, que ele agora depositava em minhas mãos sem se preocupar com os meus sentimentos.

Deixei Russell falar o que queria, mantendo a compostura, porque ele estava sendo desesperadamente sincero. E concordei em considerar fazer a terapia de choque pela qual ele havia passado. É claro que eu não tinha intenção de seguir aquela moda. Na verdade, a certa altura tive de convencê-lo a cair em si e parar de sair ofendendo os amigos. Mas aquele incidente me estimulou finalmente a seguir o conselho do Dr. Goldstein quanto a escrever francamente ao meu pai e dizer a ele o que eu queria para mim mesmo.

29

"*Caro Bapu-ji,*
(Quantas vezes eu comecei esta carta, Pai, tentando lhe dizer a simples verdade sobre mim mesmo, sem ofendê-lo ou magoá-lo, e pedir seu perdão, sua indulgência, sua compreensão — porque o senhor é sábio e ponderado, e, acima de tudo, meu pai. Mas todas as minhas tentativas de sutilezas falharam, ficaram parecendo hipócritas, quando não, falsas. No fim, tudo o que consegui fazer é essa declaração direta.)

Por meio desta renuncio a meu status de *gaadi-varas* de Pirbaag, sucessor do saheb do santuário. Eu não acredito mais em nosso caminho, o *sat-panth*, como o senhor o chama, o caminho da verdade do antigo sufi. A mim, não passa de uma fé, cega como todas as outras fés. Com isso, não tenho a intenção de desrespeitar quem acredita nela. Aceito que para eles e para o senhor eu simplesmente perdi meu caminho. Eles são meu povo, não posso negar isso, assim como o senhor é meu pai e superior. Se puder ser ouvido, gostaria que a sucessão fosse ao meu irmão, Mansoor, que a merece mais do que eu, porque ainda está aí com o senhor. Mas é o senhor quem sabe, Bapu-ji.

Eu nunca desejei esse status, como Ma certamente lhe dirá se perguntar a ela. Sempre me apavorou pensar em tamanha responsabilidade sobre a minha cabeça. Ser Deus do meu povo (ao menos para parte dele), um guardião de almas, guardião de túmulos, preservador do passado. Pensar sempre em Brahman e Atman e na apavorante eternidade por trás do escuro céu noturno. Eu não fui feito para isso. Onde está a alegria nisso? Mas eu não podia lhe dizer isso, tinha medo de decepcioná-lo porque o respeitava e o amava. Eu sempre quis ser um menino indiano comum, Bapu. Minha ambição era jogar críquete, o senhor vai lembrar disso. Posso não ter sido bem-sucedido nisso, mas nunca tive a oportunidade de tentar. Bapu-ji, perdoe-me por estar sendo sincero, mas o senhor nunca esteve presente para ouvir ou perceber o que seus filhos ou mesmo sua esposa desejavam. O senhor vivia em seu próprio mundo. O senhor sabia que Ma ia ao cinema em segredo por medo de ofendê-lo? Que ela tinha de usar uma burca para se disfarçar? Talvez soubesse, mas por que ela tinha de fazer as coisas escondida? O senhor fez planos para mim e Mansoor sem levar em consideração o que nós queríamos. Era tão raro que fizesse uma pausa para conversar comigo como pai que, quando fazia, era um *Diwali* para mim. Eu me deleitava com aquele instante durante dias. Como eu senti falta de ter um pai de verdade!

E, finalmente, Bapu-ji, como poderei algum dia esquecer — ou perdoar — a forma como o senhor tentou me coagir e iludir a voltar a Pirbaag. Por quê? Porque estava com medo de tudo que eu iria aprender que me fariam ver as coisas em perspectiva, incluindo nossa própria tradição atrasada e primitiva — sim, eu acredito nisso! —, na qual um simples homem é tratado como Deus e até mesmo acredita ser ele próprio um avatar de Deus. Eu ainda não sei se Ma realmente esteve doente. Se ela estava doente, não era seu dever me dizer do que estava sofrendo? O senhor se deu conta do quanto me magoou, do quanto sofrimento provocou? Porque eu amo Ma, como qualquer filho ama sua mãe, mas o senhor pôs um preço desumano à minha ida para vê-la.

O que eu desejo da vida? Simplesmente ser uma pessoa comum. O senhor consegue entender isso, Bapu? Alguém que gosta de descobrir coisas novas, que deseja se casar com a garota que quiser, assistir a jogos de críquete e beisebol (Sim, eu gosto de beisebol agora, e às vezes até mesmo de futebol americano.). Alguém que gosta de ler por prazer, para quem este mundo não é uma prisão miserável, mas um lugar no qual se busca realização pessoal e felicidade, um lugar cheio de outras pessoas comuns como eu.

Eu lhe disse tudo honestamente, Bapu-ji, o que me tornei, o que penso da minha vida e o que desejo dela. Pirbaag não é para mim. Deve ter existido alguém chamado Nur Fazal, o Viajante e sufi. Mas ele viveu centenas de anos atrás e foi um simples mortal. Eu sou simplesmente um indiano comum e secular estudando nos Estados Unidos. Por favor, perdoe-me, Bapu-ji, se o ofendi, mas esta é a minha verdade.

Do filho que o ama,
Karsan."

Por mais verdadeiro que fosse na ocasião, em alguns aspectos injusto e ingênuo — o que é um indiano comum e secular, afinal? Isso é possível? Os acontecimentos recentes do meu Estado natal não haviam provado em contrário até mesmo o ideal de tal noção? Foi duro o julgamento que fiz do meu pai — quanta escolha ele havia tido em sua vida?

Apenas gradualmente percebi que eu havia, na verdade, banido a mim mesmo de casa.

30

15 de março de 2002.
Kali Yuga. A Destruição. Pirbaag, Gujarat.
Eu o havia chamado de preservador do passado, quase com
desdém; e agora nada mais existia.

Trinta anos depois, eu estava de volta à velha terra, o retorno do filho pródigo. Eu teria desejado cremar meu pai,
mas ele já havia sido cremado dias antes. Então, fiquei parado no meio de uma destruição absoluta — resultado da
recente revolta pública, pogrom ou vingança em massa,
como quer que se chame o que aconteceu —, uma catástrofe
tão absoluta que tudo o que consegui fazer foi perder o ar
e cambalear na direção da entrada do velho pavilhão e me
sentar.

O cheiro de carne, ossos e lixo queimados; a sujeira pro-
fanando os túmulos, vira-latas fuçando nos arredores, dois
bois pastando desatentamente na grama crescida. O mausoléu de mármore — que um dia fora o centro da minha
existência —, cinza de poeira, esburacado pelo impacto
de mísseis furiosos. Ouso entrar? Devo prestar minha homenagem. Aqui estou, Pir Bawa. Levantei-me e caminhei

cansadamente na direção do mausoléu. Subi os degraus e passei pela entrada para ser saudado por uma forte corrente de vento empoeirado vinda da escuridão. Gradualmente, meus olhos começaram a ver no escuro. Uma tempestade furiosa havia passado por ali: farrapos de *chaddars* de algodão, pétalas secas na poeira, a grade de metal quebrada e caída, o túmulo nu e imundo, destituído de sua coroa... o cheiro forte de amônia... e dois ratos correndo nos cantos, por entre os trapos.

De novo do lado de fora, a visão da destruição. O clamor da descrença. Ali ainda podia ser um sonho, aquela devastação toda. Passavam diante de mim visões do apogeu que havia passado... as esperanças e orações levadas até ali por centenas de pessoas nos sábados, a música dos *ginans*, o cheiro de incenso no começo do amanhecer e o tilintar dos sinos... e toda a história, a lenda e a permanência de Pirbaag. Eu havia negado seu fardo, mas certamente não para vê-lo dessa forma, pulverizado, testemunho apenas da morte e da agonia daqueles que haviam ido se esconder nele, ou para protegê-lo dos bandos destruidores.

Sentei nos degraus. Diante de mim, aquele reino arruinado que eu um dia havia rejeitado. Era tarde demais para lágrimas, pois então eu tinha vivido e já perdido, muito longe, numa vida criada por mim, e havia forjado uma armadura estoica ao meu redor que me dava a aparência de compostura. Mas ver aquilo? Tão grotescamente completo em sua destruição de uma forma que apenas a minha terra natal era capaz de fazer. Tão além de qualquer redenção e perdão que achei que eu tivesse recebido como privilégio da minha idade e experiência, a recompensa de sua maturidade e moderação. Estavam rindo de mim ou apenas mandando que eu desse risada?

Pir Bawa, é esta a sua última lição. A impermanência de tudo. Vejo aqui a marca de Kali Yuga, a Era da Escuridão que Bapu descrevia tão frequentemente e pela qual esperava? Ou isso é um símbolo de um sistema político cínico que sazonalmente se lubrifica com o sangue de suas vítimas?

— Karsan Saheb...

Parei assustado. Um menino estava de pé diante de mim, envergonhado, de pés descalços, sujo. Olhei boquiaberto para ele, espantado.

— Karsan Saheb...

Esse tipo de tratamento... tão inequívoco, daquele jovem usando camiseta e shorts e nascido anos depois de eu ter ido embora. Como ele me conhece? Como ele sabe o que está dizendo? Eu nem sequer me anunciei naquela cidade. Será que o rosto é capaz de revelar tanto?

— O seu Bapu disse que deixou instruções para você.

— Instruções? Onde?

— Ele as deixou com Pir Jaffar Shah.

— Jaffar Shah?

Ele correu até a mãe que o esperava à distância, e os dois ficaram parados me encarando.

E eu não consegui deixar de sorrir, ainda que levemente. Jaffar Shah era normalmente a entrada para o coração de Pir Bawa. Lembrei disso. O gentil santo do viajante, adorado pelos motoristas de caminhão e de ônibus. Sob o curioso olhar do menino e de sua mãe, eu me levantei e fui até seu túmulo, com sua solidez tendo resistido aos ataques. Ali, sentado ao seu lado, Mestre-ji havia nos ensinado lições sobre tradição.

E Bapu-ji tinha um esconderijo no chão conhecido apenas por nós dois. Exceto por algumas manchas nas laterais e lascas no concreto, o túmulo se mantinha sossegado, já com um aspecto alegre emprestado pelas poucas flores vermelhas sobre ele.

O menino voltou curiosamente para observar. Eu me ajoelhei ao pé do túmulo, limpei com a mão a areia sobre o piso quente, procurei pela pedra solta que eu sabia que devia estar lá. Um leve fedor subiu do chão. Os dedos pequenos do menino me ajudaram a encontrar uma falha, e juntos nós erguemos o tijolo para revelar um envelope marrom, intacto e ainda brilhoso. Embaixo dele, recortes de papel e papelão aparentemente escondidos havia muito tempo, talvez os mesmos que Bapu-ji e eu havíamos enterrado lá, contra a eventualidade de uma invasão chinesa.

O envelope estava endereçado:

Ao meu filho, gaadi-varas *Karsan Dargawalla,*
a ser aberto com a declamação de seu bol.

Tão determinado, tão inflexível, mesmo no desespero. Ele não me libertaria facilmente.

Voltei a me sentar nos degraus. Haveria as questões práticas que deveriam ser tratadas, a respeito da propriedade. Eu não tinha qualquer interesse nelas. E aquele envelope. Eu deveria abri-lo? Esvaziei a mente, desejei que as sílabas do *bol* aparecessem. Elas não apareceram, é claro. Com o passar dos anos, eu havia me forçado a esquecê-las, rompendo a minha sagrada conexão com o santuário, com o meu pai e com a sucessão.

Um *ginan* me veio à mente, no entanto, uma canção de destruição: *Cuidado, meus irmãos, o Daitya virá e destruirá o mundo...*

E então outro, uma canção de morte: *Seu herói, perseguindo o "eu" e o "meu", teve a vida desperdiçada...*

Um grupo de homens e mulheres se aproximou respeitosamente, juntando as mãos em saudação.

— Saheb, permita que limpemos este local.

Olhei para eles absolutamente admirado. Fiquei tocado por aquela demonstração de lealdade. A humildade, o respeito e a simpatia. Por quê? O que eles buscavam agora dali, do lugar daquele salvador que não conseguiu salvar a si mesmo?

— Mas isso é impossível agora, não há mais nada... vão ao templo ao lado. Não há problema. Ele está aberto, afinal.

No caminho até ali de carro, expectativas apavorantes passaram pela minha mente, embora o que eu tenha imaginado não chegasse perto do que vi mais tarde. E a especulação sobre o inevitável peso do tempo sobre a velha casa e a nostalgia era o agridoce paliativo que aquietava a mente. O motorista apontou orgulhosamente à minha direita para o novo templo de Haripur. Era uma impressionante estrutura branca, com grandes muros e portões, construída no terreno do velho templo de Rupa Devi, cobrindo o local onde eu costumava jogar críquete. Havia uma cúpula, onde tremulavam estandartes de várias cores. Um pouco mais além aparecia um dilapidado portão de madeira, quase na beira da estrada, entre uma tenda de chá e outra de flores.

— Pirbaag — anunciou o motorista, e parou. — Não há nada aí agora.

Aquele não era o portão que eu havia conhecido. E, na minha ansiedade, eu corri para olhar para o local que havia sido o lar da minha infância.

— Não, saheb — respondem as pessoas diante de mim ao meu conselho para que buscassem algum lugar menos morto. — Permita que limpemos este lugar.

Eles trouxeram vassouras, cobriram a boca e o nariz com pedaços de pano e me levaram para fora do complexo para que eu não respirasse a poeira que iriam levantar. Fiquei parado na estrada. *Saddhus* usando mantos cor de laranja esperavam do lado de fora dos portões do novo templo, parcialmente dentro da área que um dia havia sido nosso pátio da frente. Do outro lado da estrada a velha borracharia havia se tornado uma oficina completa. O homem lá dentro estava me analisando — seria Harish? Dei um passo à frente, parei. Não ousava mais supor, já que tanto havia mudado. E à esquerda, mais adiante, o santuário e assentamento muçulmano, também completamente destruído. Apenas um buraco escancarado no local onde antes havia a porta imponente. Quem restara para contar sua história?

Um Ambassador branco se aproximou e estacionou a uma pequena distância na estrada. Antes que a poeira tivesse baixado, o motorista saltou e abriu a porta do passageiro para permitir a saída de uma graciosa mulher vestindo sári, tão deslocada naquela estrada perdida como uma sereia. Ela olhou ao redor rapidamente e começou a caminhar resolutamente na minha direção, desviando das ruínas da lateral da estrada, talvez a caminho do templo. Parecia que o carro havia passado de seu objetivo.

A senhora me viu olhando, parou, sorriu rapidamente e então se virou na direção do portão atrás de mim.

— Olá... *namastê* — falei, instintivamente. — Este é o portão errado... o templo é mais adiante.

— Não, este é o portão certo.

Ela havia juntado as mãos numa saudação, e por um instante nós nos olhamos quase indiscretamente.

— Saheb? — perguntou.

— Sinto muito... — Tentei negar o título que um dia rejeitara, então parei, paralisado por seu olhar.

— Karsan Dargawalla? — ela disse.

— Não pode ser...

Mas era ela. O nome havia me escapado, mas não a lembrança.

— Neeta... Neeta Kapur. — Ela tomou a iniciativa. — De Boston?

É claro. Aquele rosto comprido, as maçãs do rosto. Só estava mais velha, mais magra. Era difícil não encarar, lembrar através de uma névoa o que ela havia sido. Bonita. O bastante para intimidar. E inteligente. Mas agora ali, no meio do mato? Parecia incrível.

— Sim, eu me lembro — respondi, em inglês. — Pelo menos acho que sim.

Seus lábios estremeceram num leve sorriso. Foi apenas uma única noite que passamos juntos, absolutamente constrangedora, mas a lembrança daquela noite certamente lhe trouxe um sentimento caloroso por aqueles tempos de juventude, assim como a mim, apesar da situação.

— Você vem sempre a este templo? — perguntei, embora ela já tivesse me dito que tinha vindo ao velho santuário.

— Não, eu venho a Pirbaag, a sua casa. Eu costumava vir de Ahmedabad quando o seu pai estava vivo. Trazia meu filho aqui quando ele estava doente e não havia esperanças.

— O que aconteceu?

— Ele morreu. Mas eu encontrei conforto.

— Mas Pirbaag não existe mais, acabou — falei.

Duas cadeiras haviam sido trazidas para que nos sentássemos no pavilhão, naquele momento passavelmente limpo, embora o cheiro forte permanecesse: merda e carnificina. Do outro lado do mausoléu, distinguível apenas em sua privação, diante dele, o túmulo de Jaffar Shah. Uma lembrança retornou, perturbadora, nas fronteiras da mente... Mansoor brincando de polícia e ladrão entre os túmulos, empunhando arco e flecha, o pequeno Arjun de Ma. Ninguém com quem eu havia falado parecia saber por onde ele andava agora, nem se estava vivo. Esta era uma questão de que eu precisava tratar.

Mas quem ia àquele lugar agora? Que tipo de milagre ou conforto ele podia oferecer?

— Mas você pode mantê-lo vivo — disse a mulher ao meu lado, com uma ênfase suave.

Sacudi a cabeça.

— Acabou.

O corpo destruído, o coração arrancado, disse a mim mesmo, embora aquilo parecesse exagerado demais, pensei, ciente da sofisticação diante de mim.

— Você sabe o que aconteceu aqui?

Ela assentiu com a cabeça.

— Ninguém conseguiu impedir a loucura.

— Ninguém quis impedir.

Ela assentiu novamente, de modo abstrato. Serviram-nos chá doce fervendo da tenda do lado de fora, e ela equilibrou o pires e a xícara no colo.

— Por que você não fica por alguns dias em Ahmedabad? — perguntou ela depois de um tempo. — Você não pode dormir aqui. Não há onde dormir. E precisa de tempo para se recompor. E pode vir a Pirbaag quando quiser.

Nossos olhos se encontraram, e ela ruborizou profusamente.

— Há bons hotéis perto de onde eu moro — acrescentou.

Ela tinha uma casa na cidade, do tempo em que seu marido era governador do estado. Viu que eu estava olhando para a sua testa, sem um *bindi*, e assentiu levemente. Seu marido havia morrido. Ela morava em Delhi agora, mas às vezes vinha a Ahmedabad, quando visitava Pirbaag.

Pareceu uma sugestão razoável. Pirbaag, o que restara dele, estava seguro por ora. Havia sempre um policial montando guarda. Eu poderia ficar na cidade enquanto decidia o que fazer e esperava pelo contato de Mansoor.

Esperava que estivesse bem. Com ele, imaginava conseguir descobrir o que havia acontecido ali. Por que aquele antigo local que era um refúgio neutro havia sido atacado, como nosso pai havia morrido. Ninguém ali tinha coragem de me contar.

Enquanto isso, outra inspiração:

— Por que você não passa algumas semanas em Shimla, depois disso, no Instituto de Estudos Avançados? Minha irmã é casada com o diretor de lá, o professor Barua. Eu poderia falar com ele a seu respeito. Seria um ótimo lugar para você se recuperar... quero dizer, se não estiver planejando retornar imediatamente para os Estados Unidos.

— Canadá... é de onde eu venho.

— Ah, sim?...

Eu havia ouvido falar sobre o Instituto em Shimla, famoso por ser um retiro perfeito para estudos e pesquisas, com uma excelente biblioteca. Disse que pensaria em sua sugestão. Tive de admitir a mim mesmo que a ideia parecia atraente, embora eu fosse me colocar ainda mais em suas mãos, sendo que mal a conhecia. O fato de ela ser viúva tornava a situação ainda mais complicada. Mas eu precisava de tempo para me recuperar e pensar. Quer gostasse ou não, e o que quer que decidisse fazer, eu era agora o herdeiro daquele antigo refúgio, seu saheb. Até ali, um desafio havia se formado dentro de mim, um forte desejo de reunir alguma coisa dos escombros e das cinzas e construir um monumento a Pirbaag. A preciosa biblioteca não existia mais, assim como o saheb que havia incorporado a sua tradição, que havia meticulosa e frequentemente de próprio punho preservado seus registros, mas eu ainda levava parte daquela herança na minha memória, e na minha língua.

Então, sim, eu decidi ali mesmo, ficaria um tempo naquele retiro nas montanhas. E cantaria e lembraria. Cantaria e lembraria.

⚜

Eu gostaria de ter dito na ocasião que Pirbaag nunca havia me deixado. E que eu nunca havia deixado Pirbaag. Há certa verdade nisso. Eu só gostaria que fosse uma verdade completa, pois isso fecharia a cortina sobre a minha vida pessoal, apagaria a dor. Mas a verdade é que eu encontrei outra vida lá, na América do Norte. Uma vida de felicidade pessoal e liberdade. Um segundo nascimento no qual eu havia conseguido deixar para trás a algema que havia sido Pirbaag, esquecer o *bol* sagrado que me havia sido dado por meu pai e que me ligava à minha herança e sucessão. Mas o que dizia o Pir, e que meu pai reiterava? — toda flor fenece. E onde está a face que não murcha?, diz o poeta. Parece que Bapu-ji sempre vencia. Mas a verdade dele era a verdade cósmica da transitoriedade, portanto, um truísmo. A minha verdade era a verdade das alegrias pequenas e pessoais que desafiam o grande plano, mas que inevitavelmente devem confirmá-lo.

31

c. Anos 1970.

As alegrias, o amor. Cambridge, Massachusetts, para começar.
O inglês se tornou o meu campo de especialização na universidade. Pareceu a escolha óbvia, dado o meu entusiasmo por sua poesia, que havia começado com os metafísicos da Inglaterra do século XVII e não diminuiu. Vaidosamente para um mero calouro, embora não sem um fundo de verdade, eu acreditava que havia captado completamente o tão proclamado conceito da "sensibilidade não dissociada": como por meio do uso inteligente e amplo da fantasia um poeta como John Donne podia compor um poema que era ao mesmo tempo uma ideia espiritual. Poesia e filosofia coincidiam, numa sensibilidade metafísica. Eu então perguntei, com ousadia, segundo alguns, se os *ginans* da minha infância não conseguiam a mesma coisa. Para minha decepção, nem meu pai nem meu professor ficaram impressionados com aquela proposta imodesta, cada um por um motivo próprio. Não fiquei desencorajado, mas tive de admitir com humildade que os poetas de meu interesse haviam sido criados numa tradição de aprendizado europeu e cristão, enquanto que os

ginans da minha infância eram escritos principalmente por pessoas simples. No entanto, as semelhanças existiam, e eu estava convencido de que os melhores *ginans* eram tão belos e gratificantes quanto o melhor de Keats, que havia se tornado, por um tempo, a minha paixão. Desta forma, havia descoberto sozinho um caráter místico na poesia inglesa que parecia impressionantemente familiar à minha mente indiana. O jovem moribundo Keats escreveu sobre morte e transitoriedade da mesma forma resoluta que eu ouvira dos meus antepassados, e com a qual eu mesmo tão frequentemente chocava meus amigos americanos.

Como era parecida a conhecida frase de William Blake, "Ver o mundo num grão de areia", daquela no *Bhagavad Gita*, obrigando Arjuna a ver o Um "em todos os seres, indivisos nos divididos". E como estavam próximas a frase "Eu O vi, e O procurei, eu O tive e O quis" da eremita medieval Lady Julian ao misticismo erótico de Mira ou Kabir ou Nur Fazal. As ideias dos "Sonetos Sagrados" de Donne, os pensamentos de Keats ou Blake, ficavam espalhados pelas canções da minha infância. As ligações eram históricas ou psicológicas? Como seria um mapa de influências? E assim por diante.

Eu estava bem imerso em meu tema, na ocasião. Havia descoberto uma veia que poderia extrair até o conteúdo do meu coração através do longo processo de uma tese de doutorado. É claro que tal escolha de especialização e carreira foi inspirada pelo espírito do mundo em que cresci, a sensibilidade espiritual que havia me formado. Eu mal podia negar sua presença em minha vida. Era algo determinado, como o DNA, era tanto a minha força quanto a minha limitação. E eu tinha de fazer daquilo o que pudesse. O que eu havia rejeitado era a expectativa e a exigência que o mundo colocara sobre mim, e seu medo — e talvez desdém — do mundo maior ao qual eu agora me sentia tão integrado. Meu pai havia visto imediatamente as implicações do meu novo entusiasmo: ao ler poesia, eu não me tornei poeta, mas crítico, algo que me distanciava da experiência mística e da devoção que produzia a emoção, a união com o Divino. O Leão Saffron não era apenas um conceito para ele, mas seu próprio filho e sucessor se afastando.

Fiquei feliz ao descobrir que um Ph.D. era um abrigo conveniente para o estrangeiro que não conhecia o funcionamento da vida no novo país, dando-lhe um mundo dentro de um mundo no qual funcionar, onde era possível ser excêntrico de uma forma aceitável. Era uma existência estimulante da mente numa universidade de elite na qual minhas necessidades físicas eram modestas, mas atendidas, numa época de liberdade e experimentação intelectual. Eu tinha então um apartamento numa casa convertida em apartamentos para locação na Banks Street, perto da universidade, e um variado grupo de conhecidos, nenhum muito próximo. Dos meus amigos dos primeiros anos, apenas Russell permaneceu em Cambridge, na faculdade de direito. Bob e Dick haviam ido para outros cursos profissionais.

Meu pai continuou escrevendo suas missivas breves e pacatas, e eu não podia fazer nada além de responder da mesma forma. Nossa correspondência emudecida era permeada por um silêncio corrente de mágoa mútua, com os espaços entre as palavras preenchidos com uma tensão que eu quase podia tocar nas dobras do papel que segurava entre os dedos. O que sabia de Ma era por intermédio dele. Mansoor escrevia bilhetes ocasionais para pedir jeans, camisas e coisas do gênero, nada mais. Não havia notícias de casa e, depois da minha estrondosa afirmação de liberdade, eu não podia sequer assumir o tom necessário para questionar meu pai sobre questões relacionadas às minúcias da vida em casa. Eu me sentia isolado. E, no entanto, o que esperava dele?

Meu desgosto era baseado numa contradição, uma visão dupla de mim mesmo. Eu imaginava para mim mesmo uma vida livre do fardo e da expectativa da tradição, uma vida sendo e pensando como eu gostaria, sem os conselhos e as admoestações do meu pai. Ao mesmo tempo, de algum modo vago, ilógico e sonhador, eu via a mim mesmo em "casa", com a minha família. Era como se eu tivesse aberto mão de Pirbaag, mas não de casa. Essa ilusão tinha de encontrar uma resolução, e encontrou, mas não de uma forma que eu pudesse ter esperado.

Houve um longo período de semanas sem qualquer correspondência de Bapu-ji. Pronto, pensei, ele finalmente me isolou completamente. Então, um dia, dois anos depois daquela minha rebelião filial, da minha declaração de independência dele, Bapu-ji me escreveu dizendo que Ma havia morrido alguns meses antes. Eu nunca havia sido informado previamente do que ela sofria, e ele não me disse nada sobre sua doença então. Ela havia sido cremada sem que eu fosse avisado. Eu não havia recebido a opção de fazer uma visita à minha casa. Eu me senti terrivelmente ferido e furioso. Ele não tinha o direito de me negar a minha mãe mais uma vez.

Sem Ma, pensei de modo cruel ainda que não sem razão, Bapu-ji continuaria vivendo sua arrogante deidade. E ele, pelo menos, tinha Shilpa, e todos os outros devotos voluntários que iriam sentar a seus pés e atender às suas necessidades. Mas senti pena de Mansoor. Ele era muito próximo dela. Eu ainda pensava nele como meu irmãozinho menor, embora ele agora fosse um adolescente e eu soubesse muito pouco a seu respeito, o que ele pensava e como se sentia, o que queria ser. Ele nunca respondia às minhas perguntas, nunca pedia conselhos.

Fiquei triste com a minha própria perda, mas eu havia perdido o direito de sentir pena de mim mesmo, pois tinha realmente abandonado Ma. Se ela ao menos tivesse escrito para mim! Ao me indispor com meu pai, eu havia assumido o risco de nunca mais vê-la. A aposta havia sido feita, e o preço, cobrado. Junto com a carta da notícia da morte, Bapu-ji me mandou uma foto de Ma, que eu sempre expus num lugar de destaque para onde quer que me mudasse. Nunca tive uma foto de Bapu.

Alguns meses depois da notícia, Marge Thompson voltou à minha vida. Não havia por que olhar para trás agora. Quando os estudantes radicais retornaram à sociedade, mais velhos e subjugados, pareciam muito comuns: limpos, classe média e bem-educados. Assim foi com Marge, exceto pelo fato de que seu nome era Mira, seu pai era indiano, e ela fora criada como canadense. Cruzei com ela do lado de fora do departamento de inglês num final de manhã, quando entrava no hall da frente, e ela se virou abruptamente depois de olhar infrutiferamente para o mural de empregos. Por um instante, ficamos nos olhando, até que ela rompeu o silêncio falando baixinho:

— Ainda encarando, pelo que vejo.

Havia um brilho em seus olhos, e ambos caímos na risada. E eu soube que aquele seria um relacionamento diferente do anterior. Expressando minha surpresa por vê-la, levei-a ao Greenhouse Cafe, que ficava no mesmo lugar do memorável Pewter Pot, onde havíamos nos conhecido, e que tristemente havia sido destruído por um incêndio. Foi lá, durante nossa longa conversa de reencontro, que ela fez sua confissão.

— Canadá? — fingi surpresa, pois Bob já havia me dito fazia muito tempo de onde ela era.

— De onde vêm todas essas frentes frias... nas previsões do tempo — disse ela, ecoando exatamente o que eu estava pensando. — Cuidado com esta frente fria... brrr!

— Você não é exatamente uma frente fria — acrescentei desnecessariamente, com uma risada insegura, pronto para acrescentar muito mais elogios na minha empolgação (por exemplo, que sua homônima era uma mística medieval muito admirada na região de onde eu vinha), mas, sabiamente, eu me segurei. Lembrava muito bem da vez em que havia me aberto demais.

Fazia cinco anos desde que eu a vira pela última vez, de modo que não conseguimos deixar de trocar olhares de surpresa renovada um com o outro, já que aquela era uma reunião tão fantástica e inesperada. Não consegui deixar de lembrar como havia me saído mal durante nossos encontros anteriores e fiquei empolgado com aquele novo começo. Agora falávamos como iguais. Eu sempre imaginara uma fragilidade por trás daquela insolência que ela apresentava como sua personalidade. Suas roupas surradas também não convenciam. Agora não havia nem uma simulação de vanguarda. Ali estava ela usando uma saia bege e uma blusa azul. Tinha os cabelos castanhos repartidos ao meio e presos casualmente, uma garota muito bonita. Havia uma nova e calma delicadeza nela, que se tornara o que eu desejava que ela fosse. E eu? Eu tinha maior facilidade com a cultura e tinha perdido muito da minha falta de jeito. E meu sotaque, acredito, havia perdido suas piores abominações — embora ainda houvesse ocasiões em que bastava eu abrir a boca para arrancar risos dos meus amigos. Ela me contou que havia tirado uma licença do MIT para trabalhar como voluntária na campanha presidencial do senador McGovern e, depois da decepção daquela eleição de 1972, havia ido terminar os estudos em Montreal. Voltara a Cambridge, onde estava morando com uma amiga; estava procurando trabalho e esperava fazer pós-graduação. Ela havia terminado com Steve não muito depois da última vez que a vi. Ele estava na Califórnia, estudando matemática em Berkeley. Ele era um relaxado, mas, também, aparentemente, um gênio. Mas voltando a Marge. Ela contou que foi criada em Winnipeg. Sua mãe era Cathy Thompson, nascida e criada em Iowa, e seu pai, Amrit Padmanabh, médico e budista, e poeta e músico no tempo livre.

Talvez tenha sido essa origem enigmática que me atraíra com tanta urgência no instante em que a vi pela primeira vez. Falei algo nesse sentido para ela, que ficou encabulada, descontraída e bastante mexida. Num impulso, ela pegou minha mão, apertou-a e então a largou.

Eu estava apaixonado. Anos antes, um estrangeiro bobo ficara em transe com a maravilhosa, provocadora e radical Marge Thompson e a desejara como uma amiga especial de um modo vago e puro. Eu até chegara a pensar que estava apaixonado. Mas agora meus sentimentos por ela estavam profundamente definidos, sentado na frente dela, vendo-a falar sobre si mesma, enquanto eu lhe falava sobre minha vida recente, embora com cuidado, o tempo todo encarando-a, admirando-a e sorrindo com ar de idiota, sentindo o estômago apertado, a cabeça tonta com pensamentos velados e um único refrão: eu amo esta garota. Ela voltou, disponível, e eu não posso deixá-la escapar.

Concordamos em nos encontrar mais tarde naquele dia, acabamos jantando cedo juntos e concordamos em nos encontrar de novo em breve. O que rapidamente — e muito lentamente — se tornou a manhã seguinte. Logo começamos a nos ver frequentemente.

Mas ela tinha de me descobrir de novo, e ser convencida de que, desta vez, eu era seguro. Não era mais o indiano complicado, que arrastava atrás de si quilômetros de passado. Havia muita coisa sobre o que conversar e aprender um sobre o outro. Agora, minha ligação com minha casa era muito pouca, e eu não tinha intenção de voltar a morar na Índia. Eu era apenas mais um aluno de pós-graduação, um esteta e um intelectual, um pouco vaidoso, talvez, com esperança de um dia ensinar minhas estimadas teorias em alguma faculdade. E ela não era mais a radical exibida falante que pregava a revolução pelas ruas, mas uma garota bonita e sensível que precisava de atenção e devoção. Eu tinha tudo isso para dar a ela.

Aqueles dias iniciais do nosso namoro foram tão doces e suaves como ansiosos e incertos. Eu acordava alegremente todas as manhãs, grato por mais um dia, com um formigamento nervoso preocupando a minha espinha enquanto eu tomava banho, me escovava e me torturava. E se tudo aquilo fosse um sonho? E se ela tivesse mudado de ideia, tivesse se dado conta de sua tolice e fizesse pouco de mim quando nos encontrássemos novamente? Eu me apressava até o nosso local de encontro. E não, toda vez, não: ela era real, e estava lá para mim como prometido.

Nós normalmente nos encontrávamos no começo da manhã, tomávamos café num restaurante, ou ao sol nos degraus do edifício do meu departamento ou num banco do campus. Eu partia para uma aula, alguma tarefa ou para a biblioteca, e ela ia vasculhar os murais em busca de trabalho, no que não estava tendo muita sorte. A primavera não era a melhor época para procurar trabalho no campus. Havia certa timidez nos nossos modos, uma pequena ansiedade. Uma decisão estava pendente: nos comprometermos ou não. Assim, embora sempre nos despedíssemos com relutância todas as vezes, a ausência também nos dava uma pausa para nos recompormos. Nós nos encontrávamos de novo no final da tarde, por combinação prévia ou com algum pretexto. As noites, ela preferia passar com a amiga, e eu tinha meu próprio trabalho a fazer. Não se podia brincar com isso, de qualquer maneira. Mas houve um dia em que não nos encontramos nenhuma vez. Eu passei aquela noite agoniado de ansiedade ao lado do telefone, porém temendo levantá-lo do gancho e acabar parecendo insistente e afastá-la. Teria meu sonho terminado? Seria ela, depois de tudo o que havíamos dito recentemente um ao outro, a mesma provocadora de antes? Mas, na manhã seguinte, ela estava novamente esperando por mim na esquina onde eu surgi na Harvard Square. Grandes sorrisos de alívio. Fomos tomar o nosso café e não discutimos o dia anterior, mas fizemos uma despedida longa e interminável.

Depois de alguns passos para lados opostos, ambos nos viramos para acenarmos de novo um ao outro. Penso naquele dia como o ponto decisivo do nosso relacionamento.

Por que eu entro nesses detalhes tão triviais em retrospecto? Para lembrar a mim mesmo que eu vivi — "tornei-me do mundo", como meu pai teria dito. Era o que eu havia desejado: ser uma pessoa que pensava e sentia como qualquer outra. Por isso, eu havia rejeitado minha vocação.

Marge Thompson e Karsan Dargawalla: lembro de repetir os nomes, de me emocionar com a improvável e esquisita união dos dois. O que ela via em mim, aquele personagem caipira da Índia com um nome de acordo com um caipira da Índia?

Ela gostava da minha ingenuidade e da minha honestidade, disse. Já tinha visto muito cinismo e amargura. Era como se eu fosse novo para o mundo. Eu era como um *poema*...

— Pare de falar porcaria!

— Olhe só, você não sabe nem dizer palavrão, CQD*... — provocou ela, me empurrou e saiu correndo. Eu saí atrás dela e a trouxe de volta ao meu encontro. Mas o que se faz então, Karsan Dargawalla, seu tonto atrapalhado? E então ela me ensinou como beijar — em público, diante de todos os que faziam piquenique, às margens do rio Charles. Aplausos. Uma bênção pública ao lado da água. Estava feito.

Seu passado — para usar um eufemismo para suas intimidades anteriores — não me causou ansiedade. Quaisquer que fossem seus detalhes, ela havia encontrado seu destino em mim. E, paradoxalmente, eu fui conquistado por ela. Ela me

---

* No original: "QED", do latim "Quod erat demonstrandum". Em português, "como se Queria Demonstrar" ou "CQD". (*N. do E.*)

confessaria, anos mais tarde, o que eu deveria ter adivinhado havia muito tempo, nem que fosse para ficar convencido: que meu encontro com ela do lado de fora do meu departamento não havia sido completamente acidental. Ela havia perguntado por mim. Tanto melhor para a minha frágil autoconfiança, claro.

Naquele dia, jantamos no meu apartamento, aonde ela chegou vestida para uma ocasião formal, trazendo uma parafernália para decorar a nossa noite. Enquanto eu cozinhava, uma habilidade que havia aprendido sozinho, ela se ocupava com a arrumação da mesa e de um ambiente adequadamente romântico. Mais tarde, naquela noite, enquanto relaxávamos sobre as almofadas no chão acarpetado (pois era assim que viviam os estudantes), eu descobri a maravilha da proximidade feminina, os apavorantes sabores da intimidade carinhosa. Nós havíamos nos tornado amantes, seguros e completos juntos.

No mês seguinte, fui a Winnipeg com ela.

Depois da confusão de Boston e suas ruas alegremente caóticas, Winnipeg parecia triste e desolada, com sua monotonia, seu despojamento, com jeito de cidade do Velho Oeste do cinema. Ainda assim, a pradaria continha seu mistério e sua beleza, sua monotonia plana sugestiva da infinitude da Terra e do céu. E as pessoas, como se estivessem sempre conscientes da modesta circunstância humana, possuíam uma receptividade animadora. O Dr. Padmanabh estava esperando por nós do lado de fora da casa de subúrbio quando chegamos num sábado à tarde, direto de Boston, tendo feito uma viagem de dois dias pegando caronas. Era um homem pequeno, de sorriso fácil. Estava de shorts naquele dia, e me levou direto para dentro da casa, com Marge e a mãe nos seguindo de perto. Assim que eu me sentei num sofá da sala de estar, ele me deu dois finos volumes de sua poesia, como se estivesse esperando a manhã toda para fazer apenas aquilo, e então começou a me fazer perguntas sobre mim mesmo, não como se fosse um interrogatório, mas, aparentemente, por genuína curiosidade. O fato de ser um estudante de poesia numa universidade de prestígio havia me rendido pontos muito antes da minha chegada. O que respondi sobre a minha formação era neutro e seguro, nada desconcertante. Sua esposa, Cathy, uma mulher corpulenta de cabelos amarelos, nos trouxe limonada e ficou parada na porta de entrada. Foi ela quem me salvou quando eu estava pensando em como reagir aos livros nas minhas mãos, dizendo:

— Deixe ele se refrescar primeiro, Paddy. Depois vou fazer um chá. Sei o quanto vocês indianos gostam de chá!

Ela me mostrou o quarto de hóspedes e, quando me deixou na porta, me olhou com firmeza, revelando que estava imaginando exatamente que tipo de relacionamento eu estava tendo com a filha dela naqueles dias permissivos. Eu havia ido como namorado, e Marge havia incluído, com a descrição que fizera de mim, apenas a dica de um noivado iminente.

— Obrigado, Sra. Padmanabh — falei, e ela replicou rapidamente, com um sorriso.

— Me chame de Cathy. Vamos acabar nos conhecendo muito bem, não é?

— Espero que sim — respondi, exultante.

Naquela noite, depois do jantar, todos nos sentamos na sala de estar para o chá e a sobremesa, e o doutor nos distraiu com seu saxofone, compondo um quadro engraçado, com o instrumento quase chegando aos seus joelhos. Mas ele tocava bem, e me disseram, para minha surpresa, que às vezes ele tocava em clubes à noite. Ele se sentou, e então ocorreu um momento familiar, tocante por sua união, principalmente quando pensei na minha própria circunstância. Antes de nos retirarmos, Paddy foi convencido, com muita dificuldade, a ler um pouco de sua poesia, o que ele fez brevemente, num tom de voz seco e suavemente expressivo. Era o tipo de poesia confessional de alienação com a qual eu ainda estava pouco familiarizado, confrontando imagens do Oriente e do Ocidente, e fiz comentários que mais tarde julguei serem tolos, se não ofensivos, a ele. Isso me atormentou ainda mais quando me dei conta de que o doutor também havia buscado aprovação durante a minha visita.

Marge — como eu continuei a chamá-la — tinha um irmão de 10 anos, uma presença travessa e passageira pela casa, chamado Gautam. Ele esteve presente apenas por uma parte daquela primeira noite, depois do que desapareceu para seu quarto, de onde ouvíamos a batida baixa mas distinta de seu próprio tipo de música. Cathy era uma cristã devota. Portanto, para compensar a grande estátua negra de madeira do Buda sentado, havia várias imagens de Jesus pela casa, incluindo uma reprodução da Última Ceia, que ficava pendurada com destaque numa parede na sala de jantar. Com o tempo, eu tomaria consciência da tensão religiosa que havia entre o casal. O outro nome de Gautam era George.

— Você gosta da minha família? — perguntou Marge.

— Muito — respondi.

Era final do dia seguinte, o sol de verão estava no horizonte através da paisagem plana, e estávamos caminhando pela vizinhança de mãos dadas. A minha resposta foi a que ela esperava, é claro, e ela parecia contente. E eu fiquei feliz de vê-la daquela maneira. Senti como se eu tivesse conquistado aquilo. A noite estava agradável, com apenas um traço de brisa fresca soprando com a escuridão. Os silenciosos bangalôs com iluminação suave, dos dois lados da rua, construídos no centro dos gramados amplos e bem-cuidados, marcados por ocasionais canteiros de flores, compunham um retrato de beleza e perfeição sublimes. Marge saltitava dizendo os nomes das flores para mim, bem como algumas variedades de bordo. Algumas pessoas passeando com cachorros passaram por nós, e então dois ciclistas, um adulto e uma criança. Um cortador de grama irrompeu em algum lugar, e nós passamos pulando por dois irrigadores. O cheiro de um churrasco nos fundos de uma casa somou-se ao de terra e grama. Fiquei tocado o bastante para dizer a ela que podia facilmente morar num lugar como aquele, ser parte daquela serena existência suburbana e criar uma família. Ela apertou minha mão.

— E o meu pai? — perguntou ela. — O que você achou dele?

— Ele é um cara realmente maravilhoso. Mas não é o que eu imagino de um músico e poeta...

Um dos poemas que ele havia lido era intitulado "Buda do rio Vermelho", uma evocação da Índia em Manitoba, que estava longe do espírito dos poetas que eu estudava e admirava. Tive de me sair com evasivas, mas ainda assim foi memorável.

— E o que você sabe de jazz? — disse ela.

— Nada. E a sua mãe é amável também.

Paramos para voltar. Olhamos um para o outro e sorrimos timidamente. Espontaneamente, trocamos um abraço apertado, então voltamos caminhando juntos, de mãos dadas, com o conhecimento tácito de que realmente pertencíamos um ao outro e passaríamos as nossas vidas juntos, como um só. Quando fomos embora, foi com a compreensão de que eu agora podia ser considerado parte da família. Marge havia contado aos pais o que eu havia lhe dito durante a caminhada. ("Sabem o que ele me disse na nossa caminhada? Querem saber? Ele disse que poderia morar num lugar como este e criar uma família!") Cathy ficou emocionada e me deu um abraço caloroso e emocionado. O Dr. Padmanabh disse "Olhem só!", e eu rezei, a qualquer entidade que estivesse olhando por mim, que me mantivesse no caminho certo.

Na primavera seguinte, Marge e eu nos casamos numa capela em Cambridge. Foi uma cerimônia pequena, realizada por uma ministra luterana, conhecida por ser uma das primeiras do país, e assistida por um punhado dos nossos amigos e conhecidos. Meus amigos Russell, Bob e Dick estavam presentes, o último sendo o padrinho, e os dois outros tendo viajado muito para estarem comigo. Depois da cerimônia, eles nos ofereceram uma festa no Howard Johnson, onde passamos nossa primeira noite de casados. O contraste das minhas núpcias com os casamentos da cidade da minha infância — coloridos, barulhentos e muito públicos — não poderia ter sido maior. Mas eu era, agora, uma pessoa privada. Os votos que dissemos foram escritos por nós mesmos. Contamos a alegre notícia aos Padmanabh depois do evento, evitando assim um conflito em potencial com Cathy pela escolha de igreja e cerimônia. Meu pai recebeu a notícia pelo correio, junto com uma fotografia minha com a noiva, e respondeu devidamente com um bilhete de congratulações, assim como Mansoor. Marge e eu concordamos com uma recepção familiar em Winnipeg no verão, e essa foi uma ocasião mais festiva do que a de Cambridge, embora não fora de controle. Os Padmanabh conheciam muita gente. Marge estava estonteante num sári vermelho, sendo a primeira vez que ela vestia um. Seus avós de Iowa estavam presentes. O doutor leu um poema emocionante para a filha, no qual descreveu seu camelo de pelúcia da infância, que acabara ganhando vida e a levando embora. A referência indireta e bem-humorada ao seu marido não passou despercebida.

Quando terminei meu doutorado, tive a felicidade de, num período de escassez de ofertas de emprego, conseguir uma vaga como professor na Faculdade Prince Albert em Burnaby, na Colúmbia Britânica. O fato de o departamento de inglês da faculdade ser administrado essencialmente por dois radicais da contracultura dos anos 1960 trabalhou a meu favor, e parece que meu conhecimento sobre cultura indiana e misticismo foi um fator mais importante para me garantir mais a posição do que o meu conhecimento sobre Keats, Shelley e Donne. Ali, num idílico subúrbio verde perto do mar, eu me tornei um professor adorado pelos jovens. Mudei meu nome para Krishna Fazal, e tornei-me pai de um menino, a quem demos o nome de Julian. Minha felicidade era completa.

32

Colúmbia Britânica. Anos 1980.
Minha alegria, meu lar.
Eu estava determinado a ser feliz. Se houve a menor sombra lançada sobre nosso lar, foi a seguinte: que eu gostaria de ter tido muitos filhos, mas pudemos ter apenas um. Ele era o rei do nosso mundo, que amávamos cegamente. Cada instante da nossa vida era dedicado à nossa enorme devoção por ele, aquele lindo deus-menino, nosso filho.

Marge ficara em casa para cuidar de Julian. Às vezes, quando ela precisava sair sozinha, ele me acompanhava ao escritório, e até mesmo às minhas aulas, onde ficava pacientemente sentado no fundo da sala, com as mãos no colo, encarando o pai com os inexpressivos olhos arregalados, aparentemente cegos aos olhares apaixonados das alunas. Em meu pequeno departamento, ele era visto quase como um integrante, e a biblioteca dedicou um canto especial só para a ele. Um dia, quando ele ainda era pequeno, durante um longo seminário de tarde inteira que parecia interminável até mesmo para mim, ele de repente explodiu em lágrimas:

— Eu estou tão chato assim hoje? — perguntei à turma com o típico humor de professor.

Claro que eu sabia a resposta, que todos confirmaram com algo como:

— Bem, professor, o senhor não estava totalmente presente!

Eu havia tido uma discussão com Marge naquela manhã, e por isso estava tão distraído, e havia me atrapalhado ao reconciliar a grandeza da arte com o fanatismo — sempre um tema traiçoeiro quando julgamos o passado pelos padrões do presente. Foi quando disse algo como "Se não fosse por Shakespeare, não perdoaríamos Eliot", que não pareceu muito certo, que o meu pequeno anjo finalmente estourou em lágrimas de protesto. Ainda assim, ele havia conseguido salvar o dia.

Nossas brigas podiam ser desarmadas simplesmente ao nos referirmos a "ele", aquele ser irredutível entre nós. Ainda eram brigas de amantes, dolorosas, debilitantes e presas aos egos, mas havia aquele mágico que cuidava de nós, o menino Julian. E então: "Sabe o que ele fez hoje?", ou, com o plural majestático: "Nós tivemos um ataque hoje." "É mesmo? O que aconteceu? Ele está bem?" "Claro que está bem. Olhe só..." Sem sequer percebermos, estávamos livres da nossa tristeza e novamente apaixonados.

Eu podia falar sem parar, o pai fora de controle.

A paternidade fez de mim um novo homem, dando-me um exuberante senso de propósito e vencendo minha timidez. Eu parava nas calçadas para admirar um bebê ou um cachorrinho de estimação. Brigava com os outros e soprava e bufava pelos direitos e pela segurança do meu filho. Percorria a vizinhança fantasiado no Halloween. Inclusive me ofereci para ser o Papai Noel no jardim de infância de Julian. Acrescente-se a tudo isso uma perversão crescente, um tique incontrolável: o hábito de cantar para o meu filho — no carro, caminhando ao seu lado, ao botá-lo na cama. Como explicar essa alegria tola? Apenas como isso. Eu não cantara muito quando criança, exceto para o Mestre-ji, que me dizia que eu tinha uma boa voz. Havia cantoria por todos os lados quando eu era criança. Agora, daquele pai doido pelo filho jorravam versos e melodias, algumas das quais eu nem sabia que existiam dentro de mim. Velhas cantigas de ninar inglesas, onde eu as teria aprendido? Meio que lembrava de canções populares em inglês e hindi, e as canções de ninar da minha mãe. Eu recitava Blake ("Tigre Tigre") e Eliot ("Macavity: o gato misterioso") àquela criança talentosa que certamente estava destinada a grandes coisas. Mas, para meu espanto, quando sem pensar eu recitei a Julian algumas simples cantigas de Pir Bawa, o menino começou a cantá-las com impressionante vigor.

Anand anand kariyo rikhisaro... alegrem-se, grandes almas, vocês têm o guru. Uma melodia animada e alegre que ele sabia cantar num tom trêmulo e infantil com uma maravilhosa e doce inocência capaz de encantar a qualquer um por perto. Os *ginans* da minha infância, os felizes, ao menos, haviam se tornado as canções infantis do meu filho. Eu ficava nervoso com meu querido filho ecoando as canções de Pirbaag? Às vezes. Mas eu tirava conforto do fato de que as letras não podiam significar qualquer coisa para ele. E é claro que haviam perdido o significado para mim. Quão distantes estávamos do antigo Pirbaag, que mal elas podiam fazer àquela existência livre e ensolarada... as montanhas verdes de um lado, o mar azul do outro, a sinuosa estrada cinzenta à frente e aquele vibrato infantil encaracolando-se em seu trono no banco de trás.

Eu nunca revelei ao meu pai a presença daquela nova fonte de felicidade na minha vida, seu único neto. Considerei algumas vezes ir a Pirbaag para visitá-lo. Marge estava disposta a ir junto e levar nosso filho, e seus pais nos encorajavam. Parecia correto. Mas todas as vezes, depois de uma primeira sugestão de um breve retorno à Índia, minhas pernas amoleciam, suor escorria das palmas das minhas mãos e eu não conseguia ir. Eu tinha ciúme da minha felicidade. Temia por ela. Porque até mesmo nos versos que passavam melodiosamente e sem esforço pela minha cabeça, como uma fita num gravador, havia os raros mas assustadores momentos em que eu podia sentir seus significados mais sombrios — que eu imaginara mortos — ressurgirem, e a mensagem de Bapu-ji reviver: eu estava vivendo uma ilusão. Maya, a feiticeira capciosa do mundo material, havia me enfeitiçado. Eu não tinha direito de ser feliz. Mas eu tinha direito à minha felicidade, e estava determinado a cuidar dela. E não daria meu filho ao meu pai sequer para que ele o contemplasse como parte de sua pessimista deidade.

Teria eu medo de que meu filho crescesse para rejeitar a mim e ao mundo que eu havia lhe dado — para se virar na direção do avô, retornando àquelas antigas raízes?

Parei de escrever ao meu pai.

Se Bapu-ji estava exilado no mais longínquo canto da minha consciência naquele novo mundo, os Padmanabh eram visitantes frequentes. Gradualmente, passei a apreciar a marca do doutor na poesia confessional de exílio invernal, na qual elefantes pisavam pesadamente em terrenos gelados, girafas subiam escadas e Rama partia para seu exílio nas terras do norte. Ele pertencia a um crescente movimento literário num Canadá novo e multicultural e era frequentemente convidado para leituras de poesia que contrastavam imagens dos trópicos com as de verão para ilustrar o choque de sensibilidades. Como acadêmico, eu era solicitado para dar legitimidade àquele gênero exagerado, e me senti obrigado a desenvolver o interesse de meus alunos, organizando leituras na faculdade e escrevendo alguns artigos acadêmicos, ainda que para pequenas publicações. Eu havia chegado a um país jovem empolgado com sua nova identidade, uma condição que combinava muito bem com a minha nova existência.

O aspecto mais intrigante das visitas que o doutor nos fazia em Vancouver era quando ele saía nas tardes de sábado com a caixa de seu saxofone, vestindo seu típico terno cinza-claro. Havia um pub de aparência meio detonada num centro comercial chamado Sammy's Cafe, na Kingsway. O pub pertencia a um sujeito indiano. Lá, ele e alguns velhos amigos se reuniam e tocavam para uma heterogênea plateia muito modesta, como abertura para a atração principal da noite. Para essa aparição, o doutor penteava os cabelos cuidadosamente e usava uma gravata espalhafatosa, sendo esta a sua concessão ao show business. Assim transformado, ele era Doutor Paddy, o saxofonista. Ele mantinha um sorrisinho fixo no rosto enquanto tocava, e quando chegava a hora de seu solo, eu gostava de imaginá-lo mais absorto na música do que ele conseguiria ficar em suas meditações budistas.

Nós éramos mais amigos do que sogro e genro. Normalmente, falávamos inglês, mas quando estávamos a sós, muitas vezes engatávamos em hindi. Sua família era de Banaras e era budista havia algumas gerações, desde que um grupo de monges esteve em sua cidade e converteu a população local. Ele também havia sido criado com práticas hinduístas, mas abrira mão da maioria delas quando adulto. Tinha ido para os Estados Unidos como médico residente em Iowa City, onde conheceu Cathy — que, conforme a piada familiar, havia inicialmente pensado que ele era um índio nativo.

Num final de tarde, eu o peguei após sua sessão no Sammy's, e saímos para a calçada molhada pela chuva que havia caído. Tínhamos tomado alguns drinques com uns petiscos, e conversávamos animadamente a caminho do carro. Isso ocorreu algumas semanas depois do assassinato de Indira Gandhi por seus guarda-costas, em 1984. A Sra. Gandhi não era popular, principalmente depois de suas medidas emergenciais de alguns anos antes. Ainda assim, o assassinato havia sido uma notícia terrível. Mais terríveis eram os relatos do massacre realizado contra os sikhs de Delhi como consequência. Nossa terra natal estava distante, mas suas notícias ainda surtiam efeito sobre nossos pensamentos e sentimentos, ainda que não tanto sobre as nossas vidas. As antigas animosidades lá eram tão grandes, e no Sri Lanka e no Paquistão, que eu me sentia muito feliz de estar longe de tudo aquilo. Perguntei ao meu sogro qual era o sentido da triste poesia do elefante no gelo, se o elefante havia enlouquecido devido ao tempo.

Discutindo intensamente a esse respeito — com ele me chamando de ingênuo —, passamos por uma velha igreja, uma fortaleza de tijolo aparente com uma torre quadrada recortada. A placa do lado de fora indicava uma denominação coreana. De repente, algo chamou nossa atenção. Do interior do prédio vinha o que parecia o canto de um coral muito pouco ensaiado. Mas as notas altas e a melodia pouco usual eram estranhamente interessantes, de modo que, inconscientemente, paramos para escutar.

— Que cantoria estranha — observei.

— Não parece com o que você canta às vezes? — perguntou Paddy.

Ele podia estar brincando, era a vez dele de devolver a gozação da última vez. Mas meu senso de humor havia desaparecido.

— Não... sério? — respondi rapidamente. Mas não tinha muita certeza.

— Vamos perguntar?

— Não, vamos embora. Não estou me sentindo muito bem.

O doutor me disse que eu não devia ter tomado aquela última cerveja e me levou de volta para casa.

Sempre ouvimos histórias de como os elefantes nunca se esquecem, de como uma cobra fêmea era capaz de atravessar o oceano para lhe encontrar e se vingar...

Teria sido aquilo mera coincidência de som e circunstância que eu havia discernido do lado de fora da igreja? Aquilo, certamente, não era inédito: dois cantos estrangeiros se parecerem.

Ou seria meu pai estendendo a mão novamente? Seria a antiga mágica de Pirbaag trabalhando comigo?

Nos dias que se seguiram, fui provocado pela melodia que tocava bem no fundo da minha cabeça. Não era sequer uma melodia real, mas uma imagem fugaz ou sombra dela, a mera ameaça. Eu não conseguia me livrar dela.

No sábado seguinte, com meus sogros tendo voltado a Winnipeg, fui possuído por uma tentação ardente e quase cedi a ela. Quando a tarde chegou, peguei as chaves do carro. Talvez eu devesse passar de novo pela frente daquela igreja e escutar. Ou até mesmo entrar e dar uma olhada, satisfazer minha curiosidade: quem eram os cantores? Eles se reuniam, presumivelmente, todos os sábados. Não poderiam ser... Mas e se fossem? Pus as chaves de volta no lugar. No sábado seguinte, o sentimento voltou, a serpente torturante. Eu a combatia, apenas porque, se aqueles cantores fossem do meu povo, eu teria de encarar meu pai, cuja foto certamente estaria lá, num lugar de destaque.

Meu *antigo* povo, lembrei a mim mesmo, porque eu não os queria nem precisava deles de novo. Eu já os havia deixado.

— Qual é o seu problema ultimamente? — perguntou Marge.

— O quê?

Estava com a cabeça em seu colo, suas mãos passavam pelos meus cabelos. Julian brincava por perto, embora logo viesse exigir atenção. Era minha cena preferida em casa. Um leve odor de sua calorosa feminilidade flutuava através da camisola. Poderíamos ter tido muitos filhos. Inicialmente, ela quisera apenas um. Finalmente, quando ela mudou de ideia e passou a desejar um companheiro para Julian, uma série de abortos destruiu os nossos planos.

Isso foi uma pena, pois a maternidade combinava com ela, que gostava de cuidar da nossa casa. Como outras mulheres da região, ela havia adiado sua carreira. Eu às vezes me questiono sobre isso, pois sabia que ela havia sido uma brilhante estudante de ciências. Mas a família e a casa eram tudo agora. Com o passar dos anos, ela havia ficado mais suave, perdido parte da energia que tanto me provocara um dia. Mas se ela não era mais o lindo enigma que havia me enfeitiçado antes, agora era a mulher que cuidava carinhosamente de mim, até mesmo me amava. Fisicamente, havia ficado um pouco mais roliça (dizia que eram seus genes indianos) e cortado os cabelos curtos, mas ainda era bonita, e seu rosto havia adquirido um brilho que refletia sua condição e me deixava orgulhoso por ser um bom pai e marido.

— Você tem estado distraído... tem alguma coisa incomodando você, e você não está me dizendo o que é.

— Não é nada.

Ela não ia aceitar esta resposta, é claro, e eu fiquei esperando.

— Nada?... Tipo o quê?

Depois de um instante de tensão, confessei:

— É só que eu me lembrei do meu pai.

Um longo suspiro. E então:

— Por que você não escreve a ele para dizer isso? Se você não escrever, talvez eu escreva.

— Por favor. No meu próprio tempo.

Ela havia aceitado isso antes. E aceitou de novo então.

Marge não me quisera quando eu era complicado, e eu a apresentara a um eu novo e simplificado. Eu nem sequer tinha quaisquer fotos de casa, exceto a da minha mãe. Então ela não sabia o que eu evitara, e que meu pai não era uma pessoa normal, ele era um deus, um papel que eu deveria assumir. Uma garota cem por cento indiana teria imaginado, pelo pouco que eu havia revelado a respeito de mim mesmo. Paddy, imagino, fazia alguma ideia. Meu passado, afinal, refletia a antiguidade e a complicação da Índia.

— Tudo bem — disse ela.

Despenteando meus cabelos, afastou a mão. E eu me perguntei pela primeira vez se ela compreendia mais do que deixava transparecer. Se sim, eu sabia que ela ainda me preferia descomplicado. Ela também guardara segredos de mim. Episódios da adolescência dos quais eu apenas soubera partes, por sua mãe. Detalhes daqueles anos loucos de ativista, contra os quais ela buscara o abrigo seguro do nosso relacionamento. Era o que contava. Nós tínhamos um lar e um filho, e não éramos mais jovens.

Com o passar dos dias, começou gradualmente a parecer que eu simplesmente havia invocado aquela estranha cantoria do lado de fora da igreja e ficado assustado feito uma criança. Com essa observação, voltei ao normal, com a serpente do outro lado do oceano vencida.

O tempo passou, Julian foi para a escola fundamental. De um bebê atarracado com bochechas fofas, havia se tornado um menino alto de pele clara e cabelos e olhos castanhos. Os traços do rosto eram mais delicados, terminando num queixo pontudo igual ao da mãe dele. As orelhas eram um pouco compridas, uma lembrança do meu pai, com a qual eu tinha de conviver. Os cabelos eram crespos, surpreendentemente diferentes dos de qualquer um que conhecêssemos das nossas famílias. Ele jogava futebol, não gostava de críquete. Tocava piano, não gostava de tambores e rejeitara a cítara, e queria tocar sax como o avô algum dia. Gostava de ler e tinha sua própria estante.

Era capaz de nos fazer dar risadas. Um dia, voltando da escola para casa, de mãos dadas:

— *Pai, o que você gostaria de virar?*

— *Virar? Eu já sou pai, professor...*

— *Mas quando você crescer!*

— *Um avô, talvez? E você? O que você quer ser?*

— *Eu quero ser pai e político.*

— *Político, Julian?*

— *Eu não quero trabalhar muito, pai.*

— *Bem...*

— *Talvez eu seja professor também. Vamos ver quem chega primeiro em casa!*

— *Está bem!*

Tudo era feito pelo nosso Julian, como para os amigos dele da vizinhança. Não havia dúvidas de que ele cresceria mimado, mas — argumentávamos — nossos valores e os dos nossos vizinhos certamente se manteriam dentro dele. Tínhamos calorosas discussões a respeito dele, planejávamos sua vida detalhadamente. Qual escola: a particular, mais distante, ou a pública da vizinhança? Quais segunda e terceira línguas? Qual universidade, em última instância? Tudo precisava ser correto. Era pura idolatria, aquele cuidado devotado por um filho, pensado e calculado. O castigo era tão raro quanto doloroso. Lembro de todas as broncas que dei nele. Lembro da minha própria dor quando gritei com ele e lhe dei um tapa acima do pulso. E agora seria capaz de cortar a mão fora para apagar aquele momento.

Um exagero, sim, mas verdadeiro ao seu modo.

33

E a dor; o fim da ilusão.

Sábado de manhã. Era dia de jogo da liga júnior de futebol no Parque Forest Hill. A Escócia ia jogar contra o Brasil. Largamos Julian e corremos para a loja de conveniências para comprar uma garrafa d'água, culpados e furiosos porque, se tivéssemos trazido a água conosco, não perderíamos o começo vital do jogo e não seríamos os únicos ausentes na torcida de pais. Ruidosos gritos de estímulo e dicas dos pais, com uma bebida pronta para o campeão repor líquidos e sais minerais, fazia toda a diferença ao seu desempenho.

— Você não podia ter ido sozinho e me deixado ficar?

— Bom, eu achei que se esperasse no carro você poderia entrar para pegar a água... o que teria acontecido... o menino ficaria sem água.

— Eu teria torcido, pelo menos. Eu o levaria ao bebedouro.

— Você sempre...

Não era o melhor jeito de começar o dia. E ela estava certa, eu deveria tê-la deixado com Julian. Mas ela poderia ter insistido. Agora, o trânsito do sábado nos prendera. Ficamos andando em círculos atrás de um lugar para estacionar. Voltamos com uma caixa da melhor água mineral, mas era tarde demais. O jogo de 40 minutos tinha acabado. O time de camisa azul da Escócia já estava saindo do parque, alegre e ruborizado de exaustão. E lá estava Julian do outro lado da rua, com a ansiedade no rosto se transformando num sorriso, e ele acenou alegremente para nós. A Escócia havia vencido o Brasil, um evento raro em qualquer lugar. Diminuí a velocidade num hidrante, e ele começou a correr na nossa direção. Não viu o outro carro, que ambos vimos quando ele atravessou. E ele saiu voando, nosso menino, nossa felicidade.

Nada que imaginamos sobre nossos piores medos chega perto. Primeiro, você não acredita. Por semanas seguidas, na maioria das vezes. Algo diz que você vai acordar do pesadelo, nada pode ser tão ruim. Não era para acontecer, não aconteceu. A vida é uma ocorrência feliz e positiva, uma afirmativa espontânea e alegre de "Eu sou!" dita desde a lama primordial. Essa... essa morte... é morte, é retrocesso, não é natural. Não há nada a dizer à companheira que sofre. O coração agora está tomado por um silêncio ressentido e engasgado. Vocês não conseguem fazer as refeições juntos. Vocês não se tocam. Vocês dormem na mesma cama e você passa a noite ouvindo os sons do sofrimento dela, que você não consegue nem ousa tentar confortar. O sofrimento é dela, assim como você tem o seu. Ela precisa desse sofrimento, você precisa do seu. O que lhe resta para dar? Você quer muito ficar sozinho em sua tristeza, ser consumido por ela, até que se torne um com ela, nada mais. Este não é mais o seu mundo.

Um dia, uma mulher enlutada chegou ao Buda levando uma trouxa nos braços.

— Como posso ajudá-la, mãe? Por que chora?

Ela depositou seu fardo aos pés dele, um filho morto.

— O senhor é o mais sagrado dos sagrados, Gautama, e conhece o segredo da vida. Faça-o viver novamente. Só o senhor pode fazer isso... e eu o servirei para o resto da minha vida!

— Há um remédio — disse o misericordioso Buda, pousando sua grande mão sobre a cabeça da mulher. — Mas eu preciso de um óleo específico, que não é fácil de obter.

— Procurarei céu e Terra por ele, senhor!

— Então vá em busca de gente deste mundo que ainda não encontrou sofrimento. A cada um, peça uma semente de mostarda. Quando tiver coletado sementes suficientes, traga-as até mim, e eu prepararei o óleo para trazer seu filho de volta.

Ela compreendeu e curvou a cabeça.

— Agora vá cremar seu filho e sua dor.

E aquele verso da canção que você achava ser apenas uma sombra distante na mente, uma impressão fugaz à qual você deu as costas — agora parece alta e clara. *Haré fuliya sohi karamave...* e a flor também fenece. Ah, mente, sua tola, sua borboleta iludida...

Um *ginan* de funeral, uma espécie de canto fúnebre. Como poderiam seus antepassados, seu pai, ensiná-lo isso — esse pessimismo, essa afirmação de dor como remédio para a dor?

Mas a dor existe, e é preciso aprender a viver com ela. Olhar para o quadro mais amplo, olhar para o mundo ao redor. Você não está sozinho. O "Eu sou!" da vida não é uma ostentação, mas uma luta para sobreviver.

Finalmente, vocês começam a falar um com o outro, tentando juntar os pedaços de sua vida juntos.

— Você quer ovo para o café da manhã?

— Sim... eu adoraria. Mexidos, talvez.

— Ou talvez você possa fazer uma omelete indiana...

— Sim, vou fazer!

O som de uma mãe e um filho do lado de fora da janela... você finge não perceber, mas escuta. Na verdade, são duas crianças, com a mãe ou a babá. E você pensa que se ao menos ela não tivesse sido tão cabeça quente, uma prole teria nos mantido juntos... e talvez ela leia a sua mente, e seus olhares se encontram.

E vós — que me dizeis para esquecer, vossos olhares são tristes, vossos olhos estão úmidos.

Este novo vácuo nas suas vidas. Como irão preenchê-lo?

Vocês saem, encontram amigos. Os Padmanabh vêm e vão. O que eles podem fazer por vocês? O que qualquer um pode fazer? Gautam-George vem passar um dia para confortar a irmã. Ele perdeu o funeral. Está casado no subúrbio de Toronto e tem *três* filhos. Nos dias de hoje. Bem, melhor três do que zero e lembranças. Por mais que tentem, o lar de vocês é como um belo jardim que um vento gelado e cruel devastou um dia. Agora há apenas essa aridez a aceitar. Vocês se esforçam para reviver, mas toda vez seus corações lhes puxam de volta para a profundeza sombria.

Um dia você encontra um bilhete sobre a mesa de jantar, posta com consideração embaixo da sua caneca de café: "Fui embora." Só isso. Nós tivemos uma vida juntos, tivemos amor e amizade, e um filho. Tivemos tempos ótimos. Mas agora não há nada além de dor, e eu fui embora. Abraço e beijo também compreendidos. Nós amávamos um ao outro, com o nosso próprio tipo de paixão. Dávamos risadas. Mas aquele último e longo choro nos matou.

Eu havia sido punido pela minha arrogância. Desmascarado. Tolo, você achava que sabia. Foi o que Deus disse a seu preferido Azazel — e o mandou direto para o inferno e para a danação, porque ele dissera não à ordem, ao papel que Ele havia previsto para Azazel. E o demônio Havana teve sua ilha-fortaleza Lanka queimada por uma terra de macacos. Arcanjo e demônio, eles desafiaram e tentaram — e irritaram — a Deus. Seus mundos foram destruídos. Azazel e seus livros. O poder e a glória mundanos de Havana. E eu — toda a minha felicidade fundada em meu senso de mim mesmo num mundo maior. E meu amor por uma mulher. E, finalmente, nossa devoção ao nosso filho. Que construção frágil, essa felicidade, que fútil. Com que facilidade ela desmoronou. Eu não fora sempre ensinado sobre isso tudo? De que toda ilusão chegará ao nada?

Era como se eu tivesse tido a permissão para fugir com a minha liberdade e a minha própria liberdade pessoal, e o tempo todo uma armadilha havia sido preparada para mim, no caminho, para me ensinar exatamente esta lição que os gurus pregavam em seus sermões. Eu não sentia nada além de desprezo por mim mesmo, pela minha ingenuidade e por minhas ilusões. Que simetria cármica perfeita e terrível eu havia provocado a mim mesmo. Em meu desespero para fugir do meu pai, eu havia me tornado meu pai. Cada um apegado com ciúme a seu filho. Só isso já deveria ter me alertado: não tente os deuses. Que divindade de ironia ou maldade poderia ter se contido de lançar alegremente contra mim, com violência, o destino de meu pai?

34

Colúmbia Britânica.
Os anos passam, uma vida de desapego.
Sozinho novamente, e solitário, depois de tantos anos. Um silêncio ensurdecedor, minhas noites intermináveis, o resultado de uma explosão. Absolutamente ninguém no mundo a quem recorrer.

Os Padmanabh haviam me abandonado. As poucas conversas superficiais que tive com eles depois da partida de Marge foram indício suficiente. Não havia nada a dizer, nenhum relacionamento a manter. Eu não esperava isso de Paddy. Mas o sofrimento provoca as reações mais estranhas nas pessoas.

Os vizinhos preferiram me deixar só. Eu não precisava de piedade nem de lembranças do que havia sido. E eu supunha que eles não precisavam da lembrança de uma tragédia tão perto deles. No trabalho, sugeriram que eu me mudasse e começasse de novo, procurasse um emprego em outro lugar. Ignorei. Eu superaria aquilo.

* * *

Eu acredito em milagres? Não, mas... Mas o quê? Isso, que um número de eventos aparentemente aleatórios podem se ligar numa sequência que leva você a um resultado extraordinário. Um milagre? Talvez apenas milagroso. A sequência que eu tenho em mente começou há muito tempo, em Worcester, Massachusetts, eu acho. E me trouxe até aqui, onde escrevo.

Num sábado triste de garoa, fui até a Kingsway, estacionei o carro e caminhei lentamente na direção do Sammy's Cafe, esperando talvez ver Paddy se apresentando com sua banda. A esperança do desespero. Como havíamos nos tornado próximos, Paddy e eu, sogro e genro. Eu esperava ansiosamente por cada visita dele e de Cathy. A sós, no caminho de ida e de volta do Sammy's, discutíamos apaixonadamente poesia, religião, política e a nossa terra natal, a Índia. Nunca brigamos um com o outro, e nossas discordâncias parecia, em última instância, terem sido bastante superficiais. Para minha surpresa, o lúgubre Sammy's havia se metamorfoseado num alegre e bem-iluminado restaurante vegetariano Sammy's, cheio de pôsteres de Bollywood, onde também alugavam vídeos e onde fiz uma refeição. Caminhando de volta para o carro, passei pela igreja coreana, coberta por uma escuridão enevoada, onde alguns anos antes Paddy e eu havíamos parado para ouvir um coral estranho emanando de dentro. Talvez tenha sido essa lembrança distante que me levara até ali. Aquilo havia me incomodado por algum tempo, e depois eu a isolara, como tantas outras coisas. Nenhum som vinha da igreja naquele momento, mas havia dois jovens indianos conversando encostados na cerca perto da calçada. Ao me verem hesitar, eles apontaram para o caminho de pedra que levava pela escuridão à lateral da igreja. Eu o segui e cheguei a uma entrada iluminada por uma fraca lâmpada nua. A rua ficara atrás, a alguma distância, e tudo estava em silêncio. A porta pesada lentamente cedeu ao meu toque, e eu entrei. Uma escadaria de pedra mal-iluminada levava do minúsculo hall de entrada até um porão arejado, de onde pareciam ecoar sons de gente. Ainda inseguro, comecei a descer os degraus, quando de repente ouvi a salva de abertura de uma canção ou um hino, que então parou abruptamente. Parecia familiar. Segurei firme no corrimão e sustentei o passo, num esforço para me manter calmo. Eu havia me comprometido com a minha curiosidade, não havia como recuar. A cantoria foi retomada em alguns instantes, desta vez acompanhada por um coral. E eu soube que era, definitivamente, um *ginan*, uma canção da minha infância, uma canção do Pir.

O porão era um grande espaço cavernoso, com um lado dividido em dois grandes ambientes adjacentes com painéis de vidro fosco. Um dos ambientes estava com a porta entreaberta, através da qual escapava uma faixa de luz e um som de cantoria. Fui em direção a essa porta, que abri lentamente. Os devotos estavam sentados com as pernas cruzadas em fileiras sobre o piso acarpetado. Todos os olhos se viraram brevemente para me avaliar, enquanto eu percorria o caminho até o final da última fileira e me sentava sozinho. Quando olhei para a frente, meu pai estava me encarando de um grande retrato posicionado sobre uma mesa. Percebi que ele estava muito parecido como quando o vi pela última vez, e mais ou menos com a idade que eu estava então.

Fui tomado por uma onda de sentimentos. Mas mantive a compostura. Eu sabia que ele não poderia me ajudar. Eu havia escolhido a minha vida e suas consequências.

Depois da cantoria, todos se levantaram e formaram fila para tomar a água sagrada do Ganges, como orientado, e o *prasad*, o conhecido *sooji halwa* doce. Então ficaram por ali conversando. Eram, na maioria, pessoas modestas, com os mais diversos empregos modestos. Eu me apresentei como Krishna Fazal, um professor local, o que rendeu olhares de aprovação. A curiosidade deles se estendeu para que se certificassem de que eu era um devoto, e não algum intruso ou espião, no que ficaram satisfeitos, pois eu sabia as palavras certas. Como passavam confiança, como foi fácil me integrar a eles. Parecia que eu os conhecia. Era eu quem estava inexoravelmente alterado, tendo mudado a minha cor. Com esse pensamento desconfortável, eu me virei para partir, quando um rosto vagamente familiar, à distância, chamou minha atenção. O homem passou apressadamente por várias pessoas para me cumprimentar. A essa altura eu já me lembrava dele. Vestia uma calça xadrez, como antes, mas parecia mais suave e contido. E, é claro, mais velho. Era o homem de Worcester, o homem com o saco de maçãs — as maçãs da fertilidade — que eu havia abençoado muito tempo atrás.

— *Namastê*, Karsan-ji — disse ele, baixinho. — Sou Dervesh, lembra de mim? Como está? — Ele pegou a minha mão e a beijou.

— Eu estou bem, Dervesh-ji — respondi, retirando a mão apressadamente e perguntando sobre ele e sua família. Estavam bem, disse ele, com o rosto se iluminando. Ele havia tido três filhos, um menino e duas meninas. Sua mulher estava em algum lugar da sala. Olhou ao redor e apontou para um grupo de mulheres conversando.

— Você me deu meu primeiro filho, Karsan-ji. Abençoou nosso ventre e nosso lar. Quando estive em Pirbaag, contei isso ao saheb, e ele ficou orgulhoso, Karsan-ji — falou, emocionado.

Ele sabia da minha deserção?

— E o primeiro filho... menino ou menina? — perguntei.

— Foi meu filho, a quem demos o nome de Karsan em sua homenagem. Ele mora em Atlanta. E tem um emprego.

Não tive escolha a não ser contar a ele onde eu dava aulas e lhe dar meu telefone profissional. Ele queria me contar sobre sua visita a Pirbaag e sobre o saheb, mas eu me apressei a sair antes que cedesse ainda mais.

Nunca voltei àquele porão. Mas mais um elo havia sido acrescentado a uma sequência, e o milagre, ou o milagroso, ficaria aparente mais tarde.

Eu me recuperei da minha perda, lenta e parcialmente. Como eu podia olhar para um menino, de qualquer idade, e não lembrar do meu próprio Julian? As possibilidades. A inocência. A alegria. Por que aquilo precisava ser extinto e a velhice cínica e a vida adulta fracassada mantida? Uma pergunta antiga, um clichê, eu sei. Mas diga isso ao sofredor. A chave da sobrevivência, então, era uma vida de desapego, como o Buda Gautama havia ensinado, depois que vira um mundo cheio de sofrimento. Como meu pai, o saheb de Pirbaag, sempre ensinara. E tantos outros. Eles tinham razão. Assim, fechei a minha vida à possibilidade de relacionamentos, e recusei uma oferta de casamento. Eu me mantinha ocupado com a administração da faculdade e trabalhava como voluntário em instituições de caridade locais. Mais e mais, emprestava meu nome a causas multiculturais. Às vezes, eu me arriscava a escrever poesia e a traduzir do meu gujarati nativo. Nos verões, era árbitro e treinador voluntário de times locais de críquete, e esses eram alguns dos meus momentos mais felizes.

Numa primavera, fui a Winnipeg para uma conferência. De manhã cedo, depois da minha chegada, eu estava sentado no restaurante do hotel com o meu café da manhã, folheando a programação, quando Paddy entrou pela porta procurando por mim. Tinha o mesmo sorriso nos lábios, embora parecesse mais frágil, e as marcas da idade estivessem mais profundas em seu rosto. Eu me levantei e nos abraçamos calorosamente. Eu disse que queria ter ligado, e ele assentiu com a cabeça.

— Como você está? — perguntou depois de um tempo, com preocupação no rosto.

— Bem, bem...

— Você não se casou de novo ou...?

Sacudi a cabeça, surpreso com a pergunta. Mas havia algo em seu rosto quando ele virou, de modo que perguntei.

— Como está Marge? Vocês sabem dela?

— Nós nos falamos por telefone — respondeu lentamente. — Ela está bem.

— E?

— Ela mora numa das ilhas agora — acrescentou, e então falou de uma vez: — Ela se casou de novo. É um velho amigo... um americano.

Passado o choque inicial, mais agudo por ela viver tão perto de Vancouver, senti que estava feliz por ela. Ela havia feito a coisa certa para si mesma, encontrado um companheiro para ajudá-la a se recuperar. Imaginei quem ele seria. Certamente, não o Steve. Mas tinha havido outros sobre os quais nós não havíamos falado. Em nossa dor, fomos inúteis um ao outro, e agora não fazia sentido sofrer sobre por que as coisas haviam ocorrido daquela maneira, embora eu mal pudesse controlar os pensamentos que surgiram para me atormentar. O nosso amor era tão raso? Teria eu sido apenas um abrigo aonde ela se refugiou depois de suas decepções? O filho era o nosso único cimento? Não perguntei a Paddy se ela tinha filhos. Imaginei que ele e Cathy deviam visitá-la às vezes. Passariam por Vancouver, onde havíamos passado tantas ocasiões felizes como uma família. E adivinhei que, sentado ali e me observando, ele estava lendo meus pensamentos. Segurou a minha mão e a apertou.

— A vida deve continuar.

— Sim, deve — concordei, porque não havia mais nada a dizer.

— E você? Encontrou alguém? — perguntou ele, preocupado.

— Não, mas sobrevivi. E como está Cathy?

Ele assentiu com a cabeça prudentemente.

— Bem. Está um pouco mais ligada em religião, no entanto... faz viagens religiosas...

Nós nos encontramos mais uma vez antes de eu ir embora, e ele prometeu me visitar. Não achei que fosse. E não vi Cathy.

35

Colúmbia Britânica. Fevereiro de 2002.
O chamado de Pirbaag.
Um dia depois de uma palestra que terminou ao meio-dia, quando eu estava caminhando até a cafeteria para almoçar na companhia de um aluno, a secretária do departamento veio correndo atrás de mim balançando um envelope.

— Professor... uma carta! — Ela arfava.

— É urgente? — perguntei, surpreso, pegando o envelope dela.

Secretárias costumavam intimidar, não correr atrás de nós com seus saltos altos levando a correspondência.

— É da Índia — ofegou.

Eu nunca havia recebido qualquer correspondência da Índia no meu departamento, e ela deve ter concluído, ou esperado, como seu olhar parecia indicar, que aquela ali era especial. Retornamos um longo caminho até a faculdade. Sorri agradecido, e então olhei para a caligrafia na frente do envelope, tão familiar quanto uma velha fotografia.

Assim, o milagre-milagroso estava completo: ele havia finalmente me encontrado, em sua hora de necessidade.

Foi algum tempo depois, quando o aluno se despediu, que eu tive a chance de abrir o envelope. Eu mal havia tocado a comida.

"Meu querido filho Karsan:

Que esta carta o encontre com saúde e nas melhores circunstâncias. Que Pir Bawa o abençoe.

Meu filho, até recentemente eu não sabia onde você estava. Algumas das minhas cartas a você foram devolvidas dos Estados Unidos. Outras, provavelmente, se perderam. Mas, em meu coração, eu sabia que você estava seguro e bem, e rezava constantemente por você. Recentemente, no entanto, nosso Dervesh Bhai nos fez uma visita do Canadá e me contou onde você estava e também que, no trabalho, era conhecido como Krishna Fazal. Um bom nome, que presta uma homenagem adequada à nossa tradição. Como está minha nora? Mira: um belo nome também.

Meu querido Karsan, eu fiquei profundamente entristecido ao saber por Dervesh da morte do seu filho. Julian: o que significa? Algo digno, não tenho dúvida. Parece um nome bonito e encantador. Ele teria sido o novo *gaadi-varas*. Mas devemos acreditar que o propósito de Julian na vida foi cumprido. Uma grande alma que partiu, tendo pagado sua dívida cármica, e encontrou seu lugar de descanso eterno.

Tenho consciência de que você não queria saber do seu Bapu. Eu impus minha vontade sobre você. Depositei sobre você uma expectativa que você não tinha desejo de realizar. Não levei em consideração os seus sentimentos e inclinações — ao menos era o que você pensava. Mas, como saheb, eu acreditava saber das coisas, e que sabia que meu próprio filho estava preparado para um posto que não foi deixado vago por 700 anos.

Acabei por aceitar seus desejos, meu filho. E como, espiritualmente, sempre acreditei estar em contato com você, também passei a aceitar que você não iria me escrever. Mas eu não sou mais jovem, e desejo me comunicar com você como seu pai antes que chegue a minha hora. Há algumas questões que um pai precisa comunicar a seu filho. Há algumas questões que um saheb precisa passar ao seu sucessor.

Felizmente, por um milagre de Pir Bawa, Dervesh veio até a cidade trazendo notícias suas e, tristemente, também sobre a sua tragédia. Há algum tempo, numa visita anterior, ele havia me contado sobre o milagre que você havia realizado para ele.

Meu filho, eu tenho um pedido a fazer para você: que retorne a Pirbaag uma vez e deixe seu pai vê-lo novamente. Você virá? Avise-me. Mas agora não é um bom momento para vir. Estamos passando novamente por tempos bestiais. Há demônios vagando e se alimentando do sangue e dos gritos dos inocentes. Mas aqui em Haripir e Pirbaag vamos nos virar, como sempre fizemos. Nosso povo consegue ver a razão. Esta loucura em breve terá terminado, e eu lhe informarei sobre quando for seguro retornar.

Aceite as melhores lembranças do seu pai, que sente a sua falta."

* * *

Eu estava aos prantos.

Ouvi a voz de um velho, que havia sido meu pai, a quem eu rejeitara e conscientemente havia mantido à distância. Eu acreditava que não tinha escolha, mas ali estava ela. E agora ele viera implorando.

Escrevi a meu pai que eu também desejava muito voltar a vê-lo. Eu poderia ir no verão, quando a violência em Gujarat certamente teria se encerrado. E eu, então, poderia passar alguns meses com ele. Enquanto isso, pedia que se cuidasse.

Mandei lembranças a Mansoor, que ele não havia sequer mencionado. O que ele estaria aprontando agora, perto da meia-idade? Estaria próximo o bastante para ajudar Bapu-ji, caso ele precisasse?

No último minuto, vencendo minha apreensão, acrescentei um pequeno recado a Mansoor.

A situação em Gujarat estava preocupante desde muito antes da carta de Bapu-ji. Notícias das revoltas que varriam nosso Estado estavam por toda a internet nos últimos meses, nos sites dos jornais indianos e em outros. Em janeiro, um trem cheio de peregrinos hindus e ativistas estava retornando do contencioso Ayodhya, onde dez anos antes uma mesquita do século XV havia sido destruída por extremistas que alegavam ser aquele o local de nascimento do deus Rama. Um compartimento do Expresso Sabarmati foi incendiado fora da cidade de Godhra, e cerca de sessenta pessoas, incluindo mulheres e crianças, ficaram presas dentro dele e morreram queimadas. Extremistas muçulmanos eram supostamente responsáveis por aquele feito pavoroso, embora nenhuma acusação tenha sido formalizada e houvesse quem acreditasse que o incêndio teria começado dentro do compartimento. Qualquer que fosse o caso, seguiu-se uma orgia de retaliações, revoltas nas quais grupos de extremistas e seus seguidores percorriam área muçulmanas de Gujarat armados com espadas, clavas, facas e coquetéis molotov, mutilando, matando, estuprando e queimando pessoas. Em áreas mistas, eles sistematicamente escolhiam as casas muçulmanas. Em resposta à situação, o populista ministro-chefe de Gujarat havia parafraseado a terceira lei da física de Newton, de que para cada ação há uma reação, desta forma aparentemente alimentando a carnificina.

Nossa cidade de Haripir havia sido poupada de tal violência no passado porque seu santuário de Pirbaag lhe emprestava uma aura de santidade, tendo ao longo dos séculos atraído inúmeras almas para seu portão e as confortado, sem dar atenção à casta ou ao credo. E se essa santidade não fosse suficiente, os sahebs estavam sempre prontos com palavras de sabedoria e cautela toda vez que havia ameaça de conflagração. Durante o período da Divisão da Índia, meu Dada havia sido a voz da razão, e nós havíamos sido poupados do banho de sangue que afligira as cidades próximas. No reinado de meu pai, no entanto, houve um dia apavorante na minha infância, em que havíamos chegado à iminência do banho de sangue, e o vendedor ambulante Salim Buckle pagou um preço selvagem pela paz que acabou prevalecendo. Aquela morte sempre me perturbou, mas nunca tive coragem de questionar Bapu-ji a respeito. O caso o afetara profundamente, pois ele estivera envolvido na negociação que mantivera aquela paz. Ainda assim, ele havia nos preservado.

De modo que eu tinha poucos motivos para duvidar da certeza do meu pai de que Haripir seria novamente preservada da loucura. A inviolabilidade de Pirbaag e seu saheb não era sequer uma questão.

Como eu estava errado.

Seis semanas depois de escrever a meu pai, recebi o seguinte telegrama da Índia: "Bapu-ji morto. Venha imediatamente. Mansoor."

36

Postmaster Flat, Shimla.

Assassinatos públicos ("revoltas"); algumas ideias sobre um conceito difícil de aceitar.

Tão perturbador e desolador é esse fenômeno que chamamos de "revolta" na Índia que me pego preso a uma necessidade de entender, de captar e compreender o puro ódio por outro ser humano que existe por trás da qualidade da violência que é infligida sobre os inocentes todas as vezes. Talvez não haja resposta. Somos complexos demais como nação, rudes demais como pessoas etc. Mas talvez essa loucura para tentar compreender o incompreensível seja uma aflição provocada pelo fato de ter vivido longe por tanto tempo, numa cultura em que uma resposta racional é apenas uma questão de esforço. Eu me tornara ingênuo, esquecera a habilidade de piscar no momento certo, de deixar o inenarrável passar. Ainda assim, este é quem sou.

Um dos primeiros casos registrados de violência pública foi no reinado do rajá Jayasingh Siddhraj (1094-1143), de Gujarat. Uma contenda entre parsis, muçulmanos e hindus na cidade portuária de Cambay aparentemente resultou na destruição de uma mesquita. Uma petição na forma de um longo poema foi levada ao grande rei de Gujarat, que recompensou os muçulmanos pela mesquita.

Em 1714, uma sangrenta revolta ocorreu em Ahmedabad durante as celebrações de Holi. A cidade estava sob o controle da dinastia mongol de Delhi. Houve revoltas subsequentes em 1715, 1716 e 1750. A lista continua, através da Divisão da Índia, até o massacre em Ahmedabad em 1969, logo depois que eu parti, sobre o qual fiquei sabendo não por minha família, mas por meu amigo Elias. Imagino se o Sr. Hemani, o livreiro, não pereceu nessa última revolta, já que nunca mais soube dele.

Um pensamento deprimente: estamos então condenados a essas perpetuamente recorrentes conflagrações públicas que chamamos de "revoltas"?

Os motivos dados para elas são variados: econômicos, as atrocidades passadas cometidas pelos exércitos muçulmanos, a manipulação e a instigação do poder colonizador britânico assim como os cínicos políticos indianos etc. As revoltas não ocorriam exclusivamente entre hindus e muçulmanos, mas às vezes envolviam sikhs, dalits e tamils. Mas quem explica cortar o corpo de uma criança em dois com uma espada, enfiar uma pistola na vagina de uma mulher, retirar o feto de oito meses de uma mãe e matá-lo diante dos olhos dela, eletrocutar uma família inteira dentro de um quarto?

Descrições da violência pessoal fazem o sangue gelar, fazem questionar o que significa ser humano, afinal. Que a mais terrível violência imaginável, perpetrada contra mulheres e crianças pudesse ocorrer no estado de Gandhi nos faz pensar quão extraordinário era o Mahatma. Era ele real, afinal?

A "revolta" é um eufemismo para assassinato público. Permite que seus perpetradores saiam livres, pois revoltosos não podem ser acusados, e assassinos, sim. Assim, eles voltam no conflito seguinte, com suas espadas e facas, para se alimentarem uma vez mais do sangue dos inocentes.

37

Postmaster Flat, Shimla.

Felizmente, ele não está armado.

Este é o mesmo irmão que uma vez brigou comigo por querer a sua vez de limpar o templo de Rupa Devi? Olhe para ele agora, rezando para Alá, de costas para o ar, com as mãos nos ouvidos como costumava fazer para me provocar e me fazer rir e sair correndo atrás dele. Mas agora é a sua seriedade atrás da postura e do ritual que me provoca e me faz achar graça. Nós nunca oramos daquela forma. Nunca aprendemos essa forma árabe de orar, o *namaz*. Não era do nosso costume. Não era na nossa língua.

Mas por que essa forma abstrata e geométrica de adoração — esse balé no chão — me incomoda tanto? Será por ser também parte de mim (Pir Bawa era muçulmano, não era?) e, eu a temer, temer ser engolido por ela, que acabarei empurrado e caído irrevogavelmente para aquele outro lado, tornando-me um — muçulmano —, quando Bapu-ji sempre me dissera que nosso caminho era o do meio, entre os dois? Nosso caminho é espiritual, formas exteriores de orações e rituais não importam. (Embora nós tivéssemos alguns dos nossos rituais, eles eram apenas cerimônias e tradições, lembranças da nossa fraternidade.) Sempre me incomodou, esse ideal de Pirbaag. Ele nos tornava muito diferentes do restante do mundo, que exigia limites espirituais claros. Mas, ao escolher um ou outro, éramos compelidos a perder algo de nós mesmos, abandoná-lo — eram essas as regras.

— *Mas nós deveríamos escolher, nai, Bapu-ji... entre sermos hindu ou muçulmano? Todo mundo escolhe.*

— *Não há o que escolher, Karsan. Fomos apresentados ao nosso caminho, no qual não há nem hindu nem muçulmano nem cristão nem sikh, apenas o Um. Brahman, o Absoluto. Ishvar. Alá. Deus.*

E Ogum, Adonai, Mungu, eu sei. Exceto que, querido Bapu-ji, nós não seremos deixados em paz enquanto não escolhermos. A escolha será feita por nós — como foi, recentemente, não foi, Bapu-ji? Uma escolha foi feita por nós, e pagamos um preço. Você pagou com a vida. Agora estou aqui em meio às montanhas relembrando o que sou e, se puder, o que fomos. E esse sujeito aqui, que foi o nosso Mansoor, é um estranho raivoso e arrogante chamado Omar, e nega você.

Pelo menos ele não trouxe uma arma, ou um cinto de explosivos.

A menos que eles estivessem escondidos em algum lugar.

Foi em Ahmedabad há três meses, quando eu estava sentado sozinho no café dos túmulos, no local que eu sempre preferira, ao lado do pequeno túmulo de uma criança, que vi Mansoor pela primeira vez em 30 anos.

Eu já havia estado em Pirbaag e visto sua devastação, e tinha ido à cidade por sugestão de Neeta Kapur depois da impressionante coincidência de nosso encontro na estrada do lado de fora do santuário. Eu havia me hospedado num hotel na fervilhante Teen Darwaja, região que conhecera bem durante as minhas excursões de adolescente. Exatamente na frente do hotel Azure de três andares, ao lado de uma loja excessivamente iluminada com um manequim magro de óculos escuros e terno do lado de fora da porta, ficava o edifício destruído e coberto de tábuas que um dia fora a Biblioteca Daya Punja, minha janela para o mundo. Nos degraus dessa biblioteca, George Elias e eu nos sentamos com um enorme e lustroso guia de universidades americanas e escolhemos aquela que mais combinava comigo. A área ficava na fronteira da cidade velha, que havia sido brutalmente atingida pela violência recente, e era onde eu esperava encontrar Mansoor. Neeta havia me deixado ali com alguns alertas. Tome cuidado, ela disse, ainda é possível sentir a tensão no ar. Sua Ahmedabad suburbana ficava segura do outro lado do rio, com seus cafés e centros comerciais. Em minhas andanças nostálgicas, eu já havia estado no local da farmácia que pertencia à família de Elias, e vi que o prédio tinha sido demolido e em seu lugar estava um pequeno complexo comercial. Coincidentemente ou não, havia uma farmácia, mas não era de judeus. Do outro lado da rua ficava o local do sebo de livros do Sr. Hemani, então ocupado por uma moderna livraria.

Eu não tinha ideia do que fazer com Pirbaag. Poderia entregá-lo às autoridades, que o isolariam e a propriedade entraria para o rol de ruínas de tempos passados, um lar coberto de mato para cobras, escorpiões e macacos. Mas era preciso pensar naquelas pessoas para quem Pirbaag ainda significava alguma coisa. Dentre as quais as de Haripir, que já estavam se ocupando da limpeza e restauração do santuário. Havia muitos outros devotos como esses em vários outros lugares, como eu bem sabia. E também havia Neeta, que, apesar de sua classe e educação, tinha obtido conforto lá, e dissera que não se pode abandonar a herança tão facilmente. Quando contestei, ela afirmou enfaticamente que eu não tinha o direito. Ela falava por todos os outros que ainda encontravam conforto em Pirbaag, e nós havíamos nos tornado íntimos o bastante para que ela marcasse sua posição vigorosamente. Então, o que você sugere?, perguntei, exasperado. Ao que ela não disse nada, respondendo apenas com um olhar estranho e inquisidor. Eu não queria nem pensar no que ela queria dizer.

Agora, sentado na casa de *chai*, ao lado do túmulo verde-oliva de uma criança com uma flor vermelha em cima, notei um homem de meia-idade de traços suaves, com uma barba preta bem-aparada, sentado a algumas mesas de distância. Tinha os cabelos espessos e curtos e uma xícara de chá diante dele, ao lado de um panfleto azul. Usava um colete verde e marrom aberto na frente, em cujo bolso, imaginei, houvesse um telefone celular. Ele vinha me dando olhares dissimulados, com um leve sorriso hesitante no rosto, e me ocorreu que ele devia ter passado por mim do lado de fora e me seguido até o local. Fui atingido por uma onda de irritação — ali estava mais um esperto esperando tirar algumas centenas de rupias de um descuidado visitante do exterior —, uma reação exagerada da minha parte, suponho, quando me dei conta, chocado, que estava encarando meu irmão. É claro que eu esperava cruzar com ele, tendo deixado em Pirbaag um recado dizendo que eu estaria em Teen Darwaja, em Ahmedabad.

Meu rosto me traiu, pois naquele momento ele se levantou e se aproximou.

— Como você está, Bhai? — ele disse.

— Mansoor...

Minha voz saiu rouca, e houve um instante desconfortável antes de eu me levantar e nós nos abraçarmos rapidamente. Ele era mais baixo do que eu, mas mais forte e de proporções mais equilibradas. Era um homem bonito, o meu irmão. Nós nos sentamos, ele se virou para pedir outro chá, e então me olhou de novo.

— Você me reconheceu.

— Sim... embora por um instante, não. Você era apenas um menino da última vez que o vi.

Um moleque baixinho de rosto magro com 11 anos, para ser preciso.

Ele acenou brevemente com a cabeça em resposta ao meu sorriso vazio embora sincero.

— Agora você está vendo um homem. E viu o que fizeram a Pirbaag.

A voz saiu dura e clara, certa de si mesma.

— Sim, mas o que aconteceu, Mansoor? Por que nos atacaram?

— Você esteve longe por muito tempo, Bhai. Tem muito a aprender.

— Sim. Está certo.

O que eu esperava dele? Boas-vindas. Um abraço carinhoso. Alguma compreensão. Não aquela carapaça fria. Permanecemos num silêncio constrangido por alguns instantes, por vezes trocando olhares, pois ainda precisávamos absorver completamente o fato de que finalmente havíamos nos encontrado depois de tantos anos e estávamos sentados um diante do outro. Pensei que, fisicamente, eu não poderia ter mudado tanto quanto ele, mas ele ainda era o rebelde. Não seria fácil conhecê-lo.

— E então? — acabei por arriscar.

Ele me encarou, e sua expressão suavizou um pouco quando disse:

— Estou com as cinzas do Bapu e gostaria de entregá-las a você. Cabe a você decidir o que fazer com elas.

— Elas devem ser enterradas em Pirbaag — eu lhe disse.

— O que restou de lá.

Ele disse que não morava longe dali, atrás da grande mesquita na Gandhi Road, então pagamos e fomos embora. Do lado de fora da mesquita, na calçada, um perfumista havia exposto suas amostras num carrinho em minúsculas garrafas coloridas. Nos degraus da entrada, um homem sentado guardava os calçados deixados a seus cuidados pelos fiéis que haviam entrado. Seguramos nossos sapatos nas mãos e entramos no vasto pátio com um lavatório no centro. Não havia muita gente por perto, não era hora de oração. Aquele era o local onde fui algumas vezes durante minhas escapadas há muito tempo e assisti, encantado, às pessoas orando e me perguntava como me relacionar com elas. Em silêncio, atravessamos o pátio até o portão dos fundos. De lá, passamos por um movimentado centro de compras até a área decadente da Tumba da Rainha. Ali, acima de uma loja que vendia apetrechos de cozinha, Mansoor vivia com uma velha viúva que guardava as chaves da tumba, ele me disse, caso eu desejasse visitá-la. Ele me deu um copo d'água e foi quem falou a maior parte do tempo.

Ainda tinha aquela inquietude, e o olhar em seu rosto sempre que ele parava de falar me deixava nervoso, como se eu estivesse sendo julgado e não ousasse contrariá-lo. Disse que havia se tornado um muçulmano de verdade, e que não era mais o muçulmano enrustido e confuso de antes. Eles — os hindus — queriam exterminar os muçulmanos da Índia. Não era possível confiar em nenhum deles. Bapu simplesmente não conseguia entender isso, mas o tio Iqbal tinha razão quando deixou as superstições e as práticas impuras de Pirbaag para trás e foi embora para o Paquistão. E eu tive sorte de estar morando no exterior. Eu havia trazido roupas para ele?

— Trouxe duas camisas — respondi, pego completamente de surpresa.

— Nenhum jeans?

— Sinto muito. Saí desesperadamente apressado.

Compras haviam sido a última coisa na minha cabeça. Mas talvez eu devesse ter pensado mais no meu irmão. A minha bagagem estava risivelmente insignificante em comparação com as imensas cargas dos meus companheiros de voo.

— E você não mandou nada por um longo tempo. Esqueceu do seu irmãozinho, hein... vivendo naquela riqueza toda?

— Mas você não me escrevia!

— Nós não sabíamos onde você estava — veio a réplica afiada. — Bapu tentou encontrá-lo desesperadamente. Eu também escrevi para você. Uma das cartas voltou dizendo "Destinatário desconhecido". — Anunciou estas duas palavras como uma proclamação.

Não perguntei se nessa carta ele havia escrito mais do que as duas linhas de costume. É claro que ele tinha razão quanto ao fato de que eu havia, no final das contas, fugido para um mundo só meu. E silenciosamente fechado a porta atrás de mim. Mas se ele houvesse respondido aos meus pedidos de amizade e amor fraterno, eu dificilmente o teria abandonado. Eu frequentemente pensava e me preocupava com ele. E, então, eu de novo queria desesperadamente alcançá-lo, mas, como sempre, ele permaneceu insensível. Nós nos encontramos mais umas duas vezes em Ahmedabad, outra vez na casa de *chai* e depois num restaurante. O que ele fizera ao longo de todos aqueles anos? Tinha ido à faculdade em Baroda e se casado em Jamnagar, a terra natal de Ma, onde vivera por alguns anos. Estava divorciado agora. Havia viajado, mas não me dera os detalhes. Trabalhara na gráfica do Mestre-ji em Haripir, mas havia se desentendido com ele. Tinha sido professor por algum tempo em Godhra. Com a menção daquela infame cidade onde o compartimento de trem com todos os passageiros havia sido incendiado, eu fiquei alerta. Ele viu minha reação silenciosa e disse enfaticamente:

— Eu dei aula lá.

Antes de nos despedirmos da última vez, prometendo nos encontrar de novo em breve, perguntei a ele:

— Como Ma morreu, Mansoor?

— Você quer dizer que o Bapu não contou para você?

— Não.

Ele também não me contou. Deu seu sorriso apertado e disse:

— O saheb não era o santo que você achava que ele era.

Perguntei se ele queria dinheiro.

— Sim, se você não se importar — respondeu, e eu lhe dei um maço de notas que havia sacado naquele dia com esse propósito. Talvez pudesse comprar um jeans em alguma das muitas lojas da área.

Enterrei a urna de barro que continha as cinzas do meu pai em Pirbaag, na área em que nossos ancestrais eram celebrados. O local havia sido arrumado. As placas de mármore estavam no lugar, reluzindo — embora trouxessem as cicatrizes dos danos e talvez tivessem perdido a arrumação original —, pelo que fiquei grato. Neeta estava comigo. Ela devia saber de onde a urna em meus braços tinha vindo, mas não perguntou. Eu havia me tornado bastante dependente dela. Em meu estado de choque e desorientado, era conveniente ser cuidado por uma mulher de meios e influência, e uma velha amiga, se é que podia chamá-la assim.

Depois de uma estada de uma semana em Ahmedabad, durante a qual visitei Pirbaag várias vezes, ainda incerto quanto ao seu destino, parti para esta estada em Shimla que ela havia conseguido para mim.

Tivemos uma discussão, meu irmão e eu.

M: — Por que você não se junta a mim na oração?

K: — Vá em frente, está tudo certo.

— Você não ora? Não vi você orar. Você já orou?

(Sim, eu orei. Uma vez orei a Pir Bawa para que sua vida fosse salva, e a oração foi atendida.)

Digo a ele:

— Eu não oro formalmente.

— Você acredita em Deus?

Nenhuma resposta. A que se seguiu a incrédula reação do crente:

— Você acredita em alguma coisa? Você precisa acreditar em alguma coisa.

Desvio o olhar.

Eu podia dizer a ele que nas últimas semanas eu tinha decidido lembrar, construir um santuário todo meu a partir das cinzas de Pirbaag. Um santuário estudioso de canções e histórias. Esta é a minha oração, se quiser, este é o meu punho no ar, a minha raiva, tão diferente da dele. É minha responsabilidade, meu dever para com meu pai e para com todas as pessoas que contaram conosco como representantes do sufi, e cujas histórias estão entrelaçadas com as nossas. Não digo nada.

Há duas noites ouvi uma batida rápida na porta dos fundos. O som não foi muito alto, mas claro e discreto, e naquela quietude absoluta podia ser ouvido a 1 quilômetro de distância. Por que Ajay traria chá da cozinha tão tarde? foi a primeira coisa que pensei. Eu não havia pedido, de todo modo. Ou era algum animal? Um fantasma? O reverendo sob o efeito de uísque de novo?

— Kaun? — perguntei baixinho, com o ouvido colado na porta.

— Sou eu, Karsan Bhai — veio a resposta. — Rápido!

Abri a porta, e Mansoor entrou correndo. Estava usando uma jaqueta de couro. Estava com os braços cruzados, as mãos nas axilas. Tinha uma pequena mochila nas costas.

— *Arré*, está frio. Que lugar você escolheu para se esconder.

— O quê... — comecei. O que ele estava fazendo ali?

— Vim me esconder... espero que não se importe.

— Você sabe que estou sendo vigiado.

— Não se preocupe.

Quando menino, lembrei, ele me chamava e implorava quando precisava que eu brincasse com ele. Outras vezes, ele brincava sozinho ou com seus amigos, entre os quais os meninos muçulmanos do santuário Balak Shah. Karsan estava lá quando necessário. E Ma dizia: "Mas você é o mais velho, você entende."

Ele se sentou à minha grande e raramente usada mesa de jantar. Fiz um pouco de chá para ele. Peguei o pouco de comida que tinha e servi para ele.

— O que aconteceu? — perguntei. — Você deixou Delhi?

— Eles estavam em cima da gente... — Fez uma pausa, observou meu rosto, então mudou de direção e continuou, baixinho: — Tivemos de ir embora... nos separamos.

— Olhe aqui, Mansoor...

— Omar — disse ele, lembrando-me de seu novo nome e mergulhando dois biscoitos no chá. Ele ergueu o olhar desafiadoramente.

Senti uma onda de contrariedade tomando conta de mim. No entanto, eu não ousava revelar meus sentimentos. Ali estávamos, dois irmãos enlutados sem um familiar no país, estranhos um ao outro, porém desesperadamente presos um ao outro. Ele com sua familiaridade e seu antagonismo em relação a mim, e eu com a minha preocupação culpada e meu temor por ele. Eu não acreditava que ele se importasse minimamente comigo. Ele presumia que me conhecia, e o que me contou de sua vida havia sido escolhido apenas para ferir.

— Por que você não se abre? — arrisquei, não muito seguro. Talvez a minha voz tenha me entregado. — Eu sei que você não fez nada terrível... por que você não fala com a polícia? Podemos contratar um advogado.

Ele abriu e fechou a boca. Então disse num tom surpreendentemente calmo:

— Eles não querem conversar... você não entende isso? Eles querem corpos. As provas, conseguem depois... um pacote de pistaches, uma carta em urdu encontrada junto ao cadáver... pronto, um fabricado terrorista na Caxemira morto num suposto confronto!

Fiquei olhando para ele em choque. O que se diz em resposta a isso? Até onde ele havia ido em seu próprio caminho? Ele estava numa situação completamente diferente. Ele havia estado em Godhra, e eu sabia disso. E isso me fez ter medo dele.

Ele dormiu feito uma criança naquela noite, como sempre dormia, feito um anjo, conforme Ma costumava dizer, de pé, olhando carinhosamente para ele com um sorriso, antes de acordá-lo aos domingos.

E ele está mais descuidado do que nunca, embora, agora, a sua atitude beire a arrogância. Quando Ajay trouxe um bule de chá matinal depois da chegada de Mansoor, meu irmão se apresentou e pediu outra xícara. No café da manhã, mais tarde no salão de jantar, Ajay me perguntou — para todo mundo ouvir — se o outro *sah'b* iria se juntar a nós. Eu disse que não, mas havia então sempre uma xícara extra na bandeja do chá matinal. Tudo o que eu preciso é que o major Narang apareça para fazer perguntas.

Assim, ao meu sugestivo silêncio em resposta à sua pergunta "Você acredita em alguma coisa?", ele quase grita para mim:

— Então como você pode ser o saheb? O que vai dizer às pessoas quando elas procurarem você em busca de orientação? Nada! Você é um saheb falso. Você abriu mão de seu status de sucessor quando nos abandonou!

Não digo a ele o que ele aparentemente não sabe, que numa carta a meu pai eu já havia abdicado da sucessão à posição de saheb. Em vez disso, respondo, para minha própria surpresa:

— Mas eu sou seu sucessor, mesmo assim! Ele me deu a sucessão, e me deu seu *bol*.

— *Bol*. Humpf. Agora você pensa em sucessão, quando não há mais nada. E que *bol*? Você ao menos se lembra dele?

— Lembro, sim.

Nós nos encaramos com raiva. Então, silenciosamente e com ar desafiador, pego uma caneta e um papel da minha mesa e, suprimindo qualquer pensamento da minha mente, escrevo inconscientemente as sílabas que meu pai falou para mim e me fez repetir no momento da minha partida. Elas vêm, fluindo da minha caneta, concretas e misteriosas. Repito os sons para mim mesmo em silêncio, enquanto meu irmão me observa do sofá, incrédulo. Pronto, o precioso *bol* dos sahebs, passado de pai para filho. Levo o pedaço de papel até a cozinha, o queimo na chama do fogão a gás, pois o *bol* deve permanecer em segredo. Recolho as cinzas e as amasso. Ainda com as cinzas numa das mãos, abro a porta dos fundos com a outra e saio para o gramado e as atiro ao vento.

À distância, as centenas de luzes pontilhadas de Shimla abraçam as montanhas escuras. Mais ao longe, as formas distantes das montanhas, guardiãs da nossa nação. Acima de mim, as galáxias e as estrelas, a Via Láctea casualmente oculta...

Pronto, Bapu-ji, lembrei do bol. *Agora me diga o que queria dizer.*

38

"Você disse que não queria ser Deus", escreveu meu pai.
"Mas quem quer ser Deus? O chamado recai sobre os escolhidos. É uma responsabilidade, não é um status. De que forma ser Deus não é simples ou algo a ser ridicularizado, Karsan. Somos todos Deus, partes do Um, e, portanto, o mesmo que o Um, como disseram todos os grandes místicos antes de nós. *Tat tvam asi*, disseram-nos nossos antigos Upanishads: você é Aquilo. O grande místico persa Mansoor disse *"An al haq"*: Eu sou a Verdade. Por isso, foi morto pelos ignorantes. Você aprendeu tudo isso. Agora, há séculos os sahebs de Pirbaag foram chamados para exercitar esse Deus que há dentro deles para que pudessem auxiliar os mais simples a encararem os desafios de suas vidas diárias, e também para ensinar os poucos dentre eles como chegar além do mundano até a verdade superior que é o Um, Brahman. Nem todo mundo deseja atingir esse nirvana, Karsan. Para alguns, o *roti* diário ou o alívio da doença de uma criança é bênção suficiente. Qualquer que seja a bênção que eles estejam procurando, não podemos lhes recusar.

A verdade da nossa linhagem é reconhecida no *bol* dos sahebs, passado de pai para filho, e sempre acompanhado pelo símbolo de um beijo. Esse *bol* foi a mensagem sussurrada por Pir Bawa ao seu sucessor, Ginanpal, o primeiro saheb, pouco antes de dar seu último suspiro. Em suas sílabas está escondido o segredo de sua identidade. Você irá lembrar que Pir Bawa havia fugido da perseguição e vindo para a Índia. Se sua identidade fosse revelada de qualquer maneira, a calamidade teria recaído sobre nós, seus seguidores. O *bol* permaneceu secreto desde então porque os sahebs viam que o mundo e a comunidade de Pirbaag não estavam prontos para a sua verdade. Os acontecimentos provaram que eles tinham razão. Se você, meu filho, perdeu o *bol* e, portanto, não vier a ler este último testamento do seu pai, então deixe que o segredo de Nur Fazal, o sufi, morra comigo. Deixe seu espírito se extinguir com o meu. Deixe que este seja o fim de Pirbaag."

"Meu querido Karsan: eu também não queria ser Deus. (Prefiro o termo mais modesto avatar, porque há estágios de deidade, mas concederei à sua brincadeira, meu filho.)

Tenho uma lembrança muito clara do meu pai no terreno vazio ao lado do santuário, onde você costumava jogar críquete, correndo e se pegando com um e outro numa luta livre. Seus braços, pernas e costas ficavam cobertos de areia, enquanto ele se encontrava seminu e gemendo, num estado bastante inadequado para seu status. Depois de alguns tombos em meio àquela massa de pernas e braços, ele aparecia por cima do oponente, com um firme golpe de pescoço. Pehlwaan Saheb, era chamado: Guru Campeão. Mas mesmo então, aos 5 anos, eu sabia que apenas deixavam ele vencer.

O oponente, às vezes mais corpulento e mais forte do que ele, poderia facilmente derrubá-lo.

Como podia meu pai ser o saheb, o avatar de Pir Bawa, eu me perguntava. Como podia aquele homem coberto de sujeira e fedendo a suor ter poderes espirituais especiais?

Mas as pessoas sabiam das coisas. Elas iam em hordas para vê-lo. Todos os sábados e quintas-feiras de manhã ele se sentava no pavilhão usando seu *dhoti* branco e ficava esperando por eles. E eles iam, levando todos os seus problemas com eles. Com paciência e bom humor, ele os escutava e abençoava, e lhes pedia para irem prestar homenagens a Pir Bawa no mausoléu. Eles iam embora com promessas de filhos, paz em suas vidas, fartura em seus lares e curas para suas doenças.

Eu queria essa responsabilidade? Eu também queria praticar esportes, me vestir como um dândi e ir ao cinema, depois ficar parado do lado de fora fumando cigarros com os meus amigos, ser parte do mundo e de suas emoções. Você está surpreso, pois nunca pensou no seu Bapu sob este ponto de vista. Mais tarde, quando me tornei mais sério, na universidade, desejei ser cientista. E vou lhe contar mais um segredo: havia uma garota na minha faculdade de quem eu gostava. Ela era boa em matemática e queria ser professora. Eu queria me casar com ela. Mas eu havia sido escolhido, e precisava me curvar a isso.

Foi assim que aconteceu. Você se surpreenderá de saber que teve um pouco a ver com Gandhi-ji. Mas o Mahatma estava ligado à política daquele tempo, e ela estava começando a nos afetar em Pirbaag, de modo que meu pai foi procurá-lo.

Eu fui com ele e conheci sua mãe. Tudo está ligado e tem um propósito, não existem acidentes."

"Por que o avatar de Pir Bawa, a quem multidões buscavam por aconselhamento e bênção, iria ver Gandhi-ji? Não era um tempo comum. A independência do país estava próxima, e seu destino era debatido com paixão em todos os lugares. Havia quem defendesse a divisão e a formação do Paquistão. Começou a haver revoltas em algumas regiões. Um certo professor Ivanov e o coletor de impostos de Ahmedabad, o Sr. Ross, tinham ido ver o seu Dada e o aconselharam a juntar seu terreno com o Sr. Jinnah da Liga Muçulmana. 'O seu Pir Bawa era muçulmano', eles lhe disseram. 'Escondida em seus *ginans* está a mensagem do islã.' O seu Dada não tinha a intenção de juntar seu terreno com ninguém, hindu, muçulmano, sikh ou cristão. Mas ele precisava tranquilizar os devotos que estavam confusos e inseguros e temiam pelo futuro. Agitadores de fora não poupariam sequer uma cidadezinha como Haripir, com o objetivo único de dividir o povo e extinguir a chama de tolerância que queimava aqui havia séculos.

Conviu que um certo devoto estava visitando Pirbaag vindo do distrito de Wardha, onde Gandhi-ji tinha seu *ashram*. Ele disse a meu pai que o grande homem estaria no *ashram* em alguns dias e que seria possível vê-lo. Imediatamente, seu Dada decidiu que faria uma visita àquela região e, quando estivesse lá, se reuniria com o Mahatma. O seu tio Rajpal se recusou a acompanhá-lo, já que estava sob o domínio de Jinnah, de modo que recaiu sobre mim o dever de ir com meu pai. Dois outros foram conosco de Haripir, um deles, Mestre-ji. O homem de Wardha foi antes de nós para avisar seu povo sobre a visita do saheb.

Seu Dada dificilmente viajava. Quando o fazia, era um grande evento, e toda a cidade ia se despedir dele. Nossa jornada começou com o ônibus para Ahmedabad. Estava lotado como sempre, mas um amplo espaço foi reservado para que nos sentássemos com conforto nos fundos. *Bhajans* e *ginans* eram cantados no caminho, enquanto meu pai permanecia sentado ereto, sorria, às vezes fechava os olhos. A cada parada, os novos passageiros primeiro iam tocar seus pés e receber suas bênçãos. Antes de nos darmos conta, aquele ônibus cheio de beatitude havia chegado à cidade grande. Em Ahmedabad tivemos de pegar um trem para Poona. Essa foi uma longa viagem, durante a qual tive a oportunidade de observar e aprender muito com meu pai. Foi um daqueles raros momentos em que ele falou sobre sua própria juventude e sobre seus próprios pai e avô. O que aprendi, vou transmitir a você mais tarde. Na estação de Poona, fomos saudados por um jubiloso grupo de cerca de 50 discípulos, com guirlandas e tudo. Ficamos alguns dias na casa de um comerciante e a atmosfera era festiva. De lá partimos de trem para Wardha. Deveríamos ficar na casa de um certo Hirji Bhai, mas, assim que chegamos, tivemos de sair numa carroça para o *ashram* de Gandhi-ji em Sevagram, a 6 quilômetros de distância, pois nos disseram que o Mahatma via as pessoas brevemente depois das 13 horas, e já estava perto deste horário.

Quando chegamos ao portão do *ashram*, havia dois jovens sentados do lado de fora que apontaram casualmente para um pote de cerâmica e nos convidaram a nos servirmos de água. Estávamos com sede, e ficamos gratos pela água. Quando estávamos satisfeitos, nosso anfitrião disse aos dois guardas da entrada que o saheb estava ali para ver Gandhi-ji.

'Que tipo de assunto vocês querem tratar com Gandhi-ji?', perguntou um deles em tom severo. 'Ele é um homem ocupado. Ainda está fraco de seus jejuns. Está com tosse e resfriado. Vocês não deveriam incomodá-lo.' Talvez eles tenham nos tomado como pobres do local, considerando o tom com que nos trataram. O outro falou ainda mais agressivamente. 'O mundo todo quer ver Gandhi-ji. Reis e rainhas vêm vê-lo. Ele precisa ir aos Estados Unidos, a Delhi, a Madras. Ele precisa se reunir com Einstein e com o vice-rei. Ele não está bem. Ele os abençoa. Agora vão, por favor.'

Meu pai ficou um pouco perplexo. Olhou irritado para aqueles jovens impertinentes. E então disse: 'Eu sou o saheb de Pirbaag. Vim discutir com o Mahatma o futuro de meu povo.'

Eles sussurraram um com o outro e com uma jovem que havia chegado. Ela saiu apressada para levar a mensagem a Gandhi-ji. A jovem retornou após alguns minutos e nos disse: 'Venham'. No caminho, acrescentou: 'Por favor, não se alonguem. Ele irá descansar em breve. E dará início a uma viagem amanhã de manhã.' 'Para onde?', perguntei. 'Para Delhi', ela respondeu, 'para ver Nehru, Jinnah e o vice-rei. Não são tempos felizes para ele.' Sua voz desesperada, eu me lembro, me surpreendeu. A lembrança dela, não mais.

Chegamos a um de diversos chalés. A porta estava aberta. Lá dentro, onde estava muito fresco, um homem pequeno e enrugado estava sentado no chão ao lado de uma pequena escrivaninha, sobre a qual havia um pote de tinta e uma pilha de pequenas folhas de papel. Em seus dedos, delicados como penas, ele segurava uma caneta. Percebi que estivera escrevendo cartas. Duas mulheres o estavam deixando a sós, uma europeia e uma *desi*. Ambas vestiam sáris brancos.

Era difícil acreditar que aquela pequena forma frágil pertencia ao homem segundo o qual vínhamos lendo praticamente todos os dias havia tantos anos, por quem nos preocupávamos e por quem orávamos sempre que ele jejuava por alguma causa nobre. Mohandas Gandhi de Porbandar, um advogado proscrito e a alma da Índia. O destino da nossa nação repousava sobre aqueles ombros frágeis. Pude ver cada costela de seu corpo, e talvez até mesmo seu coração batendo. Havíamos escutado muitas histórias sobre ele no caminho de Wardha. Ele acordava às 4 horas todas as manhãs e rezava o Gita. Caminhava 3 quilômetros todos os dias. Trabalhava na cozinha e limpava os banheiros e assim por diante.

'Ao, béso', disse Mahatma-ji, com a voz parecendo o farfalhar de papel fino, e fez uma pausa para recuperar o fôlego. Quando nos sentamos, meu pai à sua frente e eu perto da porta aberta para não parecer invasivo, Gandhi-ji disse a meu pai, com ironia: 'saheb, você vem me perguntar sobre o futuro?'

Ele tinha ouvido falar de Pirbaag, sabe, e sobre o prestígio dos sahebs. Dizem que Gandhi-ji sabia tudo sobre todas as partes da Índia.

Meu pai respondeu em igual medida: 'Mesmo o saheb necessita de bênçãos, Mahatma-ji.' E acrescentou, em tom de reprovação: 'Vocês, os grandes, estão agora no processo de dividir a nossa terra.'

Gandhi-ji respondeu: 'Saheb, eu disse que daria a minha vida para manter esta pátria unida. Mas se nós abrirmos mão de uma parte dela, posso lhe assegurar que o que irá restar será a terra de Deus... mas não de um Deus apenas hindu ou apenas muçulmano, sikh ou Issai. Pois como você bem sabe de sua vida e seus costumes em Pirbaag, há apenas um Deus. Bhagwan e Alá são o mesmo; Rama e Rehman são o mesmo.'

Por que lhe conto tudo isso detalhadamente, Karsan? Porque causou uma forte impressão em seu jovem pai. (Muito embora quando Gandhi-ji perguntou 'Como está o baba?', referindo-se a mim pelo termo dedicado a um menino pequeno, eu tenha ficado um pouco irritado.) Mas Gandhi-ji, o grande Mahatma, havia afirmado o que o seu Dada acreditava e ensinava. Isso me impressionou consideravelmente e me trouxe conforto mesmo tarde na minha vida. Mesmo agora, ainda me traz alguma esperança.

Durante essa visita, conheci sua mãe.

Na casa de Hirji Bhai, uma garota e sua mãe de Jamnagar estavam fazendo uma visita. Haviam nos dito que a menina tinha problemas, mas a havíamos visto apenas de relance — do lado de fora, no jardim, escolhendo grãos. Parecia que ela sofria de ataques convulsivos. Então, quando nos preparávamos para partir, depois de dois dias em Wardha, Hirji Bhai implorou a meu pai que abençoasse a menina. Toda a família estava parada na plataforma da ferrovia nos dando adeus. A menina foi trazida para a frente e gentilmente empurrada, então meu pai — o vagão do trem estava atrás dele, lembro bem, e estava na hora de embarcarmos — estendeu a mão e acariciou o rosto dela, dizendo: 'Que menina linda. Ela deve ficar bem.'

Naquele instante, eu vi uma nuvem de tristeza abandonar o rosto da menina. Suas bochechas cheias se iluminaram, seus olhos brilharam, e ela sorriu. Foi um sorriso maravilhoso. Acho que todos os que estavam lá viram aquele pequeno milagre. O seu Dada deu meia-volta e nós embarcamos. 'Você viu que ela ficou curada, Tejpal?', ele me perguntou casualmente quando nos sentamos. Respondi: 'Sim, Bapu-ji, uma nuvem se ergueu do rosto dela.' '*Taro mojijo*', ele disse. Foi a sua presença.

Alguns dias depois que retornamos, na noite da lua cheia, de pé diante do mausoléu de Pir Bawa, meu pai recitou as sílabas do *bol* para mim. Pondo as mãos sobre a minha cabeça, ele me beijou na boca. 'Você é meu sucessor, Tejpal', ele disse. 'Cumpra com as suas responsabilidades.'

Meu irmão ficou ofendido por meu pai ter me escolhido como seu sucessor. E continuou a agitar pelo Paquistão, muito embora ele soubesse que nosso pai não iria escolher aquele lado. Quando a Divisão da Índia foi anunciada, ele foi embora com a família para seu novo país.

Logo depois que Rajpal, agora se autodenominando de Iqbal, foi embora, eu próprio parti para Bombaim, para estudar na faculdade St. Xavier. Foi o período despreocupado da minha vida, e eu esqueci completamente minha sucessão. Estava longe demais, disse a mim mesmo, e eu me preocuparia quando ela chegasse. Tenho lembranças da

Fonte Flora e da praia Chowpati de Bombaim, de beber xícaras e mais xícaras de chá num restaurante iraniano chamado Hafiz, e do aprendizado que me emocionava. E daquela garota com quem eu sonhava em me casar. Mas, um dia, o inevitável aconteceu. Um jovem chegou de Haripir direto ao meu albergue tarde da noite. 'O saheb está chamando por você', ele disse.

Imagine a minha surpresa quando desci do ônibus perto de Pirbaag. Uma festa de boas-vindas estava esperando por mim. Fui levado até a casa para me arrumar e então levado ao pavilhão onde muitas pessoas estavam aguardando sentadas. Havia uma garota sentada com o rosto parcialmente coberto, e eu fui levado a me sentar ao lado dela. Era a garota que eu havia visto em Wardha, a quem meu pai — e, de acordo com ele, eu — havia curado de sua doença na estação ferroviária da cidade. Fomos casados pelo seu Dada, e ela se tornou sua mãe.

39

E ele dá uma pista.

Imagino Bapu-ji sentado no chão de sua adorada biblioteca, com a escrivaninha sobre os joelhos, dirigindo-se ao filho apóstata, inseguro sobre a própria vida e temendo pelo antigo santuário do qual ele é o senhor espiritual. A violência extrema se espalhou pelo Estado, histórias do horror continuavam chegando a cada novo grupo de devotos, e desta vez parece impossível estancar o fluxo do lado de fora da cidade, parece haver uma intenção absoluta à sua fúria, e nenhuma força para contrapô-lo. Não há polícia em lugar algum. Não consigo ver seu rosto: aquela velha foto oficial não adianta, e eu não tenho uma imagem recente na memória para me ajudar a visualizá-lo. Ele deve ter mantido os contornos do rosto que sempre conheci — embora eu imagine quanto daquele sorriso beatífico encolheu com o passar dos anos. Lembro do rosto alongado, e das grandes orelhas achatadas. Os cabelos devem ter ficado brancos e ralos... Não há pregação em sua carta, apenas uma espécie de confissão. Isso indica proximidade ou distância?

E, sentado lá, ele se livra casualmente do significado do *bol* secreto. E prossegue narrando como conheceu minha mãe.

O envelope que ele me deixou continha esta única carta, com sete folhas, não numeradas, e duas páginas manuscritas, uma em árabe e outra numa escrita nagari, frente e verso, e guardadas entre lâminas de plástico para protegê-las, como ele costumava usar lâminas de vidro no passado. Isso é tudo o que ele poderia — ou desejava — preservar? Ele poderia ter incluído uma ou duas moedas, imagino, como as que ele me mostrara muito tempo antes. Pensando bem, ele poderia ter enchido uma caixa de sapatos de papéis de lembranças e a enfiado naquele recesso para mim. Mas que direito tenho eu de pedir por mais, por qualquer coisa? Eu havia rejeitado tudo aquilo. A pobreza desse tesouro reflete talvez o retalho da fé que ele ainda tinha em mim. Tudo na minha vida parece carregado de significados simbólicos, de tão desesperado que me tornei.

Eu não leio árabe, é claro. E o nagari parece impossível, tanto a escrita quanta a língua devem ser arcaicas. Por que especificamente aquelas duas páginas para mim? E a própria letra de meu pai... parece errática. Às vezes, clara e firme, então repentinamente apressada e rabiscada. Ele não havia escrito aquelas páginas de uma única vez, nem mesmo com a mesma caneta. A ordem na qual as leio talvez não seja a ordem em que ele as tenha escrito.

A noite está escura, densa de umidade, e meus pés fazem um barulho alto ao pisarem sobre o cascalho. Não há uma única outra alma na solidão. A pouca distância espreita a silhueta gótica do Instituto, misteriosamente iluminada por algumas luzes isoladas, fazendo-me lembrar dos fantasmas de governantes passados que devem residir ali. Viro de costas, tateio o caminho até o grosso muro do limite do terreno, e me sento sobre ele, com um leve arrepio me percorrendo a nuca. Depois de alguns meses da visita do meu Dada e do meu pai a Gandhi em seu *ashram*, o Mahatma foi até este retiro, quando ainda era a residência de verão do vice-rei, para discutir com Nehru, Jinnah e outros o destino deste país. Nós agora vivemos com seus acordos. Muitos sofreram e morreram por causa deles. Tudo está ligado, com um propósito, Bapu-ji escreve em sua carta. Não existem acidentes. Eu gostaria de ter tanta certeza.

Tenho em minha boca — por interferência do *bol* — o segredo da identidade de Nur Fazal. Como isso parece solene. Mas é verdade, embora apenas parcialmente. Tenho pouca ilusão de que o *bol* — ou se a história da primeira vez que ele foi pronunciado seja verdadeira — soe exatamente como há sete séculos. As sílabas se arredondaram com o uso, as consoantes se suavizaram ou se dispersaram, e o que resta não se parece com nada além de um mantra secreto, que é como eu o recebi do meu pai. Mas quando ele tinha um significado real, o que queria dizer? Os sufis do passado se identificavam por seus ancestrais espirituais — os nomes de seus mestres e suas escolas — e talvez fosse isso que o *bol* revelava. O único problema é que ele não pode ser decifrado agora. É como uma mensagem numa língua estrangeira com sons-chave faltando. Mas será que meu pai sabia mais, de seu próprio pai e todo o conhecimento contido em sua biblioteca? Será que as duas páginas manuscritas que ele incluiu em sua carta são mais pistas? Talvez ele pretendesse me dizer mais.

Quando eu era jovem, nós aprendíamos que o sufi era de algum lugar no norte. E isso bastava. As pessoas não iam a Pirbaag atrás de detalhes para a história. Elas iam pelas crianças doentes, por um lar estéril, pelas doenças incapacitantes. Ou por algo mais, pois não há fim para os desejos, como Bapu-ji sempre ensinou. Ou, tendo se dado conta dessa verdade, elas iam para elevar suas almas àquele estado no qual as necessidades físicas são insignificantes. Ninguém ia atrás de história, exceto alunos estrangeiros, e eles tinham parado de visitar havia muito tempo.

Ainda assim, a perspectiva de uma ligação histórica real me parecia encantadora. Bapu-ji desconfiava dos meus movimentos intelectuais na universidade, mas seu primeiro amor havia sido a ciência, sinônimo de curiosidade, uma busca por respostas. E, apesar de sua mensagem espiritual e o desprezo pelo aprendizado dos livros, ele passara boa parte da vida preservando os registros do passado. É um registro que ele me deixou.

No meu apartamento, meu irmão está deitado num sofá com um livro. (Ele me fez pegar emprestado livros sobre o islã, que lê durante todo o tempo que tem disponível.) Devo lhe dizer o que descobri? Eu teria de pronunciar o *bol*, o que não posso fazer. Mas essa proibição ainda vale? De qualquer forma, ele não se importaria. Enquanto isso, preciso me preocupar com ele. Além dos livros, ele lê jornais. O que está tramando, o que quer? Mais cedo naquele mesmo dia ele havia escapado por pouco da polícia, mas quem olhasse para ele, jamais imaginaria.

⚜

A caça, aparentemente, estava em andamento. O major Narang entrou pela porta dos fundos, que eu abri para ele. Assim que ele estava lá dentro, alguém bateu na porta da frente, por onde entraram dois de seus assistentes. Uma típica abordagem policial, frequentemente vista no cinema. Com todos agora na sala de estar, o major se sentou e esticou as pernas. Olhou com nojo para a almofada do sofá. A mobília do Instituto tem meio século de idade, e o estofamento do sofá tem a textura áspera de um tapete de juta. Um dos assistentes do major também se sentou no sofá, desconfortavelmente na beirada. O terceiro ficou andando de um lado para outro. E eu fiquei na poltrona, de frente para o major. Eu estava com o coração na boca, como se diz. Se eles tivessem conferido os quartos, teriam encontrado sua presa e a levado embora. Se tivessem pensado tempo suficiente sobre a incomumente grande pilha de jornais ao lado do sofá, talvez pudessem ter desconfiado. Ficaram por 45 minutos, mas não o encontraram porque não pensaram em olhar dentro do apartamento. E Mansoor não soltou um pio.

O major, como eu disse, é um sujeito sociável e sempre seguro de si. Levou *samosas* e *pakodas* da cantina, enroladas em jornal. O assistente que estava de pé, chamado Jamal, foi até a cozinha e preparou um pouco de chá.

— Nenhuma notícia do seu irmão?

Sacudi a cabeça. Não acho que o tenha convencido.

— Mansoor está ligado a elementos do Lashkar em Delhi, não há dúvidas quanto a isso. Nós invadimos o esconderijo deles há alguns dias. O seu irmão escapou, com dois outros, e dois deles foram mortos num tiroteio. Eles estavam armados. Um era da Caxemira, pelos documentos encontrados no corpo. O outro era de Gujarat, seu estado.

Tentei ficar calmo enquanto me lembrava de Mukhtiar, filho de Salim Buckle, cuidando de sua loja de cintos na Velha Delhi quando me aventurei pelo beco atrás do meu irmão. Fazia pouco mais de três meses.

— Eles fizeram alguma coisa? — perguntei baixinho.

— Planos, meu caro, planos — disse ele. — Havia mapas e agendas no apartamento deles. Houve, é claro, aquele atentado a bomba no mercado Hauz Khas há duas semanas.

— O senhor tem informações sobre o meu irmão?

— Nós suspeitamos que ele pudesse ter vindo para cá, para as montanhas. Mas ninguém o viu. Se ele entrar em contato com você...

— Eu devo avisá-lo.

— Pelo interesse de todos.

Bebemos o chá, e eles foram embora. Assim que o som do último passo desapareceu na escada da frente, Mansoor surgiu do quarto e pegou uma *samosa*.

Ao contrário do que o major Narang acredita, Mansoor foi visto aqui, porque tem andado ousadamente pelo local, identificando-se como professor Ashok Bhalla, de Hyderabad. O fato de tal pessoa existir ajudou sua causa. Há pouco risco de ele ser descoberto, porque nem todo mundo o conhece fisicamente, e o professor está viajando. Para ficar de acordo com sua identidade emprestada, meu irmão até raspou a barba. Mas por quanto tempo ele conseguirá manter sua farsa?

＊＊＊

No meio de toda emoção, as revelações de Bapu-ji em sua carta e o fato de Mansoor escapar por pouco do major, a voz de Neeta ao telefone soa como água a um homem sedento.

— Que maravilha ouvir sua voz. — Não consigo deixar de exclamar, ficando envergonhado. Desde a minha chegada ao Instituto, é a primeira vez que nos falamos.

Há uma pequena pausa antes de ela responder à minha saudação, e então ela diz:

— Que bom. — E, então, com uma preocupação bemvinda: — Você está bem, Karsan?

— Sim, mas um pouco ansioso. O major Narang tem bisbilhotado um pouco...

(Uma pequena provocação ao major, pois sei que tem homens na escuta.)

— E?... Você não deveria deixar isso incomodá-lo.

— Não vou deixar. Mas, olhe só...

Conto a ela sobre ter lido as cartas de meu pai.

— Isso é muito emocionante — diz ela. — Ele sabia que você leria a carta dele.

— Eu precisei lembrar o *bol* primeiro...

— O que você fez. Ele conhecia você, Karsan. Você era filho dele.

E se ele não tivesse me encontrado, penso comigo mesmo. E se aquele acidente não tivesse acontecido, e a visita impulsiva àquele porão de igreja em Kingsway. Digo a ela:

— Eu o imagino sentado no chão escrevendo esta carta sobre sua mesa portátil, sabendo que não me veria mais... Como ele estava, Neeta, quando você o viu pela última vez? Você se lembra do rosto dele?

— Ah, sim. Faz mais de um ano. Era um rosto gentil, com um sorriso. Ele precisou de ajuda para se levantar da cadeira, pois estava com artrite. E caminhava com uma bengala. Estava completamente careca. Acho que tinha um problema abdominal. Mas tinha os discípulos para atender.

Quero lhe dizer o que meu pai me disse, que o *bol* é uma pista para a identidade secreta de Pir Bawa. Mas essa novidade agora parece trivial e acadêmica.

Na manhã seguinte, no entanto, levo as páginas em árabe e nagari que Bapu-ji me deixou e as mostro ao professor Barua em seu escritório. Seu rosto se abre num sorriso de satisfação enquanto, com olhos ávidos, ele olha primeiro para um, depois para outro através das lâminas de plástico que as contêm. Seu interesse na identidade misteriosa do sufi sempre foi obsessivo. Esfregando as mãos alegremente, chama sua secretária e pede que sejam feitas cópias das duas amostras e as manda a profissionais conhecidos pedindo aconselhamento e uma possível tradução. É claro que eu não lhe conto a respeito do *bol*.

40

"Um dia, meu querido Karsan, a sua mãe partiu", escreveu meu pai.

"Escrevo enquanto remoemos a notícia de que um vagão de um trem cheio de peregrinos, que retornava de Ayodhya, foi incendiado perto de Godhra. As pessoas lá dentro ficaram presas, e todas pereceram, inclusive as crianças. Que crime terrível e impensado. Agora sangue pagará por sangue, e a loucura estará à solta nesta terra. Aqui em Haripir, precisamos lutar para manter a paz como fizemos durante problemas passados. O paradeiro de Mansoor é desconhecido. Isso me preocupa. Você sabe que ele é um sujeito esquentado.

Ele andou muito pelo mundo desde que atingiu a maioridade. Mas, finalmente, retornou, e durante os dois últimos anos parecia ter se estabelecido comigo. Vinha sendo útil na administração da casa e mesmo do santuário. Por um instante, comecei a nutrir o desejo de que ele se tornasse o próximo saheb, meu sucessor, já que você havia rejeitado esse chamado. Mas sei que não deve ser ele, que ele não possui a bondade e a compostura que você possuía. As pessoas também sabem disso. Elas se lembram bem de você, Karsan, mesmo depois de todos esses anos. Dizem que seu *gaadi-varas* Karsan irá retornar um dia. Isso deixou seu irmão ressentido.

Uma manhã eu o vi curvado na postura do *namaz* em seu quarto. Foi quando soube que ele havia se tornado muçulmano. Então me dei conta de que havia nele uma seriedade e uma necessidade que ele nunca me havia revelado antes. Isso me agrada, esse comprometimento espiritual. No entanto, também me preocupa, caso tenha origem apenas no ressentimento em relação aos hindus. Gostaria que você estivesse aqui, para que vocês dois pudessem conversar um com o outro, como irmãos.

Comecei a lhe contar sobre a sua mãe, mas esta nova loucura em nosso país e a minha preocupação com o seu irmão me desviou para um caminho completamente distinto...

Você se perguntava por que ela não escrevia para você. A verdade é que ela não sabia nem ler nem escrever. Sua mãe era analfabeta. Ela não queria que você soubesse disso, assim, quando você implorou que ela escrevesse, ela ficou com vergonha e resolveu aprender. Enquanto isso, eu não tinha autorização de lhe revelar seu segredo.

Eu gostava da sua mãe, assim como gostava dos meus filhos. Todos significavam muito para mim. Mas o saheb tem mais consciência do que os outros sobre a transitoriedade da vida comum e seu verdadeiro propósito. Além disso, ele tem uma responsabilidade em relação a todos os que vêm procurar conforto no santuário. Ele não pode ser um pai ou um marido normal. Até mesmo a vida conjugal de um saheb não é normal. Isso não é fácil para um jovem casal aceitar. Sufis de antigamente tentavam vencer seus desejos de muitas maneiras. Alguns recorriam a amarrar pedras ao redor da cintura. Lembre-se da história de como Pir Bawa, quando ficou em meio à opulência de Patan, deixou-se cair pelos encantos de uma sedutora. Nós seguimos os caminhos dos sufis e nos casamos, porque os desejos da vida não devem ser desprezados, energias joviais devem ser usadas, e a posição de saheb deve ser passada adiante. Ainda assim, nós sabemos que o prazer é uma ilusão que leva ao apego e à distração e, finalmente, à infelicidade. É mais um milagre em Pirbaag que um sucessor sempre tenha se tornado saheb apenas depois de ele ter aproveitado a vida de casado e, mais ainda, tido um ou dois filhos. Depois disso, o celibato é o estado almejado. É, afinal, o espírito que conta, e nossos desejos e posses mundanos devem ser deixados de lado. Sua mãe considerava isso difícil de aceitar.

Não me incomodou que eu tenha me casado com uma menina que não soubesse ler ou escrever. O analfabetismo não é incomum em nosso país, é mais a norma, na verdade. Mas ela vinha de uma cidade e uma família estabelecidas, e todos os seus irmãos e irmãs haviam frequentado a escola. Ela apenas não estudara por conta de sua doença. Assim, ela fingia ler...

Ela adorava ver filmes. Antes de o seu Dada morrer, nós vivíamos a nossa alegre vida de jovens casados. Íamos ao cinema e, às vezes, comíamos em restaurantes. Mas depois que eu me tornei o saheb a busca por prazeres mundanos não combinava conosco. Mais do que isso, parou de me interessar, assim como um dia uma criança deixa de lado seus brinquedos para se envolver com o mundo real. Mas, para sua Ma, além de seus dois filhos, a ilusão da tela do cinema era tudo. E, então, ela começou a ir ao cinema em segredo, e eu podia apenas fingir que não via, pois sabia que ela não conseguia evitar.

Tudo isso não tem importância agora. Depois que você foi embora, ela nunca se recuperou. Tornou-se deprimida e parecia ter retrocedido à condição que estava quando a vi pela primeira vez em Wardha, quando meu pai a curou. (Ele — e ela — acreditava que era eu quem a havia curado.) Em sua condição, ela se tornou intensamente desconfiada e imaginativa, fazendo acusações inconvenientes ao seu status e à sua dignidade. Não as repetirei para você. Ela feriu mais a si mesma do que aos outros. Nessas circunstâncias, Shilpa, nossa voluntária e benfeitora de tanto tempo, teve de ir embora..."

[A ágil e sedutora Shilpa de jasmins e rosas, a tentadora devota que me provocava sutilmente e depois retornava para assombrar meus sonhos tumescentes. Como Ma a odiava. Certamente, Bapu-ji, que havia mais na doce devoção dela ao senhor, não? O senhor devia saber. Aquele êxtase no seu rosto. A pedra ao redor da sua cintura o salvou na ocasião, Bapu-ji?]

"Finalmente, pedi que os irmãos dela a levassem por algum tempo. Talvez uma mudança de ares e perspectivas lhe fizesse bem. Aconselhei-a a usar seu tempo lá para ler e escrever bastante para que pudesse escrever para você e ficar feliz. Mas ela nunca voltou. Recebi a notícia de que havia morrido e sido cremada. Não me disseram a causa. Eu sentia falta dela, assim como sentia a sua falta..."

Que mulher indiana daquele tempo voltava para a antiga casa saindo da casa do marido para ser bem-recebida e amada? Cunhadas espreitavam como tubarões naquelas águas arriscadas, com a pobre vítima correndo riscos.

Era Bapu-ji que vivia num mundo de fantasia.

Ele acreditava em tudo o que ensinava? Devia acreditar. Ainda assim, a tristeza está palpável em suas palavras ao descrever como teve de privar sua jovem esposa de amor, mantendo-a apenas para cuidar da casa e ser a mãe de seu sucessor.

Ma nunca mencionou a circunstância do primeiro encontro dos dois, quando ela foi curada pelo saheb de Pirbaag, ou talvez por seu jovem sucessor, que se tornou seu marido. Como foi facilmente dada em casamento por sua família, como uma rejeitada, para um santuário e uma vida com a qual ela jamais teria sonhado ou desejado. Não é de estranhar que raramente visitasse os pais. E quando foi pela última vez, doente novamente, foi apenas para morrer de alguma causa desconhecida.

Você, no alto de uma fortaleza
Eu, um peixe no fosso
consumindo-me pelo olhar
dos seus olhos, adorados...

Assim era a alegoria do desejo espiritual do sufi, como Bapu-ji ensinava. Mas que descrição adequada do real desejo da minha mãe, embora ela tivesse preferido que algum cantor o expressasse em playback. Todo o romance de sua vida vinha dos filmes.

Eu quase disse "sua vida vazia", mas ela tinha a Mansoor e a mim. Nós também falhamos com ela. Eu a amara, mas como sabia pouco a seu respeito. Minha liberdade de Pirbaag significava mais para mim do que meus deveres para com ela. E aqui estou eu, de volta, essencialmente sem saber o que ganhei com a minha fuga. Bapu-ji pode ao menos declarar essa vitória — se os mortos têm vitórias — com o retorno de seu filho desertor. E quanto a Ma?

41

Uma ida fraternal ao templo Hanuman.

Nosso passo é moderadamente rápido. Andantino, como diria o professor de música de Julian, um flash de lembrança que invade meus pensamentos como um relâmpago. Se passei a impressão de que havia esquecido do meu filho, não é verdade. Eu simplesmente abafei a dor, ao lidar com uma dor mais imediata. Assim, Mansoor e eu caminhamos num passo moderado, com o ânimo leve naquele caminho íngreme, como sempre é um caminho até um santuário, um templo. Nosso destino é Jhakhu, templo a Hanuman. Há dezenas de pessoas ao nosso redor. Algumas fazem essa caminhada árdua diariamente, outras, ocasionalmente. Há um aluno do Instituto que corre todos os dias para fazer sua consagração ao seu deus da proeza física, entre outras coisas.

Inspirado pelo desejo de Bapu, expresso em sua carta, de que meu irmão e eu pudéssemos passar algum tempo juntos conversando, com alguma hesitação sugeri aquela subida desafiadora até o santuário hindu que é obrigatório a todos os visitantes de Shimla. Para minha surpresa, Mansoor concordou prontamente. Disse que havia ido com Ma ao santuário Kali, em Pavagadh, uma vez. Foi alguns meses depois de eu ir embora. Aquela também havia sido uma longa caminhada montanha acima. Ao final da subida, ele exulta em me dizer, em cima do templo de Kali havia um santuário sufi. Explique isso!, ele exclama. A resposta é simples. Mas me calo prudentemente, e seguimos conversando.

No meio do caminho aparecem os famosos macacos. Eles supostamente compreendem pahadi, o dialeto local da montanha, mas nós nos dirigimos a eles em nosso hindi de Gujarat.

— Não temos nada, vão embora. *Jao! Bhaago!*

Mas o que nos escolheu como vítimas ou benfeitores é uma fêmea de tamanho médio com olhos expressivos e está segurando um filhote. Ela nos segue, saltando em minha bolsa tiracolo, até que eu finalmente abro a *jhola* para que ela olhe dentro — "Está vendo? Não tem nada" — e confirme por si mesma que realmente não há nada de comer ali. Ela desaparece nas sombras.

Um pouco mais tarde surgem as tendas de comida, iluminadas no começo de noite por lampiões, e as primeiras tendas que vendem doces e flores para os peregrinos levarem ao templo. Nossa macaca nos seguiu. O primeiro pedido de *pakodas* recém-saídas da *wok*, portanto, deve ir para essa emissária de Hanuman, e ela vai embora para se sentar ao lado da estrada com o seu prêmio. Consumimos a segunda leva antes de subirmos o restante do caminho.

Há um *dharamshala* e um salão de jantar no topo da montanha, e mais tendas de flores e doces. De frente para eles fica o templo Hanuman, com o antigo ícone do deus macaco atrás. Tudo é iluminado e festivo ali. Alto-falantes tocam canções religiosas. Pessoas saem do templo com os rostos radiantes.

— Você acredita neste tipo de deus? — pergunta meu irmão surpreso quando estamos parados do lado de fora do templo. — Você leva a sério esse tipo de misticismo de adoração, que se curva diante da imagem espalhafatosa de um macaco?

— Você tinha mais respeito pelos deuses antes, Mansoor. E pode haver um mistério num ícone... nós imputamos a ele o que trazemos dentro de nós.

— Pare de bancar o saheb — resmunga, mas permite que eu o empurre gentilmente para a frente. Entramos junto com uma fila de adoradores. Quando chega a nossa vez no santuário, vejo-o depositar algumas notas de dinheiro no cofre de doações e, com as mãos unidas, curvar-se para Hanuman. É instintivo. Faço a mesma coisa. Trago comigo o saquinho de doces abençoado pelo sacerdote e, juntos, saímos.

Nossos rostos devem estar radiantes. Eu não rezava assim fazia muito tempo, curvando-me formalmente diante de um mistério, de uma imagem de um mistério com humildade e solidariedade por outros humanos que também estavam presentes com toda humildade. Olho com satisfação disfarçada para a marca de açafrão feita pelo sacerdote na testa do meu irmão: a marca de um adorador. Era claramente um milagre aquilo, não? Mas devo respeitar sua nova forma de adoração, o balé no chão (não sem esta imagem, no entanto, a direção para oeste serve para isso) é certamente também uma forma equivalente e humilde de adoração a um mistério chamado Alá.

E o que ele deve pensar de mim, que não assumo qualquer crença, também marcado como adorador por um sacerdote? Talvez tenha sido ele quem me levou até ali.

Na volta, na descida da montanha, o caminho está escuro, iluminado apenas pelos lampiões das tendas de comida que estão fechando e pelas agitadas lanternas dos adoradores, mas o clima é alegre. Ainda há peregrinos subindo, cumprimentando baixinho os que estão descendo. Os macacos estão, na maioria, afastados, embora nosso saquinho de celofane cheio de doces abençoados já tenha sido levado embora há muito tempo.

— O que aconteceu com Ma, Mansoor? — pergunto, quando chegamos a uma parte plana e silenciosa do caminho, no começo da subida.

Bapu me poupou dos detalhes mais dolorosos em sua carta. Mansoor será impiedoso.

Um sábado de manhã, nossa mãe foi até o santuário de burca, mostrando o rosto para que pudesse ser reconhecida. A multidão era muito grande no horário. Aparentemente com calma, ela fez todas as atividades costumeiras do santuário, alheia aos olhares constrangidos e ao silêncio ao seu redor. Sentado no pavilhão, Bapu-ji permaneceu completamente composto, como se tudo estivesse normal. Ao lado dele estava Mestre-ji. Por perto, alguns acompanhantes voluntários. Mais tarde, conforme o grupo presente ia mudando, pareceu que alguma normalidade havia sido retomada. As pessoas já estavam habituadas à mulher de burca e eram discretas quanto à sua identidade. Então Shilpa chegou apressada, bonita, alegre, tendo acabado de desembarcar do ônibus. Pôs a bolsa de lado e foi cumprimentar Bapu-ji dizendo "*Namastê*, saheb". Depois de tocar os pés dele, ela se levantou e então gentilmente tentou arrumar a manta nos ombros dele. Foi um gesto silenciosamente possessivo, bem ensaiado, e atingiu em cheio Ma, que ficou observando, cercada por um grande grupo de visitantes. Sem conseguir se conter, Ma soltou um berro repentino e agudo e se aproximou do pavilhão, gritando:

— Solte o meu marido!

Virando-se, ela se dirigiu à plateia petrificada, implorando:

— Essa *rundi* não sai de cima do meu marido! Façam alguma coisa!

Tinha um braço esticado e apontava um dedo para Shilpa, a quem acabara de chamar de puta. E, então, no silêncio que recebeu como resposta, minha pobre mãe, a esposa do saheb que havia se tornado uma louca histérica numa burca desgrenhada, irrompeu em soluços e se deixou ser levada para os fundos do complexo e para dentro da casa. Podiam explicar às pessoas que ela estava sofrendo de alucinações, que estava possuída e que o saheb a estava tratando.

Tudo começou com a minha partida. Ma acusava Bapu-ji de ter me afastado.

— Ele não queria ser um saheb-shaheb, por que você o pressionou? O pobre menino confessava para mim isso. Você o arrancou do meu colo! Você o pressionou demais!

Bapu-ji ficou absolutamente estupefato.

— Como diz isso, Madhu? — ele lhe disse. — Você sabe que não há escolha quanto a isso. Este é o nosso *parampara*, e tem sido assim há séculos!... Você queria que eu o interrompesse?

— Ao diabo com o seu *parampara*!

Seu humor melhorou com as minhas primeiras cartas, e ela começou a aprender a ler e escrever. Mas simplesmente não se sentia confiante para começar a escrever uma carta ao filho culto nos Estados Unidos, nem sequer uma pequena carta, enquanto o marido podia escrever réstias expressando preocupação e dando conselhos. Enquanto isso, ela acusava Bapu-ji de lançar olhares sensuais para Shilpa. E Shilpa, de seduzir seu marido. Sua linguagem se tornava vulgar, e ela gritava quando ficava brava.

— E não pense que você está acima de tudo! Eu sei do que você é capaz! Ele não conseguia ficar longe de mim, o libertino... nem mesmo depois de ser o saheb!

Como remédio, ela começou a visitar alguns locais sagrados da região, às vezes levando Mansoor junto, outras vezes viajando com grupos de peregrinas. Sua condição melhorava, e ela agia normalmente por algumas semanas. E então vinha a depressão insuportável, os choros e os ataques.

Mais ou menos nessa época Bapu-ji tentou me chamar de volta. Com uma passagem só de ida. Não acreditava que eu recusaria seu chamado ou não retornaria para ver minha mãe doente, qualquer que fosse o custo. Provei que ele estava errado. Mas aqui estou eu.

Um dia, um jovem chegou a Pirbaag com a mãe. A mulher sofria com enxaquecas, motivo pelo qual havia visitado muitos homens santos e prestado homenagens em muitos santuários. Soubera daquele pelo filho, que estava estudando nos Estados Unidos e havia conhecido o filho do saheb. Ele levou notícias de Karsan, que estava muito bem, mas preocupado com a mãe. Chamaram Ma, que conheceu a mulher e o filho dela. Eles lhe deram os chocolates que eu havia mandado. E a mulher foi embora feliz e curada — conforme seu filho havia me informado. Foi num dia em que Ma estava se sentindo particularmente bem, e os visitantes a animaram ainda mais. E eu, a um mundo de distância, fiquei satisfeito por saber que não havia nada de errado com minha mãe.

Mas imediatamente depois disso ela entrou em depressão. Então houve aquele ataque final, no qual ela saiu de burca para humilhar meu pai. Shilpa partiu naquele dia e nunca mais foi vista. Cerca de uma semana depois um dos irmãos de Ma veio e a levou embora.

— Nós vivemos um inferno — diz Mansoor. — Todos os três. Mas foi tudo por causa do nosso pai, não foi? O estilo de vida repressivo. As antigas superstições. Se ele realmente tivesse poderes, por que não conseguiu curá-la? E com Shilpa...

— Você acha que havia alguma coisa entre eles?

Ele não diz nada. Estamos de volta ao apartamento, sentados juntos, cercados pelo silêncio absoluto, exceto pelas nossas vozes.

— Você viu alguma coisa, Mansoor... entre eles?

— Ela estava com as garras sobre ele. Tinha planos para si mesma.

— O que você quer dizer? Que planos?

— Sabe de uma coisa? Ela tinha redecorado o quarto de hóspedes. O que ela sempre usava foi reformado por dentro e por fora. Eu acho que ela estava envenenando Ma, botando alguma coisa na comida dela, para que pudesse assumir seu lugar.

— Você a acusou disso?

— Sim, eu disse a ela que parasse de envenenar minha mãe e nos deixasse em paz. — Ele sorri e diz: — Quem imaginaria que Ma seria capaz de usar os termos que usou contra Bapu-ji... coisa de *desi*! — Dá uma rara risada. — Você devia ter visto a cara do Bapu-ji, o constrangimento. Ela o expôs como o homem lascivo que ele deve ter sido um dia... simplesmente humano, não? Eu perdi o respeito por ele.

Se é que o tinha, não pude deixar de pensar. Depois desta amarga revelação, ele retoma o ar irritado. O bom humor e a cordialidade das horas anteriores desapareceram de repente.

42

Pirbaag, os dias finais.

"O medo nos cerca por todos os lados", escreveu meu pai, "e a ira. E um desavergonhado encorajamento das massas por nossos líderes. Diz-se que nos tempos mais sombrios do Kali Yuga o governante trairá seus súditos. Isso é agora um fato. Há violência capaz de congelar o coração, mas nós deveríamos estar acostumados a ela, nós que a vimos e ouvimos falar dela durante a Divisão e nas revoltas de 1969 e 1993..."

Em Vancouver eu havia visto na internet relatos sobre a violência em Gujarat e assinado abaixo-assinados online de protesto, daquele tipo de torpor da consciência fáceis e sem custo. Para muitos indianos, esses episódios de assassinatos e estupros em massa aconteciam em outros lugares, em certas localidades. Assim, o problema era de outras pessoas, que provocaram a situação. Há também um velho adágio atrás do qual é possível se esconder enquanto as matanças continuam: a Índia é uma civilização antiga, que sobreviveu a muitas coisas em sua longa história, e sempre se recupera. Eu me reconfortava com o fato de que Haripir não via uma revolta havia muito tempo, talvez nunca tenha visto. Meu pai era um ancião respeitado e reverenciado, e o guru de seu antigo santuário. Em sua carta, demonstrara estar confiante de que, mais uma vez, a cidade não sucumbiria aos chamados de vingança e derramamento de sangue. No entanto ali, naquelas páginas francamente escritas apenas alguns dias depois, ele parecia terrivelmente temeroso e frágil, nada parecido com o Bapu-ji que eu conhecera. Como fico voltando a este refrão. Mas o pai que eu havia conhecido, eu havia perdido muito tempo antes, e ele estava escrevendo perto do dia do juízo final.

"Seu irmão Mansoor", continuou, "retornou depois de uma ausência de alguns dias. Não sei o que esteve fazendo e onde, mas ele me preocupa. Não fala comigo a não ser para dizer 'Você não entende' quando tento aconselhá-lo. Com alguns outros, principalmente da comunidade muçulmana, ele organizou uma força de defesa em Haripir. Esta não é a resposta, e já disse a Mansoor que Pirbaag não precisa desse tipo de defesa. Mas a comunidade muçulmana é vulnerável, e a polícia não serve para nada. Em Ahmedabad, a polícia se recusou a prestar assistência quando casas foram incendiadas e brutamontes esperavam do lado de fora para matar os moradores em fuga. Reconfortar-me com o fato de que não somos nem hindus nem muçulmanos, no entanto, não é correto. Assim, divulguei que o santuário de Pir Bawa está aberto a todos aqueles que buscarem refúgio: hindus, muçulmanos, cristãos ou sikhs. Desta forma, suas vidas poderão ser salvas."

Mais tarde, ele escreveu seu último e atormentado parágrafo:

"Meu querido filho Karsan, onde quer que esteja. Se você não ler esta carta, então talvez esses pensamentos ainda o encontrem. Nosso adorado santuário, a casa de Pir Bawa, está começando a se encher de pessoas apavoradas com as notícias e os boatos que ouviram. Há relatos de bandos se aproximando de Haripir... E boatos de que Pirbaag não será poupado. Então, o que dizer às pessoas que estão vindo para cá? Não sei onde está seu irmão, deve estar no Balak Shah... Encerrarei esta carta com um beijo. Pronuncio o *bol* enquanto escrevo, e depositarei esta carta ao pé de Jaffar Shah, o Pir dos viajantes, a quem você amava tanto. Mais tarde levarei alguns livros selecionados da nossa coleção e visitarei todos os personagens do santuário pedindo que os mantenha em segurança. Se o pior acontecer, restará algo para você. Não há mais nada que eu possa fazer. Seu Bapu."

A questão que invade a minha mente, agora que tento imaginar o que sucedeu depois que ele escreveu essas últimas palavras: como exatamente meu pai morreu? Ninguém quis me dizer isso.

43

O major está irritado.
Ele quase invade o apartamento quando abro a porta dos fundos, sua entrada preferida. O colega que traz com ele rapidamente desaparece para fazer uma busca em meus dois quartos.

— Descobriram que um vagabundo insolente, que poderia muito bem ser seu irmão, tem se feito passar por aquele professor Bhalla de Hyderabadi, que está ausente — diz ele. Fica me observando, à espera da resposta.

— Meu irmão não está aqui — falo diretamente, e a implicação fica clara.

— Nós iremos encontrá-lo, quem quer que seja essa pessoa. Nós iremos buscar nas estradas, nos ônibus, nos táxis. Há bloqueios por toda parte.

— Isto por um homem que é procurado apenas para prestar depoimento? Há alguma coisa a respeito do meu irmão que o senhor não me contou?

— Ele poderia nos levar a outros, mais perigosos — diz ele, e se senta no sofá que detesta tanto. Eu me sento na poltrona ao lado dele. Nada de chá ou lanche hoje, é tudo profissional. Ele se inclina para a frente e acrescenta, em voz baixa: — Me diga, Karsan Sah'b...

— Sim?

— O que você faria caso descobrisse estar abrigando alguém próximo... um filho, digamos, um irmão... que poderia ser um terrorista? O que seus princípios morais lhe diriam para fazer?

— Este é o dilema, não? Se eu tivesse certeza de sua culpa, suponho que o entregaria... ou ao menos o expulsaria. Mas se eu não tivesse certeza...

— Sim?

— Bem, major, o número de suspeitos mortos é muito maior do que vivos, não?

Ele se recosta e olha para o assistente que saiu dos quartos. O homem balança a cabeça.

O major diz:

— O seu irmão esteve em Godhra, e poderia nos ajudar a prender os que incendiaram o trem. Você está me dizendo que ele não esteve aqui? Ele não veio ver o irmão? Ele deve precisar de dinheiro, imagino.

— Meu irmão esteve aqui, major Narang. E nós conversamos. Ele esteve em Godhra como professor por três anos. Ele tinha amigos lá, alguns dos quais foram assassinados. Ele diz que não matou nenhum hindu. Quando o trem foi incendiado, ele estava em Haripir.

— Então por que ele não conversa conosco? Você poderia ir junto. E você tem uma amiga influente, a Sra. Kapur. Nada acontecerá com ele, eu lhe garanto.

— Major, meu irmão e eu mal nos conhecemos. Sou um estranho para ele. Sou o irmão que escapou. Nós não concordamos em muitas coisas, e ele não confia em mim. Como eu poderia convencê-lo de qualquer coisa? E, vamos ser sinceros... pessoas como ele não podem confiar na polícia. A polícia não fez coisa alguma para resgatar vítimas durante as revoltas. Foi acusada de ajudar os revoltosos e de matar muçulmanos em tais confrontos. Eu não conseguiria convencer Mansoor a conversar com o senhor... muito embora eu próprio confie e goste do senhor.

Ele faz uma pausa, olhando para um ponto diante dele na mesa de centro, então se levanta abruptamente e, para minha grande surpresa, aperta minha mão e vai embora.

Há duas noites nós estávamos sentados juntos na sala de estar. Eu estava escrevendo na mesa, e Mansoor, deitado no sofá com um livro. Antes de ele chegar, sozinho eu teria ligado o rádio com o som muito baixo enquanto trabalhava — um velho hábito. Eu poderia cantarolar ou recitar alguma coisa em voz baixa para combater a solidão. Em vez disso, ele pusera Nusrat Fateh Ali Khan and Co. tocando vigorosamente, ainda que num volume moderado, e eu estava gostando bastante. Pela primeira vez desde sua chegada, eu estava gostando da companhia do meu irmão. Ele fez suas orações, e nós tomamos chá.

E, então, movido por uma curiosidade repentina e assustada, perguntei a ele:

— Mansoor... o que você fazia em Godhra?

— Eu era professor lá... na escola Mirza Ghalib. Por quê?

Ele se sentou e pôs o livro sobre a mesa à frente. *The Secret Order of the Assassins* de Hodgson. Ele me viu lendo a lombada. Eu tinha apenas uma vaga familiaridade com o assunto, uma facção muçulmana xiita da Pérsia medieval com uma queda por dramáticos assassinatos políticos. Não é o tipo de leitura que se espera de um irmão procurado para depor a respeito de um ato de terrorismo.

— Eu lhe falei sobre isso antes, não falei? — perguntou.

— Eu disse que havia estado em Godhra.

— Você não me contou os detalhes. Deve ter feito amigos lá...

— Sim, eu tinha amigos lá, e alguns foram mortos nas revoltas — disse ele, com a irritação crescente, e me olhou furioso. Eu me senti como se tivesse sido flagrado espionando para a polícia. Estava apenas tentando expressar minha preocupação sobre ele.

— É só que... eu espero que você não esteja envolvido em nada de errado... criminoso...

— O que eu poderia ter feito? — Ele estava contendo a raiva. — E não, não matei nenhum hindu durante as revoltas. Você esquece que a minha mãe era hindu.

— O Bapu-ji disse que estava preocupado quando você desapareceu depois de as revoltas começarem. Onde você estava?

— Eu voltei para Godhra. — Ele falava baixo. — Para ajudar, se pudesse. Foi um erro, pois escapei por pouco das espadas. Um professor da escola metodista da St. Arnold me acolheu. Fiquei escondido com ele por alguns dias.

— E quando você voltou?

— Havia boatos de que Haripir estava na lista dos revoltosos. E estavam dizendo que Pirbaag era um santuário muçulmano e que desta vez não seria poupado. Mas você acha que o Bapu-ji escutou? Alguns de nós, portanto, organizamos uma força de defesa para a cidade, nossa própria milícia. Mas antes de conseguirmos nos preparar direito, uma noite, às 22 horas, um bando invadiu a cidade gritando suas sanguinárias palavras de ordem. Eram muitos deles. Havia inclusive gente da nossa própria cidade. E você viu o resultado.

— Como o Bapu-ji morreu?

Ele se virou de costas. Então, pegou o livro e foi para seu quarto.

Um pouco mais tarde, o celular dele tocou. Ele se identificou como professor Bhalla, falou por um bom tempo e parecia animado quando desligou.

Na noite passada, meu atendente de cozinha preferido, Ajay, nos trouxe nosso jantar. Depois de deixar a bandeja, ele ficou mais um pouco para me dizer que o professor Bhalla havia chegado e que a polícia estava por todo o Instituto perguntando sobre o homem que estava se fazendo passar pelo professor Bhalla. Havia um leve sorriso em seu rosto com a evidente graça da situação. Agradeci, mais profusamente do que o normal. Ele podia muito facilmente ter denunciado meu irmão. Mas, desde a minha primeira visita à sua igreja, ele era meu silencioso anjo da guarda.

— Chegou a hora de eu ir embora, Bhai — disse Mansoor, quando a porta se fechou atrás de Ajay. — Agora você ficará livre de mim.

Ele entrou para arrumar suas coisas, e eu o ouvi fazendo duas ligações pelo celular.

— Vou sentir sua falta, Mansoor — falei emocionado quando ele saiu. — Nunca chegamos a nos conhecer bem. Nunca tivemos tempo de rir juntos. Eu estava preocupado, e você, na defensiva.

Ele sorriu:

— Fica para uma próxima.

— Aonde você está pensando em ir?

— Quanto menos você souber, melhor — disse ele.

Nós nos abraçamos, e eu abri a porta dos fundos para ele, que levou uma bandeja para que pudesse passar como funcionário da cozinha em parte do caminho. Eu o vi caminhando nervosamente pelas sombras e então desaparecer. Sua primeira parada, eu sabia, seria na igreja atrás do alojamento. Ele provavelmente se trocaria lá e seguiria para outro lugar. O que estava planejando fazer, aonde estava indo? Quem eram aqueles amigos que conseguiam reconfortá-lo mais do que eu? Como eu o conhecia pouco. Nós havíamos chegado perto da intimidade, e então eu tinha a sensação deprimente de que jamais o veria de novo.

Rezei para que não fizesse nada ousado e arriscado, embora havia muito tempo eu tivesse parado de me perguntar o que minhas orações esporádicas queriam dizer.

Na manhã seguinte, recolhi os livros que eu havia tomado emprestado para ele para devolver à biblioteca. Eram todos sobre o islã: sua história e glória passada, seu significado e sua filosofia, suas grandes personalidades. Mais uma vez, o livro branco de capa dura sem sobrecapa chamou minha atenção. Por que meu irmão iria querer ler sobre os assassinos? E, ironia, um dos muitos epítetos de Pir Bawa era Kaatil, Matador — embora sua espada fosse sua sagacidade e seu uso das palavras. Então me ocorreu que meu pai poderia ter uma cópia do livro em sua prateleira superior.

E então alguma coisa aconteceu. Não sei exatamente como, ou exatamente quando. Folheando distraidamente as páginas do livro, lendo partes dele, largando-o e depois pegando outra coisa para mais tarde retornar a ele e finalmente não conseguir largá-lo, olhando para aquele único registro numa das páginas finais, eu me dei conta de que tinha nas mãos a resposta do segredo do *bol*. Pois havia um nome familiar, com extensivas referências, no índice do livro de Hodgson: W. Ivanov.

A paixão do professor Ivanov era evidentemente o estudo da controversa seita muçulmana medieval dos Assassinos, que havia ocupado várias fortalezas na Pérsia ocidental. Havia escrito livros sobre ela e visitado ruínas de seus castelos. Durante suas pesquisas, aquele russo também havia ido até Pirbaag para falar com meu Dada e dar uma olhada em seus antigos manuscritos. Lembrei do retrato desbotado dele no nosso álbum de família, tirado no nosso pavilhão com Dada, Bapu-ji e o Sr. Ross, o extremamente alto coletor de impostos de Ahmedabad que o havia levado até lá.

Nur Fazal, o sufi, concluí, havia sido um Assassino. Tudo o que leio neste livro em minhas mãos parece confirmar isto.

Poderia ser tão fácil?

44

Naquele terreno de criação de heresia... não resta pedra sobre pedra das fundações. E naquela florescente morada de inovações, o Artista da Eternidade Passada escreveu com a pena da violência sobre o pórtico de cada um o verso: "Essas suas casas são ruínas vazias"... Suas desafortunadas mulheres, como sua religião vazia, foram completamente destruídas. E o ouro daqueles falsários hipócritas que parecia ser genuíno, mostrou-se ser de chumbo.

Ata-Malik Juvaini,
sobre a destruição das fortalezas dos Assassinos
pelos mongóis (1252-1260)

O segredo do bol. *Massacre dos hereges.*

Os Assassinos, também chamados de ismaelitas, foram uma mística seita xiita que desprezava as formas exteriores de adoração e as leis muçulmanas da *sharia* para verdades espirituais interiores. Operavam de fortalezas bem defendidas e de difícil acesso em montanhas no oeste do Irã, e eram odiados por suas heresias e temidos pela inclinação a assassinar os inimigos com uma facilidade descarada e assustadora, fosse como defesa contra perseguições ou para intimidar por meio do terror, dependendo do ponto de vista. Diz-se que o grande Saladino checava embaixo da cama antes de se deitar para dormir para ver se não havia algum Assassino escondido. Era um grupo secreto, porém com uma extensa rede de seguidores. Acredita-se que tenham enviado seus *dais*, ou missionários, por toda a Índia para ensinar sua forma esotérica da fé islâmica.

Um desses professores espirituais, o professor russo deve ter concluído, assim como eu também estou convencido agora, foi Nur Fazal, o sufi.

É como se todas as peças do quebra-cabeça, perdidas entre uma miríade de impressões de infância que flutuavam como ruínas indesejadas nos recessos da mente, agora começassem a se encontrar, se encaixar e a fazer sentido para formar a certeza desse conhecimento.

Em todas as histórias que ouvi sobre ele do meu professor Mestre-ji e do meu pai, Nur Fazal era um místico muçulmano que havia fugido da perseguição num Oriente Médio devastado pela guerra e recebido proteção do rei de Gujarat, Vishal Dev, cujo reinado coincidia com a destruição dos fortes dos Assassinos pelos mongóis. Ele invocava deuses indianos e ideias místicas livremente em seus ensinamentos e, de acordo com a lenda, uma vez chegou a se unir com brâmanes hindus contra mulás muçulmanos ortodoxos durante um debate numa corte real. Jamais passou a seus seguidores uma oração árabe. Essas atitudes apenas poderiam caracterizar um radical muçulmano extremamente não conformista, um herege. Um Assassino.

Se ao menos o *bol* em minha boca pudesse confirmar isto. Mas não pode, e eu preciso imaginar.

Em 1256, os castelos dos Assassinos foram destruídos pelos exércitos do mongol Hulagu Khan, depois do que se seguiu um típico massacre mongol, como descrito em detalhes pelo bastante parcial historiador persa Juvaini, que sentiu particular satisfação com o incêndio da famosa biblioteca dos Assassinos. Pouco antes dessa destruição, um proeminente habitante de um forte dos Assassinos, Nur Fazal, havia chegado ao reinado de Gujarat e sido recebido por seu governante, Vishal Dev. Nur se tornou uma lenda por seu conhecimento e seus poderes místicos, e passou a ser chamado de sufi, Viajante, Jardineiro e Kaatil, Matador: talvez um antigo substituto para Assassino? Mas, para seus seguidores, ele sempre foi o amado Pir Bawa.

O sufi deve ter ouvido falar sobre o cataclismo em seu lar quando estava em Gujarat. Na minha infância, e principalmente na adolescência, eu imaginava por seus incisivos poemas de amor que ele havia deixado um amor "no norte", ou *uttara khanda*, como chamávamos. De acordo com os ensinamentos de Bapu-ji, aquele amor era místico, e o amor era o mestre espiritual do sufi. Mas eu preferia uma mulher para a imagem: para quem mais ele teria escrito o verso: *Meu corpo estremece de desejo por você?*

O historiador Juvaini escreve mais sobre essa destruição.

Hoje, graças à gloriosa fortuna do Rei Iluminado [Hulagu Khan], se um Assassino ainda existe, realiza trabalho de mulher. Onde quer que haja um *dai* [um missionário], há um anunciador de morte... Os propagadores do ismaelismo caíram vítimas dos combatentes do islã. O maulana deles, a quem dirigiam as palavras: "Ó, Deus, nosso Protetor" — sujeira em suas bocas! —, tornou-se o servo dos bastardos... Eles foram degradados dentre a humanidade como os judeus e, como as estradas, não passam de poeira.

E, agora, à destruição do jardim indiano de Nur, Pirbaag.

45

O ataque a Pirbaag.

Eis o que consegui reunir.

9 de março de 2002. Perto do pôr do sol, centenas de almas haviam atravessado o portão de Pirbaag em busca de abrigo. Amontoados como fantasmas entre os túmulos, podiam apenas rezar para que os boatos fossem falsos, para que aquela noite temida passasse como outras, sem incidentes. Mas sabiam do contrário, motivo pelo qual haviam ido até lá. No escuro, comeram o que haviam levado ou que lhes foi dado e beberam da água que foi passada entre eles. Gradualmente, começaram a cair no sono. As crianças haviam sossegado, e se fez silêncio. Mas então, de repente, estavam acordados, e havia um lento murmúrio de uma multidão humana que se aproximava pela estrada, acompanhado por uma inexplicável música de fundo e sons de motores funcionando. Havia cheiro de fumaça de óleo queimado. O ar estava quente. Houve uma enorme explosão, quando uma bomba foi atirada contra o imenso portão da comunidade do Balak Shah. Isso, claro, os refugiados de Pirbaag não conseguiram ver, mas em meio à confusão e ao terror podiam

ouvir os gritos que atravessavam aquela noite agora interminável, e imaginar o quadro de massacre para torturar suas mentes.

Ainda assim, Pirbaag estaria a salvo, todos esperavam. E rogaram a seu senhor: Ore por nós, saheb, diga a eles que não somos muçulmanos, saheb.

Com alguns acompanhantes, o velho saheb ficou a alguns metros do portão, impedido por alguns de seus devotos mais jovens de ir além.

E então, inevitavelmente, uma tropa de tochas apareceu do lado de fora do portão, com as luzes amarelas tremeluzindo na noite, irradiando calor e ameaça, a promessa do caos. O cheiro de queimado, os gritos ao fundo e rostos embriagados gradualmente discerníveis na quente e enfumaçada escuridão...

Talvez, se o saheb tivesse ficado firme, não tivesse saído com toda a sua antiquada autoridade anciã e espiritual para argumentar e conversar e censurar os homens dopados de sangue e vinho e *bhang*... Tudo o que fez foi alimentar a ira deles. Mas teria feito pouca diferença, pois os revoltosos vieram decididos. Aquele santuário neutro de séculos de existência havia agora sido marcado como morada muçulmana sobre a qual se deveria executar uma vingança.

Foi típico de Bapu-ji ter saído com um assistente e começado a falar. Um jovem de altura mediana, com uma bandana vermelha amarrada displicentemente na testa e a barba por fazer, fez como se fosse escutar, com a espada a postos.

— Deixe de bobagem, por amor a Bhagwan — começou o saheb, quando a espada fina e longa reluziu e o atravessou completamente. Ele caiu, e foi cortado. Detalhes não importam. E então começou a violência dentro de Pirbaag. Violência de gelar o sangue, como Bapu-ji já havia escrito.

Isso foi tudo o que pude reunir sobre o massacre. Relatos desse tipo de violência enchem os jornais todas as vezes e acabam indo para os arquivos. A Índia é um país antigo, dizemos. Nós nos recuperamos. Não é?

⚔

Dois dias depois de Mansoor partir, uma notícia preocupante sai nos jornais: dois terroristas foram mortos num confronto com a polícia na rodovia Kalka para Shimla. Cartas (em urdu) e mapas foram encontrados com eles. Aparentemente, os dois estavam planejando um ataque a bomba ao Instituto de Estudos Avançados, a antiga residência de verão do vice-rei e do presidente.

Nenhum dos dois poderia ter sido meu irmão. Ajay me informara que Mansoor havia partido na direção oposta, mais para o alto das montanhas, disfarçado de monge tibetano. Mas o consolo que essa informação traz é incompleto. Resta apenas o turbilhão de perguntas, cada uma com um ferrão no rabo.

Mansoor conhecia aqueles dois homens? Poderia um deles ser seu velho amigo Mukhtiar? Seria ele, enquanto falava em seu celular, o contato em Shimla? O relato da polícia sobre um plano contra o Instituto era verdadeiro ou poderia ser uma invenção do tipo que ele um dia descrevera tão ironicamente? Seria ele capaz de desejar a destruição de um lugar que abrigava seu irmão? Como ele parecia inocente e relaxado quando foi embora. Como eu o conhecia pouco.

Neeta Kapur está aqui. Imagine minha satisfação quando a vejo no café da manhã, ocupada com seu *puri* e seu curry de batata:

— Vim conferir como você está — diz ela meio brincando, e acrescenta: — Está muito quente no campo. Nunca mais me acostumei com o calor, depois do meu período em Boston.

Ela passa o dia com a Sra. Barua, fazendo compras no shopping, mas janta comigo no alojamento.

Mais tarde, saímos caminhando pelo terreno do Instituto. A noite está limpa, escura, profunda. As luzes da cidade tremeluzem levemente atrás de nós do outro lado do vale. Uma lanterna andando sozinha desce um caminho em direção à área comercial local e a parada de ônibus Boileau Ganj, batizada em homenagem a um oficial do Raj.

Ela suspira profundamente ao meu lado e diz:

— Eu adoro este lugar. Ele me deixa mais próxima de Deus, e de mim mesma.

— Obrigado por me mandar para cá. Também me trouxe para mais perto de mim mesmo.

— E Deus?

Quando lhe conto sobre meu momento eureca, a descoberta da identidade de Nur Fazal, sua empolgação não pode ser comparada com a minha, é claro, e este é um fato que me ajuda a ver tudo sob uma perspectiva mais sóbria. O que eu posso descrever como o segredo por trás da minha existência é, para a maioria das pessoas, mais um evento em nosso já tumultuado passado. Conversamos sobre Mansoor, sobre a minha ansiedade em relação a ele. Sou lembrado meticulosamente que meu irmão é um homem maduro, de personalidade completamente formada. Ela me conta sobre o filho que morreu, e eu lhe conto sobre o meu. Então, o inevitável longo silêncio, durante o qual descemos impensadamente o caminho que leva na direção do portão principal e da guarita. O calçamento está solto e escorregadio, e nós nos firmamos um no outro em parte do caminho. Do lado de fora, passando a estação de rádio, paramos no topo de uma inclinação, com um precipício protegido apenas por uma cerca de metal, através da qual as luzes cintilantes de Shimla reaparecem em toda a sua gloria, espalhando-se pelas montanhas. Penso que é como aproximar-se de repente de uma galáxia.

— Quando as crianças eram pequenas — ela me diz —, eu ficava assustada quando elas corriam por aqui.

Lembro-me que ela tem uma filha morando em alguma parte dos Estados Unidos.

— Ah, vamos nos alegrar — diz ela, depois de ficarmos ali parados por um tempo em contemplação. — Como ficamos com este humor?

— Você falou em Deus, eu acho. Sim, vamos nos alegrar.

— Sinto muito por ter falado em Deus, então.

Caminhamos em direção ao novo hotel, não muito distante. Está tudo escuro e silencioso, mas, surpreendentemente, o bar está aberto, embora também em silêncio, e nos servem café, no estilo ocidental, e torta de damasco. Sentados um em frente ao outro, a uma mesa baixa, conversamos sobre todos os tipos de assuntos, ardorosamente, feito jovens. E, repentinamente surpresos conosco mesmos, estamos nos encarando, sorrindo, rindo. Um instante precioso.

E, então, finalmente chegamos ao assunto. Confrontamos juntos aquele encontro às escuras em Cambridge, Massachusetts, quando ela passou o que pareceu uma noite inocente no meu quarto. Um ato impensável, sinal dos tempos. O que mais? Quando nos vimos da última vez, em Ahmedabad, aquele havia sido um pensamento constrangedor, um peso para ambos, imagino, e nós nunca o havíamos trazido à tona.

— O que você teria feito se eu... — comecei.

— Se você tivesse tentado me seduzir naquela noite?

— Acho que é isso o que eu quero dizer.

Ela ri.

— Eu sabia que você nunca faria isso. Eu me senti perfeitamente segura.

— Eu era como um irmão, então?

— Não exatamente... mas eu me senti segura. Você era muito transparente, muito sincero.

— E ingênuo.

— Ah, muito.

A noite não havia sido tão inocente, afinal. Foi o começo de todo o trauma que se seguiu, pois foi sua coragem de olhos arregalados que incitou Russell, Bob e os outros a fazerem o trote de pendurarem um sutiã nas costas da minha cadeira. O choque e o desgosto no rosto de Premji quando ele o viu. Para ele, eu era um caso perdido, por certo. Ele contou tudo a Bapu-ji, e o resto é história. E o sutiã — preto e intrigante — talvez pertencesse à mulher que agora estava caminhando ao meu lado? Aquela ideia nunca havia passado pela minha cabeça, até agora. Que tolo que eu era.

— Lembro dos *namkeens* que você me mandou depois...
— digo a ela — ...no final daquele verão, quando voltou de Delhi. Eu nunca agradeci.

— Você gostou deles?

— Tenho certeza de que sim.

E então, depois de uma longa pausa, ela diz o que havia se preparado para dizer desde o começo:

— Você não pode se esconder aqui para sempre, Karsan. Ou em qualquer outro lugar. Está na hora de pensar no futuro. Está na hora de voltar para casa e reivindicar o que é seu. A sua herança.

— Eu não tenho um lar e não tenho mais uma herança... exceto talvez pelo que me lembrei e escrevi aqui, no Instituto.

— Isso é fácil demais, não é?

— O que você quer dizer? Eu não morei em Pirbaag por 30 anos. Sou uma pessoa diferente agora.

— Você precisa decidir o que fazer com Pirbaag, então. Mas será que você é realmente tão diferente assim?

Sim, sim. Eu sou diferente. Eu fui embora, eu fugi, e por anos trilhei meu próprio caminho, longe daquele antigo lugar.

Se não fosse pelo desafio a Mansoor, eu não teria me obrigado a lembrar do *bol*, eu não teria me ligado tão fortemente a Pirbaag. Mas a quem eu estou enganando? A ligação e o desafio já estavam lá quando eu estava parado do lado de fora das ruínas de Pirbaag e havia decidido construir alguma coisa, meu próprio memorial, com as cinzas. E certamente estava lá quando eu tentei tão intensamente me afastar, mas olhava o tempo todo para trás, em pânico, para ver se estava sendo seguido. Será que nunca conseguimos fugir do nosso destino? Serei eu indiano demais, apesar das minhas três décadas passadas no Ocidente? Seria isso o que Marge sempre soube?

— Você tem um povo, e ele está esperando por você. Eles não têm nada mais. — Neeta põe a mão no meu braço. — Eles limparam e reconstruíram o que puderam, e prepararam uma surpresa para você.

— Devo me aproximar deles como o quê? — pergunto desesperadamente. — O que eu posso oferecer a eles?

Não vou repetir o que ela disse, porque foi um elogio.

46

Pirbaag, Gujarat. 10 de agosto de 2002.
O chamado do santuário.
Nós havíamos decidido enterrar Julian em vez de cremá-lo,
já que esse era o desejo de Marge. Assim ele repousa, apropriadamente, naquele generoso e ainda imaculado terreno
que lhe deu a vida. Mas eu trouxe seu ursinho de pelúcia
comigo, o que ele chamava de Durão, e um cacho de seu
macio cabelo castanho que eu sempre carregava na carteira.
Ambos eu agora depositei ao lado dos restos de meu pai no
solo de Pirbaag. Ah, mas esse santuário parece um velho
enfaixado que sofreu uma queda terrível.

Um telefonema nervoso é feito ao celular de Neeta: Mansoor está agora no Paquistão, tendo chegado lá depois de
uma jornada de seis semanas. Não fica claro quem fez a ligação e de onde.

Nós sempre terminamos no lugar ao qual pertencemos?

Eu pertenço a este lugar?

Quando voltei a Pirbaag, no Ambassador de Neeta — ela se
recusou a me deixar pegar um carro, o que teria sido preten-

siosamente modesto, admito —, parecia que toda a população de Haripir (agora Haripur) estava reunida na estrada para me ver. Guirlandas e mais guirlandas foram jogadas sobre mim, e eu fui visivelmente tomado pela emoção. Muito diferente do meu pai.

Repreendi Neeta por ter anunciando a minha chegada.

— Eles sofreram — disse ela. — Agora precisam de você.

A casa havia sido arrumada e estava cheirando a tinta. Tipicamente (mas eu noto isso com carinho), uma das novas janelas não fecha. Ela será consertada. O mármore quebrado do mausoléu demandará uma boa quantia para ser substituído. Tenho um pouco guardado, e há um doador com mais um pouco. Mas é melhor deixar que fique por um tempo com suas feridas enquanto outros consertos são feitos. Muitos dos túmulos estão quebrados, embora tenham sido limpos. Meu primeiro conserto, no entanto, será o túmulo adornado de Deval Devi, a pequena princesa de Gujarat, pelo qual sempre tive um carinho especial. Ela também havia ido buscar refúgio em Pirbaag, mas o santuário não pôde salvá-la.

Já fiz uma visita ao novo templo vizinho de Rupa Devi, a noiva de Pir Bawa, que por tanto tempo foi privada da felicidade do leito conjugal. É realmente impressionante e — caso se deseje pensar dessa maneira — ela certamente merece a homenagem que lhe é feita. No entanto, as histórias que os sacerdotes residentes contam são diferentes das que eu conheço. Em suas histórias, Rupa é a principal, e Nur Fazal, um discípulo. Mais ainda: ele era um brâmane órfão que havia sido criado por um casal muçulmano anônimo. O absurdo dessas invenções é chocante, refletindo, sem dúvida, os costumes políticos dos novos tempos. Mas eu reafirmei os direitos de Pirbaag em relação ao jardim da frente e ao velho portão, adjacente ao templo, que o meu pai, talvez para evitar um conflito, havia parado de usar em troca de uma nova entrada.

Também fiz uma visita ao meu velho amigo Harish, em sua próspera oficina do outro lado da rua. Tomamos um chá e conversamos um pouco, entre longos e desconfortáveis momentos de silêncio. Ele agora mora numa nova casa rua acima com seu filho casado. Não ousei lhe perguntar sobre a recente onda de violência na cidade, da qual ele aparentemente saiu incólume. Soube que ele é um dos patronos do templo de Rupa Devi. Como também é, e isso ele me informou com orgulho, Premji Chacha, dos Estados Unidos, cuja proteção eu um dia rejeitei.

Agora a minha surpresa. Na reconstrução da biblioteca de Pirbaag, sobre uma mesa, uma pequena fileira de livros esfarrapados, em vários estados de dano, e algumas páginas soltas. É tudo, embora cada página valha seu peso em ouro. Depois daquela noite de terror, alguns dos sobreviventes andaram pelo terreno diligentemente recolhendo todas as páginas soltas do meio dos escombros. E depois, enquanto limpavam o local, embaixo de algumas das pedras que haviam se soltado, encontraram livros embrulhados em jornal, escondidos pelo meu pai. E num canto da casa destruída, encontraram um feixe de velhos jornais dos anos 1960 — a contribuição do rajá Singh à minha educação.

Antes de deixar o Instituto tive minha última entrevista com o diretor, na qual lhe contei minha teoria do sufi como Assassino. Ele ficou convencido de que eu devia ter razão, mas que o assunto precisava de mais pesquisa. Enquanto isso, ele tinha para mim um relatório provisório sobre as duas páginas manuscritas que eu havia lhe dado. O texto em nagari contém um poema de amor a Hari, um nome de Krishna. O texto árabe parece ser um fragmento de uma discussão sobre triângulos planos. Ambas as páginas podiam ser datadas por seus conteúdos. Mas o que Bapu-ji esperava que eu fizesse com elas?

Concluí que chegara a hora de tornar todo e qualquer item da biblioteca que sobreviveu aberto para o mundo. Não haverá mais segredos em Pirbaag.

Estar de volta é uma sensação estranha. No Postmaster Flat eu sabia que era um convidado. Aqui, agora aceito que vim para ficar.

De vez em quando, penso naquela outra vida que deixei para trás, no lar que fiz e na felicidade que tive com minha jovem família. Havia sido o mundo de um tolo aquele que construí? Ele havia sido real de alguma forma? Ah, sim. Real como a bochecha macia de um bebê, o emocionante perfume de uma mulher, a explosão de riso de jovens numa sala de aula. Talvez eu nunca tenha sido equipado para lidar com aquele tipo de compromisso, tão rapidamente ele se desfez. Mas agora eu não preciso mais escolher.

As primeiras noites aqui, eu mal dormi. Passei grande parte do tempo sentado no pavilhão. Ouvindo e reouvindo os ecos da selvageria que havia passado pela cidade. Há inúmeras histórias de sofrimentos, dos sobreviventes — se é que se pode chamá-los assim —, que vêm aos poucos dos campos de refugiados, e eles não estão tranquilos. Há muito que reconstruir. Na noite passada, eu finalmente dormi, como devia, e fui despertado pelo tocar de um sino. Então veio a cantoria dos *ginans* — doce desagravo, sutil boas-vindas, pois aquelas canções sempre estiveram em mim.

Mas alguma coisa ainda estava faltando. Não houve chamado para oração na mesquita. Junto com todo o assentamento de Balak Shah, ela havia sido destruída. Ir até lá olhar para o local provoca um enjoo no estômago. Lembro como Bapu-ji, Ma e eu havíamos levado um comatoso Mansoor para passar a noite com o imame criança na mesquita e como o velho xeique-ji havia levado meu irmão de volta na manhã seguinte, completamente recuperado. Felizmente, uma fundação beneficente de Baroda avaliou a área e se responsabilizou por sua reconstrução.

Sou o zelador de Pirbaag. Aconselho as pessoas sobre suas questões terrenas quando requerido e supervisiono alguns projetos na cidade. A escola local precisa de reformas, pais que trabalham fora querem uma creche, os ceramistas necessitam de novas ferramentas e assim por diante. E o mausoléu permanece um local de adoração para aqueles que precisam. Há muitos que precisam, e eles vêm em grande número aos sábados.

Há aqueles que tocam meus pés ou minhas mangas, pedem bênçãos. Eu hesito internamente e tento suportar, sem me sentir mal. Uma mulher, muito encurvada, veio uma vez e agarrou minha mão, passou meus dedos lentamente por todo o seu rosto macio, porém marcado, deixando-me completamente em choque. Eu a conhecia? Não sabia dizer muito bem. Mas quando atendo a essas pessoas, sem querer decepcioná-las, puxando a mão ou a manga, enquanto as ouço com compaixão e digo uma bênção, uma parte de mim se separa e fica à distância, observando. Perguntando: você é real?

A resposta não é simples.

Mas aqui eu paro. Para começar de novo. Porque o chamado veio para mim novamente e, como Bapu-ji diria, desta vez eu devo me curvar.

Nota do autor

O personagem de Nur Fazal neste romance é inteiramente fictício, embora, sem dúvida, tenha sido inspirado pela chegada na Índia medieval de místicos muçulmanos que reuniram seguidores e passaram a ser chamados de *pirs*. Citei ou adaptei para meus propósitos vários *ginans*, como as composições dos *pirs* Khoja Ismaili escritas em velho gujarati e arcaicas misturas de línguas indianas são chamadas, e adotei o termo *ginan*. No entanto, os versos que supostamente contam a história de Nur Fazal e aparecem como epígrafes de certos capítulos neste romance são pura invenção. Elementos da história da chegada de Nur Fazal em Anularra (Anhilvad, Patan) foram inspirados pela história de Nur Satgur, que, de acordo com a tradição, havia chegado à corte do grande Jaisingh Siddhraj no século XII, 100 anos antes da chegada do fictício Nur Fazal à corte de Vishal Dev. Eu usei a história de uma tradução (a qual abusei livremente) do gujarati por Abualy A. Aziz. Acredita-se que Nur Satgur esteja sepultado em Nawsari, e vários de seus descendentes, em Pirana e Champaner, todos em Gujarat. Tive a oportunidade de visitar todos esses santuários. Ocorre que gente de diversas crenças e muitas sem qualquer afiliação os frequentava, e alguns dos *ginans* que eu conhecia eram, na verdade, comuns a várias comunidades. A história dessas tradições é complexa e, em constante mudança, com fundamentalismos de todos os tipos tentando reivindicá-la. Mas este é um trabalho de ficção. O santuário de Pirbaag e a cidade de Haripir são invenções, assim como todos os personagens destas páginas. Infelizmente, o caos que se deu em Gujarat foi simplesmente real demais.

Agradecimentos

A Pankaj Singh, Arun Mukherjee, Alok Mukherjee e Marc Lizoain, por responderem a perguntas. A Stella Sandahl, por ler o manuscrito e pegar um erro muito védico, além de oferecer a tradução usada. À Biblioteca Pública de Nova York e à Biblioteca Jawaharlal Nehru em Delhi, por suas instalações. A Rajkumar Hans, Muhammad Salat e Sudha Pandya, por sua hospitalidade em Gujarat. A Rikhav Desai e Sanjay Talreja, pela companhia nas estradas de Gujarat. Ao professor Mrinal Miri e à equipe do Instituto Indiano de Estudos Avançados, Shimla, por sua generosa hospitalidade. A todos os meus outros anfitriões e amigos na Índia: Charu Verma, Chandra Mohan, Om Juneja, Neerja Chand, Alka Kumar e Harish Narang. A Abualy A. Aziz, por generosamente me oferecer manuscritos de suas traduções do gujarati.

À minha família, como sempre, por sua constante indulgência. E a Nurjehan, por sua cuidadosa revisão.

A Maya Mavjee, por sua sensibilidade e seu entusiasmo. A Sonny Mehta, Bruce Westwood e Diya Kar Hazra, pelo encorajamento.

A Charles Stuart por cuidar gentilmente do texto. A Martha Leonard, Diana Coglianese e Avanija Sundaramuti, por cuidarem dos detalhes constantemente.

Citações em inglês foram usadas das seguintes fontes:

p. v. Don Paterson, "A God", *Orpheus: A Version of Rilke's Die Sonnette an Orpheus*, Londres: Faber e Faber Ltd., 2006.

p. 95. The Rig Veda 1.50.1.

pp. 231-32. Capítulo 18, Versículo 20, *The Bhagavad Gita*, tradução para o inglês de Swami Nikhilananda, Nova York: Ramakrishna-Vivekanada Center of New York, 2004.

p. 232. Lady Julian, citada em Carolyn F. E. Spurgeon, *Mysticism in English Literature,* 1913. The Project Gutenberg Ebook (#11935, 2004).

pp. 304-5. Ata-Malik Juvaini, *Genghis Khan: The History of the World Conqueror*, tradução para o inglês de J. A. Boyle, 1958; republicação, Seattle: University of Washington Press, 1997.

As seguintes publicações, entre muitas outras, foram especialmente úteis:

Attar, Farid al-Din. *Muslim Saints and Mystics*. Tradução para o inglês de A. J. Arberry. Arkana: Penguin, 1990.

Clements, A. L. *John Donne's Poetry*, Norton Critical Edition, 1966.

Commissariat, M. S. *A History of Gujarat*, 1938.

Forbes, Alexander Kinloch. *Ras Mala, Hindoo Annals of the Province of Goozerat in Western India*. 1924; republicação, Delhi: Low Price Publications, 1997.

Schimmel, Annemarie. *Mystical Dimensions of Islam*. Chapel Hill: University of North Carolina Press, 1975.

Complete Poems and Selected Letters of John Keats. The Modern Library, 2001.

Blake: Poems. Everyman's Library, 1994.

Byron: Poems. Everyman's Library, 1994.

Créditos

Agradecimentos pela permissão de republicação:

Faber and Faber Ltd.: trecho de *Orpheus: A Version of Rilke's* Die Sonnette an Orpheus, traduzido para o inglês por Don Paterson (Londres: Faber and Faber Ltd., 2006). Reproduzido com permissão de Faber and Faber Ltd.

Manchester University Press: trecho de *Genghis Khan: The History of the World Conqueror*, de Ata-Malik Juvaini, traduzido para o inglês do texto de Mirza Muhammad Qazvini por J.A. Boyle, copyright da tradução © 1958 da UNESCO (Manchester University Press, 1958). Reproduzido com permissão da Manchester University Press.

Ramakrishna-Vivekananda Center Publications: trecho de *The Bhagavad Gita*, traduzido para o inglês por Swami Nikhilananda, copyright © 1944 de Swami Nikhilananda. Reproduzido com permissão de Ramakrishna-Vivekananda Center Publications.

Este livro foi composto na tipologia Minion Pro,
em corpo 11,5/15,8 e impresso em papel off-white 80 g/m^2
no Sistema Cameron da Divisão Gráfica
da Distribuidora Record.